DE ZEVENDE FUNCTIE VAN TAAL

Laurent Binet bij Meulenhoff:

HhhH
Niets gaat zoals verwacht
De zevende functie van taal

www.meulenhoff.nl

Laurent Binet

De zevende functie van taal

ROMAN

Vertaald door Liesbeth van Nes

MEULENHOFF

Nederlands letterenfonds
dutch foundation
for literature

De vertaler ontving voor deze vertaling een projectsubsidie van het Nederlands Letterenfonds.

ISBN 978-90-290-9113-8
ISBN 978-94-0230-585-2 (e-book)
NUR 302

Oorspronkelijke titel: *La septième fonction du langage*
Omslagontwerp: Bart van den Tooren|BVDT
Omslagbeeld © Modestino Carbone
Auteursfoto © Bertrand Guaya|AFP|ANP
Typografie binnenwerk: Adriaan de Jonge

‘Er zijn overal tolken. Ieder van hen spreekt zijn taal, zelfs al weet hij iets van de taal van de ander. De listen van de tolk hebben alle ruimte en zijn eigen belangen vergeet hij niet.’

Derrida

DEEL EEN

Parijs

1

Het leven is geen roman. Dat zou u tenminste willen geloven. Roland Barthes loopt door de Rue de Bièvre. De belangrijkste literair criticus van de twintigste eeuw heeft er alle reden toe bijzonder angstig te zijn. Zijn moeder, met wie hij een nogal proustiaanse relatie onderhield, is dood. En zijn cursus op het Collège de France onder de titel 'De voorbereiding van een roman' is uitgelopen op een mislukking, wat hij moeilijk kan ontkennen omdat hij het hele jaar tegen zijn studenten heeft gepraat over Japanse haiku's, fotografie, over betekenaar en betekenis, over verstrooiing volgens Pascal, obers in cafés, ochtendjassen of zitplaatsen in de collegezaal – over werkelijk alles behalve over de roman. En dat is nu al drie jaar aan de gang. Niemand weet beter dan hij dat de cursus alleen een vertragingstactiek is om het moment voor zich uit te schuiven waarop hij aan een echt literair boek moet beginnen, dat wil zeggen een boek dat recht doet aan de supergevoelige schrijver die in hem sluimert en die volgens sommigen begon te ontluiken in *Uit de taal van een verliefde*, dat nu al de bijbel is van twintigers. Van een Sainte-Beuve een Proust worden, de tijd is aangebroken om te vervellen en de plaats in te nemen die hem toekomt in het schrijverspantheon. Moeder is gestorven: sinds *De nulgraad van het schrijven* is de cirkel rond. Het moment is gekomen.

De politiek, jaja, dat komt nog wel. Je kunt niet zeggen dat hij erg maoïstisch is sinds zijn reis naar China. Tegelijk wordt dat ook niet van hem verwacht.

Chateaubriand, La Rochefoucauld, Brecht, Racine, Robbe-Grillet, Michelet, mama. De liefde van een jongen.

Ik vraag me af of er in die tijd al overal van die Vieux Campeur-winkels hier in de buurt waren.

Over een kwartier zal hij dood zijn.

Ik weet zeker dat het eten goed was in de Rue des Blancs-Manteaux. Ik stel me voor dat je bij dat soort mensen goed eet. In *Mythologieën* decodeert Roland Barthes de hedendaagse mythen die de burgerij ter ere van zichzelf heeft geschapen en met dat boek is hij pas echt beroemd geworden; de burgerij heeft hem kortom in zekere zin binnen laten lopen. Maar dat was de kleine burgerij. Iemand uit de hogere burgerij die zich in dienst stelt van het volk is een heel bijzonder geval dat analyse verdient; hij zal een artikel moeten schrijven. Vanavond? Waarom niet meteen nu? Nee, hij moet eerst zijn dia's sorteren.

Roland Barthes versnelt zijn pas zonder dat er iets van de wereld rondom tot hem doordringt, terwijl hij toch een geboren waarnemer is, beroepsmatig observeert en analyseert, zijn hele leven op tekens heeft gejaagd. Hij ziet werkelijk niets van de bomen, de stoep, de etalages of de auto's van de Boulevard Saint-Germain, die hij toch kent als zijn broekzak. Hij is niet meer in Japan. Hij voelt de bijtende kou niet. De straatgeluiden hoort hij nauwelijks. Het is een beetje als de allegorie van de grot, maar dan omgekeerd: de wereld van ideeën waarin hij zich heeft opgesloten, verduistert zijn waarneming van de tastbare wereld. Om zich heen ziet hij alleen schaduwen.

De redenen die ik net opsomde om de zorgelijke houding van Roland Barthes te verklaren, worden allemaal door de geschiedenis bevestigd, maar ik wil u graag vertellen wat er werkelijk is gebeurd. Als hij er die dag met zijn gedachten niet bij is, komt dat niet alleen door de dood van zijn moeder of zijn onvermogen een roman te schrijven en zelfs niet door de toenemende en in zijn ogen onherstelbare onverschilligheid van de jongens. Ik zeg niet dat hij dit niet denkt, ik twijfel geen moment aan de kwaliteit van zijn dwangneuroses. Maar vandaag is er iets anders. Aan de afwezige blik van de in gedachten verzonken man zou de opmerkzame voorbijganger iets kunnen herkennen van wat Barthes dacht nooit te zullen ervaren: opwinding. Naast zijn moeder en de jongens en zijn fantoomroman is er nog iets anders. Het *libido sciendi*, de dorst naar weten en, daardoor weer tot leven gekomen, ook het trotse vooruitzicht een omwenteling in de menselijke kennis teweeg te brengen en wie weet de wereld te veranderen. Voelt Barthes zich een Einstein die zijn theorie uitdenkt, als hij de Rue des Écoles oversteekt? Een ding is zeker, hij let niet goed op. Hij is nog geen vijftig meter van zijn kantoor als hij wordt aangereden door een bestelbusje. Zijn lichaam produceert het doffe, karakteristieke, verschrikkelijke geluid van vlees dat tegen plaatijzer klapt en rolt vervolgens als een lappenpop op straat. De voorbijgangers schrikken. Op die middag van 25 februari 1980 weten ze niet wat er net voor hun ogen is gebeurd, en dat kunnen ze niet helpen, want tot op de dag van vandaag weet de wereld het nog steeds niet.

2

Semiotiek is iets heel vreemds. Ferdinand de Saussure, de grondlegger van de linguïstiek, had er als eerste een vermoeden van. In zijn *Cours de linguistique générale* stelt hij voor 'een wetenschap te ontwikkelen die het leven van de tekens in het sociale leven bestudeert'. Meer niet. Voor mensen die zich aan die taak willen wijden voegt hij er als tip aan toe: 'Ze zou een onderdeel vormen van de sociale psychologie en derhalve van de algemene psychologie; we zullen haar "semiotiek" noemen (naar het Grieks voor "teken": *sèmeion*). Ze zou ons leren waaruit tekens bestaan, door welke wetten ze worden geregeerd. Omdat ze nog niet bestaat, kunnen we niet zeggen hoe ze eruitziet; maar ze heeft bestaansrecht, haar plaats is van tevoren bepaald. De linguïstiek is slechts onderdeel van die algemene wetenschap en de wetten die de semiotiek zal ontdekken, zullen van toepassing zijn op de linguïstiek, die op haar beurt verbonden zal blijken te zijn met een welomschreven domein binnen het geheel van menselijke handelingen.' Wat zou ik deze passage graag horen voorlezen door Fabrice Luchini, die de klemtonen in de woorden zo goed kan aanbrengen, zodat de hele wereld er zo niet de betekenis dan toch de schoonheid van kan vatten. Dat geniale, voor zijn tijdgenoten (het college vindt plaats in 1906) bijna onbegrijpelijke vermoeden heeft een eeuw later niets aan kracht of raadselachtigheid ingeboet. Vele semiotici hebben sindsdien geprobeerd helderder en tegelijk gedetailleerdere definities te geven, maar ze hebben elkaar tegengesproken (soms zelfs zonder er erg in te hebben), hebben alles er alleen maar verwarrender op gemaakt en ze zijn er ten slotte in geslaagd de lijst met tekensystemen die niet met taal werken, uit te breiden (nou ja, wat heet uitbreiden): de verkeersregels, het internationale seinboek, de lijnnummers van autobussen en de nummers van hotelkamers waren een aanvulling op de militaire rangen, het alfabet van doofstommen... en dat is zo ongeveer alles.

Nogal mager gezien de oorspronkelijke ambitie.

Zo bekeken lijkt de semiotiek helemaal geen uitbreiding van het domein van de linguïstiek te zijn en zich eerder te bepalen tot de studie van grove oertalen die heel wat minder complex en dus heel wat beperkter zijn dan elke willekeurige taal.

Maar toch niet.

Het is niet toevallig dat Umberto Eco, de wijze uit Bologna en een van de belangrijkste semiotici, zo vaak verwijst naar de grote, beslissende ontdekkingen in de geschiedenis van de mensheid: het wiel, de lepel, het boek... perfecte werktuigen die volgens hem in doelmatigheid niet te overtreffen zijn. Het zou wel eens zo kunnen zijn dat de semiotiek in werkelijkheid een van die belangrijke uitvindingen in de geschiedenis van de mensheid is en een van de machtigste instrumenten ooit door de mens gesmeed, maar het is net als met het vuur of het atoom: in het begin weet je niet goed waar het voor dient en hoe je het moet gebruiken.

3

In feite is hij een kwartier later niet dood. Roland Barthes ligt in de goot, roerloos, maar uit zijn lichaam komt een schor gefluit en terwijl zijn geest wegzakt in het onbewuste, waarschijnlijk omringd door wervelende haiku's, alexandrijnen van Racine en aforismen van Pascal, hoort hij – en het is misschien het laatste wat hij hoort zegt hij bij zichzelf (zegt hij bij zichzelf, ongetwijfeld) – een radeloze man schreeuwen: 'Hij wierrrp zich voor mijn wielen! Hij wierrrp zich voor mijn wielen!' Wat is dat voor accent? Om hem heen verdringen zich de voorbijgangers, die van hun ontsteltenis zijn bekomen en boven zijn lijk in wording staan te praten, te wikken en te wegen: 'We moeten een ambulance bellen!'

'De moeite niet, die is er geweest.'

'Hij wierrrp zich voor mijn wielen, u bent mijn getuigen!'

'Hij ziet er behoorlijk toegetakeld uit.'

'Arme man...'

'We moeten een telefooncel zien te vinden. Heeft iemand muntjes?'

'Ik had niet eens de tijd om te rrremmen!'

'Raak hem niet aan, we moeten op de eerste hulp wachten.'

'Opzij! Ik ben arts.'

'Draai hem niet om!'

'Ik ben arts. Hij is nog in leven.'

'We moeten zijn familie waarschuwen.'

'De arme man...'

'Ik ken hem!'

'Is het zelfmoord?'

'We moeten erachter zien te komen wat zijn bloedgroep is.'

‘Het is een van mijn klanten. Hij komt elke ochtend voor een glas wijn.’

‘Dat is dan nu verleden tijd...’

‘Is hij dronken?’

‘Hij ruikt naar drank.’

‘Een klein glaasje wit aan de bar, elke ochtend, al jaren.’

‘Daarmee hebben we zijn bloedgroep nog niet...’

‘Hij stak zonder kijken overrr!’

‘De automobilist moet zijn voertuig onder alle omstandigheden onder controle houden, dat is hier de wet.’

‘Het komt wel goed, beste man, als u een goede verzekering hebt.’

‘Maar dat komt hem op een fikse extra premie te staan.’

‘Raak hem niet aan!’

‘Ik ben arts!’

‘Ik ook.’

‘Zorgt u dan voor hem. Ik ga hulp halen.’

‘Ik moet mijn spullen afleverrren...’

De meeste talen in de wereld gebruiken een apico-alveolaire ‘r’, ook wel rollende ‘r’ genoemd, in tegenstelling tot het Frans, dat ongeveer driehonderd jaar geleden de dorsaal-velaire ‘r’ heeft geadopteerd. Het Duits noch het Engels laat de ‘r’ rollen. Het is geen Italiaans of Spaans. Portugees misschien? Het klinkt inderdaad een beetje gutturaal, maar de frasering van de man is niet erg nasaal of zangerig, in feite nogal eentonig, zodat er nauwelijks paniek in zijn stembuiging te horen is.

Russisch misschien.

4

Hoe heeft de semiotiek zich van een uit de linguïstiek voortgekomen bijna-misbaksel, alleen bestemd voor het bestuderen van de armste en beperktste talen, op het nippertje tot een neutronenbom kunnen ontwikkelen?

Door een ingreep waarin Barthes' aandeel niet te ontkennen valt.

In het begin wijdde de semiotiek zich aan het bestuderen van niet-linguïstische communicatiesystemen. De Saussure in eigen persoon zei tegen zijn studenten: 'De taal is een tekensysteem dat ideeën uitdrukt en daarom vergelijkbaar is met het schrift, het doofstommenalfabet, met symbolische riten, beleefdheidsvormen, militaire signalen enzovoort. Alleen is de taal het belangrijkste van die systemen.' Het klopt, en ook helemaal, maar alleen op voorwaarde dat we de definitie beperken tot tekensystemen die bedoeld zijn voor het expliciet en doelbewust communiceren. Buyssens definieert de semiotiek als 'het bestuderen van communicatieprocedés, dat wil zeggen middelen die worden gebruikt om de ander te beïnvloeden en die door degene die men wil beïnvloeden ook als zodanig worden herkend'.

Barthes' geniale zet was dat hij zich niet beperkte tot communicatiesystemen, maar zijn onderzoeksveld uitbreidde tot betekenissystemen. Als je eenmaal van de taal geproefd hebt, verveel je je tamelijk snel met elke andere vorm van communicatie: de bewegwijzering of militaire tekens bestuderen is voor een linguïst ongeveer even boeiend als tarot spelen of jokeren voor een schaker of een pokerspeler. Zoals Umberto Eco had kunnen zeggen: voor de communicatie is taal perfect, beter kun je niet hebben. En toch zegt taal niet alles. Het lichaam spreekt, voorwerpen spreken, de geschiedenis spreekt, individuele of collectieve lotgevallen spreken, het leven en de dood spreken ononderbroken en op duizend verschillende manieren tot ons. De mens is een interpretatiemachine, en zolang hij een beetje verbeeldingskracht bezit, ziet hij overal tekens: in de kleur van de jas van zijn vrouw, in de kras op zijn autoportier, in de eetgewoontes van zijn buren op de overloop, in de maandelijkse werkloosheidscijfers van Frankrijk, in de bananensmaak van de beaujolais primeur (die altijd naar bananen smaakt of, en dat komt veel minder voor, naar frambozen. Waarom? Niemand die het weet, maar er is uiteraard een verklaring voor, en wel van semiotische aard), in de fiere, rechte rug van de zwarte vrouw die met grote passen voor hem door de gangen van de metro loopt, in de gewoonte van zijn collega op kantoor om de twee bovenste knoopjes van zijn overhemd open te laten, in het ritueel waarmee die ene voetballer een doelpunt viert, in de manier waarop zijn partner schreeuwt tijdens een orgasme, in het ontwerp van die Scandinavische meubels, in het logo van de belangrijkste sponsor van dat bepaalde tennistoernooi, in de muziek bij de aftiteling van die ene film, in de architectuur, in de schilderkunst, in de kookkunst, in de mode, in de reclame, in de binnenhuisinrichting, in de westerse weergave van man en vrouw, van de liefde en de dood, van de hemel en de aarde enz. Sinds Barthes hoeven de tekens geen signalen meer te zijn, het zijn aanwijzingen geworden. Een beslissende ommekeer. Ze zijn overal. Vanaf dat moment is de semiotiek klaar om de wijde wereld te veroveren.

5

Commissaris Bayard meldt zich bij de afdeling spoedeisende hulp van het Pitié-Salpêtrière-ziekenhuis, waar men hem het nummer geeft van de kamer van Roland Barthes. Het dossier dat hij tot zijn beschikking heeft, bevat de volgende bijzonderheden: een man van vierenzestig jaar, aangereden door een bestelbusje van een wasserij, Rue des Écoles, maandagmiddag, terwijl hij over een zebrapad liep. De bestuurder van het busje, een zekere Yvan Delahov, Bulgaarse nationaliteit, was enigszins onder invloed, maar niet in overtreding, hij zat nog voor een kwart onder het toegestane promillage. Hij heeft toegegeven dat hij met de aflevering van zijn overhemden achter was. Toch heeft hij verklaard dat zijn snelheid niet boven de zestig kilometer per uur lag. Het slachtoffer was niet bij bewustzijn en had geen papieren bij zich toen de ambulance arriveerde, maar hij is geïdentificeerd door een van zijn collega's, een zekere Michel Foucault, docent aan het Collège de France en schrijver. Het is gebleken dat het om Roland Barthes ging, ook docent aan het Collège de France en schrijver.

Tot zover rechtvaardigt niets in het dossier dat er een rechercheur op uit wordt gestuurd en al helemaal geen commissaris van de centrale inlichtingendienst. Jacques Bayards aanwezigheid wordt in feite maar door één detail verklaard: toen Roland Barthes op 25 februari 1980 werd aangereden, kwam hij van een lunch met François Mitterrand op de Rue des Blancs-Manteaux.

Er is in principe geen verband tussen de lunch en het ongeval, en ook niet tussen de socialistische kandidaat voor de presidentsverkiezingen van volgend jaar en de Bulgaarse chauffeur in dienst van een wasserij, maar het ligt nu eenmaal in de aard van de inlichtingendienst om over alles inlichtingen in te winnen en speciaal over François Mitterrand, in deze tijd voor de verkiezingscampagne. Hoewel Michel Rocard in de algemene opinie een stuk populairder is (in de peiling die Sofres in januari 1980 hield met als vraag 'Wie is de beste socialistische kandidaat?' krijgt Mitterrand 20 procent van de stemmen en Rocard 55 procent), gaan hooggeplaatste kringen er waarschijnlijk van uit dat Rocard de Rubicon niet zal durven oversteken, omdat de socialisten nu eenmaal legitimisten zijn en Mitterrand zich als partijleider heeft laten herkiezen. Zes jaar geleden al had hij 49,19 procent van de stemmen, tegen 50,81 procent voor Giscard, het kleinste verschil ooit bij een presidentsverkiezing sinds de instelling van het direct algemeen kiesrecht. Het risico dat er voor het eerst in de geschiedenis van de Vijfde Republiek een linkse president zal worden gekozen, is niet te verwaarlozen en daarom heeft de inlichtingendienst een rechercheur gestuurd. De opdracht van Jacques Bayard bestaat er in eerste instantie in na te gaan of Barthes bij Mitterrand te veel heeft gedronken of toevallig heeft deelgenomen aan een sm-orgie met honden. De laatste jaren is de socialistische leider in weinig schandalen verwikkeld geweest, hij lijkt op zijn hoede te zijn. Vergeten is de zogenaamde ontvoering bij de tuin van het Observatoire. Taboe is de Vichy-orde van de strijdbijl en zijn korte tijd dat hij voor dit bewind heeft gewerkt. Er zijn recentere schandalen nodig. Jacques Bayard heeft officieel de opdracht de omstandigheden van het ongeval na te gaan, maar het is niet nodig hem uit te leggen wat er van hem wordt verwacht: tijdens het onderzoek kijken of er geen mogelijkheid is de geloofwaardigheid van de socialistische kandidaat in diskrediet te brengen, en mocht die mogelijkheid er zijn, die aan te grijpen.

Als Jacques Bayard bij Barthes' kamer aankomt, ontdekt hij een rij van een paar meter in de gang. Allemaal wachtenden die het slachtoffer willen bezoeken. Er zijn goedgeklede ouderen, slechtgeklede jongeren, slechtgeklede ouderen, goedgeklede jongeren, in zeer diverse stijlen, met lang haar en met kort haar, personen van Arabische afkomst, meer mannen dan vrouwen. Terwijl ze staan te wachten, discussiëren ze, praten luid, schelden elkaar de huid vol of lezen een boek, roken een sigaret. Bayard, die Barthes' roem nog niet weet in te schatten, vraagt zich waarschijnlijk af wat dit voor zootje is. Gebruikmakend van zijn privileges, loopt hij de rij voorbij, zegt 'politie' en gaat de kamer in.

Jacques Bayard merkt onmiddellijk op: het verbazingwekkend hoge bed, de slang in de keel, de blauwe plekken op het gezicht, de droevige blik. Er zijn vier andere mensen in de kamer: de jongere broer, de uitgever, de leerling en een soort Arabische prins, jong en heel elegant. De Arabische prins is Youssef, een gemeenschappelijke vriend van meester en leerling. De meester beschouwt de leerling, Jean-Louis, als zijn briljantste student, voor wie hij dan ook de meeste genegenheid koestert. Jean-Louis en Youssef delen een appartement in het dertiende arrondissement, waar ze feestjes geven die Barthes' leven opvrolijken. Hij ontmoet er heel wat mensen, studenten, actrices, verschillende prominente figuren, vaak André Téchiné, soms Isabelle Adjani en altijd een hele troep jonge intellectuelen. Die details interesseren commissaris Bayard in eerste instantie niet, hij is alleen maar gekomen om de omstandigheden van het ongeval te reconstrueren. Barthes was bij zijn aankomst in het ziekenhuis weer bij bewustzijn. Tegen zijn toegesnelde familie en vrienden herhaalde hij: 'Wat een stommiteit! Wat een stommiteit!' Ondanks de vele kneuzingen en een paar gebroken ribben was zijn toestand geen reden tot grote ongerustheid. Maar Barthes heeft, zoals zijn jongere broer zegt, 'een achilleshiel: zijn longen'. Hij heeft in zijn jeugd tuberculose opgelopen en is een zware sigarenroker. Daaruit is een chronisch ademhalingsprobleem ontstaan, dat juist die nacht opspeelt. Hij stikt, ze moeten hem intuberen. Als Bayard binnenkomt, is Barthes wakker, maar hij kan niet meer praten.

Bayard wendt zich vriendelijk tot Barthes. Hij zal hem een paar vragen stellen en Barthes hoeft alleen maar ja te knikken of nee te schudden. Barthes kijkt naar de commissaris met zijn droevige spaniëlogen. Hij knikt zwakjes.

'U was op weg naar uw werkplek toen het voertuig u aanreed, nietwaar?' Barthes knikt. 'Reed het voertuig op volle snelheid?' Barthes buigt zijn hoofd langzaam eerst naar een kant en dan naar de andere kant en Bayard begrijpt dat hij wil zeggen dat hij er geen idee van heeft. 'Was u in gedachten?' Ja. 'Had die verstrooidheid met de lunch te maken?' Nee. 'Met het college dat u moest voorbereiden?' Pauze. Ja. 'Hebt u François Mitterrand bij de lunch ontmoet?' Ja. 'Is er iets speciaals of ongewoons tijdens de lunch voorgevallen?' Even nadenken. Nee. 'Had u gedronken?' Ja. 'Veel?' Nee. 'Eén glas?' Ja. 'Twee glazen?' Ja. 'Drie glazen?' Pauze. Ja. 'Vier glazen?' Nee. 'Had u uw papieren bij u toen het ongeluk gebeurde?' Ja. Pauze. 'Bent u er zeker van?' Ja. 'U had geen papieren bij u toen u werd gevonden. Hebt u ze misschien vergeten mee te nemen, thuis of ergens anders?' Langere pauze. Er lijkt een nieuwe intensiteit in Barthes' blik te komen. Hij schudt nee. 'Kunt u zich herinneren of iemand u heeft aangeraakt in de tijd dat u op de grond lag, voordat de ambulance kwam?' Barthes lijkt de vraag niet te begrijpen of niet te horen. Hij schudt nee. 'Nee, herinnert u zich dat niet?' Weer een pauze, maar nu denkt Bayard te begrijpen wat Barthes' gezicht uitdrukt: scepsis. Barthes schudt nee. 'Zat er geld in uw portefeuille?' Barthes' ogen staren naar de vragensteller. 'Meneer Barthes, hoort u me? Had u geld bij zich?' Nee. 'Had u iets van waarde bij zich?' Geen antwoord. Als er geen vreemd licht achter in Barthes' ogen lag, zou je uit zijn starende blik opmaken dat hij dood was. 'Meneer Barthes, had u iets van waarde in uw bezit? Denkt u dat u misschien van iets bent beroofd?' De stilte in de kamer wordt alleen doorbroken door Barthes' schorre ademhaling in het buisje van het beademingstoestel. Er verglijden weer lange seconden. Langzaam schudt Barthes nee en dan wendt hij zijn hoofd af.

6

Bij het verlaten van het ziekenhuis zegt commissaris Bayard bij zichzelf dat er een probleem is; dat datgene wat alleen maar een routineonderzoek had moeten zijn, al met al misschien niet volkomen overbodig zal zijn; dat de verdwijning van de papieren een eigenaardig duister punt is in wat toch een onbeduidend ongeluk lijkt; dat hij het moet ophelderen door meer mensen te ondervragen dan hij van plan was geweest; dat zijn spoor begint in de Rue des Écoles, voor het Collège de France (een instelling waarvan hij tot vandaag niet wist dat die bestond en waarvan hij niet goed begrepen heeft hoe ze werkt); dat hij zal beginnen met een ontmoeting met die meneer Foucault, 'docent geschiedenis van denksystemen' (sic); dat hij vervolgens een heleboel van die langharige studenten zal moeten ondervragen, plus de getuigen van het ongeluk, plus de vrienden van het slachtoffer. Hij is verbouwereerd en ontstemd tegelijk over dat extra werk. Maar hij weet wat hij in die ziekenhuiskamer heeft gezien. Er lag angst in de ogen van Barthes.

Verdiept in zijn gedachten schenkt commissaris Bayard geen aandacht aan de zwarte DS die aan de overkant van de boulevard staat geparkeerd. Hij stapt in zijn dienstauto, een Peugeot 504, en rijdt naar het Collège de France.

7

In de hal ontdekt hij de lijst met vakken die worden onderwezen: 'magnetisme van de atoomkern', 'neuropsychologie van de ontwikkeling', 'sociografie van Zuidoost-Azië', 'christendom en gnosis in het pre-islamitische Oosten'... Verbouwereerd begeeft hij zich naar de docentenkamer en vraagt of hij Michel Foucault kan spreken. Hij krijgt te horen dat die op dit moment college geeft.

De collegezaal zit stampvol. Bayard kan zelfs de zaal niet meer in. Hij laat zich terugdringen door een compacte muur toehoorders, die hevig verontwaardigd reageren als hij zich een weg probeert te banen. Een welwillende student legt hem fluisterend uit hoe het werkt: als je een zitplaats wilt hebben, moet je twee uur voor het begin van het college aanwezig zijn. Als de zaal vol zit, kun je altijd nog naar de zaal aan de overkant, waar het college wordt uitgezonden. Je ziet Foucault weliswaar niet, maar je kunt hem wel horen. Bayard gaat dus naar collegezaal B, ook goedgevuld, maar er is nog plek. Het is een bijzonder heterogeen publiek: jongeren, ouderen, hippies, yuppen, punks, gothics, Engelsen in tweed vest, gedecolleteerde Italiaanse vrouwen, Iraanse vrouwen in chador, grootmoeders met schoothondjes... Hij gaat naast een jeugdige tweeling zitten, die verkleed is als astronaut (maar zonder helm). Er hangt een ijverige sfeer, mensen maken aantekeningen in schriften of zitten aandachtig te luisteren. Zo nu en dan wat gekuch, als in het theater, al bevindt er zich niemand op het toneel. De luidsprekers zenden een neuzelende stem uit, een beetje jaren veertig, weliswaar geen Chaban-Delmas, maar laten we zeggen Jean Marais met een vleugje Jean Poiret, en bovendien doordringend.

'Het probleem dat ik wil stellen,' zegt de stem, 'is het volgende: wat is de betekenis, binnen een opvatting van het zielenheil – dat wil zeggen binnen een opvatting van de goddelijke ingeving, een opvatting van boetedoening, die ter gelegenheid van de eerste doop door de mens werd verkregen – wat kan de betekenis zijn van de herhaling van het berouw of zelfs nog van de herhaling van de zonde.'

Heel docerend, merkt Bayard. Hij probeert te vatten wat er wordt gezegd, maar helaas doet hij het precies op het moment waarop Foucault zegt: 'Zodat het subject dat de waarheid benadert en er zich uit liefde aan hecht, in zijn eigen woorden een waarheid openbaart die niets anders is dan de openbaring in hem van de ware aanwezigheid van een God die zelf alleen maar de waarheid kan zeggen, want nooit liegt hij, hij is waarheidlievend.'

Als Foucault die dag over de gevangenis had gepraat, over controle, archeologie, biomacht of genealogie, wie weet... Maar de onverbiddelijke stem gaat voort: 'Zelfs als voor een klein aantal filosofen of kosmologieën de wereld wel degelijk de ene of de andere kant op kan draaien, in het leven van het individu heeft de tijd maar één richting.' Bayard luistert zonder er iets van te begrijpen, laat zich wiegen in de onderwijzende en tegelijk vérdragende stem, welluidend in zijn soort, ondersteund door een zeer beheerst gevoel voor maat, stiltes en interpunctie.

Verdient die vent meer dan hij?

'Tussen enerzijds het systeem van de wet die op handelingen betrekking heeft en verwijst naar een uit vrije wil handelend subject, en derhalve op de oneindige herhaalbaarheid van de overtreding, en anderzijds het schema van het zielenheil en de perfectie dat betrekking heeft op subjecten, en dat een temporeel scanderen en een onomkeerbaarheid tot gevolg heeft, is er geloof ik geen integratie mogelijk...'

Ja, dat moet wel. Bayard krijgt het niet voor elkaar de instinctieve wrevel te onderdrukken waardoor hij van meet af aan een hekel aan die stem heeft. Dit is het soort mensen met wie de politie ruzie moet maken over wat de belastingbetaler aan lasten krijgt opgelegd. Ambtenaren net als hij, behalve dan dat hij het verdient dat de maatschappij hem betaalt voor zijn werk. Maar dit Collège de France, wat is dit helemaal? Gesticht door Frans I, goed, dat had hij bij binnenkomst gelezen. En wat dan nog? Voor iedereen toegankelijke cursussen, waar alleen maar linkse werklozen, gepensioneerden, dwepers of pijprokende docenten op afkomen; onwaarschijnlijke vakken, waar hij nog nooit van gehoord heeft ... Geen diploma's, geen examens. Mensen zoals Barthes en Foucault worden betaald voor het verkopen van vaag gelul. Bayard weet al één ding zeker: een vak leer je hier niet. Epistemologie, m'n reet.

Wanneer de stem zegt dat er volgende week weer een bijeenkomst is, gaat Bayard tegen de stroom toehoorders in die door de dubbele deuren naar buiten stort, terug naar collegezaal A, kan er eindelijk in en ziet beneden een kale man met een bril staan, die een coltrui draagt onder zijn jasje. Hij ziet er zowel potig als rijzig uit, heeft een wilskrachtige, wat vooruitstekende kin, de trotse houding van hen die weten dat de wereld hen op de juiste waarde schat, en een onberispelijk geschoren schedel. Bayard loopt het podium op: 'Meneer Foucault?' De lange kale is bezig zijn aantekeningen te verzamelen, even ontspannen als iedere onderwijsgevende die zijn les heeft afgerond. Hij wendt zich vriendelijk naar Bayard, omdat hij weet hoeveel schroom zijn bewonderaars soms moeten overwinnen om hem aan te spreken. Bayard haalt zijn politiepasje tevoorschijn. Ook hij weet heel goed wat voor effect dat heeft. Foucault verstart een seconde, kijkt de politieman hautain aan en verdiept zich weer in zijn aantekeningen. Alsof het bestemd is voor het zich verspreidende publiek zegt hij theatraal: 'Ik weiger door de macht te worden geïdentificeerd.' Alsof hij het niet heeft gehoord, zegt Bayard: 'Het gaat over het ongeluk.'

De lange kale propt zijn aantekeningen in zijn boekentas en verlaat het podium zonder iets te zeggen. Bayard rent achter hem aan: 'Meneer Foucault, waar gaat u heen? Ik moet u een paar vragen stellen!' Met een paar treden tegelijk beklimt Foucault de trappen van de collegezaal. Zonder zich om te draaien antwoordt hij tegen niemand in het bijzonder, maar wel zo dat alle nog aanwezige toehoorders hem kunnen horen: 'Ik weiger door de macht te worden gelokaliseerd!' De zaal lacht. Bayard grijpt hem bij zijn arm: 'Ik wil alleen maar uw versie van de feiten.' Foucault blijft staan en zwijgt. Zijn lichaam gespannen als een veer. Hij kijkt naar de hand die zijn arm vastgrijpt alsof dit de ernstigste aantasting van de mensenrechten is sinds de genocide in Cambodja. Bayard handhaaft zijn greep. Rondom hen beginnen mensen te mompelen. Na een lange minuut is Foucault zo goed iets te zeggen: 'Mijn versie is dat ze hem hebben gedood.' Bayard weet niet zeker of hij hem goed heeft begrepen.

'Gedood? Maar wie dan?'

'Mijn vriend Roland.'

'Maar hij is niet dood!'

'Hij is al dood.'

Foucault kijkt de commissaris strak aan met de intense blik van een bijziende achter zijn bril en zegt langzaam en met pauzes tussen de lettergrepen, alsof hij de conclusie formuleert van een lange uiteenzetting waarvan alleen hij de geheime logica doorziet: 'Roland Barthes is dood.'

'Maar wie heeft hem dan gedood?'

'Het systeem natuurlijk!'

Dat het woord 'systeem' wordt gebruikt, bevestigt voor de politieagent wat hij al vreesde: hij is bij de links-radicalen terechtgekomen. Hij weet uit ervaring dat ze de mond vol hebben van de corrupte maatschappij, de klassenstrijd, het 'systeem'... Hij wacht zonder ongeduld op het vervolg. Foucault is zo grootmoedig hem te informeren: 'Roland is de laatste jaren hevig bespot. Omdat hij de paradoxale macht bezat de dingen te begrijpen zoals ze zijn en ze in een nooit eerder vertoonde helderheid uit te denken, werd hem zijn jargon kwalijk genomen, hij werd gepasticheerd, geparodieerd, gekarikaturiseerd, gekritiseerd...'

'Wist u dat hij vijanden had?'

'Natuurlijk! Sinds hij op het Collège de France zat – ik heb hem hier geïntroduceerd – is de jaloezie alleen maar toegenomen. Hij had alleen nog maar vijanden: de reactionairen, de burgers, de fascisten, de stalinisten en vooral en met name de oude, ranzige kliek critici die het hem nooit hebben vergeven!'

'Wat niet?'

'Dat hij het lef had te denken! Dat hij het lef had zijn oude, burgerlijke schema's op losse schroeven te zetten, er de weerzinwekkende normatieve rol van aan het licht te brengen en aan te tonen wat de bourgeoisie in werkelijkheid was: een oude prostituee, bezoedeld door domheid en geschipper!'

'Maar wie dan precies?'

'Wilt u namen? Wie denkt u wel dat ik ben! De Picards, de Pommiers, de Rambauds, de Burniers! Ze hadden hem in eigen persoon terechtgesteld als ze hadden gekund, twaalf kogels op de binnenplaats van de Sorbonne onder het standbeeld van Victor Hugo...!'

Opeens neemt Foucault weer de benen en omdat Bayard het niet verwachtte, ligt Foucault meteen al een paar meter op hem voor. Hij verlaat de collegezaal, vliegt de trappen op, Bayard rent achter hem aan, hij zit hem op de hielen, hun voetstappen klepperen op de stenen en hij roept: 'Meneer Foucault, wat zijn dat voor mensen waar u het over hebt?' Zonder zich om te draaien zegt Foucault: 'Honden, jakhalzen, boerenpummels, klootzakken, onbenullen, maar vooral – en met name vooral! – de lakeien van de gevestigde orde, de pennenlikkers van de oude wereld, de pooiers van het dode denken die met hun obscene gegiechel ons de lijkenwalm ervan tot in lengte van dagen willen opleggen.' Bayard grijpt de trapleuning beet en roept: 'Welk lijk?' Foucault klimt de trap met vier treden tegelijk op. 'Dat van het dode denken!' Hij barst uit in een boosaardige lach. Al zoekend naar een pen in de binnenzakken van zijn regenjas probeert Bayard hem bij te houden en vraagt hem: 'Kunt u Rambaud even voor me spellen?'

8

De commissaris loopt een boekhandel in om wat boeken te kopen, maar omdat hij dat niet gewend is, kan hij zich op de planken niet oriënteren. Boeken van Raymond Picard zijn niet te vinden. De boekhandelaar, die tamelijk goed op de hoogte lijkt te zijn, maakt hem er in het voorbijgaan op attent dat Raymond Picard dood is, wat Foucault niet nodig had gevonden hem te melden, maar dat hij *Nouvelle Critique ou nouvelle imposture* kan bestellen. Wel heeft hij *Assez décodé* op voorraad, van René Pommier, een leerling van Raymond Picard, die de structuralistische critici van alles in de schoenen schuift (zo verkoopt de boekhandelaar hem het boek althans, maar dat brengt hem niet veel verder), en vooral *Le Roland-Barthes sans peine* van Rambaud en Burnier. Het is een vrij dun, groen boekje met een foto van een streng ogende Barthes, omlijst door een oranje ovaal. Uit de lijst klimt een stripfiguurtje dat 'hihi!' zegt en al zijn tanden bloot lacht, spottend, zijn hand voor zijn mond, getekend in de stijl van Crumb. Als ik het nakijk, blijkt het overigens van Crumb te zijn. Maar Bayard heeft nog nooit van *Fritz the Cat* gehoord, een hippie-tekenfilm waarin de zwarten sax spelende kraaien zijn en de hoofdpersoon een kat in een coltrui, die joints rookt en alles wat beweegt neukt in een Cadillac zoals die van Kerouac, met op de achtergrond stadsrellen en brandende vuilnisbakken. Crumb is beroemd geworden vanwege de manier waarop hij vrouwen tekende, met dikke, machtige dijen, schouders als van een houthakker, borsten als kanonskogels en een paardenreet. Bayard is niet zo bekend met kunstzinnige strips en legt de link niet. Maar hij koopt het boek en ook dat van Pommier. Picard bestelt hij niet, want dode schrijvers interesseren hem in dit stadium van het onderzoek niet.

De commissaris gaat in een café zitten, bestelt een bier, steekt een Gitane op en slaat *Le Roland-Barthes sans peine* open. (Welk café? Kleine bijzonderheden zijn belangrijk om de sfeer op te roepen, nietwaar? Hij kan heel goed in Le Sorbon zitten, het café tegenover Le Champo, het kleine filmhuis aan het eind van de Rue des Écoles, maar ik weet er eerlijk gezegd niets van, u mag hem neerzetten waar u wilt.)

Hij leest: 'Het R.B. (in het Roland-Barthes wordt Roland Barthes R.B. genoemd) verscheen in zijn archaïsche vorm nu vijfentwintig jaar geleden in het boek getiteld *De nulgraad van het schrijven*. Sindsdien heeft het zich langzaam losgemaakt van het Frans waaruit het gedeeltelijk is voortgekomen en zich ontwikkeld tot een autonome taal met een eigen grammatica en woordenschat.'

Bayard trekt aan zijn Gitane, neemt een slok en slaat de bladzijden om. Aan de bar hoort hij de barman aan een klant uitleggen waarom Frankrijk in een burgeroorlog ten onder zal gaan als Mitterrand wordt gekozen.

'Eerste les. Een paar voorbeeldzinnen.

1. Hoe word jij uitgedrukt?

Frans: Hoe heet u?

2. Ik word als L. uitgedrukt.

Frans: Ik heet William.'

Bayard begrijpt zo ongeveer de satirische strekking en ook dat hij bij voorbaat op één lijn zit met de auteurs van deze pastiche, maar hij is wantrouwig. Waarom wordt 'William' 'L' genoemd in het 'R.B.'? vraagt hij zich af. Ook weer onduidelijk. Die klote-intellectuelen ook.

De barman tegen de klant: 'Als de communisten aan de macht zijn, zal iedereen zijn poen over de grens sluizen en elders onderbrengen, waar ze geen belastingen hoeven te betalen en er zeker van zijn dat hun niets wordt afgepakt!'

Rambaud en Burnier: '3. Welke "stipulatie" vergrendelt, omheint, organiseert, ordent de structuur van je pragma als versluiering en/of uitbuiting van je ek-sistensie?

Frans: Wat doet u voor werk?

4. (Ik) scheid stukjes code uit.

Frans: Ik ben typiste.'

Dat maakt hem toch een beetje aan het lachen, maar hij verafschuwt het ook, omdat hij intuïtief aanvoelt dat het is bedoeld om hem verbaal te intimideren. Toch weet hij heel goed dat zulke boekjes zich niet tot hem richten, dat het een boekje voor intellectuelen is, zodat die parasieten een vrolijk onderonsje kunnen hebben. Elkaar bespotten: hoog boven de anderen verheven. Bayard is geen stommeling en doet zonder het te weten al een beetje aan Bourdieu.

Aan de toog gaat het gesprek door: 'Zodra het geld allemaal in Zwitserland is, is er geen kapitaal meer om de lonen te betalen en dan krijg je burgeroorlog. En zo zullen de socialisten en de communisten hebben gewonnen!' De barman onderbreekt zijn woorden om een drankje weg te brengen. Bayard leest verder: '5. Mijn discours vindt/verschaft zijn eigen tekstualiteit via het R.B. in een spel (spil?) van spiegels.

Frans: Ik spreek het Roland-Barthes vloeiend.'

Bayard snapt de bedoeling: de taal van Roland Barthes is niet te volgen. Maar waarom zou je dan je tijd verdoen met hem te lezen? Sterker nog, een boek over hem schrijven?

'6. De "sublimatie" (integratie) daarvan als (mijn) code bestaat uit een "derde verkorting" van een verdubbeling van de cupido, mijn verlangen.

Frans: Ik zou die taal ook wel willen leren.

7. Doet het R.B. als macrologie zich niet voor als "prikkeldradig", als een voor de gallicistische aanroep gesloten veld (vilt)?

Frans: Is het Roland-Barthes niet te moeilijk voor een Fransman?

8. De sjerp van de Barthes-stijl wordt aangetrokken "rond" de code, voor zover men er akte van neemt in zijn herhaling/redundantie.

Frans: Nee, het is vrij makkelijk. Maar je moet er wel aan werken.'

De commissaris voelt zijn verbijstering toenemen. Hij weet niet wat hem meer tegenstaat: Barthes of die twee komieken die hem hebben willen parodiëren. Hij legt het boek neer, drukt zijn sigaret uit. De barman staat weer achter de toog. De klant heeft zijn glas rode wijn in de hand en werpt tegen: 'Ja, maar Mitterrand houdt ze aan de grens tegen. En het geld wordt in beslag genomen.' De barman fronst zijn wenkbrauwen en foetert tegen de klant: 'U denkt zeker dat die rijken stommelingen zijn! Ze huren professionele koffersmokkelaars in. Ze regelen wel wegen om hun contanten het land uit te krijgen. Ze trekken over de Alpen en de Pyreneeën, net als Hannibal! Net als in de oorlog! Als je er Joden doorheen kunt sluizen, kun je er ook bankjes doorheen sluizen, denkt u niet?' De klant lijkt niet erg overtuigd, maar omdat hij duidelijk niet weet wat hij terug moet zeggen, beperkt hij zich tot een hoofdknik, leegt zijn glas en laat zich nog eens inschenken. Verwaand haalt de barman een aangebroken fles rood tevoorschijn. 'Jaja! Ik trek me er niets van aan als de rooien winnen, ik nok af en ik ga in Genève werken. Mijn poen zullen ze niet krijgen, o nee, nooit van mijn leven, ik ga niet voor de rooien werken, zeg, weet u wel wie u voor zich hebt! Ik werk voor niemand! Ik ben vrij! Net als De Gaulle...!'

Bayard probeert zich te herinneren wie Hannibal ook weer was en merkt machinaal op dat de barman een kootje aan zijn linkerpink mist. Hij onderbreekt de orator om nog een bier te bestellen, slaat het boek van René Pommier open, telt zeventien keer het woord 'flauwekul' op vier bladzijden en slaat het weer dicht. Intussen heeft de barman een nieuw onderwerp aangesneden: 'Geen enkele beschaafde maatschappij kan buiten de doodstraf...!' Bayard betaalt en laat een fooi op tafel liggen als hij gaat.

Hij loopt langs het standbeeld van Montaigne zonder het te zien, steekt de Rue des Écoles over en loopt de Sorbonne binnen. Commissaris Bayard snapt dat hij niets of niet veel van al dat gelul snapt. Hij zou iemand moeten hebben die hem het klappen van de zweep bijbrengt, een specialist, een vertaler, een overbrenger, een trainer. Een professional dus. Bij de Sorbonne vraagt hij waar de faculteit van de semiotiek zich bevindt. Degene achter de balie zegt met een zuur gezicht dat die niet bestaat. Op de binnenplaats spreekt hij studenten aan met marineblauwe jekkers en bootschoenen om zich te laten vertellen waar hij een college semiotiek kan bijwonen. De meesten weten niet waar dat is of hebben er iets heel vaags over gehoord. Maar uiteindelijk zegt een langharige jongen die onder het standbeeld van Louis Pasteur een joint zit te roken dat hij voor de 'semio' in Vincennes moet zijn. Bayard is geen specialist op het gebied van de universiteit, maar hij weet dat Vincennes een linkse universiteit is, waar het wemelt van de beroepsonruststokers die niet willen werken. Uit nieuwsgierigheid vraagt hij waarom de jongeman niet op Vincennes is ingeschreven. Hij draagt een wijde coltrui en een zwarte, opgestroopte broek, alsof hij mosselen gaat rapen, en hoge paarse Dr. Martens-schoenen. Hij neemt een trek van zijn joint en zegt: 'Dat was ik ook tot mijn tweede tweede jaar. Maar ik zat bij een groep trotskisten.' Het lijkt hem een afdoende verklaring, maar omdat hij aan Bayards vragende blik ziet dat het niet zo is, voegt hij eraan toe: 'En, eh, er waren wat problemen.'

Bayard dringt niet verder aan. Hij stapt weer in zijn 504, op weg naar Vincennes. Bij het rode stoplicht ziet hij een zwarte DS staan en hij denkt: Dat is nog eens een fijn karretje...!

9

De 504 neemt de rondweg bij Porte de Bercy, gaat er bij Porte de Vincennes weer af, rijdt de lange Avenue de Paris af, langs het militair hospitaal, geeft Japanners in een gloednieuwe blauwe Renault Fuego geen voorrang, rijdt om het kasteel heen en langs het Parc Floral, duikt dan het bos in en parkeert ten slotte voor een soort barakkenkampen, die doen denken aan een enorme school in de buitenwijken van de jaren zeventig en die in architectonisch opzicht zo ongeveer het ergste zijn wat de mensheid tot stand kan brengen. Bayard, die zich zijn lang vervlogen studie rechten bij Assas herinnert, voelt zich hier op volledig onbekend terrein: om de collegezalen te bereiken moet hij eerst door een soort soek bevolkt met Afrikanen benen, over op de grond gezakte comateuze drugsgebruikers stappen, langs een bassin lopen zonder water maar vol afval en langs lepreuze muren die bedekt zijn met affiches en graffiti met als teksten: 'Professoren, studenten, rectoren, niet-onderwijzend personeel: sterf, klootzakken!', 'Nee tegen de sluiting van de voedselsoek!', 'Nee tegen de verhuizing van Vincennes naar Nogent', 'Nee tegen de verhuizing van Vincennes naar Marne-la-Vallée', 'Nee tegen de verhuizing van Vincennes naar Savigny-sur-Orge', 'Nee tegen de verhuizing van Vincennes naar Saint-Denis', 'Leve de proletarische revolutie', 'Leve de Iraanse revolutie', 'maoïsten = fascisten', 'trotskisten = stalinisten', 'Lacan = smeris', 'Badiou = nazi', 'Althusser = moordenaar', 'Deleuze = neuk je moeder', 'Cixous = neuk mij', 'Foucault = hoer van Khomeiny', 'Barthes = pro-Chinese sociaal-verrader', 'Callicles = SS', 'Het is verboden te verbieden te verbieden', 'De eenwording van links = mijn reet', 'Kom *Het kapitaal* lezen! Getekend: Balibar'... Naar marihuana stinkende studenten spreken hem agressief aan en splitsen hem ladingen pamfletten in de maag: 'Weet je wat er in Chili gebeurt, kameraad? In El Salvador? Gaat Argentinië jou aan? En Mozambique? Kan Mozambique je niets schelen? Weet je wel waar het ligt? Zal ik je eens iets over Timor vertellen? En anders zamelen we geld in voor de alfabetisering in Nicaragua. Bied je me een kop koffie aan?' Nu voelt hij zich op bekend terrein. Toen hij lid was van Jeune Nation, lustte hij ze rauw, die smerige rooie rakkers. Hij gooit de pamfletten in het droge bassin, dat als vuilnisbak dienstdoet.

Zonder precies te weten hoe belandt Bayard bij de faculteit Cultuur en communicatie. Hij loopt de lijst van collegeonderwerpen door die in de gang op een prikbord van kurk hangt en vindt ten slotte zo ongeveer waarvoor hij was gekomen: 'semiotiek van het beeld', met daarachter het nummer van de collegeruimte, het rooster van de wekelijkse bijeenkomst en de naam van de docent, een zekere Simon Herzog.

10

'Vandaag bestuderen we de cijfers en de letters in James Bond. Als jullie aan James Bond denken, welke letter komt er dan bij je op?' Stilte in de zaal, de studenten denken na. Bayard, die achter in de zaal zit, kent zijn James Bond tenminste. 'Hoe heet de baas van James Bond?' Bayard weet het! Hij betrapt zich erop dat hij het hardop wil zeggen, maar verschillende studenten zijn hem voor en antwoorden tegelijkertijd: M. 'Wie is M en waarom heet hij M? Wat betekent die M?' Stilte. Geen antwoord. 'M is een oude man, maar een vrouwelijke figuur, het is de M van *Mother*, hij is de voedstermoeder, die voedt en beschermt, die zich kwaad maakt als Bond stomme dingen uithaalt, maar dan altijd weer toegeeflijk is ten opzichte van hem, terwijl Bond hem wil behagen door zijn opdrachten tot een goed einde te brengen. James Bond is een man van de daad, maar hij gaat niet op eigen houtje te werk, hij is niet alleen, hij is geen wees (biografisch gezien natuurlijk wel, maar symbolisch niet: zijn moeder is Engeland; hij is niet getrouwd met zijn vaderland, maar hij is de geliefde zoon). Achter hem staat een hele hiërarchie, een hele logistiek, een heel land, dat hem onmogelijke opdrachten geeft, die hij vervult, tot grote trots van Engeland (M, de metonymische vertegenwoordiging van Engeland, de vertegenwoordiger van de koningin, herhaalt regelmatig dat Bond zijn beste agent is: de lievelingszoon), maar die hem ook alle materiële middelen verschaft om ze uit te voeren. James Bond eet in feite van twee walletjes en daarom is hij zo'n populair droombeeld, zo'n krachtige hedendaagse mythe: James Bond is de avonturier-ambtenaar. Daadkracht én veiligheid. Hij maakt zich schuldig aan overtredingen, vergrijpen, misdaden zelfs, maar hij is gedekt, hij is bevoegd, hij zal geen standje krijgen, het is de beroemde "*licence to kill*", de vergunning om te doden, wat af te lezen valt aan zijn nummer, en dat brengt ons bij de magische cijfers: 007.

Dubbelnul is de code voor het recht te mogen moorden, en hier zien we een geniale toepassing van de cijfersymboliek. Hoe zou je de vergunning om te doden weer kunnen geven met een cijfer? 10? 20? 100? Een miljoen? De dood is niet kwantificeerbaar. De dood is het niets en het niets is nul. Maar een moord is niet zomaar een simpele dood, het is de dood die een ander wordt aangedaan. Het is zelfs een dubbele dood, die van de ander, en onvermijdelijk ook die van hemzelf, een dood waarvan de waarschijnlijkheid door zijn gevaarlijke beroep toeneemt (de levensverwachting van dubbelnulagenten is erg laag, daar wordt vaak op gewezen). Dubbelnul is het recht om te doden en te worden gedood. En dan de 7, die natuurlijk is gekozen omdat het traditioneel het elegantste cijfer is dat er bestaat, een magisch getal, beladen met verhalen en symbolen, maar in dit geval beantwoordt het aan twee criteria: oneven, uiteraard, net als het aantal rozen dat je een vrouw schenkt, en een priemgetal (dat alleen deelbaar is door 1 en door zichzelf) om uit te drukken hoe bijzonder en uniek hij is, een individu dat elk idee van inwisselbaarheid en onpersoonlijkheid, ontstaan doordat hij met een nummer wordt aangeduid, uitwist. Herinneren jullie je nog de serie *The Prisoner* met als hoofdpersoon "Nummer 6", die wanhopig en opstandig blijft roepen: "Ik ben geen nummer!" Terwijl James Bond zo ongeveer samenvalt met zijn nummer, en zich des te gemakkelijker aanpast omdat het nummer hem ongehoorde privileges verleent en hem dus tot een aristocraat maakt (in dienst van de koningin, zoals het hoort). 007 is de tegenhanger van nummer 6: tevreden met de superprivileges die de maatschappij hem verstrekt, spant hij zich toegewijd in voor het behoud van de gevestigde orde zonder zich ooit af te vragen wie de vijand eigenlijk is en wat diens beweegredenen zijn. Nummer 6 is even revolutionair als 007 behoudend is. De reactionaire 7 staat hier tegenover de revolutionaire 6 en omdat de betekenis van het woord "reactionair" doet denken aan een actie achteraf (de behoudende krachten "reageren" op de revolutie door te ijveren voor een terugkeer van het ancien régime, dat wil zeggen van de gevestigde orde), is het logisch dat het reactionaire cijfer volgt op het revolutionaire (en dit betekent dat James Bond geen 005 kan zijn). De functie van 007 is dus de terugkeer garanderen naar de gevestigde orde, als die is ontregeld door een dreiging die de wereldorde aan het wankelen brengt. Het einde van elke aflevering valt overigens altijd samen met een terugkeer naar het "normale", wat je moet zien als de "vroegere orde". Umberto Eco beweert dat James Bond een fascist is. Het is duidelijk dat hij in feite vooral reactionair is...'

Een student steekt zijn hand op: 'Maar Q is er ook nog, de man die verantwoordelijk is voor de gadgets. Ziet u in die letter ook een betekenis?'

De docent haakt er zo vlot op in dat het Bayard verbaast. 'Ja, Q is een vaderfiguur, omdat hij James Bond de wapens levert en hem leert hoe hij ze moet bedienen. Hij brengt hem knowhow bij. In dat opzicht had hij F moeten heten, *Father*... Maar als je de scènes met Q aandachtig bekijkt, wat zie je dan? Een onoplettende, brutale, speelse James Bond, die niet luistert (of doet alsof hij niet luistert). En op het laatst vraagt Q dan altijd: "*Any questions*?" (Of varianten van het soort: "Heb je het begrepen?") Maar James Bond heeft nooit vragen; hoewel hij de luie leerling uithangt, heeft hij alles wat hem is uitgelegd perfect verwerkt, want hij heeft een buitengewoon groot begripsvermogen. Dus is Q de Q van "questions", van vragen waarnaar Q vurig verlangt en die Bond nooit stelt, hooguit in de vorm van scherts, en het zijn nooit de vragen die Q verwacht.'

Dan neemt een andere student het woord: 'En bovendien spreek je de Q in het Engels uit als "kjoe" en dat wil zeggen "rij". Dat is de shoppingscène: je staat in de rij in de winkel met gadgets, je wacht tot je wordt geholpen, het is een ludieke onderbreking tussen twee actiescènes in.'

De jonge docent gebaart enthousiast. 'Precies! Dat is heel goed gezien. Heel goed idee! Vergeet niet dat het teken na één interpretatie niet is uitgeput en dat meerduidigheid een bodemloze put is waaruit echo's blijven komen: een woord kun je nooit helemaal leegpompen. Zelfs een letter niet, zoals blijkt.'

De docent kijkt op zijn horloge. 'Dank voor uw aandacht. Volgende week dinsdag zullen we de kleding in James Bond bestuderen. Heren, ik verwacht u natuurlijk in smoking (gelach in de zaal). En de dames in bikini net als Ursula Andress (gefluit, de meisjes protesteren). Tot volgende week!'

Terwijl de studenten de zaal verlaten, loopt Bayard op de jonge docent af met een onopvallende, voor de ander onbegrijpelijke grijns, die zoveel zeggen wil als: 'En nu ga jij betalen voor die kale.'

11

'Om het maar even duidelijk te stellen, commissaris, ik ben geen kenner van Barthes en ook geen semioticus in de eigenlijke zin van het woord. Ik ben in moderne letterkunde afgestudeerd op de historische roman, ik bereid een linguïstisch proefschrift voor over taaldaden en ik ben belast met de werkcolleges. Dit trimester geef ik een speciale cursus over de semiotiek van het beeld en vorig jaar moest ik een inleidende cursus semiotiek geven. Het was een introductiewerkcollege voor eerstejaarsstudenten; ik heb hun de grondslagen van de linguïstiek uiteengezet, omdat die de basis is voor de semiotiek, ik heb het gehad over De Saussure en Jakobson, kort over Austin, kort over Searle, we hebben voornamelijk met Barthes gewerkt, omdat hij de gemakkelijkste ingang biedt en omdat hij vaak studieobjecten kiest die ontleend zijn aan de massacultuur, objecten die, mogen we aannemen, eerder de nieuwsgierigheid opwekken van studenten dan zijn essays over Racine en Chateaubriand, want het zijn studenten communicatiewetenschap en geen studenten letterkunde. Naar aanleiding van Barthes kon je uitgebreid praten over biefstuk met patat, over het laatste model Citroën, over James Bond, het is een veel ludiekere onderzoeksaanpak en valt bovendien zo'n beetje samen met de definitie van de semiotiek: een vak dat de methodes van de literaire kritiek toepast op niet-literaire dingen.'

'Hij is niet dood.'

'Pardon, wat bedoelt u?'

'U zei "kon je", u praat in de verleden tijd, alsof het niet langer mogelijk is.'

'Eh, nee, dat wilde ik niet beweren...'

Simon Herzog en Jacques Bayard lopen naast elkaar door de gangen van de universiteit. De jonge docent heeft in zijn ene hand zijn boekentas en in de andere een stapel kopieën. Hij schudt nee als een student hem een pamflet wil geven, de student maakt hem uit voor fascist, hij reageert met een schuldige glimlach en legt Bayard uit: 'Zelfs als hij doodging, zouden we zijn kritische methodes heel goed kunnen blijven toepassen, weet u...'

'Waarom denkt u dat hij doodgaat? Ik heb niet vermeld hoe zwaar zijn verwondingen zijn.'

'Ja, nou, eh, ik dacht zo dat men er niet voor alle verkeersongelukken een commissaris op uitstuurt, en daaruit leid ik af dat het ernstig is en dat de omstandigheden van het ongeluk nog onopgehelderd zijn.'

'De omstandigheden van het ongeluk zijn vrij duidelijk, en de toestand van het slachtoffer biedt vrijwel geen reden tot ongerustheid.'

'O? Nou, eh, daar kan ik alleen maar blij om zijn, commissaris...'

'Ik heb u niet verteld dat ik commissaris ben.'

'O nee? Ik dacht dat Barthes beroemd genoeg was om er een commissaris op uit te sturen...'

'Vóór gisteren had ik nog nooit van die man gehoord.'

De jonge promovendus zwijgt, hij lijkt uit het veld geslagen en Bayard is tevreden. Een studente die sokken draagt in haar sandalen reikt hem een pamflet aan waarop staat te lezen: '*Wachten op Godot*, stuk in één bedrijf'. Hij steekt het pamflet in zijn zak en vraagt Simon Herzog: 'Wat weet u van de semiotiek?'

'Eh, het is de studie die het leven van de tekens in het sociale leven bestudeert.'

Bayard denkt terug aan zijn *Roland-Barthes sans peine*. Hij zet zijn tanden op elkaar.

'En in het Frans?'

'Maar... dat is de definitie van De Saussure...'

'En die Chaussure, kent hij Barthes?'

'Eh, nee, hij is dood, hij is de uitvinder van de semiotiek.'

'O, ik snap het.'

Maar Bayard snapt helemaal niets. De mannen lopen door de cafetaria. Een soort vervallen loods waarin de lucht is verzadigd van merguez, pannenkoeken en wiet. Een lange, slungelige vent met lichtpaarse hagedissenleren laarzen staat op een tafel. Met een peuk in de mond en een biertje in de hand spreekt hij jongeren toe, die met schitterende ogen luisteren. Omdat Simon Herzog geen eigen kamer heeft, nodigt hij Bayard uit te gaan zitten en hij biedt hem machinaal een sigaret aan. Bayard weigert, pakt een Gitane en vraagt door: 'Nou even concreet, waar dient die... wetenschap voor?'

'Nou, eh... om de realiteit te begrijpen.'

Bayard trekt onmerkbaar een lelijk gezicht.

'En wat wil dat zeggen?'

De jonge promovendus denkt een paar seconden na. Hij taxeert het abstractieniveau van de ander als tamelijk beperkt en formuleert zijn antwoord in overeenstemming daarmee, anders bleven ze uren in een vicieuze cirkel zitten praten.

'Eigenlijk is het eenvoudig, er zijn heel wat dingen in onze omgeving die een eh, gebruiksfunctie hebben. Begrijpt u?'

Een vijandige stilte is het antwoord. Aan de overkant van de zaal is de man met zijn lichtpaarse hagedissenleren laarzen zijn jonge discipelen het grote heldendicht van mei '68 aan het voordragen, dat uit zijn mond lijkt op iets tussen *Mad Max* en Woodstock in. Simon Herzog probeert het zo eenvoudig mogelijk te zeggen: 'Een stoel dient om op te zitten, een tafel om aan te eten, een bureau om aan te werken, een kledingstuk om warm te blijven et cetera. Oké?'

Dodelijke stilte.

Hij gaat verder: 'Behalve dan dat ze naast hun gebruiksf... die voorwerpen zijn behalve nuttig ook begiftigd met een symbolische waarde... alsof ze kunnen praten, zo u wilt: ze zeggen ons dingen. Die stoel bijvoorbeeld, waar u op zit, met zijn nulgraad aan design, zijn slechte, gelakte hout en zijn verroeste ijzeren poten, zegt ons dat we in een gemeenschap zitten die zich totaal niet bekommert om comfort of smaak en die geen geld heeft. Voeg daarbij de geur van slecht eten en cannabis en we weten dat we ons op een universiteit bevinden. Op dezelfde manier wijst uw manier van kleden op uw beroep: u draagt een pak, wat een beroep als leidinggevende verraadt, maar uw kleren zijn goedkoop, wat wijst op een bescheiden salaris en/of een gebrek aan belangstelling voor uw uiterlijke verschijning, in uw beroep telt uw voorkomen dus niet of weinig. Uw schoenen zijn afgetrapt, terwijl u met de auto bent gekomen, wat betekent dat u niet achter een bureau blijft zitten, maar een of ander veldwerk doet. Een leidinggevende die achter zijn bureau vandaan komt heeft grote kans aangenomen te zijn voor inspectiewerk.'

'Hm, ik snap het,' zegt Bayard. (Lange stilte, waarin Simon Herzog de man met de lichtpaarse hagedissenleren laarzen zijn geboeide publiek hoort vertellen hoe hij de Jong-Hegelianen heeft verslagen in de tijd waarin hij aan het hoofd stond van de Fraction Armée Spinoziste.) 'Maar per slot van rekening weet ik toch waar ik ben, er staat "Université de Vincennes-Paris 8" bij de ingang. En er staat ook vet "Politie" op het pasje met de driekleur dat ik u heb laten zien toen ik u aansprak aan het eind van uw college, dus ik begrijp nog steeds niet goed waar u naartoe wilt.'

Simon Herzog begint te zweten. Het gesprek maakt pijnlijke herinneringen aan mondelinge examens in hem wakker. Niet in paniek raken, concentreer je, richt je niet op de seconden die in de stilte wegtikken, negeer de zogenaamd zoetsappige uitstraling van de wrede examinator, die innerlijk geniet van zijn officiële superioriteit en het leed dat hij de ander aandoet, omdat hij dat zelf in het verleden ook heeft moeten ondergaan. De jonge promovendus denkt snel na, bekijkt de man tegenover hem aandachtig, gaat methodisch, stap voor stap, te werk, zoals het hem is geleerd en als hij zover is, laat hij nog een paar seconden verglijden voordat hij zegt: 'U hebt gevochten in de Algerijnse Oorlog, u bent tweemaal getrouwd geweest, u bent gescheiden van uw tweede vrouw, u hebt een dochter jonger dan twintig met wie u een moeizame relatie hebt, u hebt tijdens de laatste presidentsverkiezingen beide keren op Giscard gestemd, en dat zult u volgend jaar weer doen, u hebt een teamgenoot verloren tijdens het uitoefenen van zijn functie, misschien wel door uw fout, in ieder geval neemt u het zichzelf kwalijk of u voelt zich er niet gemakkelijk onder, maar uw leidinggevenden waren van mening dat het niet onder uw verantwoordelijkheid viel. En u bent de laatste James Bond gaan zien in de bioscoop, al ziet u liever een goede Maigret op de tv of films met Lino Ventura.'

Een bijzonder lange stilte. Aan het andere eind van de zaal vertelt de reïncarnatie van Spinoza onder toejuichingen van de menigte hoe hij en zijn bende hebben afgerekend met de groep Fourier Rose.

Bayard mompelt toonloos: 'Hoe komt u daarbij?'

'Nou, dat is heel eenvoudig! (Nog een stilte, maar nu laat de jonge docent die stilte vallen. Bayard verroert zich niet, afgezien van een lichte trilling in de vingers van zijn rechterhand. De man met de lichtpaarse hagedissenleren laarzen begint a capella een song van de Rolling Stones te zingen.) Toen u daarnet aan het eind van het college op me afkwam, in mijn klaslokaal, bent u zonder erg zo gaan staan dat u met uw rug niet naar de deur en ook niet naar het raam stond. Zoiets wordt u niet op de politieschool geleerd, maar in het leger. Het feit dat u die reflex hebt behouden, betekent dat uw militaire ervaring niet beperkt is tot de gewone dienstplicht, maar u zozeer heeft beïnvloed dat u er onbewuste gewoontes aan hebt overgehouden. U hebt dus waarschijnlijk gevochten en u bent niet oud genoeg om in Indochina te hebben gezeten, dus denk ik dat u naar Algerije bent gestuurd. U zit bij de politie en moet dus wel rechts zijn, wat ook blijkt uit uw principiële vijandigheid tegenover studenten en intellectuelen (die vanaf het begin van ons gesprek duidelijk is), maar omdat u in Algerije hebt gevochten, hebt u de onafhankelijkheid die De Gaulle het land heeft verleend als verraad ervaren, met als gevolg dat u hebt geweigerd op Chaban-Delmas, de gaullistische kandidaat, te stemmen, en u bent te rationeel (een eigenschap die u in uw beroep hebt opgedaan) om uw stem aan een kandidaat als Le Pen te geven, die niets voorstelt en strikt genomen geen enkele kans heeft ooit in de tweede ronde te komen, dus u hebt natuurlijk op Giscard gestemd. U bent alleen gekomen, wat indruist tegen alle regels van de Franse politie, waar de politieagenten zich altijd minstens met zijn tweeën verplaatsen, dus is er voor u een speciale regeling getroffen, een gunst die u alleen maar kan zijn verleend om een zwaarwegende reden als het verlies van een teamgenoot. Het trauma is zo groot dat u het idee een ander toegewezen te krijgen niet kunt verdragen en uw superieuren u hebben toegestaan solo op te treden. Op die manier kunt u zich een Maigret wanen, die als ik zo naar uw regenjas kijk, voor u een rolmodel vormt, onbewust of niet (commissaris Moulin met zijn leren jack is waarschijnlijk te jong als identificatiemodel en u hebt, eh, de middelen niet om u als James Bond te kleden). U draagt een trouwring aan uw rechterhand, maar u hebt nog de afdruk van een ring in uw linkerringvinger. U hebt waarschijnlijk de indruk van herhaling willen vermijden door van hand te veranderen bij uw tweede huwelijk, om het lot te bezweren in zekere zin. Maar dat heeft naar alle waarschijnlijkheid niet geholpen, omdat uw gekreukelde overhemd op dit uur van de ochtend bewijst dat bij u thuis niemand het strijkwerk doet; uw vrouw zou conform het kleinburgerlijke model dat bij uw socioculturele milieu past, u niet met ongestreken kleren de deur uit hebben laten gaan, als ze nog bij u woonde.'

De stilte die volgt, zou wel vierentwintig uur kunnen duren.

'En wat betreft mijn dochter?'

De promovendus wuift de vraag schijnbaar bescheiden weg: 'Dat is te lang om uit te leggen.'

In werkelijkheid heeft hij zich door zijn eigen vuur mee laten slepen. Hij vond dat het toevoegen van een dochter een mooi plaatje opleverde.

'Goed, komt u maar mee.'

'Hè? Waarheen? Arresteert u me?'

'Ik schakel u in. U lijkt me iets minder afgestompt dan de gewone langharigen en ik heb een vertaler nodig voor al dat gelul.'

'Maar... nee, het spijt me wel, maar dat is volstrekt onmogelijk! Ik moet mijn college voor morgen voorbereiden en ik moet mijn proefschrift schrijven en een boek terugbrengen naar de bibliotheek...'

'Luister goed naar me, ettertje: je gaat met mij mee, begrepen?'

‘Maar… waarheen dan?’

‘Verdachten ondervragen.’

‘Verdachten? Maar ik dacht dat het een ongeluk was!’

‘De getuigen, bedoel ik. Laten we gaan.’

De groep jonge fans die zich heeft verzameld rond de man met de lichtpaarse hagedissenleren laarzen, scandeert: ‘Spinoza fuckt Hegel! Spinoza fuckt Hegel! Weg met de dialectiek!’ Als Bayard en zijn nieuwe assistent de deur uit lopen, laten ze een groep maoïsten voorgaan, die naar alle waarschijnlijkheid besloten hebben de Spinoza-aanhanger te molesteren onder het uitroepen van ‘Badiou met ons!’

12

Roland Barthes woonde in de Rue Servandoni, naast de Saint-Sulpice-kerk en op een paar passen afstand van de Jardin du Luxembourg. Ik parkeer de auto waar ik aanneem dat Bayard zijn 504 heeft geparkeerd, voor de ingang van nummer 11. Ik bespaar u het tegenwoordig obligate copy-paste van wat Wikipedia erover zegt: een herenhuis ontworpen door die en die Italiaanse architect voor rekening van die en die bisschop van Bretagne enz.

Het is een mooi, burgerlijk pand van goede lichte steen met een hoge, smeedijzeren hoofdingang. Voor de ingang is een werknemer van de firma Vinci bezig een codeslot te installeren. (In die tijd heet Vinci nog geen Vinci en is onderdeel van de CGE (de Compagnie Générale d'Électricité, het toekomstige Alcatel, maar dat kan Simon Herzog niet weten.) Je moet de binnenplaats oversteken en direct na het hokje van de conciërge rechts de B-trap nemen. Barthes en zijn familie hadden er twee appartementen, op de tweede en de vijfde verdieping, plus twee samengevoegde dienstbodekamers op de zesde, die als studeerkamer fungeerden. Bayard vraagt de sleutels bij de conciërge. Simon Herzog vraagt Bayard wat ze hier komen zoeken, Bayard heeft geen notie, ze nemen de trap want er is geen lift.

De inrichting van het appartement op de tweede verdieping is ouderwets, er staan houten klokken, alles is heel netjes opgeruimd, heel schoon, ook de kamer die als studeerkamer dienstdoet, naast het bed een transistorradio en een exemplaar van *Memoires van over het graf*, maar Barthes werkte voornamelijk in zijn dienstbodekamer op de zesde.

Op de vijfde verdieping worden de twee mannen ontvangen door de jongere broer van Barthes en diens vrouw, een Arabische, merkt

Bayard op, een schoonheid, merkt Simon op, die hen vast wel uitnodigt voor een kopje thee. De jongere broer legt uit dat de appartementen op de tweede en de vijfde verdieping aan elkaar gelijk zijn. Een tijdlang woonden Barthes, zijn moeder en zijn jongere broer op de vijfde, maar toen hun moeder ziek werd, was ze te zwak om die vier trappen op te lopen, dus Barthes kocht het appartement op de tweede toen het vrij was gekomen en ging er met zijn moeder wonen. Barthes zag veel mensen, ging vaak uit, vooral sinds de dood van hun moeder, maar de jongere broer zegt dat hij de mensen met wie hij omging, niet kent. Hij weet alleen dat hij vaak naar de Flore ging, waar hij zijn zakelijke afspraken had en waar hij vrienden ontmoette.

Op de zesde verdieping vormen twee aangrenzende, samengevoegde dienstbodekamers een klein tweekamerappartement. Er staat een schragentafel die dienstdoet als bureau, een ijzeren bed, er is een keukenhoek met Japanse thee op de koelkast, er liggen overal boeken, er staan koffiekopjes naast halfvolle asbakken, het is er ouder, smeriger en wanordelijker, maar er staat wel een piano, er is een platenspeler met platen klassieke muziek (Schumann, Schubert) en er staan schoenendozen vol systeemkaarten, sleutels, handschoenen, kaarten, krantenknipsels.

Via een luik kun je in het appartement op de vijfde verdieping komen zonder over de trap te hoeven.

Op de muur herkent Simon Herzog de vreemde foto's van *De lichtende kamer*, Barthes' laatste boek, dat net uit is, en een daarvan is de vergeelde foto van een meisje in een wintertuin, zijn verafgode moeder.

Bayard vraagt hem een blik te werpen op de systeemkaarten en de boekenkast. Simon Herzog bekijkt, zoals alle intellectuelen ter wereld doen als ze bij iemand op bezoek zijn, ook al zijn ze niet speciaal daarvoor gekomen, nieuwsgierig de boeken in de boekenkast: Proust, Pascal, De Sade, meer Chateaubriand, weinig moderne auteurs, afgezien van een paar boeken van Sollers, Kristeva en Robbe-Grillet en daarnaast woordenboeken, essaybundels, Todorov, Genette, boeken over linguïstiek, De Saussure, Austin, Searle… Op het bureau de schrijfmachine met een blaadje erin gedraaid. Simon Herzog leest de titel: 'Praten over waar je van houdt, mislukt altijd.' Hij loopt even snel door de tekst, het gaat over Stendhal. Simon is ontroerd bij de gedachte dat Barthes hier achter zijn bureau zat, denkend aan Stendhal, aan de liefde, aan Italië, zonder te vermoeden dat elk uur dat hij hier aan dat artikel zat te tikken hem dichter bij het moment bracht waarop hij zou worden aangereden door een busje van een wasserij.

Naast de schrijfmachine ligt een exemplaar van *Essais de linguistique générale* van Jakobson, met een boekenlegger die op Simon Herzog hetzelfde effect heeft als een stilstaand horloge dat op de pols van het slachtoffer wordt aangetroffen: toen Barthes werd aangereden door het busje, was hij daar dus over aan het nadenken. Hij was het hoofdstuk over de functies van taal aan het herlezen. Een in vieren gevouwen blaadje papier heeft Barthes gebruikt als boekenlegger. Simon Herzog vouwt het open, er staan dicht opeen geschreven aantekeningen op die hij niet eens probeert te ontcijferen, hij vouwt het blaadje zonder het te lezen weer dicht en legt het gewetensvol terug op zijn plaats, zodat Barthes de juiste bladzij terug kan vinden als hij weer thuiskomt.

Op de rand van het bureau wat geopende post, veel niet-geopende post, blaadjes met hetzelfde compacte, onleesbare schrift, een paar nummers van *Le Nouvel Observateur*, krantenartikelen en uit tijdschriften geknipte foto's. Sigaretten opgestapeld als kubieke meters hout. Simon Herzog voelt droefheid in zich opwellen. Terwijl Bayard onder het ijzeren bed snuffelt, buigt hij zich voorover om uit het raam te kijken. Beneden staat een zwarte DS dubbel geparkeerd en hij glimlacht omdat het zo symbolisch is, de DS was immers de beroemdste van Barthes' *Mythologieën*, het embleem dat was gekozen voor de omslag van zijn beroemde bundel artikelen. Hij hoort de echo omhoogkomen van de beitel waarmee de werknemer van Vinci een sleuf in de steen hakt voor het metalen toetsenbord van het toekomstige codeslot. De hemel is opgeklaard. Onder zijn horizon, achter de gebouwen, vermoedt hij de bomen van het Luxembourg.

Bayard haalt hem uit zijn dromerij door een stapel tijdschriften die hij onder het bed heeft gevonden op het bureau te leggen, en het zijn geen oude nummers van *Le Nouvel Obs*. Met een grimmige voldoening op zijn gezicht slingert hij Simon naar zijn hoofd: 'Hij hield wel van pikken, onze intellectueel!' Voor zich uitgestald ziet Simon Herzog covers met naakte, gespierde jongemannen, die met een onbeschaamde blik poseren. Ik weet niet of het in die tijd algemeen bekend was dat Barthes homoseksueel was. Toen hij *Uit de taal van een verliefde* schreef, zijn bestseller, had hij zorgvuldig vermeden het object van de liefde nader aan te duiden en alles in het werk gesteld om bij neutrale formuleringen te blijven als 'de partner' of 'de ander' (die, heel onschuldig, grammaticaal het verwijswoord 'hij' oproepen, omdat in het Frans het neutrale mannelijk is). Ik weet dat Barthes, in tegenstelling tot Foucault, die zijn homoseksualiteit openlijk beleed, uiterst discreet was, er misschien wel niet voor uit wilde komen, in ieder geval de schijn op wilde houden, ten minste tot aan de dood van zijn moeder. Foucault nam hem dat overigens kwalijk en minachtte hem daarom een beetje, geloof ik. Maar ik weet niet of er geruchten de ronde deden bij het grote publiek of in universitaire kringen of zelfs of het bij iedereen bekend was of niet. In ieder geval heeft Simon Herzog, mocht hij iets van Barthes' homoseksualiteit weten, het niet nodig gevonden om commissaris Bayard er in dit stadium van het onderzoek van op de hoogte te stellen.

Op het moment dat Bayard breed grijnzend de middenpagina van een tijdschrift genaamd *Gai Pied* openslaat, begint de telefoon te rinkelen. Bayard grijnst niet langer. Hij legt het tijdschrift op het bureau zonder de moeite te nemen de middenpagina dicht te vouwen en blijft onbeweeglijk staan. Hij kijkt naar Simon, die hem aankijkt, terwijl de schone jongeling op de foto met zijn pik in de hand naar hen kijkt en de telefoon blijft overgaan. Bayard laat hem nog een paar keer rinkelen en neemt dan op, zonder iets te zeggen. Simon slaat hem gade, terwijl hij seconden lang blijft zwijgen. Hij hoort ook de stilte aan de andere kant van de lijn en houdt instinctief zijn adem in. Wanneer Bayard eindelijk 'hallo' zegt, is er aan de andere kant van de lijn een klik te horen, gevolgd door het tuut-tuut dat aangeeft dat er is opgehangen. Bayard legt verbouwereerd weer neer. Simon Herzog vraagt dom: 'Verkeerd verbonden?' Door het open raam horen ze op straat een auto starten. Bayard neemt de pornotijdschriften mee en beide mannen verlaten de kamer. Simon Herzog zegt tegen zichzelf: 'Ik had het raam dicht moeten doen. Het gaat regenen.' Jacques Bayard zegt tegen zichzelf: 'Verdomde flikkers, die intellectuelen...'

Ze bellen bij de conciërge om haar de sleutels terug te geven, maar er wordt niet opengedaan. De arbeider die het codeslot moet installeren, biedt aan ze in ontvangst te nemen en ze aan de conciërge te overhandigen als ze terugkomt, maar Bayard gaat liever weer naar boven om ze aan Barthes' jongere broer te geven.

Als hij weer beneden is, staat Simon een sigaret te roken met de arbeider die even pauze neemt. Op straat loopt Bayard niet naar de 504. 'Waar gaan we heen?' vraagt Simon Herzog. 'Naar Café de Flore,' zegt Bayard. 'Hebt u het ook gemerkt?' vraagt Simon. 'Die installateur van het codeslot had een Slavisch accent, of niet?' Bayard gromt: 'Zolang hij geen tank bestuurt, zal het me worst zijn.' Als ze Place Saint-Sulpice oversteken, kruisen ze een blauwe Fuego en Bayard speelt de expert als hij tegen Simon zegt: 'Dat is de nieuwe Renault, rechtstreeks uit de fabriek.' Machinaal bedenkt Simon Herzog dat de arbeiders die deze auto in elkaar hebben gezet, hem niet kunnen betalen zelfs als ze zich honderd keer uit de naad werken, en omdat zijn marxistische overwegingen hem bezighouden, schenkt hij geen aandacht aan de twee Japanners in de auto.

13

In de Flore zien ze een blond vrouwtje naast een man zitten die loenst achter dikke brillenglazen en nogal ziekelijk oogt, zijn kikkerhoofd zegt Bayard wel iets, maar voor hem zijn ze niet gekomen. Bayard ontdekt mannen van onder de dertig en spreekt hen aan. Het zijn voor het grootste deel gigolo's die hier iemand proberen op te pikken. Kenden ze Barthes? Allemaal. Bayard ondervraagt hen een voor een terwijl Simon Herzog Sartre vanuit zijn ooghoeken in de gaten houdt: hij ziet er helemaal niet gezond uit en blijft maar hoesten, terwijl hij trekjes van zijn sigaret neemt. Françoise Sagan klopt hem bezorgd op zijn rug. Een jonge Marokkaan is de laatste die Barthes heeft gezien, op het moment dat de grote criticus in onderhandeling was met een nieuweling, zijn naam kent hij niet, maar ze zijn met zijn tweeën vertrokken, hij weet niet wat ze hebben gedaan, waar ze naartoe zijn gegaan of waar hij woont, maar waar hij die avond te vinden is weet hij wel: in Bains Diderot, een sauna bij het Gare de Lyon. 'Een sauna?' zegt Simon Herzog verbaasd, als er een fanaticus met een sjaal binnenkomt en tegen niemand in het bijzonder begint te roepen: 'Kijk nou toch eens naar die koppen! Die hebben niet lang meer te gaan! Luister goed, een burger moet regeren of sterven, en zo is het! Drink! Drink uw Fernet op de gezondheid van uw maatschappij! Profiteer, profiteer! Verjaag! Takel af! Leve Bokassa!' Een paar gesprekken vallen stil, de stamgasten bekijken de nieuwkomer met een droefgeestige blik, de toeristen proberen te genieten van de attractie zonder goed te begrijpen wat die precies inhoudt, maar de obers blijven drankjes serveren alsof er niets aan de hand is. Overdreven theatraal met zijn arm zwaaiend richt de profeet met de sjaal zich tot een imaginaire persoon en roept zegevierend uit: 'Het is niet de moeite om te rennen, kameraad, de oude wereld ligt vlak voor je!'

Bayard vraagt wie dat is, de gigolo zegt dat het Jean-Edern Hallier is, een soort aristocratische schrijver die vaak herrie trapt en beweert dat hij minister wordt als Mitterrand volgend jaar wint. Bayard merkt de omgedraaide v van de mond op, de schitterende blauwe ogen, het voor aristocraten of mensen uit de hogere burgerij typische accent, dat grenst aan een spraakgebrek. Hij gaat verder met de ondervraging: wat is dat voor iemand, die nieuweling? De jonge Marokkaan beschrijft een Arabier met een zuidelijk accent, een oorringetje en haar dat in zijn gezicht hangt. Nog steeds luidkeels geeft Jean-Edern hoog op van de verdiensten van de ecologie, de euthanasie, de piratenzenders en de *Metamorphosen* van Ovidius, van de hak op de tak. Simon Herzog kijkt naar Sartre die naar Jean-Edern kijkt. Als Jean-Edern merkt dat Sartre daar zit, gaat er een huivering door hem heen. Sartre staart peinzend naar hem. Als een simultaantolk fluistert Françoise Sagan in zijn oor. Jean-Edern knijpt zijn ogen dicht, waardoor zijn gezicht onder het dikke krulhaar nog meer op een marterkop lijkt, zwijgt een paar seconden waarin hij lijkt na te denken en begint dan weer te declameren: 'Het existentialisme is een botulisme! Leve de derde sekse! Leve de vierde! We mogen de Coupole niet teleurstellen!' Bayard verklaart dat Simon Herzog met hem mee moet naar de Bains Diderot om te helpen die onbekende gigolo te vinden. Jean-Edern Hallier posteert zich voor Sartre, steekt zijn arm met gestrekte hand de lucht in en schreeuwt zo hard dat zijn mocassins ervan klapperen: 'Heil Althusser!' Simon Herzog protesteert: zijn aanwezigheid is absoluut niet noodzakelijk. Sartre hoest en steekt een nieuwe Gitane op. Bayard zegt dat een intellectueel flikkertje integendeel erg nuttig voor hem zal zijn bij het terugvinden van de verdachte. Jean-Edern begint obsceniteiten te zingen op de wijs van De Internationale. Simon Herzog zegt dat het te laat is om een zwembroek aan te schaffen. Bayard grijnst en zegt dat hij die niet nodig heeft. Sartre vouwt *Le Monde* open en begint het kruiswoordraadsel op te lossen. (Omdat hij bijna blind is, leest

Françoise Sagan hem de omschrijvingen voor.) Jean-Edern ziet iets op straat en haast zich naar buiten: 'Moderne tijd! Schijt aan je naam!' Het is al zeven uur, het is intussen donker. Commissaris Bayard en Simon Herzog gaan terug naar de 504, die voor het huis van Barthes geparkeerd staat, Bayard haalt drie of vier bekeuringen van de voorruit en ze rijden richting Place de la République, gevolgd door een zwarte DS en een blauwe Fuego.

14

Jacques Bayard en Simon Herzog wandelen door de dampen van de sauna, een wit handdoekje om de heupen geknoopt, tussen zwetende gedaanten door die elkaar bij het langslopen steels lichtjes aanraken. Zijn pasje heeft de commissaris in de garderobe achtergelaten, ze zijn incognito, want hij wil de gigolo met de oorring niet afschrikken, als ze hem ontdekken.

Ze zijn nog niet eens zo'n ongeloofwaardig stel: de oude stevig gebouwde man met behaard bovenlijf die onderzoekend loert en de sprietige onbehaarde jongeman die tersluikse blikken werpt. Met zijn uiterlijk van bangelijke antropoloog prikkelt Simon Herzog de begeerte, de mannen die hij tegenkomt nemen hem langdurig op en draaien zich om als hij langsloopt, maar ook Bayard kent een zeker succes. Twee of drie jongeren werpen hem uitdagende blikken toe en een dikzak staart van een afstandje naar hem, zijn vuist boven op zijn geslacht: de Lino Ventura-stijl heeft kennelijk ook zijn aanhangers. Mocht Bayard woest zijn omdat dit zootje flikkers hem voor een van hen aanziet, hij is professioneel genoeg om het niet te laten blijken en zich te beperken tot het uitstralen van een lichte vijandigheid om elke poging tot toenadering de grond in te boren.

Het complex is in verschillende ruimtes verdeeld: de eigenlijke sauna, een hamam, een zwembad en *back rooms* in alle soorten en maten. Het publiek is al even divers: alle leeftijden, alle lengtes, alle diktes zijn vertegenwoordigd. Maar wat de commissaris en zijn helper komen zoeken, is niet gemakkelijk te vinden: de helft van de aanwezige mannen draagt een oorring en dat aantal bereikt bijna de honderd procent voor mannen jonger dan dertig, die bovendien bijna allemaal van Arabische afkomst zijn. Helaas is de aanwijzing van het haar niet veel bruikbaarder: jonge mannen die een lange pony kunnen hebben, zijn in een dergelijke omgeving moeilijk op te sporen omdat je nat haar nu eenmaal werktuiglijk naar achteren strijkt.

Blijft over de laatste aanwijzing: het zuidelijk accent. Maar dat betekent dat ze vroeg of laat contact moeten leggen.

Op een aardewerken bank in een hoek van de sauna kussen twee jongelingen elkaar, terwijl ze elkaar aftrekken. Onopvallend buigt Bayard zich over hen heen om te zien of ze een oorring in hebben. Ja, allebei. Maar zouden ze hun tijd met elkaar verdoen als het gigolo's waren? Het is mogelijk, Bayard heeft nooit bij de zedenpolitie gewerkt en op dat gebied is hij geen specialist. Hij sleept Simon mee op inspectie door het etablissement. Het is niet eenvoudig om alles te zien, het licht is gedempt, de waterdamp vormt een dichte mist en sommigen trekken zich terug in de back rooms, waar je hen alleen door tralievensters kunt gadeslaan. Ze komen een verbijsterde Arabier tegen die hun geslacht probeert aan te raken, twee Japanners, twee snorrenbaarden met vet haar, getatoeëerde dikkerds, wellustige ouderen, jongeren met een fluwelen blik. De mannen dragen hun handdoek om hun taille of over hun schouder, in het zwembad is iedereen naakt, sommigen met een stijve, anderen niet. Ook op dat gebied zijn alle groottes en vormen vertegenwoordigd. Bayard probeert de dragers van oorringen eruit te schiften en als hij er een stuk of vier, vijf heeft ontdekt, wijst hij er een aan en geeft Simon de opdracht erop af te gaan.

Simon Herzog weet dat het logischer zou zijn als Bayard en niet hij de gigolo zou aanspreken, maar bij het zien van het gesloten gezicht van de smeris begrijpt hij dat discussiëren zinloos is. Onbeholpen gaat hij op de gigolo af en groet hem. Zijn stem trilt. De jongen glimlacht, maar zegt niets terug. Buiten de collegezaal is Simon Herzog tamelijk verlegen van aard en een grote versierder is hij nooit geweest. Hij weet er een paar clichés uit te krijgen, die hij meteen misplaatst of belachelijk vindt. Zonder iets te zeggen pakt de jongen hem bij de hand en trekt hem mee naar de back rooms. Willoos volgt Simon hem. Hij weet dat hij snel moet handelen. Toonloos vraagt hij: 'Hoe heet je?' Hij antwoordt: 'Patrick.' Geen materiaal waar het zuidelijk accent aan valt te ontdekken. Simon volgt hem een klein hokje in, waar de jongeman hem bij de heupen pakt en voor hem neerknielt. In de hoop hem een hele zin te horen uitspreken, stamelt Simon: 'Wil je niet liever dat ik begin?' De ander zegt nee, schuift zijn hand onder de handdoek en Simon huivert. De handdoek valt. Tot zijn verbazing stelt Simon vast dat zijn pik niet ongevoelig is voor de vingers van de jongen. Hij besluit alles op het spel te zetten: 'Stop, stop! Weet je wat ik wil?' De jongen vraagt: 'Wat?' Nog niet genoeg lettergrepen om het accent te ontdekken. 'Ik wil op je kakken!' De ander kijkt verbaasd. 'Mag ik?' Dan antwoordt Patrick eindelijk zonder enig zuidelijk accent: 'Oké, maar dat kost meer!' Simon Herzog raapt zijn handdoek op en vlucht weg terwijl hij roept: 'Jammer dan! Volgende keer beter!' Als hij dit moet doen met alle tien, vijftien mogelijke gigolo's die in de tent rondhangen, kon het wel eens een lange avond worden. Hij komt de verbijsterde Arabier weer tegen, die in het voorbijgaan zijn pik probeert aan te raken, de twee snorrenbaarden, de twee Japanners, de getatoeëerde dikkerds, de schone jongelingen en hij gaat naast Bayard staan op het moment dat er een harde, docerende en neuzelende stem weerklinkt: 'Een lakei van de gevestigde orde die zijn repressieve spieren in een oord van biomacht laat zien? De gewoonste zaak van de wereld!'

Achter Bayard zit een kale vent met een vierkante kaak, droog en naakt, met gespreide armen over de rugleuning van een houten bank, zijn benen wijd uit elkaar, en laat zich afzuigen door een graatmagere jongen met een oorring, maar met kort haar. 'Hebt u iets interessants gevonden, commissaris?' vraagt Michel Foucault terwijl hij Simon Herzog aanstaart.

Bayard onderdrukt zijn verbazing, maar weet niets terug te zeggen. Simon Herzog zet grote ogen op. De stilte wordt gevuld door schreeuw- en kreungeluiden uit de back rooms. Hand in hand staan de twee snorrenbaarden op de achtergrond Bayard, Herzog en Foucault op te nemen. De Arabische pikkenbetaster wandelt rond. De

Japanners doen alsof ze met hun handdoek op hun hoofd het zwembad in gaan. De getatoeëerde mannen klampen de jongelingen aan of andersom. Michel Foucault vraagt aan Bayard: 'Hoe vindt u het hier, commissaris?' Bayard antwoordt niet, alleen de geluiden uit de back rooms zijn te horen: 'Hng! Hng!' Foucault: 'U bent gekomen om iemand te zoeken, maar u hebt hem zo te zien al gevonden.' Hij wijst lachend op Simon Herzog: 'Uw Alcibiades!' De back rooms: 'Hng! Hng!' Bayard: 'Ik zoek iemand die Roland Barthes vlak voor het ongeluk heeft ontmoet.' Foucault streelt het hoofd van de jongeman die tussen zijn benen aan de gang is: 'Roland had een geheim, weet u...' Bayard vraagt wat voor geheim. De back rooms steunen en kreunen steeds luider. Foucault legt hem uit dat Barthes seks op westerse wijze opvatte, dat wil zeggen als een geheim, dat aan het licht moest worden gebracht. 'Roland Barthes,' zegt hij, 'was een schaap dat herder wilde zijn. En dat ook is geweest! Briljanter kon niet! Maar niet wat de rest betreft. Op het gebied van seks is hij altijd een schaap gebleven.' De back rooms loeien: 'Ha! Ha! Ha! Ha!' De Arabische betaster probeert zijn hand onder Simons handdoek te steken, maar Simon duwt hem zachtjes weg en dan zwenkt hij af naar de snorrenbaarden. 'In feite,' zegt Foucault, 'had Roland een christelijk temperament. Hij kwam hier zoals de eerste christenen naar de mis gingen: zonder er iets van te begrijpen, maar heel vurig. Hij geloofde erin zonder te weten waarom.' (In de back rooms: 'Ja! Ja!') 'Homoseksualiteit wekt uw afkeer, nietwaar, commissaris?' ('Harder! Harder!') 'Toch bent u degene die ons heeft geschapen. Het begrip van de mannelijke homoseksualiteit bestond niet in het klassieke Griekenland: Socrates mocht Alcibiades naaien zonder door te gaan voor pederast, want de Grieken hadden een veel hoogstaander opvatting van wat de jeugd zou kunnen bederven...'

Foucault legt zijn hoofd in zijn nek en sluit zijn ogen, zonder dat Bayard of Herzog kan uitmaken of hij zich overgeeft aan het plezier of dat hij nadenkt. En nog altijd stijgt het koor uit de back rooms op: 'O! O!'

Foucault doet zijn ogen weer open alsof hem nog iets te binnen is geschoten. 'En toch hadden de Grieken ook hun grenzen. Ze ontzegden de jongen zijn deel van het plezier. Ze konden het hem niet verbieden, natuurlijk, maar ze hadden er geen concept voor en ze gingen uiteindelijk net zo te werk als wij: ze beperkten zich ertoe het uit te sluiten met behulp van de regels van het fatsoen.' (De back rooms: 'Nee! Nee! Nee!') 'Het fatsoen is per slot van rekening altijd het effectiefste dwangmiddel...' Hij wijst naar zijn kruis: 'Dit is geen pijp, zoals Magritte zou zeggen, haha!' en tilt dan het hoofd op van de jongeman die hem nauwgezet is blijven afzuigen: 'Maar jij vindt het lekker om me te pijpen, hè, Hamed?' De jongeman knikt eventjes. Foucault kijkt hem teder aan en zegt terwijl hij zijn wang streelt: 'Dat korte haar staat je goed.' De jongeman antwoordt glimlachend: 'Dank je welluh!'

Bayard en Herzog spitsen hun oren, ze weten niet zeker of ze het goed hebben gehoord, maar hij voegt eraan toe: 'Je bent lief, Michelluh, en je hebt een mooie pik, lulluh!'

15

Ja, hij heeft Roland Barthes gezien, een paar dagen geleden. Nee, ze hadden niet echt seksueel verkeer gehad. Barthes noemde het 'schuitje varen'. Erg actief was hij niet. Eerder sentimenteel. Hij bood hem een omelet aan in de Coupole en drong er daarna op aan dat hij meekwam naar zijn dienstbodekamer. Ze dronken thee. Ze hadden het over niets speciaals gehad, Barthes was niet erg spraakzaam. Hij was in gedachten verzonken. Voordat hij wegging vroeg hij hem: 'Wat zou jij doen als je de heerser over de hele wereld was?' De gigolo had gezegd dat hij alle wetten zou afschaffen. Barthes had gevraagd: 'Zelfs de grammatica?'

16

Het is relatief rustig in de hal van het Pitié-Salpêtrière-ziekenhuis. Vrienden, bewonderaars, kennissen en nieuwsgierigen, die elkaar dag na dag aflossen aan het bed van de grote man, bevolken de ziekenhuishal terwijl ze zachtjes keuvelen, met in de hand een sigaret, een sandwich, een krant, een boek van Guy Debord of een roman van Kundera, als er opeens drie verschijningen opdoemen, een kleine doortastende vrouw met kort haar, geflankeerd door twee mannen, de een in een wit overhemd dat wijd openstaat, lange zwarte jas, met zwart, rechtopstaand haar, de ander met een vogelkopje, sigarettenpijpje tussen de lippen, lichtbruin haar.

Met besliste pas doorklieft het escadrille de menigte, iedereen voelt dat er iets te gebeuren staat, er hangt iets van Operatie Overlord in de lucht, en verdwijnt in het coma-paviljoen. De mensen die voor Barthes gekomen zijn, kijken elkaar vragend aan, de andere bezoekers ook. Er zijn nog geen vijf minuten verstreken of de eerste uitroepen zijn te horen: 'Ze laten hem doodgaan! Ze laten hem gewoon doodgaan!'

De drie wraakengelen keren razend terug uit het dodenrijk: 'Hij ligt hier te creperen! Het is een schandaal! Wie denken jullie wel dat je bent? Waarom heeft niemand ons gewaarschuwd? Waren wij er maar bij geweest!' Jammer dat er geen fotograaf in de zaal was om dit grote moment in de geschiedenis van de Franse intellectuelen te vereeuwigen: Kristeva, Sollers en Bernard-Henri Lévy (BHL) staan het ziekenhuispersoneel uit te kafferen om te protesteren tegen de onwaardige omstandigheden waarin een patiënt van hoog aanzien, hun grote vriend Roland Barthes, hier wordt behandeld.

De lezer verwondert zich misschien over de aanwezigheid van

BHL, maar hij was toen ook al overal bij betrokken. Barthes heeft hem gesteund als 'nieuwe filosoof', in vrij duistere termen, maar toch tamelijk officieel en heeft daarvoor overigens op zijn donder gekregen van Deleuze. Barthes is altijd een zwakkeling geweest, die volgens zijn vrienden geen nee kon zeggen. Als BHL hem in 1977 bij de verschijning van *De barbaarsheid met een menselijk gezicht* een exemplaar laat bezorgen, stuurt hij zowaar een beleefd antwoord waarin hij zich ertoe beperkt de stijl te loven, zonder in te gaan op de inhoud. Maar dat is geen bezwaar, BHL publiceert de brief in *Les Nouvelles littéraires*, laat zich in met Sollers, en daar staat hij nu drie jaar later zijn stem te verheffen in het Salpêtrière en blijk te geven van een luidruchtige bezorgdheid om zijn vriend de grote criticus.

Maar terwijl hij en zijn twee trawanten stampij blijven maken en het medisch personeel uitschelden ('Hij moet onmiddellijk worden overgebracht! Naar het Hôpital américain! Bel naar Neuilly!'), sluipen er ongemerkt twee gestalten in pakken van slechte snit de gang in en niemand die erop let. Jacques Bayard, op dat moment aanwezig, kijkt verbouwereerd en licht verbijsterd naar de lange donkerharige, met zijn armen maaiende man en de twee krijsende anderen. Simon Herzog, naast hem, vervult de taak waarvoor hij is ingeschakeld en legt Bayard uit wie die mensen zijn, in zijn oor pratend als een simultaantolk, terwijl de drie wrekers verwensingen uitbrakend door de ziekenhuishal zwerven in een schijnbaar onregelmatig ruitpatroon, maar het zou me niet verbazen als het de een of andere duistere tactische choreografie volgt.

Ze snauwen nog steeds ('Weet u wel wie dat is? Kunt u net doen alsof u denkt dat Roland Barthes kan worden behandeld als elke willekeurige patiënt?' Altijd probeert dat soort mensen privileges te krijgen als bewijs van hun uitverkiezing...) als de twee slechtgeklede gestalten weer in de hal verschijnen en daarna onopvallend verdwijnen. En die drie zijn er nog steeds als er een onthutste verpleegster opduikt, blond en met spillebenen, en iets in het oor van de dokter fluistert. Alles komt meteen in beweging, mensen duwen elkaar opzij, storten zich de gang in, haasten zich Barthes' kamer in. De grote criticus ligt op de grond, niet langer geïntubeerd, de draden zijn losgetrokken, zijn ziekenhuistuniek, dun als papier, onthult zijn weke kuiten. Hij reutelt als hij wordt omgedraaid en rolt radeloos met zijn ogen, maar zodra hij commissaris Jacques Bayard ontdekt, die zich bij de doktoren heeft gevoegd, komt hij met een bovenmenselijke inspanning overeind, pakt hem bij zijn jasje, dwingt hem te hurken en spreekt duidelijk al is het zwak, bijna hikkend met zijn beroemde basstem die sprekend lijkt op die van Philippe Noiret, maar nu gebroken is: 'Sophia! IJlt ze...'

Naast de blonde verpleegster ziet hij in de deurlijst Kristeva staan, zijn ogen blijven seconden lang op haar gevestigd, iedereen in de kamer verstart, doktoren, verpleegsters, vrienden, politieagenten zijn versteend door de intensiteit van zijn radeloze blik, en dan verliest hij het bewustzijn.

Buiten rijdt een zwarte DS met krijsende banden weg. Simon Herzog, die in de hal is gebleven, schenkt er geen aandacht aan.

Bayard vraagt aan Kristeva: 'Sophia, bent u dat?' Kristeva antwoordt nee. Maar omdat hij meer verwacht, voegt ze er ten slotte op zijn Frans, met de gepalataliseerde 'j' en 'u' aan toe: 'Ik heet Julia.' Bayard merkt een spoortje buitenlands accent en zegt bij zichzelf dat ze een Italiaanse moet zijn, of een Duitse, of misschien een Griekse, of een Braziliaanse, of een Russin. Hij vindt dat ze een hard gezicht heeft en hij moet niets hebben van de doordringende blik die ze hem toewerpt, want hij voelt wel dat die kleine zwarte ogen hem willen laten merken dat ze een intelligente vrouw is, veel intelligenter dan hij en dat ze hem veracht omdat hij zo'n zakkenwasser van een smeris is. Machinaal vraagt hij: 'Beroep?' En als ze bij haar antwoord 'psychoanalytica' een geringschattend gezicht zet, heeft hij instinctief zin om haar een pets te geven, maar hij houdt zich in. Hij heeft nog twee ondervragingen te gaan.

De blonde verpleegster legt Barthes weer in bed, hij is nog steeds buiten bewustzijn, Bayard laat twee politieagenten voor zijn kamer op wacht zetten en verbiedt tot nader order elk bezoek. Dan wendt hij zich tot de twee hansworsten.

Naam, voornaam, leeftijd, beroep.

'Joyaux, Philippe,' zegt Sollers, 'vierenveertig jaar, schrijver, getrouwd met Julia Joyaux, meisjesnaam Kristeva.'

'Lévy, Bernard-Henri, tweeëndertig jaar, filosoof, ik heb de École Normale Supérieure gedaan.'

De twee mannen waren niet in Parijs toen het ongeluk plaatsvond. Barthes en Sollers kenden elkaar goed... Barthes heeft bijgedragen aan het tijdschrift *Tel Quel* van Philippe Joyaux, bijgenaamd Sollers, en een paar jaar geleden zijn ze samen met Julia naar China geweest... Om wat te doen? Een studiereis... Vuile communisten, zegt Bayard bij zichzelf. Barthes heeft een aantal lovende artikelen over het werk van Sollers geschreven... Barthes is als een vader voor Sollers, ook al denk je soms dat Barthes nog een jongetje is... En Kristeva? Barthes heeft op een dag verklaard dat hij verliefd zou zijn op Julia, als hij van vrouwen hield... Hij verafgoodde haar... En was u niet jaloers, meneer Joyaux? Hahaha... Dat soort relatie hebben Julia en ik niet... En dan die arme Roland, met de mannen had hij al nooit veel geluk... Waarom? Hij wist niet hoe hij het aan moest pakken... hij liet zich altijd beetnemen...! Ik begrijp het. En u, meneer Lévy? Ik bewonder hem enorm, hij is een groot man. En hebt u ook met hem gereisd? Ik wilde hem verschillende plannen voorleggen. Wat voor soort plannen? Het plan voor een film over het leven van Charles Baudelaire, ik wilde hem de hoofdrol aanbieden, het plan voor een gezamenlijk interview met Solzjenitsyn, een plan voor een petitie aan de NAVO om Cuba te bevrijden. Kunt u wat bijzonderheden noemen die dergelijke plannen aannemelijk maken? Jazeker, ik heb er met André Glucksmann over gesproken, die kan het bevestigen. Had Barthes vijanden? Ja, een heleboel, antwoordt Sollers. Iedereen weet dat hij onze vriend is en wij hebben veel vijanden! Wie dan? De stalinisten! De fascisten! Alain Badiou! Gilles Deleuze! Pierre Bourdieu! Cornelius Castoriadis! Pierre Vidal-Naquet! Eh, Hélène Cixous! (BHL: O, hebben Julia en Hélène ruzie? Sollers: Ja... nee... ze is jaloers op Julia vanwege Marguerite...)

Marguerite wie? Duras. Bayard schrijft alle namen op. Kent meneer Joyaux een zekere Michel Foucault? Sollers begint als een derwisj om zijn as te tollen, steeds sneller, zijn sigarettenpijpje nog tussen zijn lippen geklemd, zodat het gloeiende puntje sierlijke, oranje kringels beschrijft in de gang van het ziekenhuis. 'U wilt de waarheid, meneer de commissaris...? Niets dan de waarheid... de hele waarheid... Foucault was jaloers op de reputatie van Barthes... en vooral jaloers omdat ik, Sollers, Barthes koesterde... want Foucault is een tiran van het ergste soort, meneer de commissaris, een huistiran... Stelt u zich voor, meneer de vertegenwoordiger van de openbare orde, hf, hf, dat Foucault me een ultimatum heeft gesteld... "U moet kiezen tussen Barthes en mij!"... Je kunt net zo goed kiezen tussen Montaigne en La Boétie... Tussen Racine en Shakespeare... Tussen Hugo en Balzac... Tussen Goethe en Schiller... Tussen Marx en Engels... Tussen Merckx en Poulidor... Tussen Mao en Lenin... Tussen Breton en Aragon... Tussen Laurel en Hardy... Tussen Sartre en Camus (eh nee, die niet)... Tussen De Gaulle en Tixier-Vignancour... Tussen het Plan en de Markt... Tussen Rocard en Mitterrand... Tussen Giscard en Chirac...' Sollers draait langzamer rond, kucht in zijn sigarettenpijpje. 'Tussen Pascal en Descartes... Uche, uche... Tussen Trésor en Platini... Tussen Renault en Peugeot... Tussen Mazarin en Richelieu... Sssss...' Maar op het moment dat iedereen denkt dat hij het zal begeven, vindt hij zijn tweede adem. 'Tussen de Linkeroever en de Rechteroever... Tussen Parijs en Peking... Tussen Venetië en Rome... Tussen Mussolini en Hitler... Tussen de worst en de puree...'

Opeens horen ze geluid in de ziekenhuiskamer. Bayard doet de deur open, hij ziet dat Barthes dooreen wordt geschud van de spasmes, terwijl hij in zijn slaap praat en de verpleegster hem probeert in te stoppen. Hij praat over 'tekst van sterren voorzien' door middel van een 'lichte aardschok', over 'betekenisblokken' waarvan bij lezing alleen de gladde oppervlakte wordt begrepen, onmerkbaar aaneengelast door de spreeksnelheid van de zinnen, de vloeiende verteltrant, de alomvattende natuurlijkheid van de omgangstaal.

Bayard laat Simon Herzog onmiddellijk komen om het voor hem

te vertalen. Barthes wordt in bed steeds onrustiger. Bayard buigt zich over hem heen en vraagt: 'Meneer Barthes, hebt u de dader gezien?' Barthes doet zijn wilde ogen open, grijpt Bayard bij zijn nek en verklaart kortademig en door angst gekweld: 'De voogd-betekenaar zal in een reeks korte, naast elkaar liggende fragmenten worden opgeknipt, die we hier lexicologische eenheden noemen, omdat het leeseenheden zijn. Toegegeven, dat opknippen verloopt op hoogst arbitraire wijze; er is geen enkele methodologische verantwoordelijkheid mee gemoeid omdat het betrekking heeft op de betekenaar, terwijl de voorgestelde analyse uitsluitend betrekking heeft op de betekenis...' Bayard werpt een vragende blik op Herzog, die zijn schouders ophaalt. Barthes fluit onheilspellend tussen zijn tanden. Bayard vraagt: 'Meneer Barthes, wie is Sophia? Wat ijlt ze?' Barthes kijkt naar hem zonder hem te begrijpen of hij begrijpt hem maar al te goed en hij begint met hese stem zachtjes te zingen: 'De tekst is als geheel te vergelijken met de hemel, plat en diep tegelijkertijd, glad, zonder randen of herkenningspunten; zoals de vogelwichelaar er met de punt van zijn stok een fictief stuk van afbakent om er volgens bepaalde uitgangspunten de vlucht van de vogels in te bestuderen, zo traceert de commentator in de hele tekst leeszones om daarin de verplaatsing van de betekenissen gade te slaan, het aan de dag treden van codes, het voorbijkomen van citaten.' Bayard foetert tegen Herzog, omdat hij van diens verbouwereerde gezicht ondubbelzinnig kan aflezen dat hij die wartaal niet voor hem kan vertalen, maar Barthes is bijna hysterisch als hij begint te schreeuwen, alsof zijn leven ervan afhangt: 'Alles zit in de tekst! Begrijpt u? De tekst terugvinden! De functie! Ach, wat een stommiteit!' Dan valt hij terug in het kussen en mompelt alsof hij iets opdreunt: 'De lexicologische eenheid is niet anders dan de omhulling van een semantische inhoud, de bergkam van de meerduidige tekst, aangebracht als een wal van mogelijke (maar geregelde, door een systematische lezing bevestigde) betekenissen onder de woordenstroom: de lexicologische eenheid en de leeseenheden vormen zo een soort kubus met facetten, overgoten door het woord, de woordengroep, de zin of de alinea, anders gezegd door de taal die er het "natuurlijke" bindmiddel van is.' En hij valt in zwijm. Bayard schudt hem heen en weer om hem weer tot leven te brengen, de blonde verpleegster moet hem dwingen de patiënt rust te gunnen en ze stuurt hen opnieuw de kamer uit.

Als Bayard aan Simon Herzog vraagt hem een tip te geven, wil Herzog zeggen dat hij niet te veel waarde aan Sollers en BHL moet hechten, maar de promovendus in hem ziet ook een mogelijkheid en zegt verlekkerd: 'We zouden moeten beginnen met Deleuze eens aan de tand te voelen.'

Als Simon Herzog het ziekenhuis uit loopt, botst hij tegen de blonde verpleegster op die voor Barthes zorgt. 'Neem me niet kwalijk, zuster!' Ze zendt hem een betoverende glimlach: 'Geeft niets, hoorrr, meneer.'

17

Hamed wordt vroeg wakker. Zijn lichaam zit nog voor een groot deel vol dampen en stoffen van de vorige avond, die hem uit een onrustige slaap rukken. Versuft en gammel als hij is, verward omdat hij in deze onbekende slaapkamer geen herkenningspunt ziet, heeft hij even tijd nodig voor hij zich herinnert hoe hij hier terechtgekomen is en wat hij er heeft gedaan. Hij glijdt uit bed, voorzichtig om de man naast hem niet wakker te maken, schiet zijn mouwloze T-shirt aan, trekt zijn Lee Cooper-spijkerbroek aan, maakt een kop koffie in de keuken klaar, rookt in het voorbijgaan de joint van gisteren op die nog in een jacuzzivormige asbak ligt, grijpt zijn jack, een zwart-witte Teddy Smith met een grote rode F op zijn hart, en vertrekt met knallende deuren.

Het is mooi weer buiten en er staat een zwarte DS geparkeerd op een verlaagde stoep in de verlaten straat. Hamed geniet van de frisse lucht, terwijl hij op zijn walkman naar Blondie luistert en niet ziet dat de zwarte DS start en stapvoets achter hem aan rijdt. Hij steekt de Seine over, loopt langs de Jardin des Plantes en zegt bij zichzelf dat er met een beetje geluk iemand in de Flore is die hem een kop echte koffie aanbiedt, maar in de Flore ziet hij alleen maar collega-gigolo's en twee of drie oude mannen die niets drinken, en ook Sartre is er al, die pijprokend zit te kuchen voor een groepje studenten in truien, dus Hamed vraagt een sigaret aan een voorbijganger in een regenjas die een beagle met treurige ogen uitlaat en hij gaat voor de Pub Saint-Germain, die nog niet open is, staan roken met andere gigolo's, die er net zo uitzien als hij: te weinig geslapen, te veel gedronken, te veel gerookt, terwijl de meesten de vorige dag hebben vergeten te eten. Saïd is er, die hem vraagt of hij gisteren in de Baleine Blue is geweest, Harold is er, die hem vertelt dat hij in het Palace bijna Amanda Lear had versierd, en Slimane is er, die op zijn bek is geslagen maar niet meer weet waarom. Ze zijn het roerend met elkaar eens dat ze zich doodvervelen, Harold zou graag *Le Guignolo* in Montparnasse of Odéon gaan kijken maar de eerste voorstelling is pas om twee uur. Aan de overkant hebben de twee snorrenbaarden de DS op het trottoir geparkeerd en ze drinken nu koffie bij Brasserie Lipp. Hun pakken zijn kreukelig alsof ze in hun auto hebben geslapen en ze hebben altijd hun paraplu bij zich. Hamed zegt bij zichzelf dat hij beter naar huis zou kunnen gaan om te slapen, maar hij heeft geen zin om die vijf trappen op te lopen, dus hij bietst nog een sigaret van een zwarte die uit de metro komt en denkt na over de vraag of hij in het ziekenhuis langs moet gaan of niet. Saïd zegt dat 'Babar' in coma ligt, maar het misschien prettig zou vinden om zijn stem te horen; het schijnt dat mensen in coma klassieke muziek horen die voor hen wordt gespeeld, net als planten. Harold showt zijn aan beide kanten te dragen zwarte bomber met oranje voering. Slimane vertelt dat hij een Russische dichter, die ze wel kennen, gisteren langs heeft zien komen met een snee in zijn gezicht, waardoor hij nog knapper was, en hij lacht er kirrend om. Hamed besluit om naar de Coupole te gaan om te kijken of ik er ben en loopt de Rue de Rennes in. De twee snorrenbaarden volgen hem op de hielen en vergeten daarbij hun paraplu's, maar de ober achterhaalt hen, al schreeuwend: 'Heren! Heren!' Hij zwaait met de paraplu's als met degens, maar niemand schenkt er aandacht aan, ook al ziet het er in eerste instantie naar uit dat het een zonnige dag wordt. De twee mannen nemen hun paraplu's in ontvangst en gaan achter Hamed aan. Ze stoppen voor Le Cosmos, waar *Stalker* van Tarkovski draait en nog een Sovjetoorlogsfilm, zodat Hamed een lichte voorsprong krijgt, maar omdat ook hij stilstaat voor kledingwinkels is er geen enkel gevaar dat ze hem kwijtraken.

Toch gaat een van hen terug om de DS te halen.

18

Op de Rue de Bizerte, tussen de metrostations La Fourche en Place Clichy, ontvangt Gilles Deleuze de twee speurders. Simon Herzog is opgetogen de grote filosoof tussen de boeken bij hem thuis te ontmoeten, een appartement dat naar filosofie en tabak ruikt. De tv staat aan: tennis, Simon ziet zo'n beetje overal verspreid stapels boeken over Leibniz liggen en hoort het tik-tak van de ballen, Connors tegen Nastase.

Officieel zijn de mannen hier omdat Deleuze door BHL is beschuldigd. De ondervraging begint dus met de A van 'aanklacht'.

'Meneer Deleuze, we hebben vernomen dat er een geschil bestond tussen u en Roland Barthes. Wat was daarvan de inhoud?' Tik-tak. Deleuze steekt een half opgerookte maar uitgedoofde sigaret tussen zijn lippen. Bayard merkt de abnormaal lange nagels op. 'O ja? Welnee. Ik heb geen enkel geschil met Roland, afgezien van het feit dat hij die onbenul heeft gesteund, kom, die stomme lul met zijn witte overhemd.'

Simon ziet dat er een hoed op een hoedenkapstok ligt. Gevoegd bij de hoed die in de vestibule aan de kapstok hangt en de hoed die op de ladekast ligt, maakt dat een hoop hoeden, in alle kleuren, net als Alain Delon had in *Le Samouraï*. Tik-tak.

Deleuze nestelt zich in zijn fauteuil. 'Ziet u die Amerikaan? Het is de anti-Borg. Althans, nee, de anti-Borg is McEnroe: Egyptische opslag, Russische ziel, hè, ahum, hum. (Hij kucht.) Maar Connors,' (hij spreekt het uit als 'Connorz') 'dat lage spel, dat voortdurend risico's nemen, die over het net scherende ballen... hij is ook heel aristocratisch. Borg: spel vanaf de baseline, hij slaat de bal terug, door zijn topspin ver boven het net. Iedere proleet kan dat begrijpen. Borg heeft het tennis van de proletariër uitgevonden. McEnroe en Connors spelen duidelijk als prinsen.'

Bayard gaat op de bank zitten, hij voelt al dat hij een heleboel onzin aan zal moeten horen.

Simon durft iets tegen te werpen: 'Maar Connors is de volksjongen bij uitstek! De bad boy, de schelm, de schooier, hij speelt vals, hij maakt ruzie, hij kankert, hij kan niet tegen zijn verlies, hij is een ruziezoeker, een vechter, een ongelooflijke doorzetter...'

Deleuze onderdrukt een gebaar van ongeduld. 'Ja? Ahum, hum, dat is een interessante tegenwerping.'

Bayard vraagt: 'Het is mogelijk dat men iets van meneer Barthes heeft willen stelen. Een document. Hebt u enig idee, meneer Deleuze?'

Deleuze wendt zich tot Simon: 'Het is niet zeker dat de vraag naar het wat een goede vraag is. Het kan zijn dat vragen van het type wie?, hoeveel?, hoe?, waar?, wanneer? beter zijn.'

Bayard steekt een sigaret op en vraagt geduldig en bijna lijdzaam: 'Wat wilt u daarmee zeggen?'

'Nou, als u me meer dan een week na de gebeurtenissen komt opzoeken om me de kloteverdachtmakingen van een snertfilosoof voor de voeten te werpen, is het duidelijk dat het ongeluk van Roland waarschijnlijk geen ongeluk is. Dus u zoekt een schuldige. Dat wil zeggen een motief. Maar de weg naar het waarom is een lange weg, waar of niet? Ik neem aan dat het spoor van de chauffeur niets heeft opgeleverd? Ik heb gehoord dat Roland bij kennis is geweest. Heeft hij niets willen zeggen? Dan verandert het waarom.'

Op tv hoor je Connors elke keer dat hij de bal slaat kreunen. Simon werpt een blik uit het raam. Beneden ziet hij een blauwe Fuego geparkeerd staan.

Bayard vraagt waarom Barthes volgens Deleuze niet wil onthullen wat hij weet. Deleuze zegt dat hij daar niets van weet, maar dat hij één ding weet: 'Wat er ook gebeurt, of wat er dan ook gegeven is, er zijn mensen die er aanspraak op maken. Dat wil zeggen, er zijn mensen die zeggen: voor zoiets ben ik de beste.'

Bayard trekt de uilvormige asbak die op het tafeltje staat, naar zich toe. 'En waar maakt u aanspraak op, meneer Deleuze?'

Deleuze laat iets tussen een grinnik en een kuchje in horen. 'Men maakt altijd aanspraak op wat men niet kan zijn of op wat men ooit geweest is en nooit meer zal worden, meneer de commissaris. Maar ik geloof niet dat dat de vraag is, wel?'

Bayard vraagt wat dan wel de vraag is.

Deleuze steekt zijn sigaret aan. 'Hoe je de mensen die ergens aanspraak op maken, selecteert.'

In het gebouw is een schreeuwende vrouw te horen. Of het van plezier of van woede is, valt niet uit te maken. Deleuze wijst naar de deur. 'De vrouwen, meneer de commissaris, zijn niet van nature vrouwen. De vrouwen kennen een vrouw-wording.' Hij staat met een lichte kreun op, ook hij, en schenkt zich een glas rode wijn in. 'Wij zijn net eender.'

Bayard vraagt argwanend: 'Denkt u dat we allemaal eender zijn? Denkt u dat u en ik eender zijn?'

Deleuze glimlacht: 'Ja... althans, in zekere zin.'

Bayard probeert zijn goede wil te tonen, maar er klinkt een zekere reserve in zijn stem: 'U zoekt dus ook naar de waarheid?'

'Hola! De waarheid... Waar ze begint, waar ze eindigt... je zit altijd ergens middenin, weet u.'

Connors wint de eerste set met 6-2.

'Hoe we kunnen vaststellen wie van de mensen die ergens aanspraak op maken, de juiste is? Als u het hoe hebt, hebt u het waarom ook. Neem bijvoorbeeld de sofisten: het probleem is, als je Plato mag geloven, dat ze aanspraak maken op iets waar ze geen recht op hebben... Ja, ja, ze spelen vals, die rotzakken...!' Hij wrijft in zijn handen. 'Processen bestáán van mensen die ergens aanspraak op maken...'

Hij leegt zijn glas in één teug, kijkt naar Simon en zegt: 'Het is even amusant als een roman.'

Simon kruist zijn blik.

19

'Nee hè, dat is volkomen onmogelijk, ik weiger categorisch! Ik ga niet! Ik heb er genoeg van! Geen sprake van dat ik een voet in dat paleis van u zet, zeg! U hebt me niet nodig om de woorden van die smeerlap te decoderen. En ik hoef hem niet horen zeggen, ik vat het even voor u samen: Ik ben de lakei van het grootkapitaal. Ik ben de vijand van de arbeidersklasse. Ik heb alle media in handen. Als ik niet op olifanten jaag in Afrika, jaag ik wel op piratenzenders. Ik muilkorf de vrijheid van meningsuiting. Ik poot overal kerncentrales neer. Ik ben een demagogische pooier die ongevraagd op bezoek komt bij arme mensen. Ik ben diamantenheler. Ik speel graag de proleet in de metro. Ik mag de zwarten graag als ze keizer zijn of straatveger. Als ik het woord "humanitair" hoor, stuur ik de para's. Ik gebruik extreemrechtse kongsi's om mijn zaakjes te regelen. Ik heb schijt aan de Nationale Vergadering. Ik ben… ik ben… een VETTE FASCIST!'

Trillend steekt Simon een sigaret op. Bayard wacht tot de crisis voorbij is. In dit stadium van het onderzoek, gezien de bijzonderheden waarover hij beschikt, heeft hij een eerste rapport bij zijn superieuren ingediend en hij vermoedde wel dat het zijn repercussies zou hebben, maar niet dat hij op het matje zou worden geroepen. Met die jonge vent.

'Ik ga in geen geval, in geen geval, in geen geval,' zegt de jonge vent.

20

'De president zal u nu ontvangen.'

Jacques Bayard en Simon Herzog gaan een goedverlicht hoekkantoor in waarvan de muren met groene zijde zijn bekleed. Simon is bleek, maar hij merkt instinctief op dat er twee stoelen voor het bureau staan waar Giscard achter zit en dat er aan de andere kant van de kamer stoelen en een bank rond een tafeltje staan. De student begrijpt meteen wat de alternatieven zijn: al naargelang de president de afstand tussen hem en zijn bezoekers wil bewaren of de ontmoeting daarentegen een wat gastvrijer karakter wil geven, ontvangt hij hen van achter zijn bureau, dat hij als bolwerk gebruikt, of hij laat hen plaatsnemen rond het tafeltje, waar iedereen naartoe mag buigen voor een koekje. Simon Herzogs oog valt ook op een boek over Kennedy, duidelijk zichtbaar op een schrijfdoos neergelegd om het beeld op te roepen van het jonge, moderne staatshoofd dat Giscard zelf ook pretendeert te zijn; twee kistjes, een rood en een blauw, zijn neergezet op een cilinderbureau; hier en daar wat bronzen voorwerpen; er liggen stapels dossiers van een met kennis van zaken berekende hoogte: te laag zouden ze de indruk wekken dat de president geen spat uitvoert; te hoog dat hij overstelpt is met werk. Aan de muren hangen diverse schilderijen van grote meesters. Achter zijn zware bureau staat Giscard en hij wijst er een aan waarop een knappe, strenge vrouw staat, met gespreide handen, gekleed in een dunne witte jurk, open tot aan haar navel, die haar zware melkwitte borsten ternauwernood bedekt: 'Ik had het geluk dat ik van het museum in Bordeaux een van de mooiste werken van de Franse schilderkunst mocht lenen: *Griekenland zieltogend in Mesolongi* van Eugène Delacroix. Schitterend, hè? U kent Mesolongi natuurlijk, de stad waar lord Byron tijdens de Onafhankelijkheidsoorlog tegen de Turken is gestorven. In 1824 geloof ik.' (Simon merkt op hoe aanstellerig het 'geloof ik' klinkt.) 'Een verschrikkelijke oorlog, de Osmanen waren gewoonweg meedogenloos.'

Zonder achter zijn bureau vandaan te komen, zonder ook maar de indruk te wekken dat hij hun de hand wil schudden, nodigt hij hen uit plaats te nemen. Voor hen geen bank of koekjes. Nog steeds staande zegt de president: 'Weet u wat Malraux over mij heeft gezegd? Dat ik geen gevoel had voor de tragiek van de geschiedenis.' Vanuit een ooghoek observeert Simon Bayard, die in zijn regenjas zwijgend zit te wachten.

Giscard loopt naar het schilderij, zodat zijn bezoekers zich verplicht voelen mee te draaien om te laten zien dat ze zijn woorden volgen. 'Misschien heb ik dan wel geen gevoel voor de tragiek van de geschiedenis, maar ik voel tenminste de emotie van de tragische schoonheid bij het zien van die jonge vrouw, gewond in haar zij, draagster van de hoop op bevrijding van haar volk!' Omdat de twee mannen niet weten hoe ze met de woorden van de president kunnen instemmen, houden ze hun mond, wat Giscard niet lijkt te hinderen, gewend als hij is aan zwijgende blijken van beleefde bijval. Als de lispelende man om zijn as draait om uit het raam te kijken, begrijpt Simon dat deze stilte dient als overgang en dat ze nu ter zake zullen komen.

De president biedt zijn toehoorders het schouwspel van zijn kale hoofd als hij zonder zich om te draaien weer begint te praten: 'Ik heb Roland Barthes één keer ontmoet. Ik had hem op het Élysée uitgenodigd. Een heel aardige man. Hij had het menu binnen een kwartier geanalyseerd en gaf een briljante demonstratie van de symbolische waarde van elk gerecht. Het was bijzonder boeiend. Ik heb begrepen dat de arme man de dood van zijn moeder nauwelijks heeft kunnen verwerken, niet?'

Als Giscard eindelijk gaat zitten, wendt hij zich tot Bayard: 'Commissaris, meneer Barthes was op de dag van zijn ongeluk in het bezit van een document dat hem is ontstolen. Ik wens dat u dat document terugvindt. Het gaat om een zaak die de nationale veiligheid betreft.'

Bayard vraagt: 'Wat is het precies voor document, meneer de president?'

Giscard legt zijn vuisten op het bureau, buigt voorover en zegt ernstig: 'Het is een document van levensbelang, de nationale veiligheid is in het geding. Als het ondoordacht wordt aangewend, kan het ontzaglijk veel schade aanrichten en zelfs de fundamenten van de democratie in gevaar brengen. Meer kan ik u helaas niet zeggen. U moet met absolute geheimhouding te werk gaan. Maar u hebt de vrije hand.'

Dan kijkt hij eindelijk naar Simon: 'Jongeman, mij is verteld dat u een soort... gids bent voor de commissaris? U kent het linguïstische milieu dus waarin meneer Barthes zich bewoog?'

Simon laat zich dit geen twee keer vragen. 'Nee, niet echt.'

Giscard werpt een vragende blik op Bayard, die uitlegt: 'Meneer Herzog beschikt over kennis die nuttig kan zijn voor het onderzoek. Hij begrijpt hoe die mensen functioneren en, eh, wat er aan de hand is. En hij kan dingen zien die de politie zouden ontgaan.'

Giscard glimlacht: 'U bent dus een ziener, jongeman, net als Arthur Rimbaud?'

Simon mompelt verlegen: 'Nee. Helemaal niet.'

Giscard wijst op de rode en blauwe kistjes die op het cilinderbureau achter hen staan, onder het Griekenland van Delacroix: 'Wat zit daar volgens u in?'

Simon begrijpt niet dat hij wordt getest en voordat hij kan bedenken dat hij er belang bij heeft te slagen, zegt hij als in een reflex: 'Onderscheidingen van het Legioen van Eer, neem ik aan?'

Giscards glimlach wordt breder. Hij staat op, opent een van de dozen en haalt er een onderscheiding uit: 'Mag ik vragen hoe u het hebt geraden?'

'Nou, eh, hm. De hele kamer loopt over van de symbolen: de schilderijen, de wandbekleding, de sierlijsten langs het plafond... Ieder voorwerp, ieder detail heeft als bedoeling uitdrukking te geven aan de luister en de verhevenheid van de republikeinse macht. De keuze voor Delacroix, de foto van Kennedy op het omslag van het boek dat op de schrijfdoos ligt: alles is beladen met betekenis. Maar een symbool heeft alleen waarde als het wordt getoond. Een symbool dat in een kistje verborgen is, dient nergens toe en ik zou zelfs willen beweren dat het niet bestaat.

Tegelijkertijd veronderstel ik dat u in dit vertrek geen peertjes of schroevendraaiers opbergt. Het leek me niet erg waarschijnlijk dat die twee kistjes dienen als gereedschapskisten. En als ze dienden om paperclips of een nietmachine in op te bergen, stonden ze op uw bureau, onder handbereik. Dus is de inhoud niet symbolisch en ook niet functioneel. Maar toch moet het het een of het ander zijn. U zou uw sleutels erin kunnen opbergen, maar ik veronderstel dat niet de president zich in het Élysée bezighoudt met het openen en sluiten van de deuren, en de sleutels van uw auto hebt u ook niet nodig omdat u een chauffeur hebt. Dus bleef er maar één oplossing over: een sluimerend symbool dat hier op zich niets betekent, maar alleen maar ergens anders in werking treedt, buiten deze kamer: een mobiel miniatuursymbool, dat deze plek, dat wil zeggen de republikeinse grootheid, symboliseert. Een onderscheiding, en dus gezien de plek waarschijnlijk het Legioen van Eer. Hm.'

Giscard wisselt een blik van verstandhouding met Bayard: ik denk dat ik begrijp wat u bedoelt, commissaris.

21

Hamed nipt aan zijn Malibu-jus terwijl hij wat over zijn leven in Marseille vertelt aan iemand die zijn woorden indrinkt zonder er echt naar te luisteren. Hamed kent die spaniëlblik: hij is het baasje van die man, omdat hij in hem het hevige verlangen hem te bezitten opwekt. Hij zal zich misschien aan hem geven of misschien ook niet en misschien beleeft hij er nog wat plezier aan, maar dat zal waarschijnlijk minder zijn dan het machtsgevoel dat hij ontleent aan het feit dat hij het voorwerp van verlangen is, en dat is de goede kant van jong, knap en arm zijn: hij kan de mannen zonder gewetensbezwaar rustig minachten omdat ze bereid zijn te betalen om hem op een of andere manier te hebben.

De avond is in volle gang en zoals altijd maakt het gevoel dat hij hier niet thuishoort, in dit grote burgerlijke appartement midden in de hoofdstad waar de winter op zijn eind loopt, hem dronken van leedvermaak. Wat je steelt is twee keer zo veel waard als wat je verdient in het zweet des aanschijns en dus gaat hij naar het buffet om nog een paar sneetjes brood met tapenade te halen, die hem vaag aan het zuiden doen denken, en hij baant zich een weg tussen de mensen die heupwiegen op 'Gaby oh Gaby' van Alain Bashung. Daar vindt hij Slimane die escargots staat te verslinden en geforceerd lacht om de grappen van een dikbuikige uitgever die voorzichtig zijn kont betast. Naast hen barst een jonge vrouw uit in een schaterlach waarbij ze haar hoofd overdreven ver in haar nek gooit: 'Dus hij stopt… en gaat achteruit!' Bij het raam deelt Saïd een joint met een zwarte met het hoofd van een diplomaat. De boxen blazen de eerste maten van 'One step beyond' en er gaat een huivering van zogenaamde hysterie door de kamer, de mensen gillen alsof de muziek hen in vervoering brengt, alsof er een golf van plezier door hun lichaam gaat, alsof de waanzin een trouwe hond is die ze hadden weggedaan en die met kwispelende staart naar hen terugkomt, alsof ze opeens kunnen stoppen met denken, of niet denken, in de tijdspanne van een lekker ritmisch instrumentaal nummer met een brouwende saxofoon. Daarna volgen er een paar disconummers om de stemming erin te houden. Hamed schept een bordje vol tabouleh met truffel terwijl hij probeert te ontdekken welke gasten er in aanmerking komen om hem een lijntje coke aan te bieden of anders wat speed. Van beide krijgt hij zin om te neuken, maar van de speed krijgt hij geen echte stijve, wat eigenlijk niet erg belangrijk is, bedenkt hij. Het zo lang mogelijk volhouden om niet naar huis te hoeven. Hamed gaat bij Saïd aan het raam staan. Een lantaarnpaal op de hoek van de Boulevard Henri-IV verlicht een reclamebord met daarop Serge Gainsbourg in pak en met een das en waarop te lezen staat: 'Een Bayard verandert u in een man. Waar of niet, meneer Gainsbourg?' Hamed kan zich niet meer herinneren waarom die naam hem bekend voorkomt en omdat hij een beetje een zwartkijker is, gaat hij nog een glas halen terwijl hij hardop voor zichzelf oplepelt wat hij het afgelopen jaar met zijn tijd heeft gedaan. Slimane bekijkt een serie lithografieën die aan de muur hangt en een regenboogvormige verschuiving voorstelt van honden die eten uit etensbakken vol biljetten van één dollar, en doet net alsof hij niet merkt dat de dikbuikige uitgever nu tegen zijn heupen aan wrijft en in zijn nek ademt. De stem van Chrissie Hynde komt uit de boxen en geeft de gasten volkomen onnodig het bevel met grienen op te houden. Twee langharigen praten over de dood van Bon Scott en de mogelijkheid dat hij bij AC/DC door een dikke routinier met pet wordt vervangen. Een jongeman met een scheiding opzij, gekleed in een pak maar met zijn stropdas los, zegt hoogst opgewonden tegen iedereen die het maar horen wil, dat hij uit betrouwbare bron weet dat de borsten van Marlène Jobert te zien zijn in *La Guerre des polices*. Er wordt ook gezegd dat Lennon met McCartney een single aan het maken is. Een gigolo van wie Hamed de naam is vergeten, komt vragen of hij wat wiet heeft, scheldt in het voorbijgaan op het feestje dat volgens hem te veel het 'stempel Linkeroever' draagt en wijst door het raam op de genius van de Bastille: 'Zie je het probleem, maat? Van mij mogen ze best jakobijns zijn, maar er zijn toch grenzen.' Iemand morst blue curaçao op de vaste vloerbedekking. Hamed aarzelt of hij zal vertrekken en terug zal gaan naar Saint-Germain, maar Saïd wijst met zijn hoofd op de badkamer: twee meisjes en een oude man gaan er tegelijk naar binnen. Omdat ze weten dat het niet om te neuken is maar om te snuiven (wat de oude man veinst niet te weten, omdat hij denkt dat hij beter twee vogels in de lucht dan één in de hand kan hebben), trekken ze de conclusie dat ze een lijntje of misschien wel twee op de kop kunnen tikken als ze het handig aanpakken. Iemand vraagt aan een kalende snorrenbaard of hij Patrick Dewaere is. Om te ontsnappen aan de dikbuikige uitgever grijpt Slimane een blondine in elastische jeans en rockt met haar op 'Sultans of Swing' van Dire Straits. De verraste dikbuikige uitgever ziet het stel rondzwenken, maar hij probeert zich een zowel ironische als welwillende blik aan te meten om zichzelf een houding te geven, die niemand overtuigt. Hij is alleen, zoals wij allemaal, maar hij kan het niet verbergen en meer aandacht dan een blik die constateert dat hij de eenzaamheid niet aankan, krijgt hij niet. Ook de volgende song, 'Upside down' van Diana Ross, danst Slimane met zijn partner. Op het moment van de introriff van 'Killing an Arab' van The Cure komt Foucault met Hervé Guibert aanwaaien op het feest. Hij draagt een dik zwartleren jack met kettingen en heeft zich bij het scheren van zijn hoofd gesneden. Guibert is jong en knap, zo bespottelijk knap dat je hem als schrijver niet serieus kunt nemen, als je geen Parijzenaar bent. Saïd en Hamed trommelen op de deur en proberen de mensen in de badkamer te paaien met bedrieglijke woorden en idiote voorwendsels, maar de deur blijft onverbiddelijk dicht, alleen de steelse geluiden van metaal, email en inhaleren dringen tot hen door... *Standing on a beach, with a gun in my hand...* Zoals altijd wanneer Foucault ergens aankomt, veroorzaakt hij een soort angstige opwinding, behalve bij de mensen die te veel onder invloed zijn van speed en rondspringen op de muziek van iets wat ze voor een strandliedje aanzien: *Staring at the sea, staring at the sand*... De deur van de badkamer gaat open, de meisjes komen met de oude man naar buiten en bekijken Saïd en Hamed minachtend, ze snuiven ostentatief, met de fierheid van de mondaine drugsverslaafde die nog niet is ingehaald door de liters serotonine die in zijn hersens zijn vervlogen, en waarvan hij in de loop van maanden en jaren steeds trager zal herstellen. *I'm alive, I'm dead*... In de kring die zich al rond hem heeft gevormd, vertelt Foucault een verhaal aan de jonge Guibert, alsof hij de opschudding die zijn aanwezigheid wekt niet heeft opgemerkt, en hij zet het gesprek dat ze waren begonnen voor ze aankwamen, gewoon voort: 'Toen ik klein was, wilde ik een goudvis worden. Mijn moeder zei: "Maar dat kan toch helemaal niet, lieverd, je vindt koud water afschuwelijk."' Robert Smith' stem zegt: *I'm the stranger!* Foucault: 'Ik zakte weg in een afgrond van verbijstering, en ik zei tegen haar: heel eventjes maar, ik zou zo graag willen weten wat hij denkt...' Robert Smith: *Killing an Arab!* Saïd en Hamed besluiten hun heil ergens anders te zoeken, misschien in La Noche. Slimane gaat terug naar de dikbuikige uitgever, omdat hij toch ook moet eten. *Staring at myself, reflected in the eyes*... Foucault: 'Er moet iemand bekennen. Er is altijd iemand die uiteindelijk bekent...' Robert Smith: ... *of the dead man on the beach*... Guibert: 'Hij lag naakt op de bank en er was geen cel te vinden die het deed...' *The dead man on the beach*... 'En als hij er dan eindelijk een vindt, merkt hij dat hij geen muntjes heeft...' Hamed kijkt nog eens naar buiten, door het gordijn ziet hij beneden een zwarte DS staan en hij zegt: 'Ik blijf nog even.' Saïd steekt een sigaret op en hun silhouetten tekenen zich perfect af in het kozijn van het door het feest verlichte raam.

22

'Georges Marchais, wat kan ons Georges Marchais schelen, dat moet maar eens gezegd worden!'

Daniel Balavoine is er eindelijk in geslaagd het woord te nemen, hij weet dat het hem binnen drie minuten goedschiks of kwaadschiks weer zal worden afgenomen, dus ratelt hij op topsnelheid zijn opgewonden monoloog af om duidelijk te maken dat de politici oud en corrupt zijn en het bij het verkeerde eind hebben.

'Ik praat niet voor u, meneer Mitterrand...'

Maar ondertussen.

'Wat ik zou willen weten, wat ik interessant vind, is aan wie de gastarbeiders de huren betalen die ze betalen... Ik zou willen... Wie durft er elke maand zevenhonderd frank per maand te vragen aan gastarbeiders om in vuilnisbakken en sloppen te wonen...?' Het is warrig, niet goed gestructureerd, vol fouten tegen de taal, de spreektrant is veel te snel en het is schitterend.

De journalisten, die zoals gewoonlijk niets begrijpen, mopperen als Balavoine hun verwijt dat ze nooit jongeren uitnodigen (en de onvermijdelijke retorische spot: maar het bewijs is er, ettertje, want jij zit hier toch!).

Maar Mitterrand heeft heel goed begrepen wat er aan de hand is. Die jonge melkmuil zit aan te tonen wie ze zijn, hij, de journalisten rond de tafel, zij en hun gelijken: ouwe zakken die al zo lang in elkaars gezelschap verkeren dat ze dood zijn voor de wereld en het zelf niet eens hadden gemerkt. Hij probeert de woedende jongeman wel naar de mond te praten, maar elke poging om er een speld tussen te krijgen klinkt als een bewijs van misplaatst paternalisme.

'Ik probeer snel mijn aantekeningen te lezen... Wat ik u in elk geval kan geven, is een waarschuwing…' Mitterrand friemelt aan zijn bril terwijl hij op zijn lippen bijt, het wordt gefilmd, het is live, het is een regelrechte ramp. 'Wat ik u kan zeggen, is dat de wanhoop mensen in beweging brengt en als ze eenmaal in beweging zijn, wordt het gevaarlijk.'

De journalist geeft ironisch een steek onder water: 'Meneer Mitterrand, zou u de dialoog aan willen gaan met een jongere, u hebt zo aandachtig naar hem geluisterd…' Zoek het uit, jongen.

En dus begint Mitterrand zich uit te sloven: 'Wat ik heel interessant vind, is dat die manier van denken… van reageren… en ook van zich uitdrukken…!, want Daniel Balavoine drukt zich ook op schrift uit en in de muziek… burgerrecht heeft, kan worden aangehoord en dus ook begrepen.' Sloof, sloof. 'Hij zegt het op zijn manier! Hij is verantwoordelijk voor wat hij zegt. Hij is een burger. Als ieder ander.'

In de nieuwsstudio van Antenne 2 is het half twee op 19 maart 1980 en Mitterrand is duizend jaar oud.

23

Waaraan kan de stervende Barthes wel denken? Aan zijn moeder, zeggen ze. Zijn moeder is zijn dood geweest. Natuurlijk, natuurlijk, nog steeds en steeds weer dat privégedoetje, het smerige geheimpje. Zoals Deleuze zegt, we hebben allemaal wel een grootmoeder die iets ongelooflijks heeft meegemaakt, en wat dan nog? 'Van verdriet.' Ja, meneer, hij zal sterven van verdriet en niet van iets anders. Arme Franse denkertjes, opgesloten in jullie beeld van een wereld die zich bekrompen, conventioneel, plat egoïstisch vernauwt tot de intieme sfeer. Geen raadsel, geen mysterie, maar zijn moeder, moeder van alle antwoorden. De twintigste eeuw heeft ons van God verlost en daarvoor in de plaats de moeder gezet. Geweldige deal. Maar Barthes denkt niet aan zijn moeder.

Als u de draad van zijn pluizige mijmering kon volgen, zou u weten: de man die sterft, denkt aan wat hij is geweest, maar vooral aan wat hij had kunnen zijn, waar anders aan? Hij ziet niet zijn hele leven aan zich voorbijtrekken, maar het ongeluk. Wie was de stille vennoot op de achtergrond? Hij herinnert zich dat iemand hem heeft aangeraakt. En vervolgens was het document verdwenen. Wie de stille vennoot ook was, we staan waarschijnlijk aan de vooravond van een nooit eerder vertoonde ramp. Terwijl hij, de Roland van zijn moeder, er zo goed gebruik van had weten te maken: een beetje voor zichzelf en de rest voor de wereld. Zijn verlegenheid eindelijk overwonnen. Wat een janboel. Zelfs als hij hieruit komt, is het veel te laat om te gaan feestvieren.

Roland denkt niet aan zijn moeder. We zitten hier niet in *Psycho*.

Waar denkt hij aan? Misschien ziet hij een of andere herinnering langskomen, iets intiems of onbeduidends of iets wat alleen hij maar weet. Op een avond – of was het nog licht? – zat hij in een taxi met zijn Amerikaanse vertaler, die even in Parijs was, en met Foucault. Ze zitten alle drie achterin, de vertaler in het midden en Foucault is, zoals zijn gewoonte is, constant aan het woord, zijn stem is levendig, zeker van zichzelf, neuzelend als een stem uit vroeger tijden, hij heeft zoals altijd de controle over het gesprek, hij improviseert een kleine lezing waarin hij uitlegt hoezeer hij Picasso verafschuwt, hoezeer Picasso een onbenul is, en hij lacht natuurlijk en de jonge vertaler luistert braaf, in zijn eigen land is hij schrijver en dichter, maar hier luistert hij vol respect naar de woorden van de twee briljante Franse intellectuelen en Barthes weet al dat hij de woordenvloed van Foucault geen partij kan geven, maar hij moet toch iets zeggen om niet achter te blijven en hij wint tijd door te lachen, ook hij, maar hij weet dat zijn lach gemaakt klinkt, hij voelt zich gegeneerd omdat hij er gegeneerd uitziet, het is een vicieuze cirkel, dat heeft hij zijn hele leven al gehad, hij zou de zelfverzekerdheid van Foucault zo graag willen bezitten, maar zelfs als hij tegen zijn studenten praat en zij eerbiedig naar hem luisteren, verhult hij zijn verlegenheid achter een docerende toon, het is toch alleen al schrijvend dat hij zich zeker van zichzelf voelt, dat hij zeker van zichzelf is, veilig in zijn eentje achter een blad papier, tussen zijn boeken, zijn Proust, zijn Chateaubriand, en Foucault blijft maar over Picasso zwammen en dan zegt Barthes om niet achter te blijven dat ook hij Picasso verafschuwt en door dat te zeggen verafschuwt hij zichzelf, omdat hij heel goed inziet wat er zich afspeelt, het is zijn vak om te zien wat er zich afspeelt, hij vernedert zich voor Foucault en waarschijnlijk beseft de jonge en knappe vertaler het, hij fluimt op Picasso, maar angstvallig, het is maar een kleine fluim, terwijl Foucault schaterlacht, ook hij zegt dat Picasso overschat is, dat hij nooit goed heeft begrepen wat de mensen in hem zagen en ik ben er niet eens zeker van dat hij niet denkt dat het zo is, uiteindelijk is Barthes vooral klassiek, hij hield in feite niet van de moderne tijd, maar dat maakt in het uiterste geval weinig uit: zelfs als hij Picasso verafschuwde, weet hij heus wel dat het daar niet om gaat, maar alleen om niet achter te blijven bij Foucault, en zodra Foucault een dergelijke subversieve bewering verkondigt, zou hij zich voordoen als een ouwe zak als hij luid protesteerde en dus, zelfs al hield hij niet echt van Picasso, maakt hij hem nu zwart en bespot hij hem om de verkeerde reden in die taxi die hem God weet waarheen vervoert.

En zo sterft Barthes, misschien, terwijl hij aan die taxirit denkt, zo sluit hij zijn ogen en slaapt in, bedroefd, de droefheid die hij zijn hele leven heeft gekend, moeder of geen moeder, en misschien denkt hij ook nog even aan Hamed. Wat zal er van hem worden? En van het geheim waarin hij is ingewijd? Langzaam, zoetjesaan zakt hij weg in zijn laatste slaap en zo onaangenaam is dat niet, maar terwijl zijn lichaamsfuncties een voor een uitdoven, blijft zijn geest rondzwerven. Waar brengt die allerlaatste droom hem nog?

Hij had moeten zeggen dat hij niet van Racine hield, dat is het. 'De Fransen beroemen zich er voortdurend op dat ze hun Racine hebben gehad (de man van tweeduizend woorden) en beklagen zich er nooit over dat ze hun Shakespeare niet hebben gehad.' Dat had nog eens indruk gemaakt op de jonge vertaler. Maar Barthes schreef het pas veel later. Och, als hij toen de functie had gehad...

De deur van zijn kamer gaat langzaam open, maar in zijn comateuze toestand hoort Barthes het niet.

Het is niet waar dat hij 'klassiek' is, eigenlijk houdt hij niet van de strengheid van de zeventiende eeuw, van die afgemeten alexandrijnen, van die geciseleerde aforismen, van die beredeneerde hartstochten...

De voetstappen die naar zijn bed komen, hoort hij niet.

Natuurlijk waren het ongeëvenaarde specialisten in de retorica, maar hij houdt niet van hun gereserveerdheid, hun gebrek aan lichamelijkheid. Hartstocht bij Racine, pff, het mocht wat. *Phaedra*, ja, goed, de scène van de bekentenis waarin Phaedra de *subjonctif* van de voltooid verleden tijd gebruikt maar dan wel bedoeld als *conditionnel* van de verleden tijd, dat was inderdaad geniaal, op die manier kan Phaedra het verhaal herschrijven met haarzelf in de rol van Ariadne en Hippolytus in die van Theseus...

Dat iemand zich over zijn ecg buigt, weet hij niet.

Maar *Bérénice*? Titus hield niet van haar, dat ziet een kind. Het is zo simpel dat het zomaar Corneille zou kunnen zijn...

Dat de gedaante in zijn spullen snuffelt, ziet hij niet.

En dan La Bruyère, heel schools. Pascal was tenminste in gesprek met Montaigne, Racine met Voltaire, La Fontaine met Valéry... Maar wie had er zin om met La Bruyère van gedachten te wisselen?

De hand die voorzichtig aan de knop van het beademingstoestel draait, bemerkt hij niet.

La Rochefoucauld, ja die toch wel. Uiteindelijk heeft Barthes veel aan de *Maximen* te danken gehad. Hij was een semioticus avant la lettre omdat hij de menselijke ziel kon decoderen met behulp van de tekens in ons gedrag... De allergrootste in de Franse letteren, niets op af te dingen... Barthes ziet de prins van Marcillac trots naast de Grand Condé rijden, over de vestingwallen van de Faubourg Saint-Antoine, onder het vuur van de troepen van Turenne, bij zichzelf zeggend dat het een verdomd mooie dag is om dood te gaan...

Wat gebeurt er? Hij krijgt geen adem meer. Zijn keel zit opeens dichtgeschroefd.

Maar La Grande Mademoiselle zal de poorten van de stad openzetten voor de troepen van Condé, en La Rochefoucauld, gewond aan zijn ogen en voor een tijdje blind, zal niet sterven, deze keer niet, en er weer bovenop komen...

Hij doet zijn ogen open. En hij ziet haar, afgetekend tegen een halo van verblindend licht, als een Mariafiguur. Hij snakt naar adem, wil om hulp roepen, maar er komt geen geluid uit zijn keel.

Hij komt er weer bovenop, nietwaar? Ja toch?

Ze glimlacht lief en drukt zijn hoofd op het kussen om te verhinderen dat hij overeind komt, maar daar heeft hij toch de kracht niet voor. Deze keer is het echt, en hij weet het en hij zou zich willen overgeven, maar zijn lichaam verkrampt desondanks, het wil leven, zijn radeloze hersenen zoeken naar de zuurstof die zijn bloed niet meer aanvoert, zijn hart slaat op hol als gevolg van een laatste stoot adrenaline en begint dan te haperen.

‘We blijven minnen, blijven lijden, blijven sterven.’ Uiteindelijk is zijn laatste gedachte een alexandrijn van Corneille.

24

Het televisiejournaal van acht uur, 26 maart 1980, met Patrick Poivre d'Arvor: 'Goedenavond dames en heren, een heleboel concreet nieuws dat... (PPDA pauzeert even) ons dagelijks leven betreft. Soms is het rozengeur en maneschijn, soms wat minder, ik laat het aan u over om dat uit te maken.' (In zijn appartement in de buurt van Place Clichy geeft Deleuze, die nooit een televisiejournaal overslaat, hem vanuit zijn fauteuil hardop antwoord: 'Bedankt!')

20.01 uur: 'Om te beginnen de stijging van de kosten van het levensonderhoud in de maand februari: 1,1 procent. "Dat is geen goed teken," heeft René Monory, minister van Economische Zaken gezegd – maar toch beter' (het was moeilijk geweest om het slechter te doen, zegt PPDA, en voor zijn televisietoestel in de Rue de Bièvre zegt Mitterrand bij zichzelf hetzelfde) 'dan die van de maand januari: 1,9 procent. Beter ook dan die van de Verenigde Staten en Groot-Brittannië en... gelijk aan die van de West-Duitsers.' (Bij het horen noemen van de Duitse rivaal knort Giscard, zonder op te kijken van de documenten die hij in zijn kantoor in het Élysée aan het paraferen is, werktuiglijk minachtend. Op zijn dienstbodekamer maakt Hamed aanstalten om de deur uit te gaan, maar hij kan zijn ene sok niet vinden.)

20.09 uur: 'Ook stakingen in het onderwijs, morgen roept de Nationale Docentenbond de onderwijzers van Parijs en Essonne opnieuw op te protesteren tegen het afdanken van docenten met ingang van het nieuwe schooljaar.' (Sollers met een Chinees biertje in zijn ene hand en zijn lege sigarettenpijpje in de andere scheldt vanaf de bank: 'Alleen maar ambtenaren in dit land...!' Kristeva antwoordt vanuit de keuken: 'Ik heb kalfsragout gemaakt.')

20.10 uur: 'Ten slotte een nieuwsbericht van ietwat "verfrissende" aard, als ik dat zo mag zeggen (Simon heft zijn ogen ten hemel): een sterke vermindering van de luchtverontreiniging in Frankrijk ten opzichte van zeven jaar geleden: 30 procent minder zwaveluitstoot volgens Michel d'Ornano, minister van Milieuzaken, en eveneens 46 procent minder koolmonoxide.' (Mitterrand trekt een grimas van weerzin, maar er verandert eigenlijk niets aan zijn gewone gezichtsuitdrukking.)

20.11 uur: 'Dan het buitenlandse nieuws, met wat er vandaag is gebeurd in Tsjaad... Afghanistan... Colombia...' (De landen komen voorbij, niemand luistert, behalve Foucault. Hamed vindt zijn sok.)

20.12 uur: 'Een tamelijk verrassende overwinning van Edward Kennedy in de eerste ronde van de staat New York...' (Deleuze pakt de telefoon om Guattari te bellen. Bayard staat thuis voor de tv overhemden te strijken.)

20.13 uur: 'Het aantal ongelukken op de weg is het afgelopen jaar toegenomen, meldt de rijkspolitie vandaag: 12.480 doden en 250.000 ongelukken in 1979... dat komt dus overeen met een hele stad, zo groot als Salon-de-Provence, die vorig jaar in die ongelukken het leven heeft gelaten.' (Hamed vraagt zich af waarom Salon-de-Provence.) 'Cijfers die te denken geven zo vlak voor de paasvakantie...' (Sollers steekt zijn wijsvinger omhoog en roept uit: 'Te denken geven...! Te denken geven, hoor je dat, Julia...? Is het niet wonderlijk...? Cijfers die te denken geven, haha...!' Kristeva antwoordt: 'Aan tafel!')

20.15 uur: 'Een verkeersongeluk dat zeer ernstige gevolgen had kunnen hebben: gisteren is een vrachtwagen die radioactief materiaal vervoerde, tegen een andere vrachtwagen gevlogen en daarna een sloot in gekanteld. Er is geen radioactiviteit vrijgekomen dankzij de uitgekiende beschermingsmaatregelen.' (Mitterrand, Foucault, Deleuze, Althusser, Simon en Lacan barsten voor hun respectieve toestellen in lachen uit. Bayard steekt onder het strijken een nieuwe sigaret op.)

20.23 uur: 'En dan het interview van François Mitterrand in *La*

Croix met zinnetjes die van bijzondere betekenis zullen zijn (tevreden glimlach van Mitterrand): "Giscard blijft de man van een clan, een klasse en een kaste. Zijn staat van dienst komt neer op zes jaar pas op de plaats maken, een buikdans voor het gouden kalf. En '*merdre*,' zei Ubu."' (Dit zei François Mitterrand dus, legt PPDA uit. Giscard heft zijn ogen ten hemel.) 'Dat was dus aan de president gericht. Aan Georges Marchais en zijn bende van drie het volgende: "Als hij wil," zegt François Mitterrand dus, "is Marchais onweerstaanbaar komisch."' (Althusser haalt zijn schouders op in zijn appartement in de Rue d'Ulm. Hij schreeuwt naar zijn vrouw in de keuken: 'Hoor je dat, Hélène?' Geen antwoord.) 'Ten slotte heeft François Mitterrand in antwoord op de vraag naar een mogelijke ticket-Mitterrand-Rocard binnen de Parti Socialiste ermee verstaan... (PPDA verspreekt zich, maar hij begint onverstoorbaar opnieuw) volstaan te antwoorden dat die Amerikaanse uitdrukking in onze instellingen geen Franse vertaling kende.'

20.24 uur: 'Roland Barthes is... (pauze van PPDA) overleden vanmiddag in het Pitié-Salpêtrière-ziekenhuis in Parijs.' (Giscard stopt met paraferen, Mitterrand stopt met grijnzen, Sollers stopt met het wroeten in zijn onderbroek (met zijn sigarettenpijpje), Kristeva stopt met roeren in haar kalfsragout en komt de keuken uit rennen, Hamed stopt met het aantrekken van zijn sok, Althusser stopt met het voorkomen van een knallende ruzie met zijn vrouw, Bayard stopt met het strijken van zijn overhemden, Deleuze zegt tegen Guattari: 'Ik bel je zo terug!', Foucault stopt met denken over biomacht, Lacan blijft aan zijn sigaar trekken.) 'De schrijver en filosoof was het slachtoffer van een verkeersongeluk nu een maand geleden. Hij was... (pauze van PPDA) vierenzestig jaar. Hij was beroemd geworden door zijn boeken over het moderne geschrift en de communicatie. Bernard Pivot ontving hem in het programma *Apostrophes*, waarin Roland Barthes zijn *Uit de taal van een verliefde* presenteerde, een boek dat een groot succes heeft gekend (Foucault heft zijn ogen ten hemel), en in het stukje dat u zo te zien krijgt, legde hij vanuit een sociologisch gezichtspunt uit (Simon heft zijn ogen ten hemel) welke verbanden er bestaan tussen sentimentaliteit… (pauze van PPDA) en seksualiteit. (Foucault heft zijn ogen ten hemel.) We gaan nu naar hem luisteren.' (Lacan heft zijn ogen ten hemel.)

Roland Barthes (met zijn Philippe Noiret-stem): 'Ik beweer dat een verliefde persoon – ik zeg met opzet "een persoon" om niet bij voorbaat te kiezen op het gebied van, eh, het geslacht van die persoon, nietwaar – maar een verliefde persoon, eh, nou, daadwerkelijk veel moeite zal hebben met het… met het… met het overwinnen van het grote taboe op sentimentaliteit, terwijl het taboe op seksualiteit tegenwoordig heel gemakkelijk wordt overtreden.'

Bernard Pivot: 'Omdat verliefd zijn nogal onnozel is?' (Deleuze heft zijn ogen ten hemel. Mitterrand zegt bij zichzelf dat hij Mazarine moet bellen.)

Roland Barthes: 'Eh… ja, dat is in zekere zin wat de mensen denken. De mensen schrijven de verliefde persoon twee kwaliteiten toe, dat wil zeggen slechte kwaliteiten, de eerste is inderdaad dat hij vaak dwaas is – er bestaat een dwaasheid van de verliefde, die hij overigens zelf voelt – en er bestaat ook de waanzin van de verliefde – en dat blijkt overvloedig uit alle populaire kletspraatjes! – alleen is het nette waanzin, nietwaar, een waanzin die niet de glorie van de overtreding kent, zoals de grote waanzin.' (Foucault slaat glimlachend zijn ogen neer.)

Einde van het fragment. PPDA zegt: 'Nou, eh, Jean-François Kahn, we zien het, eh, Roland Barthes was door alles gefascineerd, hij sprak over alles, eh, we hebben hem gezien, eh, in de film… in rollen… onlangs nog, maar eh, was hij in zijn veelzijdigheid toch niet eerder oppervlakkig?' (Inderdaad, hij heeft Thackeray gespeeld in *Les Soeurs Brontë* van Téchiné, herinnert Simon zich, een bijrol waarin zijn talent niet erg tot uiting kwam.)

J.-F. Kahn (helemaal in vervoering): 'Dat wil zeggen, klaarblijkelijk is hij dat wel! Ja, hij heeft zich beziggehouden met, eh, eh, hij heeft geschreven over mode, dassen, of iets in die trant, hij heeft geschreven over catch-as-catch-can…! Hij heeft geschreven over Racine, over Michelet, over de fotografie, over de film, over Japan, dus is hij veelzijdig en oppervlakkig! (Sollers lacht spottend. Kristeva werpt hem een strenge blik toe.) Maar alles vormt in feite een eenheid. Kijk naar zijn laatste boek! Over hoe verliefden praten... over de taal der liefde, nou, in feite heeft Roland Barthes altijd over taal geschreven! Maar het blijkt dat... zijn das... onze das: het is een manier van spreken.' (Sollers, enigszins verontwaardigd: 'Een manier van spreken... Hoor hem...!') 'Mode is een manier om zich te uiten. De motor is een manier waarop een samenleving zich uit. De film: overduidelijk! De fotografie ook. Dat wil zeggen dat Roland Barthes in feite een man is die zijn tijd besteedde aan het jagen op tekens...! Tekens waarmee een samenleving, een collectiviteit zich uit. Waarmee ze vage, onbestemde gevoelens uit, zelfs als ze er zich niet van bewust is! In dat opzicht was hij een groot journalist. Overigens was hij meester in een wetenschap die de semiotiek wordt genoemd, dat wil zeggen de wetenschap van de tekens.

En natuurlijk was hij dus een groot literair criticus! Omdat je hier hetzelfde verschijnsel ziet: wat is een literair werk? Een werk is datgene waarin een schrijver zich uit. En wat Roland Barthes heeft aangetoond, is dat er in een literair werk in feite drie lagen zijn te vinden: in de eerste plaats de taal – Racine schreef in het Frans, Shakespeare in het Engels, dat is de taal. Dan heb je de stijl, die voortkomt uit hun techniek en hun talent. Maar tussen de stijl – opzettelijk, hè, die controleer je – en de taal! bestaat er een derde laag: het schrijven. En het schrijven, zei hij, is de plaats... van de politiek, in de ruime betekenis van het woord, dat wil zeggen dat in het schrijven, zelfs als de schrijver zich er niet van bewust is, naar boven komt wat hij sociaal gezien is, zijn cultuur, zijn oorsprong, zijn sociale klasse, de samenleving die hem omringt... en zelfs als hij iets schrijft omdat het vanzelf gaat – noem maar iets, in een stuk van Racine: "Laten we ons in onze vertrekken terugtrekken" of een zin die vanzelf spreekt – maar niks daarvan! dat spreekt niet vanzelf, zegt Barthes. Zelfs als hij zegt dat het vanzelf spreekt, is het verdacht, want er ligt iets onder dat daarin tot uiting komt.'

PPDA (die niet heeft geluisterd, niets heeft begrepen of die het niet kan schelen, vol overtuiging): 'Omdat elk woord wordt uitgeplozen!'

J.-F. Kahn (die er niet op reageert): 'En dan, bovendien... wat zo geweldig is bij Barthes, is dat hij een man is die bijzonder... wiskundige, bijzonder afstandelijke dingen over de stijl heeft geschreven en die tegelijkertijd ware lofzangen op de schoonheid van de stijl heeft aangeheven. Maar zo u wilt, ter afsluiting, hij is een bijzonder belangrijke man. Die denk ik uitdrukking is van het genie van onze tijd. Ik zal u zeggen waarom, omdat er periodes zijn die hun uitdrukking vinden in het toneel, hè, zeker. (Hier laat Kahn een onvertaalbaar geborrel horen.) Andere in de roman, de jaren vijftig bijvoorbeeld, Mauriac, eh, Camus, eh, etc. Maar ik denk dat de jaren zestig... in Frankrijk... dat het culturele genie van Frankrijk zich heeft uitgedrukt in het spreken over taal. Over de marginále taal. We zijn ons er waarschijnlijk wel van bewust dat we geen grote romans hebben geproduceerd... misschien niet, of grote toneelstukken; wat we als beste hebben geproduceerd, is een manier om uit te leggen wat anderen hebben gezegd of hebben gedaan en door het uit te leggen hebben we hen het beter of anders laten zeggen, en het oude een dynamiek gegeven.'

PPDA: 'Voetbal, over enkele ogenblikken zal de Franse ploeg in het Parc des Princes de Nederlandse ploeg ontmoeten (Hamed gaat weg, slaat de deur achter zich dicht en vliegt de trappen af): een vriendschappelijke wedstrijd die veel belangrijker is dan hij op het eerste gezicht lijkt (Simon zet zijn toestel uit), omdat de Hollanders in de laatste twee wereldkampioenschappen de finale hebben gehaald zoals u weet (Foucault zet zijn toestel uit), en ten tweede en vooral omdat Frankrijk en Nederland in dezelfde kwalificatiepoule zitten voor het volgende WK, in 1982 in Spanje. (Giscard begint weer documenten te paraferen. Mitterrand neemt de hoorn van de haak om Jack Lang te bellen.) U kunt de wedstrijd op een later tijdstip zien, na het laatste journaal met Hervé Claude, zo rond tien voor elf.' (Sollers en Kristeva gaan aan tafel. Kristeva doet of ze een traantje wegpinkt en zegt: 'Het leven herrrneemt zijn rechten.' Over twee uur zullen Bayard en Deleuze naar de wedstrijd kijken.)

25

Het is donderdag 27 maart 1980 en Simon Herzog leest de krant in een café vol studenten aan tafeltjes waarop de koffiekopjes al uren leeg zijn, en dat ik in de Rue de la Montagne-Sainte-Geneviève plaats, maar ook in dit geval kunt u het café situeren waar u wilt, zo belangrijk is dat allemaal niet. Het is praktischer en logischer dat we in het Quartier Latin zitten, dat verklaart de aanwezigheid van de studenten. Er staat een klein Engels poolbiljart en de tegen elkaar rollende ballen vormen een soort hartslag in het geroezemoes van gesprekken in de middag. Simon Herzog drinkt koffie, ook hij, omdat het volgens zijn eigen psychosociale maatstaven nog een beetje vroeg is om een bier te bestellen.

Le Monde, gedateerd vrijdag 28 maart 1980 (want in *Le Monde* is het altijd al morgen), heeft de voorpagina gevuld met het 'anti-inflatiebudget' van Thatcher (dat, heel verrassend, voorziet in 'een verlaging van de openbare uitgaven') en met de burgeroorlog in Tsjaad, maar maakt van Barthes' dood ook voorpaginanieuws, rechtsonder. Het eerbewijs van de beroemde literair verslaggever Bertrand Poirot-Delpech begint met de zin: 'Nauwelijks twintig jaar nadat Camus de geest heeft gegeven in een dashboardkastje, heeft de literatuur een wat krasse tol betaald aan de verchroomde "déesse"...!' Simon herleest de zin een paar keer en werpt een blik om zich heen.

Rond het biljart komen twee jongens van een jaar of twintig tegen elkaar uit onder de blikken van een meisje dat waarschijnlijk nog niet eens volwassen is. Simon doorziet werktuiglijk de situatie: de best geklede jongen wil het meisje, dat de andere jongen wil, die wat slonziger is, met lang vettig haar, en zich een beetje arrogant en onverschillig opstelt, zodat Simon nog niet kan uitmaken of hij ook belangstelling voor het meisje heeft en dat zijn desinteresse tactiek is, wat voor die jongen een bewijs is van zijn superioriteit als dominante man voor wie het vaststaat dat het meisje hem rechtens toekomt, óf dat hij op iemand anders wacht die rebelser is, een parel, minder verlegen en die beter past bij zijn status (al sluiten beide veronderstellingen elkaar natuurlijk niet uit).

Poirot-Delpech schrijft: 'Als Barthes een van diegenen is die, zoals Bachelard, de literaire kritiek de afgelopen dertig jaar het meest hebben verrijkt, is dat niet als theoreticus van een vaag gebleven semiotiek, maar als kampioen van een nieuw plezier in het lezen.' De semioticus in Simon Herzog knort. Plezier in het lezen, gnagnagna. Vaag gebleven semiotiek, zakkenwasser. Zelfs als, nou ja. 'Hij is niet zozeer een nieuwe De Saussure geweest, als wel een nieuwe Gide.' Simon knalt zijn kopje op het schoteltje en de koffie zwiept over de krant. Het doffe geluid gaat op in dat van de biljartballen zodat niemand er aandacht aan besteedt behalve het meisje, ze draait zich om. Simon kruist haar blik.

De twee jongens spelen zo ongeveer even slecht, maar desalniettemin gebruiken ze het biljart als baltsveld voor hun gefronste wenkbrauwen, hun hoofdschudden, hun kin ter hoogte van de ballen, met daarin fases van zwaar nadenken die zich manifesteren in talloze rondjes om de tafel, technisch-tactische berekeningen over het effect van de witte bal op de gekleurde bal (die zelf volgens kronkelige criteria is gekozen), het repeteren van de stoot in de leegte (de fase die het 'vijlen' wordt genoemd, zegt Simon bij zichzelf) en de talloze schokkende en veel te snelle gebaren die zowel duiden op de erotische inzet van het partijtje als op het gebrek aan ervaring van de spelers, gevolgd door een korte stoot, die ondanks zijn snelheid hun onhandigheid niet kan verbloemen. Simon duikt weer in *Le Monde*.

Jean-Philippe Lecat, minister van Cultuur en Communicatie, heeft verklaard: 'Al zijn onderzoek naar schrijven en denken streefde naar diepgaander begrip van de mens met als doel hem te helpen, zichzelf beter te leren kennen en zo beter te functioneren in de gemeenschap.' Nog een knal op het schoteltje, nu gecontroleerd. Simon kijkt of het meisje zich omdraait (ze draait zich om). Blijkbaar is niemand op het ministerie van Cultuur in staat geweest iets beters dan die banaliteit op te hoesten. Simon vraagt zich af of het niet een formulering is van het soort dat ruwweg kan worden toegepast op willekeurig welke schrijver, filosoof, historicus, socioloog, bioloog... Het diepgaander begrip van de mens, nou, fijn hoor, jongen, je hebt je best gedaan. Je zou hetzelfde weer op kunnen diepen voor Sartre, Foucault, Lacan, Lévi-Strauss en Bourdieu.

Simon hoort de beter geklede jongen twisten over de regels van het spel: 'Nee, je mag, als de tegenstander een fout maakt, die twee stoten niet bij elkaar optellen als je met je eerste stoot een eigen bal binnenhaalt.' Rechtenstudent, tweedejaars (heeft waarschijnlijk zijn eerste jaar twee keer moeten doen). Assas, zou Simon zeggen gezien zijn kleren, jasje, overhemd. De ander benadrukt elke lettergreep als hij antwoordt: 'Oké, geen probleem, cool, wat jij wilt. Mij kan het niks schelen. Mij maakt het niet uit.' Psychologie, tweedejaars (of hij doet het eerste over), Censier of Jussieu (het is duidelijk dat hij een thuiswedstrijd speelt). Het meisje glimlacht even, schijnbaar bescheiden, maar wel bedoeld om te worden gezien. Ze heeft tweekleurige kickers aan, een spijkerbroek met felblauwe omslagen, een paardenstaart vastgebonden met een haarroezel en ze rookt Dunhill light: moderne letterkunde, eerstejaars, Sorbonne of Sorbonne Nouvelle, waarschijnlijk een jaar overgeslagen.

'Voor een hele generatie heeft hij een onderzoeksveld naar massacommunicatie, mythologieën en taalgebruik opengelegd. Het werk van Roland Barthes zal in ieders hart doorleven als een krachtige oproep tot vrijheid en geluk.' Mitterrand is evenmin erg geïnspireerd, maar hij noemt tenminste vagelijk de gebieden waarop Barthes deskundig was.

Na een eindeloos eindspel haalt Assas een moeizame zege binnen op een onwaarschijnlijke stoot (de zwarte tegen de band, zoals het hoort volgens de imaginaire regel verzonnen door Bretonse zuiplappen om de partij te kunnen rekken) en hij steekt zijn armen omhoog zoals Borg dat doet, Censier probeert zich een sarcastische houding aan te meten, Sorbonne troost Censier door over zijn arm te wrijven en iedereen lacht gemaakt, alsof het maar een spelletje was.

Ook de Parti Communiste is met een verklaring over de brug gekomen: 'We bewijzen vandaag eer aan de intellectueel die het grootste deel van zijn werk besteedde aan een nieuwe overdenking van de verbeelding en de communicatie, het plezier van de tekst en de tastbaarheid van het schrijven.' Simon licht er onmiddellijk het belangrijke element uit: 'aan de intellectueel' wordt eer bewezen, niet aan de ander welteverstaan, de man van de afzijdigheid, zonder engagement, die met Giscard luncht of met zijn maoïstische vrienden naar China gaat.

Er komt nog een meisje de bar in, ze heeft lang krullend haar en draagt een leren jack, Dr. Martens-schoenen, oorringen en een gescheurde spijkerbroek. Simon denkt: kunstgeschiedenis, eerstejaars. Ze kust de slonzige jongen op zijn mond. Simon slaat het meisje met de paardenstaart oplettend gade. Op haar profiel leest hij de teleurstelling, de verbeten woede, het niet te onderdrukken gevoel van minderwaardigheid dat in haar opwelt (uiteraard ongegrond) en in de plooien van haar lippen onderscheidt hij, er is geen twijfel mogelijk, de sporen van de zware innerlijke strijd tussen bitterheid en minachting. Opnieuw kruisen hun blikken elkaar. In de ogen van het meisje ligt een seconde lang een ondefinieerbare schittering. Ze staat op, komt op hem af, buigt zich over zijn tafel, kijkt hem recht in zijn ogen en zegt: 'Wat moet jij nou, klojo? Wil je mijn foto soms?' Verward brabbelt Simon wat onbegrijpelijks en verdiept zich in een artikel over Michel Rocard.

26

Het kalme stadje Urt had nooit zo veel Parijzenaars gezien. Ze hebben de trein naar Bayonne genomen, ze komen voor de begrafenis. Er blaast een ijzige wind over de begraafplaats, het regent pijpenstelen en de mensen staan in groepjes bij elkaar, niemand is op het idee gekomen een paraplu mee te nemen. Bayard heeft de reis gemaakt, hij heeft Simon Herzog opnieuw ingeschakeld en ze slaan de doorweekte Saint-Germain-kliek gade. We zitten op 785 kilometer van de Flore en als je ziet hoe Sollers nerveus op zijn sigarettenpijpje knabbelt, of hoe BHL zijn overhemd dichtknoopt, lijkt het maar beter als de plechtigheid zich niet eindeloos voortsleept. Simon Herzog en Jacques Bayard kunnen met vereende krachten vrijwel iedereen identificeren: de groep van Sollers, Kristeva en BHL, de groep van Youssef, Paul en Jean-Louis; de groep van Foucault met Daniel Defert, Mathieu Lindon, Hervé Guibert en Didier Eribon; de groep van de universiteit: Todorov, Genette; de groep van Vincennes: Deleuze, Cixous, Althusser, Châtelet; de jongere broer Michel en zijn vrouw Rachel; zijn uitgever en zijn studenten, Eric Marty, Antoine Compagnon, Renaud Camus, vroegere minnaars en ook een groep gigolo's, Hamed, Saïd, Harold, Slimane; mensen uit de filmwereld: Téchiné, Adjani, Marie-France Pisier, Isabelle Huppert, Pascal Greggory, een tweeling in een zwart kosmonautenpak (buren die voor de tv werken, schijnt het) en dorpsgenoten...

Iedereen hier in Urt mocht hem graag. Bij de ingang van de begraafplaats stappen twee mannen uit een zwarte DS en steken een paraplu op. Iemand van de aanwezigen merkt de auto op en roept uit: 'Kijk, een "déesse"!' Een verrukt gemompel gaat door het publiek, dat in de auto een soort eerbewijs ziet, omdat Barthes zijn *My-*

thologieën onder het beschermheerschap van de beroemde godin had gepubliceerd. Simon fluistert tegen Bayard: 'Denkt u dat de moordenaar zich onder het publiek bevindt?' Bayard antwoordt niet, hij slaat alle aanwezigen gade en ziet overal wel de ideale kop voor een schuldige. Hij weet dat het onderzoek alleen verder komt als hij begrijpt wat hij zoekt. Wat bezat Barthes, dat zo veel waard was dat het hem niet alleen werd ontstolen, maar dat hij er ook nog voor moest worden vermoord?

27

Vergadering bij Fabius in zijn prachtige appartement bij het Panthéon met overal sierlijsten en visgraatparket, zo stel ik me voor. Jack Lang, Robert Badinter, Régis Debray, Jacques Attali en Serge Moati zijn bijeen om de sterke en de zwakke kanten van hun kandidaat op een rij te zetten, in termen van imago en van – in die tijd is het nog een beetje verdachte term – 'communicatie'.

De eerste kolom is bijna leeg. Er staat alleen in genoteerd: 'Heeft de Generaal tot een tweede ronde gedwongen.' Fabius merkt op dat dat toch al vijftien jaar geleden is.

De tweede kolom is beter gevuld. In volgorde van onbelangrijk naar steeds belangrijker:

Madagascar
Observatoire
Algerijnse Oorlog
Te oud (te veel Vierde Republiek)
Te lange hoektanden (cynisch)
Verliest altijd

Merkwaardig genoeg worden in die tijd zijn Vichy-orde die hij uit de handen van Pétain zelf heeft ontvangen, en zijn beslist bescheiden functies tijdens Vichy nooit aan de orde gesteld, niet door de media (die zoals altijd aan geheugenverlies lijden) en ook niet door zijn politieke vijanden (die misschien geen zin hebben hun eigen kiezers te ergeren met onaangename herinneringen). Extreemrechts, op dat moment een splintergroepering, bazuint nog nauwelijks iets rond van wat de volgende generatie lasterpraat zal noemen.

Maar desondanks. Wat motiveert die club jonge, briljante, eerzuchtige en deels misschien nog idealistische socialisten, die gematigd dromen van een rooskleurige toekomst, om dat oudbakken lid van de Section Française de l'Internationale Ouvrière, dat wrakstuk van de Fédération de la Gauche Démocrate et Socialiste, dat overblijfsel van de Vierde Republiek, die Guy Molletachtige, kolonialistische beul (er zijn in Algerije vijfenveertig doodstraffen voltrokken terwijl hij minister van Binnenlandse Zaken was en vervolgens minister van Justitie) te steunen in plaats van Rocard, die in de smaak valt bij een Pierre Mauroy, een Jean-Paul Chevènement, die de steun geniet van een Europa-aanhanger als Jacques Delors en een vakbondsman als Edmond Maire? Rocard, zal Moati later zeggen, 'was het "naar arbeiderszelfbestuur strevende" socialisme plus de controle van de financiën die op ons afkwamen'. Maar diezelfde Moati was naar Mitterrand overgelopen toen Mitterrand bij het zien van de rotzooi van mei '68 zijn woorden een duidelijk linksere koers had gegeven en had verklaard: 'Ik geloof in de socialisatie van de productiemiddelen, de investeringen en de handel. Ik geloof in een belangrijke overheidssector, die in staat is de gehele economie op sleeptouw te nemen.'

Het werkoverleg begint. Fabius heeft warme dranken, koekjes en vruchtensappen op een grote, houten, geverniste tafel klaargezet. Om hun duidelijk te maken hoe omvangrijk hun taak is, haalt Moati een oud hoofdartikel tevoorschijn van Jean Daniel over Mitterrand, dat hij uit een *Nouvel Obs* van 1966 heeft geknipt. 'Deze man wekt niet alleen de indruk dat hij nergens in gelooft, maar in zijn aanwezigheid voel je je schuldig als je wel ergens in gelooft. Hij insinueert als het ware tegen wil en dank dat niets zuiver is, dat alles besmet is en dat er geen enkele illusie is toegestaan.'

Rond de tafel is men het erover eens dat er werk aan de winkel is.

Moati eet gesuikerde krakelingen.

Badinter bepleit Mitterrands zaak: cynisme is als handicap in de politiek maar betrekkelijk, want het gaat ook gepaard met bedrevenheid en pragmatisme. Uiteindelijk is doorkneed zijn niet hetzelfde als doortrapt. Een compromis sluiten betekent niet automatisch dat er wordt geschipperd. Dat is zelfs de kern van de democratie, die nu eenmaal souplesse en inschatting vereist. Diogenes de hond was een bijzonder scherpzinnig filosoof.

'Oké, maar het Observatoire dan?' vraagt Fabius.

Lang protesteert: die gefingeerde aanval is een duistere kwestie die nooit is opgehelderd, terwijl alles is gebaseerd op de twijfelachtige getuigenis van een voormalig gaullist die naar extreemrechts is overgestapt en die zijn versie van de feiten verschillende malen heeft gewijzigd. Terwijl Mitterrands auto nota bene doorzeefd met kogels was aangetroffen! Lang lijkt werkelijk verontwaardigd.

'Oké,' zegt Fabius. Laat dat complot maar zitten. Blijft staan dat hij tot nu toe niet uitzonderlijk sympathiek en ook niet uitzonderlijk socialistisch is overgekomen.

Jack Lang brengt in herinnering dat Jean Cau over Mitterrand heeft gezegd dat hij een priester was en dat zijn socialisme de 'binnenstebuiten gekeerde handschoen van zijn christendom' was.

Debray zucht: 'Flauwekul.'

Badinter steekt een sigaret op.

Moati eet chocoladekoekjes.

Attali: 'Hij heeft besloten op links te koersen. Hij vindt dat het nodig is om de PC in te dammen. Maar dat jaagt de gematigd linkse kiezers op de vlucht.'

Debray: 'Nee, wat jij een gematigd linkse kiezer noemt, noem ik een kiezer van het midden. Of iemand van de Parti Radical, desnoods. Die mensen stemmen hoe dan ook rechts. Het zijn Giscard-aanhangers.'

Fabius: 'Inclusief de links-radicalen, denk je?'

Debray: 'Natuurlijk.'

Lang: 'Goed, en die hoektanden dan?'

Moati: 'Er is een afspraak voor hem gemaakt bij een tandarts in de Marais. Die zal hem de glimlach van Paul Newman bezorgen.'

Fabius: 'Zijn leeftijd?'

Attali: 'Zijn ervaring.'

Debray: 'Madagascar?'

Fabius: 'Trekken we ons niets van aan, dat is iedereen al vergeten.'

Attali legt uit: 'Hij was minister van Koloniën in 1951, de slachtingen vonden plaats in '47. Natuurlijk heeft hij een paar ongelukkige dingen gezegd, maar hij heeft geen bloed aan zijn handen.'

Badinter zegt niets. Debray ook niet. Moati drinkt warme chocola.

Lang: 'Maar je had toch die film waarin je hem met een tropenhelm op ziet, naast Afrikanen in hun lendendoek...'

Moati: 'De tv brengt die beelden niet meer naar buiten.'

Fabius: 'Het onderwerp "koloniën" is voor rechts ongunstig, daar zullen ze geen thema van willen maken.'

Attali: 'Dat geldt ook voor de Algerijnse Oorlog. Algerije is vooral het verraad van De Gaulle. Het ligt te gevoelig. Giscard zal de stemmen van de Algerijnse Fransen niet op het spel willen zetten.'

Debray: 'Maar de communisten?'

Fabius: 'Als Marchais ons Algerije inwrijft, peperen wij hem Messerschmitt in. In de politiek en ook in het algemeen heeft niemand er veel belang bij het verleden op te rakelen.'

Attali: 'En als hij het toch doet, slingeren we hem het Molotov-Ribbentroppact naar zijn hoofd!'

Fabius: 'Hm, goed, en de positieve punten?'

Stilte.

Ze schenken nog eens koffie in.

Fabius steekt een sigaret op.

Jack Lang: 'Hij heeft toch een beetje het imago van een letterkundige.'

Attali: 'Wat maakt dat uit. De Fransen stemmen op Badinguet en niet op Victor Hugo.'

Lang: 'Hij is een groot redenaar.'

Debray: 'Ja.'

Moati: 'Nee.'

Fabius: 'Robert?'

Badinter: 'Ja en nee.'

Debray: 'Hij kan hele menigten bezielen tijdens een meeting.'

Badinter: 'Hij is goed als hij de tijd heeft om zijn gedachten uit te werken, en wanneer hij er wel vertrouwen in heeft.'

Moati: 'Maar op tv is hij niet goed.'

Lang: 'Hij is goed in tweegesprekken.'

Attali: 'Maar niet in de confrontatie.'

Badinter: 'Hij voelt zich niet erg op zijn gemak als iemand zich tegen hem afzet of hem tegenspreekt. Hij kan een zaak verdedigen, maar hij wil niet worden onderbroken. Zo lyrisch als hij kan zijn in meetings, gesteund door de menigte, zo onbegrijpelijk en saai kan hij tegen journalisten zijn.'

Fabius: 'Dat komt omdat hij op de tv zijn gesprekspartner meestal minacht.'

Lang: 'Hij neemt het liefst de tijd om op snelheid te komen, zich te oefenen. Op het spreekgestoelte kan hij zijn stem warm laten lopen, hij probeert effecten uit, past zich aan de toehoorders aan. Op tv is dat onmogelijk.'

Moati: 'Maar de tv gaat voor hem niet anders worden.'

Attali: 'In ieder geval komend jaar niet. Maar als hij eenmaal aan de macht is...'

Allemaal tegelijk: '...ontslaan we Elkabbach!' (gelach)

Lang: 'Hij moet de tv zien als een reusachtige meeting. Bij zichzelf zeggen dat de menigte achter de camera verzameld staat.'

Moati: 'Ho even, lyrisch doen tijdens een meeting is één ding, maar in een studio werkt dat niet.'

Attali: 'Hij zal moeten leren bondiger en directer te worden.'

Moati: 'Hij moet verder komen. Hij moet in training. We moeten hem laten repeteren.'

Fabius: 'Hm, dat zal hij vast heerlijk vinden.'

28

Nadat hij een dag of vier, vijf buitenshuis heeft doorgebracht, besluit Hamed eindelijk maar eens naar huis te gaan, al was het alleen maar om te kijken of er ergens misschien nog een schoon T-shirt ligt, en dus klimt hij dodelijk vermoeid de zes of zeven trappen op die naar zijn dienstbodekamer leiden, waar hij niet kan douchen, omdat er geen badkamer is, maar waar hij zich tenminste op zijn bed kan laten vallen om de lichamelijke, nerveuze vermoeidheid en de ijdelheid van de wereld en het bestaan een paar uur weg te slapen, maar als hij de sleutel in het slot omdraait, voelt hij een ongewone speling en stelt vast dat het slot is geforceerd en dus duwt hij voorzichtig tegen de deur, die zachtjes kraakt en het schouwspel onthult van zijn geplunderde kamer, het omgekeerde bed, de uitgetrokken laden, de van de muren gerukte plinten, zijn over het parket verspreide kleren, zijn openstaande koelkast met een nog hele fles Banga in de deur, de in stukken gebroken spiegel boven de wastafel, zijn flesjes Gini en 7-Up in alle hoeken van de kamer, zijn verzameling *Yacht Magazine* bladzij voor bladzij verscheurd evenals zijn stripalbums van de geschiedenis van Frankrijk (er lijken er een paar verdwenen te zijn, die over de Franse Revolutie en Napoleon), zijn *Petit Larousse* en zijn boeken liggen her en der, zijn cassettebandjes met muziek zijn zorgvuldig uitgetrokken en zijn hifi-installatie is voor een deel uit elkaar gehaald.

Hamed windt een bandje van Supertramp op, stopt het in de cassetterecorder en drukt op PLAY om te zien of het ding het nog doet. Dan laat hij zich op zijn omgedraaide matras vallen en met al zijn kleren nog aan en de deur open slaapt hij in op de eerste akkoorden van ‘Logical Song’, terwijl ook hij bedenkt dat hij het leven mooi, wonderbaarlijk en magisch vond toen hij jong was, maar dat hij zich, nu de dingen een stuk anders zijn geworden, toch nog niet erg verantwoordelijk voelt en ook niet erg radicaal.

29

Voor de ingang van de Gratte-Ciel, die door een strenge, zwarte, stevig gebouwde cerberus wordt bewaakt, staat een rij van meer dan tien meter. Hamed ziet Saïd en Slimane staan in gezelschap van een lange knoestige zwarte die zich 'de Sergeant' laat noemen. Samen lopen ze langs de rij, groeten de waakhond bij zijn voornaam en zeggen dat Roland, nee, Michel binnen op hen wacht. De deuren van de Gratte-Ciel gaan voor hen open. Binnen worden ze overweldigd door een merkwaardige geur, een soort mengsel van de stal, van vanillekaneel en een vissershaven. Ze lopen langs Jean-Paul Goude, die zijn ceintuur bij de garderobe afgeeft, en aan zijn gedrag zien ze onmiddellijk dat hij al stoned is. Saïd buigt zich naar Hameds oor en zegt dat het zo onder Giscard niet langer gaat, het leven is beslist te duur, maar dat hij zijn dope toch moet hebben. Slimane ontdekt de jonge Bono Vox aan de bar. Op het podium verzorgt een gothic reggaegroep het gebruikelijke wazige optreden. Onder de nieuwsgierige en duffe blik van Bono heupwiegt de Sergeant nonchalant tegen het ritme van de ritmebox in. Yves Mourousi praat tegen de buik van Grace Jones. Braziliaanse dansers wervelen met soepele capoeirabewegingen tussen de gasten door. Een vroegere minister die tijdens de Vierde Republiek nogal belangrijk was, probeert de borsten aan te raken van een jonge actrice die bekend begint te worden. En er is altijd die stoet jongens en meisjes die levende kreeften op hun hoofd dragen of ze aan een riempje uitlaten, want de kreeft is om onbekende redenen in het Parijs van 1980 als huisdier in de mode.

Bij de ingang stoppen twee snorrenbaarden in smakeloze kledij de uitsmijter een biljet van vijfhonderd frank toe om binnen te kunnen komen. Ze laten hun paraplu's in de garderobe achter.

Saïd begint tegen Hamed weer over drugs. Hamed gebaart dat hij moet relaxen en hij draait een joint op een tafeltje in de vorm van een naakte vrouw op handen en voeten, zoals in de Korovo Milk Bar van *A Clockwork Orange*. Op een hoekbank naast Hamed trekt Alice Sapritch aan haar sigarettenpijpje, een keizerlijke glimlach op haar lippen en een boa om haar nek (een echte boa, zegt Hamed bij zichzelf, maar hij denkt meteen daarna dat het wel weer een lullig hebbedingetje zal zijn). Ze buigt zich naar hen toe en roept: 'En, schatjes, is het een leuke avond?' Hamed glimlacht terwijl hij de joint aansteekt, maar Saïd antwoordt: 'Voor wat?'

Aan de bar is het de Sergeant gelukt een drankje bij Bono los te peuteren en Slimane vraagt zich af in welke taal ze communiceren, hoewel ze helemaal niet met elkaar lijken te praten. De twee snorrenbaarden zijn in een hoek gaan zitten en hebben een fles Poolse wodka met bisongras erin laten aanrukken, met als gevolg dat knappe jongeren van verschillende seksen op hun tafel afkomen, en in hun kielzog ook een of twee tweederangs sterren. Bij de bar praat Victor Pecci, donker haar, een openstaand overhemd en een diamant in zijn oor, met Vitas Gerulaitis, blond haar, een openstaand overhemd, met als oorclip een ring. Slimane groet vanuit de verte een jonge anorectische vrouw die met de zanger van Taxi Girl praat. Tegen een betonnen pilaar die een Dorische zuil voorstelt, vlak naast hem, leunt onbewogen de bassiste van de Téléphone, terwijl een vriendin haar wang likt en haar probeert uit te leggen hoe je tequila bij Orlando drinkt. De Sergeant en Bono zijn verdwenen. Slimane laat zich door Yves Mourousi aanklampen. Foucault duikt op uit de toiletten en begint een heftige discussie met de zangeres van ABBA. Saïd raakt over zijn toeren: 'Ik wil stuff, ik wil dope, ik wil shit, ik wil sneeuw, ik wil bruin, ik wil sugar, ik wil oli, ik wil fant, geeft niet wat, maar geef me iets, shit!' Hamed overhandigt hem de joint, die hij begerig grijpt met een blik van 'moet jij eens kijken wat ik met jouw joint doe', steekt hem in zijn mond en neemt walgend en gretig tegelijk een hijs. De snorrenbaarden in hun hoek vinden hun nieuwe vrienden aardig en klinken met hen: '*Na zdravé*!' Jane Birkin probeert iets te zeggen tegen een jongeman, die als een broer op haar lijkt, maar als hij het haar vijf keer heeft laten zeggen haalt hij zijn schouders op ten teken dat het niet lukt. Saïd schreeuwt tegen Hamed: 'Wat hebben we nog over? Het GLB? Is dat het plan?' Hamed beseft dat Saïd onverdraaglijk begint te worden zolang hij zijn stuff niet heeft, pakt hem bij zijn schouders en zegt 'luister' terwijl hij hem zo strak in zijn ogen kijkt als hij zou doen bij iemand die in shock of volkomen verstijfd is, dan haalt hij uit zijn kontzak een in tweeën gevouwen papiertje van A5-formaat. Het is een uitnodiging voor Adamantium, de nachttent die onlangs tegenover de Rex is geopend en waar net vanavond een dealer die hij kent moet zijn om een speciale avond over de seventies te presenteren, zoals op de flyer te lezen valt boven de tekening van een dik hoofd dat aan Lou Reed doet denken. Hij vraagt een pen aan Alice Sapritch, schrijft in hoofdletters de voornaam van de dealer zorgvuldig op de achterkant van de flyer en overhandigt hem plechtig aan Saïd, die hem zorgvuldig opbergt in de binnenzak van zijn jasje en meteen de deur uit rent. De twee slechtgeklede snorrenbaarden in hun hoek lijken zich goed te amuseren met hun nieuwe vrienden, ze hebben een nieuwe cocktail uitgevonden, pastis-wodka-Suze, en Inès de La Fressange is bij hen komen zitten, maar als ze Saïd naar de uitgang zien gaan, lachen ze niet langer, wijzen onder het schreeuwen van '*Brat! Brat!*' beleefd de verzoeken af van de drummer van de Trust, die hun een zoen wil geven, en staan eensgezind op.

Vastberaden loopt Saïd over de grote boulevards zonder achter zich de twee mannen te zien, die hem, gewapend met hun paraplu's, op afstand volgen. Hij berekent hoeveel klanten hij in de plees van het Adamantium moet afwerken om zijn gram cocaïne te kunnen betalen. Misschien zou hij amfetamine moeten nemen, dat is minder goed, maar goedkoper. En het duurt langer. Maar daar krijgt hij niet echt een stijve van. Maar zin om te neuken krijgt hij er wel van. Kortom. Vijf minuten om de klant te versieren, vijf minuten om een lege cabine te vinden, vijf minuten voor de beurt, alles bij elkaar een kwartier, drie klanten zouden voldoende moeten zijn, misschien twee als hij rijke en echt bronstige kerels vindt, hij denkt te weten dat het Adamantium chique en belangrijke lui wil aantrekken, en niet van die goedkope verslaafde lesbiennes. Als het goed is, heeft hij binnen het uur zijn stuff. Maar de twee mannen achter hem zijn dichterbij gekomen en op het moment dat hij de Boulevard Poissonnière wil oversteken, houdt de ene zijn paraplu naar beneden gericht en prikt dwars door de stonewashed spijkerbroek heen in Saïds been en als hij opschrikt, schuift de ander zijn hand in zijn jack en ontfutselt hem de flyer die hij in zijn binnenzak had gestoken. Saïd heeft zich nog niet omgedraaid of de twee mannen zijn het zebrapad al over, zijn been steekt, de pijn drijft hem voort, hij heeft ook de heimelijke hand op zijn borst gevoeld en hij concludeert dat hij met twee zakkenrollers te maken heeft, controleert of zijn papieren er nog zijn (geld heeft hij niet), maar het duizelt hem als hij begrijpt dat zijn uitnodiging gestolen is, hij rent 'mijn uitnodiging! mijn uitnodiging!' roepend achter hen aan, maar hij suizebolt, zijn krachten begeven het, zijn ogen worden troebel, zijn benen willen niet meer, hij staat midden op straat stil, wrijft in zijn ogen en zakt tussen de claxonnerende auto's in elkaar.

De volgende dag wordt in *Le Parisien libéré* melding gemaakt van de dood van twee personen: een jonge Algerijn van twintig jaar, slachtoffer van een overdosis, midden op straat, en een drugsdealer die dood is gemarteld in de toiletten van het Adamantium, een onlangs geopende nachtclub, die de prefect onmiddellijk officieel heeft laten sluiten.

30

'Die kerels zoeken iets. Het is alleen de vraag, Hamed, waarom ze het niet hebben gevonden.'

Bayard kauwt op zijn sigaret, Simon speelt met paperclips.

Barthes overreden, Saïd vergiftigd, zijn dealer afgemaakt, zijn kamer geplunderd, het was tijd om naar de politie te gaan, vond Hamed, want hij had niet alles over Barthes gezegd: tijdens hun laatste ontmoeting had Barthes hem een papiertje gegeven. Het geratel van de schrijfmachines weerklinkt in de kantoren. De Quay des Orfèvres gonst van de politionele en administratieve activiteit.

Nee, de mensen die zijn appartement hebben doorzocht, hebben het niet gevonden. Nee, hij heeft het niet in zijn bezit.

Hoe kan hij er dan zeker van zijn dat ze het niet te pakken hebben gekregen? Omdat het niet in zijn kamer was verstopt. Geen wonder, want hij heeft het verbrand.

Oké.

En heeft hij het gelezen? Ja. Kan hij zeggen wat erop staat? In zekere zin. Wat staat er dan op? Stilte.

Barthes had hem gevraagd het document uit zijn hoofd te leren en dan te vernietigen. Blijkbaar beschouwde hij het zuidelijke accent als een middel om het vanbuiten leren te vergemakkelijken. Ook al was die ouwe met zijn pens en dubbele onderkin oud en lelijk, Hamed had het toch gedaan, omdat hij van hem hield zodra hij over zijn moeder praatte als een bedroefd kind, en bovendien voelde hij zich gevleid omdat de grote professor hem een opdracht toevertrouwde die voor één keer geen orale seks betrof en ook omdat Barthes hem drieduizend frank had beloofd.

Bayard vraagt: 'Kunt u de tekst voor ons opzeggen?' Stilte. Simon is met het werk aan zijn ketting van paperclips gestopt. Buiten gaat het zingen van de schrijfmachines door.

Bayard biedt Hamed een sigaret aan, die hij, als gigolo, onwillekeurig aanneemt, ook al rookt hij geen zware sigaretten.

Hamed zit te roken en bewaart het stilzwijgen.

Bayard benadrukt dat hij klaarblijkelijk in het bezit is van belangrijke informatie, die de dood van minstens drie personen heeft veroorzaakt en dat zijn leven gevaar loopt zolang hij die informatie niet bekendmaakt. Hamed brengt ertegen in dat ze hem integendeel niet kunnen doden zolang zijn brein als enige is ingewijd in die informatie. Zijn geheim is zijn levensverzekering. Bayard laat hem foto's zien van de dealer die in de toiletten van het Adamantium is gemarteld. Hamed kijkt lange tijd naar de foto's. Dan leunt hij achterover in zijn stoel en begint voor te dragen: 'Gelukkig hij die als Odysseus terug kan keren/ of thuiskomt als veroveraar van 't gulden vlies...' Bayard werpt een vragende blik op Simon, die hem uitlegt dat het een gedicht is van Du Bellay. 'O, wanneer zal de schoorsteen van mijn huis mij leren/ dat hij nog rook geeft, en in welk seizoen precies...' Hamed zegt, trots op zijn geheugen, dat hij het op school heeft geleerd en dat hij het zich nog herinnert. Bayard wijst Hamed erop dat hij hem vierentwintig uur in voorlopige hechtenis kan houden. Hamed zegt dat hij dat dan maar moet doen. Bayard steekt nog een Gitane op aan het peukje van de vorige terwijl hij mentaal zijn tactiek bijstelt. Hamed kan niet meer naar huis. Kan hij ergens veilig slapen? Ja. Hamed kan bij zijn vriend Slimane slapen op de Boulevard Barbès. Hij zal een tijdje moeten onderduiken, niet uitgaan op de plekken waar hij anders vaak komt, de deur niet opendoen voor onbekenden en opletten als hij de deur uit gaat, op straat vaak omkijken, kortom zich gedeisd houden. Bayard vraagt Simon of hij hem met de auto naar Barbès wil brengen. Intuïtief weet hij dat de gigolo een jonge niet-smeris eerder in vertrouwen neemt dan een oude smeris en bovendien heeft hij in tegenstelling tot smerissen in romans en films andere zaken lopen en kan hij niet honderd procent van zijn tijd hieraan besteden, zelfs al heeft Giscard verordend dat dit voorrang moet krijgen en ook al heeft hij op Giscard gestemd.

Hij geeft de nodige bevelen, zodat ze de beschikking krijgen over een auto. Voordat hij hen laat gaan vraagt hij Hamed of de naam Sophia hem iets zegt, maar Hamed zegt dat hij geen Sophia kent. Een geüniformeerde ambtenaar, die een vinger mist, brengt hen naar de garage en overhandigt hun de sleutels van een Renault 16, een burgerwagen. Simon tekent een formulier, Hamed gaat op de passagiersplaats zitten en ze rijden de Quai des Orfèvres af in de richting van Châtelet. Achter hen start de zwarte DS, die braaf dubbel geparkeerd stond te wachten zonder ook maar één enkele op post staande politieagent te verontrusten. Op het kruispunt zegt Hamed tegen Simon (met zijn vleugje zuidelijk accent): 'Hé, unnuh Fuego.' Een blauwe.

Simon rijdt dwars over het Île de la Cité, langs het Paleis van Justitie en langs metrostation Châtelet. Hij vraagt Hamed waarom hij naar Parijs is gekomen. Hamed zegt dat Marseille voor flikkers niks gedaan is, Parijs is beter, al is het geen panacee (Simon merkt op dat hij het woord 'panacee' gebruikt), flikkers krijgen er tenminste respect, want een flikker in de provincie is er slechter aan toe dan een Arabier. En bovendien barst het in Parijs van de flikkers die barsten van het geld en je hebt er meer lol. Bij de Rue de Rivoli heeft Simon oranje en de DS achter hem rijdt door rood om hem niet kwijt te raken. Maar de blauwe Fuego stopt. Simon legt Hamed uit dat hij op de universiteit Barthes behandelt en vraagt omzichtig: 'Wat staat er eigenlijk in die tekst?' Hamed vraagt om een sigaret en zegt: 'Geen idee, eerlijk gezegd.'

Simon vraagt zich af of Hamed hen in de maling heeft genomen, maar Hamed zegt dat hij de tekst vanbuiten heeft geleerd zonder te proberen hem te begrijpen. De instructies luidden dat hij, mocht er ooit iets gebeuren, ergens heen moest om hem op te zeggen voor een bepaalde persoon en niemand anders. Simon vraagt waarom hij dat dan niet heeft gedaan. Hamed vraagt hoe hij op het idee komt dat hij het niet heeft gedaan. Simon zegt dat hij denkt dat Hamed nooit naar de politie was gegaan als hij het had gedaan. Hamed geeft toe dat hij het niet heeft gedaan, omdat het te ver is, die persoon woont niet in Frankrijk en hij had niet voldoende geld. De drieduizend frank die Barthes hem had gegeven, had hij liever ergens anders aan gespendeerd.

Simon ziet in de achteruitkijkspiegel dat de DS nog steeds achter hem zit. Ter hoogte van het metrostation Strasbourg-Saint-Denis rijdt hij door rood en de DS achter hem rijdt er ook doorheen. Hij gaat langzamer rijden en de DS gaat ook langzamer rijden. Hij parkeert dubbel om het zeker te weten. De DS stopt achter hem. Hij voelt zijn hart sneller kloppen. Hij vraagt Hamed wat hij later wil gaan doen als hij genoeg geld heeft, mocht dat op een dag het geval zijn. Hamed begrijpt niet onmiddellijk waarom Simon is stil blijven staan, maar hij vraagt niets en zegt dat hij graag een boot zou kopen en uitstapjes voor de toeristen organiseren, omdat hij van de zee houdt, want toen hij klein was, ging hij met zijn vader in kreken vissen (maar dat was voordat zijn vader hem de deur uit zette). Simon scheurt plotseling weg, met krijsende banden, en ziet in de achteruitkijkspiegel hoe de hydraulische veren de grote zwarte Citroën optillen en van het asfalt losrukken. Hamed draait zich om, ziet de DS en dan herinnert hij zich de auto beneden bij zijn huis en op die avond bij de Bastille en hij begrijpt dat hij al weken wordt gevolgd en dat ze hem al tien keer hadden kunnen doden, maar dat dit niet betekent dat ze hem de elfde keer niet zullen doden, dus klampt hij zich vast aan de handgreep boven het raam en zegt alleen maar: 'Hier rechts.'

Zonder nadenken draait Simon aan het stuur, hij bevindt zich in een straatje parallel aan de Boulevard Magenta en wat hem nu de grootste schrik aanjaagt, is dat de auto achter hem niets doet om zijn aanwezigheid te verhelen; als hij dichterbij komt, trapt Simon, geleid door een of andere ingeving, op zijn rem en botst de DS op de Renault 16.

Een paar seconden staan de twee auto's roerloos, de ene achter de andere, alsof ze het bewustzijn hebben verloren, en de voorbijgangers zijn ook verstard, ontsteld door het ongeluk. Dan ziet Simon uit de DS een arm komen met een glanzend metalen voorwerp, een vuurwapen zegt hij bij zichzelf, en hij laat de koppeling opkomen zonder terug te schakelen, wat een gruwelijk geknars veroorzaakt, en de Renault springt naar voren. De arm verdwijnt en de DS trekt ook op.

Simon rijdt door alle lichten heen en toetert aan één stuk door, zodat je de indruk hebt dat er een alarmsirene door het tiende arrondissement snerpt als om aan te kondigen dat er een bombardement ophanden is of voor de eerste maandag van de maand, en aan zijn staart hangt de DS, als een jachtvliegtuig dat een vijandelijk toestel hardnekkig in het vizier houdt. Simon schampt een Peugeot 505, stuitert tegen een busje, slipt over het trottoir, rijdt bijna twee of drie voorbijgangers aan en bereikt Place de la République. Achter hem kronkelt de DS als een slang tussen de obstakels door. Simon slalomt door het verkeer, vermijdt de wandelaars en schreeuwt tegen Hamed: 'De tekst! Zeg de tekst op!' Maar Hamed, zijn hand krampachtig om de greep boven het raam, kan zich niet concentreren en er komt geen woord uit zijn mond.

Simon rijdt het plein rond en probeert na te denken. Hij weet niet waar de politiebureaus in deze buurt zijn maar hij herinnert zich een dansfeest op 14 juli in de brandweerkazerne bij Place de la Bastille, in de Marais, dus stort hij zich de Boulevard des Filles-du-Calvaire op en blaft tegen Hamed: 'Wat staat erin? Wat is de titel?' En Hamed brengt lijkbleek uit: 'De zevende functie van taal.' Maar op het moment dat hij wil beginnen met voordragen, komt de DS ter hoogte van de Renault, het raam aan de passagierskant gaat open en Simon ziet een snorrenbaard een pistool op hem richten, maar vlak voordat de knal weerklinkt, trapt hij uit alle macht op de rem en de DS rijdt hem voorbij als het schot afgaat, maar achter hem botst een Peugeot 404 op hem en door de schok schiet de Renault vooruit en bevindt zich weer ter hoogte van de DS, Simon draait dan uit alle macht het stuur naar links en dwingt de DS de baan van de tegenliggers op, maar als door een wonder ontwijkt de DS een blauwe Fuego die van de andere kant komt en ontsnapt via een ventweg ter hoogte van het Cirque d'Hiver om te verdwijnen in de Rue Amelot, die parallel loopt aan de Boulevard Beaumarchais, het verlengde van de Boulevard des Filles-du-Calvaire.

Simon en Hamed denken hun achtervolgers van zich af te hebben geschud, maar Simon blijft in de richting van Place de la Bastille rijden, hij komt niet op de gedachte in de kleine straatjes van de Marais te verdwijnen en daarom, als Hamed zonder enig begrip begint voor te dragen: 'Er bestaat een functie van taal die aan de verschillende onvervreemdbare factoren van de mondelinge communicatie ontsnapt... en die ze in zekere zin allemaal omvat. Deze functie noemen we...', duikt de DS precies op dat moment op uit een haaks op de weg uitkomende straat en ramt de flank van de Renault, die met hevig gekraak van staal en brekend glas tegen een boom knalt.

Simon en Hamed zijn nog half buiten westen als een snorrenbaard gewapend met een pistool en een paraplu uit de rokende DS springt, zich naar de Renault haast en het loshangende portier aan de passagierskant eraf rukt. Met gestrekte arm richt hij het pistool op Hameds gezicht en hij haalt de trekker over, maar er gebeurt niets, het pistool blokkeert, hij probeert het nog eens, klik, klik, hij doet het niet, dus schudt hij zijn gesloten paraplu als een lans om die in Hameds zij te planten, maar Hamed houdt zijn arm beschermend voor zich en stoot de punt weg naar zijn schouder, van pijn slaakt hij een schelle kreet en vervolgens verandert zijn angst in woede, hij rukt de snorrenbaard de paraplu uit handen, maakt in dezelfde beweging zijn veiligheidsriem los, werpt zich op zijn aanvaller en plant de paraplu midden in zijn borst.

Intussen is de andere snorrenbaard naar de bestuurderskant van de auto gelopen. Simon is bij bewustzijn en hij probeert uit de Renault te komen, maar zijn portier wil niet open, hij zit klem in de auto, en als de tweede snorrenbaard zijn wapen richt en op hem mikt, is hij verlamd van angst en kijkt naar het zwarte gat waar de kogel uit komt die zijn hoofd zal doorboren en hij heeft nog tijd om tegen zichzelf te zeggen 'een flits en toen de nacht' als opeens het geronk van een motor de lucht doorklieft, er een blauwe Fuego tegen de snorrenbaard op botst en hem met een zwaai op de weg laat belanden. Er stappen twee Japanners uit de Fuego.

Simon werkt zich uit het voertuig door over de passagiersstoel te klimmen en snelt op handen en voeten naar Hamed, die op het lichaam van de eerste snorrenbaard is geploft, draait hem om en stelt opgelucht vast dat hij nog beweegt. Een van de Japanners steunt nu met zijn hand het hoofd van de gewonde gigolo, voelt zijn pols en zegt: 'Foetsjie', maar Simon verstaat eerst 'Fuji' en hij denkt aan Barthes' analyses van het leven in Japan voordat hij het begrijpt als hij naar het gele gezicht en de gele ogen van Hamed kijkt en ziet hoe zijn lichaam schokt van de krampen, dus hij schreeuwt dat iemand een ambulance moet bellen, terwijl Hamed hem iets wil zeggen, moeizaam overeind komt, Simon zich over hem heen buigt en naar de functie vraagt, maar Hamed is totaal niet in staat de tekst op te zeggen en in zijn hoofd gaat alles al in rook op, hij ziet zijn armoedige jeugd in Marseille weer voor zich en zijn leven in Parijs, de collega's, de klanten, de sauna's, Saïd, Barthes, Slimane, de bioscopen, de croissants in de Coupole en de satijnen glans van de vettige lichamen waar hij naast heeft gelegen, maar net voordat hij sterft, heeft hij, terwijl er in de verte sirenes weerklinken, nog tijd om te mompelen: 'Eko.'

31

Als Jacques Bayard aankomt, heeft de politie de omtrek afgezet, maar de Japanners zijn verdwenen en zo ook de tweede snorrenbaard, degene die ze met hun Fuego omver hebben gereden. Het lichaam van Hamed ligt nog uitgestrekt op straat en ook dat van zijn aanvaller, de paraplu in zijn borst geplant. Simon Herzog rookt een sigaret, een deken over zijn rug. Nee, hij heeft niets. Nee, hij weet niet wie die Japanners zijn. Ze hebben niets gezegd, ze hebben zijn leven gered en zijn weer vertrokken. Met de Fuego. Ja, de tweede snorrenbaard is waarschijnlijk gewond. Je moet al een beer van een vent zijn om een dergelijke schok te overleven. Jacques Bayard kijkt verbouwereerd naar de twee in elkaar gefrommelde autowrakken. Waarom een DS? De productie is in 1975 stopgezet. Aan de andere kant is de Fuego een model dat net uit de fabriek komt en zelfs nog niet eens in de handel is. Iemand tekent met krijt de omtrek rond Hameds lijk. Bayard steekt een Gitane op. De inschatting van de gigolo klopte dus niet: de informatie die hij bezat, heeft hem niet beschermd. Bayard trekt de conclusie dat degenen die hem hebben gedood, hem niet wilden laten praten, maar laten zwijgen. Waarom? Simon meldt hem Hameds laatste woorden. Bayard vraagt wat hij van die zevende functie van taal weet. Simon is aangedaan, maar antwoordt als docent automatisch: 'De functies van de taal zijn linguïstische categorieën die ooit tot theorie zijn gemaakt door een belangrijke Russische linguïst, genaamd...'

Roman Jakobson.

Het referaat waar hij aan wilde beginnen, breekt hij af. Hij herinnert zich het boek op Barthes' bureau, *Essais de linguistique générale* van Roman Jakobson, open op de bladzij van de functies van de taal en het blaadje met aantekeningen dat als boekenlegger diende.

Hij legt Bayard uit dat ze het document waarvoor al vier personen zijn gedood misschien wel onder ogen hadden toen ze huiszoeking verrichtten in het appartement aan de Rue Servandoni en hij let niet op de politieagent die achter hen staat en die zich verwijdert om een telefoontje te gaan plegen zodra hij voldoende heeft gehoord. Hij kan niet zien dat er een vinger ontbreekt aan de linkerhand van die politieagent.

Bayard vindt ook dat hij genoeg weet, hoewel hij dat gedoe van Jakobson nog steeds niet heeft begrepen; hij laat Simon instappen in zijn 504 en scheurt weg naar het Quartier Latin, begeleid door een busje vol agenten in uniform, onder wie de man met de afgehakte vinger. Ze komen met gillende sirenes aan op Place Saint-Sulpice en dat is waarschijnlijk een vergissing.

Er zit een codeslot op de zware koetspoort en ze moeten op het raam van de conciërge trommelen, die verbijsterd de deur opendoet.

Nee, niemand heeft gevraagd om de dienstbodekamer te mogen bekijken. Niets bijzonders te melden sinds het codeslot vorige maand door de technicus van Vinci is aangebracht. Ja, die man met het Russische accent, of Joegoslavisch, of misschien wel Grieks. Het grappige is dat hij juist vandaag langs is gekomen. Hij zei dat hij een prijsopgave moest maken voor het aanleggen van een intercom. Nee, de sleutel voor de kamer op de zesde heeft hij niet gevraagd, hoezo? Hij hangt aan het bord, met de rest van de sleutels, kijk maar. Ja, hij is naar boven gelopen, nog geen vijf minuten geleden.

Bayard pakt de sleutel en rent met vier treden tegelijk de trappen op, gevolgd door een stuk of vijf agenten. Simon blijft beneden bij de conciërge. Op de zesde verdieping is de dienstbodekamer dicht. Bayard steekt de sleutel in het slot, maar er zit iets in de weg: een sleutel aan de binnenkant. De sleutel die Barthes niet meer in zijn zak had, zegt Bayard bij zichzelf, terwijl hij aanklopt en schreeuwt: ‘Politie!’ Binnen is geluid te horen. Bayard laat de deur intrappen. Het bureau lijkt onaangeroerd, maar het boek ligt er niet meer en het blaadje met aantekeningen ook niet, en er is niemand in de kamer. De ramen zijn dicht.

Maar het luik dat toegang biedt tot het appartement op de vijfde verdieping, staat open.

Bayard brult naar zijn mannen dat ze naar beneden moeten gaan, maar tegen de tijd dat ze zich hebben omgedraaid, is de man al op de trap, en ze botsen op Michel, Barthes' broer, die in paniek naar buiten rent omdat er een indringer via het plafond bij hem binnen kwam vallen, en daardoor krijgt de technicus van Vinci twee verdiepingen voorsprong en beneden laat Simon, die er niets van meegekregen heeft, zich natuurlijk opzijduwen door de man die op volle snelheid wegrent, de koetspoort laat dichtvallen, waarop het mechanisme dat hijzelf heeft geïnstalleerd, in werking treedt en het slot blokkeert.

Bayard stort zich het hokje van de conciërge in en grijpt de telefoon. Hij wil versterking oproepen, maar het is een telefoon met een draaischijf en tegen de tijd dat hij het nummer heeft gedraaid, is de man allang bij de Porte d'Orléans of zelfs in Orléans, bij wijze van spreken.

Maar de man rent niet in die richting weg. Hij wil met zijn auto vluchten, maar twee agenten die op wacht zijn gezet, versperren hem de weg naar zijn voertuig, dat hij aan het eind van de straat had geparkeerd en dus rent hij naar de Jardin du Luxembourg, terwijl de twee agenten achter hem hun eerste sommaties roepen. Door de koetspoort heen schreeuwt Bayard: 'Niet schieten!' Hij wil hem natuurlijk levend hebben. Als zijn mannen er eindelijk in slagen het mechanisme te ontkoppelen door op de knop te drukken die in de muur is aangebracht, is de vluchteling verdwenen, maar Bayard heeft alarm geslagen en hij weet dat de wijk al wordt omsingeld en dat de man niet ver zal komen.

Die rent in looppas door de tuinen van het Luxembourg en achter hem zijn politiefluitjes te horen, maar de voorbijgangers zijn gewend aan joggers en de fluitjes van de parkwachters en schenken er geen aandacht aan, tot hij op een agent van de politie stuit die hem tegen de grond wil werken, maar hij ramt hem als een rugbyspeler, gooit hem op zijn rug, stapt over hem heen en rent verder. Waar gaat hij heen? Weet hij dat wel? Hij verandert van richting. Eén ding is zeker, hij moet de tuinen uit voordat alle uitgangen versperd zijn.

Bayard zit nu in het busje en geeft via de radio bevelen. De politie verspreidt haar agenten door heel het Quartier Latin, hij is ingesloten, hij is erbij.

Maar de man is niet voor één gat te vangen en we zien hem nu de Rue Monsieur-le-Prince afrennen, een smalle straat met eenrichtingsverkeer, waarin ze hem met de auto niet kunnen volgen. Om een reden die hij alleen kent moet hij naar de rechteroever. Via de Rue Bonaparte komt hij bij de Seine uit en hij neemt de Pont-Neuf, maar hier komt een einde aan zijn vlucht, want aan de andere kant van de brug staan de trucks van de politie al en als hij zich omdraait ziet hij dat het busje van Bayard op dat moment zijn aftocht blokkeert. Hij zit als een rat in de val, zelfs als hij in het water springt komt hij niet ver, maar hij zegt bij zichzelf dat hij misschien nog een laatste troef in handen heeft.

Hij klimt op de brugleuning en houdt in zijn uitgestrekte arm een papiertje dat hij uit zijn zak heeft gehaald. Bayard gaat er in zijn eentje op af. De man zegt dat hij het papiertje in de Seine gooit als hij nog een stap dichterbij komt. Bayard staat stil als voor een onzichtbaar scheidingsmuurtje.

'Rustig maar.'

'Achterrruit!'

'Wat wil je?'

'Een auto met volle tank. Anderrrs gooi ik het docoement.'

'Ga je gang, gooi maar.'

De man maakt een armbeweging. Bayard kan een onwillekeurige reactie niet onderdrukken. 'Wacht!' Hij weet dat hij met dat stukje papier de dood van ten minste vier personen kan oplossen. 'We gaan praten, oké? Hoe heet je?' Simon heeft zich bij Bayard gevoegd. Vanaf beide kanten van de brug houden politieagenten de man onder schot. Buiten adem en hijgend van inspanning brengt hij zijn andere hand naar zijn zak. Precies op dat moment klinkt er een schot. De man draait om zijn as. Bayard slaakt een kreet: 'Niet schieten!' De man valt als een steen naar beneden, maar het papiertje fladdert boven de rivier en Bayard en Simon, die naar voren zijn gerend, kijken gebogen over de stenen balustrade gebiologeerd naar de gracieuze zwenkingen van zijn dwaalvlucht. Ten slotte landt het papier voorzichtig op het water. En blijft drijven. Bayard, Simon en de agenten, die als bij instinct hebben begrepen dat het document het werkelijke doel was, slaan verstard en met ingehouden adem het blad papier gade dat met de stroom meedrijft.

Vervolgens rukt Bayard zich los uit die beschouwelijke passiviteit, besluit dat nog niet alle hoop vervlogen is, trekt zijn jasje, zijn hemd en zijn broek uit, stapt over de brugleuning en aarzelt een paar seconden. Springt. Verdwijnt in een hoge fontein spetters.

Als hij weer boven water komt, bevindt hij zich op ongeveer twintig meter afstand van het blaadje en boven op de brug beginnen Simon en de agenten allemaal te schreeuwen om hem de goede richting te wijzen, als brullende supporters. Bayard begint uit alle macht te zwemmen, probeert dichterbij te komen, maar op de stroom drijft het papiertje weg; desondanks wordt de afstand kleiner, hij zal het te pakken krijgen, nog een paar meter, ze verdwijnen onder de brug, Simon en de agenten rennen naar de andere kant en wachten tot ze weer tevoorschijn komen, het geschreeuw begint weer, nog een meter en hij kan het pakken, maar op dat moment komt er een rondvaartboot langs en veroorzaakt golfjes die het papier onderdompelen net als Bayard het onder handbereik heeft, het papier zinkt, dus Bayard duikt ook onder en gedurende een moment is alleen nog maar zijn slip te zien die boven water uitkomt, maar als hij weer opduikt heeft hij het doorweekte papier in zijn hand en onder gejuich en hoerageroep zwemt hij moeizaam terug naar de oever.

Als hij op de walkant wordt gehesen, doet hij zijn hand open en stelt vast dat het blaadje niet meer dan vormeloze brij is en dat het schrift is uitgewist, want Barthes schreef met vulpen. En omdat we hier niet bij *Crime Scene Investigation* zitten, zal er geen middel zijn om de tekst terug te halen, geen magische scanner, geen violet licht, het document is onherroepelijk verloren.

De smeris die heeft geschoten, komt uitleggen dat hij zag dat de man een wapen uit zijn zak ging trekken, dat er geen tijd was om na te denken en dat hij geschoten heeft. Bayard merkt op dat hij een vingerkootje mist aan zijn linkerhand. Hij vraagt wat er met zijn vinger is gebeurd. De agent zegt dat hij het kootje tijdens het houthakken bij zijn ouders op het platteland is kwijtgeraakt.

Als de duikers van de politie het lijk hebben opgevist, zullen ze in de zak van zijn jack geen wapen vinden, maar Barthes' exemplaar van *Essais de la linguistique générale*, en Bayard zal, nog niet eens helemaal droog, aan Simon vragen: 'Maar wie is dan verdomme die Jakobson?' En dan kan Simon eindelijk zijn referaat voortzetten.

32

Roman Jakobson is een Russische linguïst die aan het einde van de negentiende eeuw is geboren en aan de basis staat van een beweging die het 'structuralisme' wordt genoemd. Na De Saussure (1857-1913) en Peirce (1839-1914) is hij met Hjelmslev (1899-1965) waarschijnlijk de belangrijkste theoreticus onder de grondleggers van de linguïstiek.

Uitgaande van de twee stijlfiguren die uit de klassieke retorica stammen, namelijk de metafoor (je vervangt een woord door een ander waarmee het enige gelijkenis vertoont, bijvoorbeeld 'metalen vogel' voor een Concorde, of 'woedende stier' voor de bokser Jake LaMotta), en de metonymie (je vervangt een woord door een ander waar het een bepaalde verwantschap mee vertoont, bijvoorbeeld 'houwdegen' om een schermer aan te duiden of 'een glas drinken' om te zeggen dat je de vloeistof uit het glas drinkt – de inhoud in plaats van de houder), is hij erin geslaagd uit te leggen hoe de taal volgens twee assen functioneert, de Y-as van het paradigma en de X-as van het syntagma.

Ruwweg is de as van het paradigma verticaal en hij betreft de keuze van de woorden: elke keer dat u een woord uitspreekt, kiest u het uit een lijst van woorden die u in uw hoofd hebt en langs laat komen. Bijvoorbeeld: 'de geit', 'de economie', 'de dood', 'de broek', 'ik-jij-hij', ik noem maar wat.

Daarna gaat u verder met andere woorden, 'van meneer Seguin', 'ziek', 'met zijn zeis', 'gekrenkt', 'ondergetekende', om een zin te vormen: deze keten is de horizontale as, de volgorde van de woorden waarmee u een zin kunt maken, vervolgens meer zinnen en ten slotte een heel betoog. Dat is de as van het syntagma.

Na een zelfstandig naamwoord besluit u of u er een bijvoeglijk naamwoord aan toevoegt, een bijwoord, een werkwoord, een nevenschikkend voegwoord, een voorzetsel... en u moet kiezen welk bijvoeglijk naamwoord of welk bijwoord of welk werkwoord: bij elke syntagmastap voert u de paradigmaoperatie opnieuw uit.

De as van het paradigma laat u kiezen uit een lijst woorden van dezelfde grammaticale klasse, een zelfstandig naamwoord of een voornaamwoord, een bijvoeglijk naamwoord of een bijvoeglijke bijzin, een bijwoord, een werkwoord enz.

De as van het syntagma laat u de volgorde van de woorden kiezen: onderwerp-werkwoord-bepaling of werkwoord-onderwerp of bepaling-werkwoord-onderwerp...

Woordenschat en zinsbouw.

Elke keer dat u een zin formuleert, voert u die twee operaties uit zonder dat u het beseft. Grosso modo doet de as van het paradigma een beroep op uw harde schijf en die van het syntagma valt onder uw processor. (Ik betwijfel echter of Bayard enig benul heeft van informatica.)

Maar dat is op het moment niet waar we in geïnteresseerd zijn.

(Bayard knort.)

Bovendien heeft Jakobson het communicatieproces samengevat in een schema dat bestaat uit de volgende componenten: de zender, de ontvanger, de boodschap, de context, het medium en de code. En uit dat schema heeft hij de functies van taal afgeleid.

Jacques Bayard heeft geen behoefte om meer te weten, maar in het belang van het onderzoek is het nodig dat hij het begrijpt, ten minste in grote lijnen. Dus dit zijn de functies.

De 'referentiële' functie is de eerste en de meest voor de hand liggende functie van taal. We gebruiken taal om ergens over te praten. De gebruikte woorden verwijzen naar een bepaalde context, een bepaalde werkelijkheid, waarover informatie moet worden gegeven.

De zogenoemde 'emotieve' of 'expressieve' functie beoogt blijk te geven van de aanwezigheid en de positie van de zender ten opzichte van zijn boodschap, en die zie je in tussenwerpsels, modale bijwoorden, sporen van meningen, het gebruik van ironie... De manier waarop de zender de informatie uitdrukt terwijl hij het heeft over iets buiten hem, geeft zelf informatie over de zender. Het is de functie van het 'ik'.

De 'conatieve' functie is die van het 'jij'. Ze is gericht op de ontvanger. Ze vindt voornamelijk plaats door middel van de gebiedende wijs en de vocatief, oftewel het aanspreken van de ander of de anderen tot wie je je richt: 'Soldaten, ik ben tevreden over jullie!' bijvoorbeeld. (En u zult in het voorbijgaan opmerken dat een zin bijna nooit maar één enkele functie heeft, maar er in het algemeen een aantal combineert. Wanneer Napoleon zich na Austerlitz tot zijn troepen richt, paart hij de emotieve functie – 'ik ben tevreden' – aan de conatieve – 'Soldaten/over jullie!').

De 'fatische' functie is de leukste van allemaal, namelijk de functie die communicatie ziet als een doel in zichzelf. Als u uw naam noemt aan de telefoon, zegt u eigenlijk niets anders dan 'ik luister', dat wil zeggen 'ik ben aan het communiceren'. Als u uren met uw vrienden in de kroeg zit te kletsen, als u over het weer praat of over de voetbalwedstrijd van de vorige dag, bent u niet echt in de informatie zelf geïnteresseerd, maar u praat om te kunnen praten, zonder ander doel dan het gesprek gaande te houden. Het komt erop neer dat deze functie het vaakst de reden is dat we het woord nemen.

De 'metatalige' functie beoogt na te gaan of zender en ontvanger elkaar begrijpen, dat wil zeggen of ze wel dezelfde code gebruiken. 'Begrijp je?', 'Zie je wat ik bedoel?', 'Wist je dat al?', 'Ik zal het even uitleggen...' of vanaf de ontvanger: 'Wat bedoel je?', 'Wat houdt dat in?' enz. Alles wat te maken heeft met de omschrijving van een woord of de toelichting op een redenering, alles wat te maken heeft met het leren van een taal, elk woord over taal, elke metataal verwijst naar de metatalige functie. Een woordenboek heeft alleen maar een metatalige functie.

De laatste functie, ten slotte, is de 'poëtische'. Zij heeft betrekking op de taal als esthetisch middel. Het spelen met de klanken van de woorden, de alliteraties, de assonanties, de herhalingen, het effect van parallellisme of ritme, het valt allemaal onder deze functie. Die vind je in gedichten uiteraard, maar ook in liedjes, in de koppen van de kranten, in redevoeringen, in reclameslogans of politieke slogans... 'ME = SS' bijvoorbeeld maakt gebruik van de poëtische functie van de taal.

Jacques Bayard steekt een sigaret op en zegt: 'Dat maakt zes.'

'Hè?'

'Dat maakt zes functies.'

'Ja, zeker.'

'Is er geen zevende functie?'

'Eh, eh, nou ja... blijkbaar wel...'

Simon glimlacht dom.

Bayard vraagt zich hardop af waarvoor Simon wordt betaald. Simon herinnert hem eraan dat hij er niet om heeft gevraagd en dat hij hier tegen zijn zin is, op uitdrukkelijk bevel van een fascistische president aan het hoofd van een politiestaat.

Nu hij erover nadenkt, of liever omdat hij Jakobson herleest, vindt Simon Herzog toch iets van een potentiële zevende functie, aangeduid als 'magische of bezweringsfunctie', waarvan het mechanisme wordt beschreven als 'het overhalen van een derde persoon, afwezig of levenloos, de ontvanger van een conatieve boodschap'. En Jakobson geeft als voorbeeld een Litouwse magische formule: 'Laat dit strontje verschrompelen, tfu, tfu, tfu, tfu'. Ja, ja, ja, zegt Simon bij zichzelf.

Jakobson vermeldt ook de Noord-Russische bezwering: 'Water, koningin van de rivieren, morgenstond! Breng het verdriet voorbij de blauwe zee, op de bodem van de zee, zodat het verdriet nooit het lichte hart van de dienaar Gods zal bezwaren...' En om het af te maken een citaat uit de Bijbel: '"Zon, sta stil boven Gibeon, maan blijf staan boven de vlakte van Ajjalons." En de zon stond stil en de maan bleef staan...' (Jozua 10:12).

Goed, maar dat komt nogal anekdotisch over, je kunt niet echt over een volwaardige functie spreken, op zijn hoogst over een lichtelijk waanzinnige aanwending van de conatieve functie voor een voornamelijk zuiverend gebruik, op zijn best poëtisch, maar beslist niet effectief: de magische aanroeping werkt per definitie alleen in verhalen. Simon is ervan overtuigd dat dit niet de zevende functie van taal is, en Jakobson roert haar ook alleen maar aan voor de volledigheid, om zichzelf gerust te stellen, waarna hij de serieuze draad van zijn analyse weer oppakt. De 'magische of bezweringsfunctie'? Een te verwaarlozen curiositeit. Wat lulkoek, die in het voorbijgaan wordt vermeld. Zeker niet iets om moorden voor te plegen.

33

'Bij de geesten van Cicero, ik zeg u, vrienden, dat het enthymema's gaat regenen! Ik zie mensen die hun Aristoteles hebben gerepeteerd, ik weet dat er mensen zijn die hun Quintilianus kennen, maar zál dát voldoende zijn om de voetangels en klemmen van het lexicon te ontwijken in de slalom van de zinsbouw? Kras, kras! Hier spreekt de geest van Corax. Eer aan de grondleggers! De overwinnaar vanavond wint een reis naar Syracuse. Wat betreft de verliezers… die krijgen hun vinger tussen de deur. Dat is altijd nog beter dan hun tong… Vergeet niet dat de oratoren van vandaag de tribunen van morgen zijn. Eer aan de Logos! Leve de Logos Club!'

34

Simon en Bayard bevinden zich in een ruimte die het midden houdt tussen een laboratorium en een wapenfabriek. In hun aanwezigheid onderzoekt een man in een stofjas het pistool dat een kogel door Simons hoofd had moeten jagen. (Dit is Q, denkt Simon.) De ballistisch deskundige geeft terwijl hij het vuurwapen onderzoekt, hardop commentaar: '9 millimeter, 8 kogels, *double action*, staal met bronzen afwerking, notenhouten kolf, gewicht 730 gram zonder de patroonhouder.' Het lijkt op een Walther PPK, maar de veiligheidspal zit andersom: het is een Makarov PM, een Sovjetpistool. Tenzij.

Vuurwapens, legt de deskundige uit, zijn net als elektrische gitaren. Fender bijvoorbeeld is een Amerikaans bedrijf dat de Telecaster maakt, die Keith Richards gebruikt, of de Stratocaster van Jimi Hendrix, maar er zijn ook Mexicaanse of Japanse modellen die onder franchise worden geproduceerd en dat zijn replica's van de originele VS-versie, goedkoper en over het algemeen minder goed afgewerkt, maar toch vaak fatsoenlijk gefabriceerd.

Deze Makarov is geen Russisch, maar een Bulgaars model. Dat is waarschijnlijk de reden dat het blokkeerde: de Russische modellen zijn heel bedrijfszeker, de Bulgaarse kopieën wat minder.

'Maar nu wordt het lachen, meneer,' zegt de deskundige als hij de paraplu laat zien die uit de borst van de snorrenbaard is losgetrokken. 'Ziet u dat gat? De punt is hol. Hij werkt als een injectiespuit, die via de steel wordt gevuld. Je hoeft deze trekker op het handvat maar over te halen en er gaat een klep open, die de vloeistof met behulp van een persluchtcilinder wegspuit. Het mechanisme is eng eenvoudig. Het is hetzelfde dat twee jaar geleden in Londen werd gebruikt om Georgi Markov uit te schakelen, de Bulgaarse dissident, weet u nog?’ De moord was toegeschreven, dat weet commissaris Bayard inderdaad nog, aan de Bulgaarse geheime dienst. Indertijd gebruikten ze ricine. Maar nu gebruiken ze een sterker gif, botuline, dat de neuromusculaire transmissie blokkeert en zo spierverlamming veroorzaakt en binnen een paar minuten tot de dood leidt, door verstikking of door hartstilstand.

Bayard speelt nadenkend met het mechanisme in de paraplu.

Kent Simon Herzog toevallig Bulgaren in het universitaire circuit? Simon denkt na.

Ja, hij kent er een.

35

De twee Michels, Poniatowski en D'Ornano, brengen verslag uit in het kantoor van de president. Op de eerste verdieping staat Giscard bekommerd voor het raam dat uitkijkt op de tuinen van het Élysée. Omdat D'Ornano rookt, vraagt Giscard hem om een sigaret. In een van de brede fauteuils in de salonhoek heeft Poniatowski een whisky ingeschonken en voor zich op het tafeltje neergezet. Hij neemt als eerste het woord: 'Ik heb gesproken met mijn contactpersonen die met Andropov in verbinding staan.' Giscard zegt niets omdat hij net als iedere machtige man op dit niveau van zijn medewerkers verwacht dat zij hem van de plicht ontslaan de belangrijke vragen te stellen. Poniatowski geeft dus antwoord op de niet-gestelde vraag: 'Volgens hen is de KGB er niet bij betrokken.'

Giscard: 'En waarom denk je dat we aan die mening geloof kunnen hechten?'

Ponia: 'Een aantal redenen. De meest overtuigende is dat ze vooreerst niets aan een dergelijk document zouden hebben. Politiek gezien.'

Giscard: 'Propaganda is een beslissende factor in dat land. Het document zou heel nuttig voor hen kunnen zijn.'

Ponia: 'Dat betwijfel ik. Je kunt niet zeggen dat Brezjnev de vrijheid van meningsuiting enorm heeft aangemoedigd sinds hij Chroesjtsjov is opgevolgd. Er wordt helemaal niet gediscussieerd in de USSR, en als het gebeurt, is het binnen de partij, die het publiek er niet van op de hoogte stelt. Het criterium is dus niet overtuigingskracht, maar politieke krachtsverhoudingen.'

D'Ornano: 'Je kunt je toch heel goed voorstellen dat Brezjnev of een ander partijlid er juist wel intern gebruik van wil maken.

Het Centraal Comité is een slangenkuil. Zo'n troefkaart, dat is niet niks.'

Ponia: 'Ik kan me niet voorstellen dat Brezjnev zijn superioriteit op die manier wil bevestigen. Dat heeft hij niet nodig. De oppositie stelt niets voor. Het hele systeem zit dichtgetimmerd. En geen enkel ander lid van het Centraal Comité zou ten voordele van zichzelf de stille vennoot van een dergelijke operatie kunnen zijn, zonder dat het apparaat ervanaf wist.'

D'Ornano: 'Behalve Andropov.'

Ponia (geërgerd): 'Andropov is een man van de achtergrond. Hij heeft als hoofd van de KGB niet meer macht dan in welke andere functie. Ik zie het niet gebeuren dat hij zich in een politiek avontuur stort.'

D'Ornano (ironisch): 'Dat is zo, dat zie je vaker bij mannen op de achtergrond. Talleyrand, Fouché, ze hadden geen enkele politieke ambitie, dat weet iedereen.'

Ponia: 'In ieder geval hebben ze die niet verwezenlijkt.'

D'Ornano: 'Dat is maar de vraag. Op het Congres van Wenen…'

Giscard: 'Juist! Wat verder nog?'

Ponia: 'Het lijkt hoogstonwaarschijnlijk dat de operatie door de Bulgaarse geheime dienst op touw is gezet zonder instemming van de grote broer. Daar staat tegenover dat het mogelijk is dat Bulgaarse agenten hun diensten hebben verkocht aan privébelangen, waarvan we de aard nog moeten vaststellen.'

D'Ornano: 'Zou de Bulgaarse geheime dienst zijn mensen zo slecht in de hand hebben?'

Ponia: 'De corruptie is er wijdverbreid, er is geen maatschappelijke sector van gevrijwaard, de inlichtingendiensten nog minder dan de rest.'

D'Ornano: 'Agenten die in hun vrije tijd wat bijverdienen? Kom nou…'

Ponia: 'Agenten die voor verschillende werkgevers werken, dat is volgens jou nog nooit vertoond?' (Hij leegt zijn glas.)

Giscard (terwijl hij zijn sigaret uitdrukt in een ivoren nijlpaardje dat als asbak dienstdoet): 'Goed. Verder nog?'

Ponia (gaat achteroverzitten in zijn fauteuil, zijn handen in zijn nek): 'Nou, het schijnt dat Carters broer een agent is in dienst van Libië.'

Giscard (verbaasd): 'Welke broer? Billy?'

Ponia: 'Andropov scheen die informatie van de CIA te hebben. Hij zal er wel hard om gelachen hebben.'

D'Ornano (keert terug tot de kern van de zaak): 'Wat doen we dus? Bij twijfel om zeep helpen?'

Ponia: 'De president heeft het document niet nodig, hij hoeft alleen maar te weten dat de tegenpartij het niet heeft.'

Bij mijn weten heeft niemand erop gewezen dat Giscards beroemde gelispel sterker werd in situaties van verlegenheid of genoegen. Hij zegt: 'Zjeker, zjeker... Maar als we het konden terugvinden... Op zijn minst lokaliseren, en indien mogelijk er de hand op leggen, zou me dat geruststellen. Voor Frankrijk. Stelt u zich voor dat het document in, ahum, verkeerde handen valt... Niet dat... Maar u begrijpt.'

Ponia: 'Dus we moeten Bayards opdracht nader omschrijven: het document meebrengen zonder het aan iemand te laten lezen. Laten we niet vergeten dat de jonge linguïst wiens diensten hij zo onmisbaar vindt, in staat is om het te ontcijferen, dus te gebruiken. Of anders moeten we zeker weten dat het is vernietigd, tot de laatste kopie. (Hij staat op en begeeft zich mompelend naar de bar.) Een linkse rakker. Dat zal je altijd zien, een linkse rakker...'

D'Ornano: 'Maar hoe komen we erachter of het document al is gebruikt?'

Ponia: 'Volgens mijn inlichtingen zouden we er heel snel achter komen als iemand het gebruikt...'

D'Ornano: 'Maar stel dat hij discreet is? Zijn nek niet uitsteekt?'

Giscard (leunt tegen het buffet onder het schilderij van Delacroix en friemelt aan de onderscheidingen van het Legioen van Eer, opgeborgen in hun kistje): 'Dat lijkt niet erg waarschijnlijk. Macht, in wat voor vorm dan ook, moet nu eenmaal worden uitgeoefend.'

D'Ornano (nieuwsgierig): 'Geldt dat ook voor de atoombom?'

Giscard (docerend): 'Juist voor de atoombom.'

Nu een eventueel einde van de wereld ter sprake is gekomen, verzinkt de president in een lichte mijmering. Hij denkt aan de A71 die door Auvergne moet gaan lopen, aan het gemeentehuis van Chamalières, aan het Frankrijk waarvoor hij verantwoordelijk is. Zijn twee medewerkers wachten respectvol tot hij het woord weer neemt. 'Intussen moet één doel al onze handelingen leiden: voorkomen dat links aan de macht komt.'

Ponia (snuift aan een fles wodka): 'Communistische ministers in Frankrijk? Over mijn lijk.'

D'Ornano (steekt een sigaret op): 'Precies, je moet afremmen als je de presidentsverkiezingen wilt overleven.'

Ponia (heft zijn glas): '*Na zdrowie*!'

36

'Kameraad Kristof, je weet natuurlijk wie de grootste politicus van de twintigste eeuw is?'

Emil Kristof is niet gevraagd om naar de Loebjanka te komen, al had hij dat liever wel gehad.

'Natuurlijk, Joeri Vladimirovitsj. Dat is Georgi Dimitrov.'

Het schijnbaar informele karakter van zijn afspraak met Joeri Andropov, hoofd van de KGB, in een oude bar in een souterrain, zoals bijna alle bars in Moskou, is niet bedoeld om hem gerust te stellen en het feit dat ze zich in een openbare gelegenheid bevinden verandert daar niets aan. Je kunt in een openbare gelegenheid gearresteerd worden. Je kunt er zelfs doodgaan. En hij kan het weten.

'Een Bulgaar.' Andropov lacht. 'Wie had dat gedacht?'

De ober heeft twee glaasjes wodka en twee glazen sinaasappelsap op tafel gezet, plus een schoteltje met twee augurken en Kristof vraagt zich af of het om een verlinker gaat. Om hem heen zitten mensen te roken, te drinken en hard te praten, en als je er zeker van wilt zijn dat je gesprek niet wordt afgeluisterd, luidt de basisregel: ga op een lawaaierige plek zitten, met allerlei toevallige geluiden, zodat een eventuele microfoon er geen bepaalde stem uit op kan pikken. Als je in een appartement bent, moet je het bad laten vollopen. Maar het eenvoudigste is nog om wat te gaan drinken. Kristof kijkt naar de gezichten van de klanten en ontdekt minstens twee agenten in de zaal, maar hij neemt aan dat er nog meer zijn.

Andropov gaat door op Dimitrov: 'Het is gek, zoals alles al in 1933 vastligt, tijdens het proces over de Rijksdagbrand. De confrontatie tussen Göring, gedagvaard als getuige, en Dimitrov in de beklaagdenbank is de aankondiging en de uitbeelding van de toekomstige fascistische agressie, de heldhaftige tegenstand van de communisten en onze eindoverwinning. Het is een proces dat in hoge mate symbolisch is voor het communistische overwicht vanuit elk gezichtspunt, politiek en moreel. Dimitrov is keizerlijk en spottend, beheerst de historische dialectiek volmaakt, zelfs al riskeert hij zijn hoofd, tegenover een foeterende en met zijn vuist zwaaiende Göring… Wat een schouwspel! Göring, niemand minder dan de voorzitter van de Rijksdag, premier en minister van Binnenlandse Zaken van Pruisen. Maar Dimitrov draait de rollen om en Göring moet zíjn vragen beantwoorden. Dimitrov breekt hem volkomen af. Göring is razend van woede, hij staat te stampvoeten als een kleine jongen die zijn toetje niet krijgt. Tegenover hem, keizerlijk in zijn beklaagdenbank, stelt Dimitrov voor de ogen van iedereen de waanzin van de nazi's tentoon. De president van de rechtbank zelf besefte het. Het is komisch omdat hij Dimitrov min of meer om excuus lijkt te vragen voor het gedrag van de dikke Göring. Hij zegt tegen hem, en ik herinner het me als de dag van gisteren: "Aangezien u zich op communistische propaganda toelegt, mag het u niet verbazen dat de getuige zich zo opwindt." Opwindt! En Dimitrov antwoordt doodleuk dat het antwoord van de premier hem volkomen bevredigt. Haha! Wat een man! Wat een talent!'

Kristof voelt overal toespelingen en speldenprikken, maar hij probeert niet te veel beren op de weg te zien, omdat hij weet dat hij te paranoïde is om de woorden van de KGB-chef juist in te schatten. Het feit alleen al dat hij naar Moskou is geroepen is een onbetwistbare aanwijzing. Hij vraagt zich niet af of Andropov iets weet. Hij vraagt zich af wat hij weet. Dat is een veel ingewikkelder kwestie.

'In die tijd zei men over de hele wereld: "Er is nog maar één man over in Duitsland, en dat is een Bulgaar." Ik heb hem gekend, weet je, Emil. Een geboren redenaar. Een meester.'

Terwijl kameraad Kristof luistert hoe Andropov de grote Dimitrov ophemelt, probeert hij zijn eigen situatie in te schatten. Voor iemand die van plan is te liegen is niets ongemakkelijker dan niet te weten hoeveel de ander weet. Hij weet dat hij op enig moment een gok zal moeten wagen.

En dat moment breekt aan: Andropov sluit het hoofdstuk Dimitrov af en vraagt zijn Bulgaarse collega nadere informatie over de laatste rapporten die op zijn bureau in de Loebjanka zijn beland. Wat is dat precies voor operatie in Parijs?

Het is zover. Kristof voelt zijn hart op hol slaan, maar zorgt ervoor niet sneller te gaan ademen. Andropov bijt in een augurk. Nu moet er een besluit worden genomen. Ofwel de verantwoordelijkheid voor de operatie op zich nemen, of beweren nergens van op de hoogte te zijn, maar die tweede optie heeft als bezwaar dat je doorgaat voor incompetent, wat in inlichtingenkringen nooit in je eigen belang is. Kristof weet precies hoe een goede leugen werkt: hij moet in een oceaan van waarheid ondergedompeld zijn. Negentig procent opbiechten biedt je aan de ene kant de mogelijkheid de tien procent die je probeert te verdoezelen geloofwaardiger te maken en aan de andere kant wordt het risico jezelf te verraden minder groot. Je wint tijd en je voorkomt dat je van de wijs raakt. Als je liegt, moet je op één enkel punt liegen en volkomen oprecht zijn over de rest. Emil Kristof buigt zich naar Andropov toe en zegt: 'Kameraad Joeri, ken je Roman Jakobson? Hij is een landgenoot van je. Hij heeft prachtige dingen over Baudelaire geschreven.'

37

Lieve Julenka,
Ik ben gisteren uit Moskou teruggekeerd, mijn bezoek is goed verlopen, althans dat denk ik. In elk geval ben ik weer terug. We hebben goed zitten drinken, de ouwe en ik. Hij was vriendelijk en leek bezopen te zijn aan het eind van de avond, maar ik geloof niet dat hij dat was. Ook ik doe wel eens of ik bezopen ben om het vertrouwen van mensen te winnen of hun waakzaamheid te laten verslappen. Maar ik heb zoals je al vermoedt, de mijne niet laten verslappen. Ik heb hem alles gezegd wat hij wilde weten, alleen heb ik het uiteraard niet over jou gehad. Ik heb gezegd dat ik niet in de macht van het manuscript geloofde en dat dat de reden is dat ik hem niets heb verteld over de opdracht in Parijs, omdat ik eerst zekerheid wilde hebben. Maar omdat bepaalde mensen bij mij in de dienst erin geloofden, heb ik ondanks mijn twijfel een paar agenten gestuurd, en ik heb gezegd dat ze zich bijzonder hadden uitgesloofd. De Franse inlichtingendienst schijnt op dit moment bezig te zijn met onderzoek, maar blijkbaar doet Giscard alsof hij nergens wat vanaf weet. Misschien kun jij de relaties van je echtgenoot gebruiken om wat meer te weten te komen. In ieder geval moet je heel voorzichtig zijn, en nu de ouwe me in het oog heeft kan ik je geen extra mannen meer sturen.

De bestuurder van het busje is terug, de zogenaamde dokter die je het document heeft overhandigd, ook. De Fransen kunnen hen nooit meer terugvinden, ze zijn op vakantie aan de Zwarte Zee, en zij zijn de enigen via wie ze bij jou uit konden komen, nu de twee andere agenten dood zijn en degene die over is het onderzoek in de gaten houdt. Ik weet dat hij gewond is, maar het is een stevige vent, je kunt op hem rekenen. Als de politie iets vindt, weet hij wat hem te doen staat.

Laat me je een raad geven. Archiveer het document. Wij hebben hier de gewoonte een kostbaar document dat je niet kwijt mag raken maar waarvan je de inhoud voor geen prijs wilt onthullen, te bewaren en te verstoppen. Je moet er een kopie van maken, niet meer dan één, en die in bewaring geven bij iemand die je kunt vertrouwen, en die niet weet waarover het gaat. Het origineel moet je zelf houden.

Nog iets, kijk uit voor Japanners.

Dat zijn mijn adviezen, Julesjka. Neem ze ter harte. Ik hoop dat alles in orde met je is en dat alles gaat zoals verwacht, ook al weet ik uit ervaring dat niets gaat zoals verwacht.

Je oude vader, die op je past.

Tatko

PS *Antwoord in het Frans, dat is veiliger en ik kan oefenen.*

38

De École Normale Supérieure heeft achter het Panthéon dienstwoningen. We bevinden ons in een groot appartement en de witharige, vermoeid uitziende man met wallen onder zijn ogen zegt: 'Ik ben alleen.'

'Waar is Hélène?'

'Weet ik niet. We zijn elkaar weer eens in de haren gevlogen. Ze trapte een verschrikkelijke ruzie om een absurde reden. Of anders ligt het aan mij.'

'Je moet ons helpen. Kun jij dit document bewaren? Je mag het niet openmaken, je mag het niet lezen, je mag er met niemand over praten, ook niet met Hélène.'

'Goed.'

39

Lastig te bepalen wat Kristeva in 1980 van Sollers denkt. Dat zijn clowneske dandyisme, zijn losbandigheid (*so French*), zijn ziekelijke grootspraak, zijn onvolwassen stijl van pamflettist en zijn verbluf-de-burgercultuur de jonge Bulgaarse die in de jaren zestig net uit Oost-Europa kwam, hebben kunnen verleiden, willen we wel aannemen. Vijftien jaar later ligt het voor de hand te veronderstellen dat ze wat minder in zijn ban is, maar wie zal het zeggen? Duidelijk lijkt wel dat hun verbintenis stevig is, vanaf het begin perfect heeft gewerkt en nog steeds werkt: een hecht team met een strakke rolverdeling. Voor hem de bluf, het mondaine leven en het altijd maar de pias spelen. Voor haar de Slavische, venijnige, kille, structuralistische charme, de geheimen van de universitaire wereld, het bespelen van vooraanstaande intellectuelen en de technische, institutionele en, zoals dat hoort, bureaucratische aspecten van hun weg naar de top. (Hij kan volgens de legende niet eens 'een betaalkaart invullen'.) Ze vormen dan al een politieke aanvalsmachine op weg naar wat in de volgende eeuw het hoogtepunt zal zijn van een voorbeeldige carrière: terwijl Kristeva uit handen van Nicolas Sarkozy het Legioen van Eer wel wil ontvangen, zal Sollers, aanwezig bij de plechtigheid, niet nalaten de president uit te lachen, die 'Barthès' zegt in plaats van 'Barthes'. *Good cop, bad cop*, het is eten van twee walletjes, de eer aan de ene kant en aan de andere de brutaliteit. (Later zal François Hollande Kristeva tot de rang van commandeur bevorderen. Presidenten gaan, gelauwerden keren terug.)

Duivels duo, politiek paar, laten we dat voorlopig onthouden.

Als Kristeva de deur opendoet en ziet dat Althusser met zijn vrouw is gekomen, kan of wil ze een grijns van misnoegen niet onderdrukken en Hélène, Althussers vrouw, volkomen op de hoogte van de waardering die ze geniet bij de mensen waar ze die avond binnen komt vallen, glimlacht op haar beurt onaangenaam, want van het begin af aan grenst de instinctieve haat van de twee vrouwen ten opzichte van elkaar aan een soort medeplichtigheid. Althusser zelf trekt het gezicht van een schuldig kind als hij Kristeva een boeketje aanreikt. Ze haast zich meteen met de bloemen naar een wastafel. Sollers is zo te zien al onder invloed van een aperitief en ontvangt de twee binnenkomers met aanstellerige uitroepen: 'Maar beste vrienden... Het wachten was alleen nog op jullie... om aan tafel te kunnen gaan... Beste Louis, een martini... zoals gewoonlijk...? rood...! oeioei... Hélène... waar doe ik u een plezier mee...? Ik weet het... Een bloody mary...! Hihi...! Julia... schatje... breng jij de selderij mee...? Louis...! Hoe staat het met de Partij...?'

Hélène kijkt als een angstige oude kat naar de andere gasten en herkent niemand behalve BHL, die ze op tv heeft gezien, en Lacan, die een lange jonge vrouw in een zwartleren mantelpak heeft meegenomen. Sollers stelt de anderen voor terwijl ze aan tafel gaan, maar Hélène neemt de moeite niet de voornamen te onthouden: er is een jong stel in sportkleding uit New York, een Chinese (attachee van de ambassade of trapeziumwerkster in het circus van Peking), een Parijse uitgever, een Canadese feministe en een Bulgaarse linguïst. De avant-garde van het proletariaat, grinnikt Hélène inwendig.

De gasten zitten nog maar amper of Sollers begint zoetsappig een discussie over Polen: 'Dat is nou wat je noemt een niet aan mode onderhevig onderwerp...! Solidarność, Jaruzelski, ja, ja... Van Mickiewicz en Słowacki tot Wałęsa en Wojtyła... Of we nou over honderd jaar of over duizend jaar praten over Polen, het zal altijd zuchten onder het Russische juk... en dat is heel praktisch... dat maakt onze gesprekken onsterfelijk... En als het Rusland niet is, is het natuurlijk Duitsland wel, hm...? Tatataaa, komt... kameraden... Sterven voor Gdańsk... sterven voor Dantzig... Heerlijk, dat gestotter...! Hoe zeggen we dat ook alweer...? O ja, lood om oud ijzer...'

De provocatie is bedoeld voor Althusser, maar de oude filosoof met zijn uitgebluste blik slobbert kalm van zijn martini, alsof hij erin zal verdrinken, en dus geeft Hélène in zijn plaats antwoord, met het lef van een wild diertje: 'Ik begrijp uw bezorgdheid jegens het Poolse volk: zij hebben geloof ik geen familieleden van u naar Auschwitz gestuurd.' En omdat Sollers een seconde (eentje maar) aarzelt of hij met iets provocatiefs over de Joden zal reageren, besluit ze haar voordeel uit te buiten: 'Maar wat vindt u van de nieuwe paus? (Ze blikt naar haar bord.) Toch niet te geloven.' (Ze spreekt het met opzet volks uit.)

Sollers opent zijn armen alsof hij met zijn vleugels klappert en verklaart enthousiast: 'Het is een paus naar mijn hart! (Hij bijt in een asperge.) Is hij niet grandioos als hij uit zijn vliegtuig stapt om de grond te kussen die hem ontvangt...? Wat het ook voor land is, de paus knielt, als een beeldschone prostituee die van plan is je in haar mond te nemen, en hij kust de grond... (Hij zwaait met zijn halve asperge.) Die paus is een goeie neuker, wat wilt u... Hoe kan ik dan niet van hem houden...?'

Het stel uit New York kirt eensgezind. Lacan laat een vogelkreetje horen terwijl hij zijn hand opsteekt, maar hij neemt toch het woord niet. Hélène, die als elke goede communiste logisch kan denken, vraagt: 'En denkt u dat hij van losbandige lieden houdt? Naar het laatste nieuws te horen is hij niet erg open over seksualiteit. (Ze werpt een blik op Kristeva.) Politiek gezien, bedoel ik.'

Sollers begint hard te lachen, aankondiging van de strategie die hij vaker toepast en die erop neerkomt dat hij zonder enige overgang van het huidige onderwerp overstapt op een willekeurig ander: 'Dat komt omdat hij slecht van advies wordt gediend... Overigens ben ik er zeker van dat hij door homoseksuelen wordt omringd... Homoseksuelen zijn de nieuwe jezuïeten... maar in dit soort zaken zijn ze niet altijd goede raadgevers... Hoewel... het schijnt dat er een nieuwe ziekte is die hen uitroeit... God heeft gezegd: ga heen en vermenigvuldig u... Het kapotje... Wat een gruwel...! Steriele seks... Eeltige lichamen die elkaar niet meer raken... Pah... Mijn hele leven heb ik geen Engelse jas aangehad... En u weet hoe anglofiel ik ben... Mijn pik inpakken als een biefstuk... dat nooit...!'

Op dat moment wordt Althusser wakker: 'Als de USSR Polen heeft aangevallen, was dat uitsluitend om strategische redenen. Hitler moest tot elke prijs uit de buurt van de Russische grens worden gehouden. Stalin gebruikte Polen als buffer: door positie te kiezen op Poolse grond verzekerde hij zich tegen de komende invasie...'

'... en die strategie heeft zoals iedereen weet, uitstekend gewerkt,' zegt Kristeva.

'Na München was het Molotov-Ribbentroppact een noodzaak geworden, wat zeg ik, een vanzelfsprekendheid,' doet Althusser er nog een schepje bovenop.

Lacan laat een uilengeluid horen, Sollers schenkt zichzelf nog eens in. Hélène en Kristeva staren elkaar aan; of de Chinese Frans spreekt, is nog steeds niet duidelijk en dat geldt ook voor de Bulgaarse linguïst, voor de Canadese feministe en zelfs voor het New Yorkse stel, tot Kristeva hun in het Frans vraagt of ze de laatste tijd nog hebben getennist (het blijken hun partners in het dubbelspel te zijn en Kristeva blijft maar doorgaan over hun laatste wedstrijd, toen ze bijzonder strijdlustig bleek te zijn, tot haar eigen verbazing, want van baselinetennis heeft ze niet veel kaas gegeten, denkt ze eraan toe te moeten voegen). Maar ruimte voor een antwoord gunt Sollers hun niet, hij is altijd blij over iets nieuws te kunnen beginnen: 'Och, Borg...! De messias uit het noorden... Als hij op het gras van Wimbledon op zijn knieën valt... zijn armen gespreid... zijn blonde haar... Zijn haarband... Zijn baard... Het is Jezus Christus op het gazon... Als Borg Wimbledon wint, is het voor de verlossing van de mensheid ... Omdat er een hoop te doen is, wint hij elk jaar... Hoeveel overwinningen zijn er nodig om boete te doen voor onze zonden...? Vijf... Tien... Twintig... Vijftig... Honderd... Duizend...'

'Ik dacht dat u fan was van McEnroe,' zegt de jonge New Yorker met zijn New Yorkse accent.

'Ach, McEnroe... *the man you love to hate*... een danser... de gratie van de duivel... Maar hij kan nog zo mooi over de tennisbaan vliegen… McEnroe is Lucifer…de mooiste onder de engelen… Aan het eind valt Lucifer altijd…'

Terwijl hij zich in een Bijbelse exegese stort waarin hij Johannes vergelijkt met McEnroe (*Saint… John*), verdwijnt Kristeva onder het voorwendsel het voorafje af te ruimen stilletjes met de Chinese naar de keuken. De jonge maîtresse van Lacan trekt onder de tafel haar schoenen uit, de Canadese feministe en de Bulgaarse linguïst werpen elkaar vragende blikken toe, Althusser speelt met de olijf in zijn martini. BHL slaat met zijn vuist op tafel en zegt: 'Er moet ingegrepen worden in Afghanistan!'

Hélène houdt iedereen in het oog.

Ze zegt: 'En niet in Iran?' De Bulgaarse linguïst voegt er raadselachtig aan toe: 'De aarzeling is de ontstaansgrond van het fantastische.' De Canadese feministe glimlacht. Kristeva komt terug met de lamsbout en de Chinese. Althusser zegt: 'De Partij heeft ongelijk gehad de inval in Afghanistan te steunen. Je moet een land niet met een persbericht binnenvallen. De Sovjets zijn slimmer dan wij, ze trekken zich wel terug.' Sollers vraagt sarcastisch: 'En hoeveel divisies telt de Partij?' De uitgever kijkt op zijn horloge en zegt: 'Frankrijk loopt achter.' Sollers kijkt glimlachend naar Hélène en zegt: 'Een mens is niet serieus als hij zeventig is.' Lacans maîtresse streelt met haar blote voet de gulp van BHL, die zonder morren een stijve krijgt.

Het gesprek glijdt af naar Barthes. De uitgever steekt een dubbelzinnige grafrede af. Sollers verklaart: 'Veel homoseksuelen hebben vroeg of laat dezelfde merkwaardige indruk op mij gemaakt, alsof ze van binnenuit werden opgevreten…' Kristeva legt aan haar elf gasten uit: 'U weet toch dat we goede vrienden waren. Roland was dol op Philippe en… (ze trekt een bescheiden en wat raadselachtig gezicht) hij hield veel van me.' BHL moet zo nodig toevoegen: 'Het marxisme-leninisme heeft hij nóóit kunnen uitstaan.' De uitgever: 'Toch was hij dol op Brecht.' Hélène, venijnig: 'En China? Wat dacht hij daarvan?' Althusser fronst zijn wenkbrauwen. De Chinese kijkt op. Sollers antwoordt ontspannen: 'Vervelend, maar niet vervelender dan de rest van de wereld.' De Bulgaarse linguïst, die hem goed heeft gekend: 'Afgezien van Japan.' De Canadese feministe, die onder Barthes' leiding haar universitair diploma heeft behaald, herinnert zich: 'Hij was heel aardig en heel eenzaam.' De uitgever, met een begrijpend gezicht: 'Ja en nee. Hij wist mensen om zich heen te verzamelen... als hij het wilde. Ondanks alles sloeg hij zich er toch doorheen.' De maîtresse van Lacan zakt op haar stoel steeds verder onderuit om de balzak van BHL met haar voet te masseren.

BHL, onverstoorbaar: 'Het is heel goed om een meester te hebben. Al moet je je ervan los weten te maken. Ik had bijvoorbeeld op de École Normale...' Kristeva onderbreekt hem met een droog lachje: 'Waarom zijn de Fransen toch zo aan hun schooltijd gehecht? Het lijkt wel of ze geen twee uur voorbij kunnen laten gaan zonder erover te beginnen. Net oud-strijders, vind ik.' De uitgever bevestigt: 'Het is waar, in Frankrijk verlangen we allemaal terug naar school.' Sollers, plagerig: 'Overigens blijven sommigen er hun hele leven.' Maar Althusser reageert niet. Inwendig moppert Hélène op die burgerlijke manie om het eigen geval voor een algemeenheid aan te zien. Zij vond het niet fijn op school en ze is er trouwens ook niet lang gebleven.

Er wordt gebeld. Kristeva staat op om open te doen. In de vestibule zien we haar praten met een slechtgeklede snorrenbaard. Het gesprek duurt minder dan een minuut. Dan gaat ze weer zitten alsof er niets aan de hand is en zegt gewoon (en heel even piept haar accent eruit): 'Sorrry, vervelend gedoe. Voor mijn werrrk.' De uitgever vervolgt: 'In Frankrijk telt ons schoolresultaat uitzonderlijk zwaar mee voor ons sociale slagen.' De Bulgaarse linguïst kijkt Kristeva aan: 'Maar dat is gelukkig niet de enige factor. Waar of niet, Julia?' Kristeva zegt iets terug in het Bulgaars. Ze beginnen allebei in hun moedertaal te praten, korte, gedempt uitgesproken zinnetjes. Mocht er tussen hen sprake zijn van enige vijandigheid, dan kunnen de andere gasten dat uit hun manier van doen niet afleiden. Sollers komt tussenbeide: 'Vooruit, kinderen, geen onderonsjes, haha...' Dan wendt hij zich tot de Canadese feministe: 'En, lieve vriendin, vordert uw roman? Ik ben het met Aragon eens, weet u... De vrouw is de toekomst van de man... dus van de literatuur... omdat de vrouw de dood is... en de literatuur staat altijd aan de kant van de dood...' En terwijl hij zich haarscherp voorstelt hoe de Canadese zijn voorhuid terugschuift, vraagt hij Kristeva of ze misschien het toetje wil gaan halen. Kristeva staat op en begint geholpen door de Chinese af te ruimen en terwijl de twee vrouwen opnieuw in de keuken verdwijnen, haalt de uitgever een sigaar tevoorschijn waarvan hij het puntje afsnijdt met het broodmes. De maîtresse van Lacan blijft op haar stoel kronkelen. Het New Yorkse stel houdt elkaar braaf bij de hand en glimlacht beleefd. Sollers stelt zich een nummertje met zijn vieren voor met de Canadese en de tennisspelers. BHL, die een stijve heeft van heb ik jou daar, zegt dat Solzjenitsyn de volgende keer uitgenodigd zou moeten worden. Hélène moppert tegen Althusser: 'Viespeuk! Je hebt zitten morsen!' Ze veegt zijn overhemd af met een servet dat ze met wat spuitwater nat heeft gemaakt. Lacan zingt met zachte stem een soort Joods aftelrijmpje. Men doet alsof men het niet hoort. In de keuken pakt Kristeva de Chinese om haar middel vast. BHL zegt tegen Sollers: 'Als je erover nadenkt, Philippe, ben jij beter dan Sartre: stalinist, maoïst, paap... Er wordt wel gezegd dat Sartre zich altijd heeft vergist, maar jij...! Jij verandert zo snel van mening dat je geen tijd hebt om je te vergissen.' Sollers stopt een sigaret in zijn sigarettenpijpje. Lacan mompelt: 'Sartre bestaat niet.' BHL gaat verder: 'In een volgend boek zal ik...' Sollers onderbreekt hem: 'Sartre zei altijd dat iedere anticommunist een hond is... Ik zeg dat iedere antikatholiek een hond is... Overigens is het heel eenvoudig, er is geen Jood die meetelt, of hij heeft geprobeerd zich tot het katholicisme te bekeren... Waar of niet...? Schatje, breng je ons het toetje...?' Vanuit de keuken antwoordt Kristeva's gesmoorde stem dat het eraan komt.

De uitgever zegt tegen Sollers dat hij misschien Hélène Cixous gaat uitgeven. Sollers zegt: 'Die arme Derrida... Van Cixous haar derrière zal hij niet opknappen... Huhu...' BHL vindt het opnieuw nodig een verklaring af te leggen: 'Ik koester veel genegenheid voor Derrida. Hij was mijn leraar op de École. Net als u, beste Louis.

Maar een filosoof is het niet. Van de Franse nog levende filosofen beschouw ik er maar drie echt als filosoof: Sartre, Levinas en Althusser.' Althusser reageert niet op de vleierij. Hélène verbergt haar ergernis. De Amerikaan vraagt: 'En Pierre Bowrdieu, is hij geen goede filosoof dan?' BHL zegt dat Bourdieu de École Normale Supérieure heeft gedaan, maar dat hij zeker geen filosoof is. De uitgever legt de Amerikaan uit dat Bourdieu een socioloog is die zich concentreert op onzichtbare ongelijkheden, het culturele, sociale, symbolische kapitaal... Sollers gaapt ostentatief: 'Hij is vooral strontvervelend... Met die "habitussen" van hem... Nee, we zijn niet allemaal gelijk, wat een nieuws! Nou, ik zal jullie in vertrouwen eens iets vertellen... sst... kom eens wat dichterbij... Het is altijd zo geweest en het zal altijd zo blijven... Ongelooflijk, hè?'

Sollers windt zich steeds meer op: 'Wat meer verhevenheid! Wat meer verhevenheid! Snel, wat abstractie...! We zijn geen Elsa en Aragon, en ook geen Sartre en De Beauvoir, namaak...! Overspel is een misdadig gesprek... Ja... ja... Als je het dan toch moet doen... Lef, dat is wat altijd vergeten wordt... Hier. Nu. Waarlijk hier... Waarlijk nu... De mode heeft het vaak bij het rechte eind...' Zijn blik glijdt heen en weer van de Canadese naar Hélène. 'De maoïstische zaak? Dat was hét tijdverdrijf in die tijd... China... Romantiek... Het kon niet anders dan dat ik opruiende dingen schreef, dat klopt... Ik ben nu eenmaal een groot fluiter... de beste van het land...'

Lacan is elders met zijn gedachten. De voet van zijn maîtresse streelt nog steeds BHL's kruis. De uitgever wacht op het einde van de maaltijd. De Canadese en de Bulgaar voelen zich in zwijgende solidariteit verbonden. In stille woede ondergaat Hélène de monoloog van de grote Franse schrijver. Althusser voelt iets gevaarlijks in zich opwellen.

Kristeva en de Chinese komen eindelijk terug met een abrikozentaart en een clafoutis. Hun net bijgewerkte rode lippen vlammen fel en vurig. De Canadese vraagt hoe de Fransen tegen de verkiezingen van volgend jaar aankijken. Sollers proest het uit: 'Dat is het lot van

Mitterrand: de nederlaag... hij zal de beker tot het einde toe leegdrinken...' Hélène, altijd vlot in het reageren op dingetjes, vraagt: 'U heb immers met Giscard geluncht, wat is het voor man?'

'Wie, Giscard...? Puh, een namaakdecadent... Weet u dat hij het adellijke "d"' van zijn vrouw heeft, toch? Onze goede Roland had gelijk... een zeer goed uitgevallen lid van de burgerij, zei hij... Ach, we zullen geen nieuwe mei '68 als dekmantel hebben... als het nu nog '68 was...'

'De structuren... op straat...' mompelt Lacan, aan het eind van zijn krachten.

'Bij ons heeft hij het imago van een briljante, dynamische en ambitieuze patriciër,' zegt de Amerikaan. 'Maar internationaal gezien heeft hij tot nu toe geen indruk gemaakt.'

'Vietnam heeft hij niet gebombardeerd, dat is zeker,' knarst Althusser terwijl hij zijn mond afveegt.

'Toch heeft hij in Zaïre ingegrepen,' zegt BHL, 'en bovendien is hij voorstander van Europa.'

'Dat brengt ons weer bij Polen,' zegt Kristeva.

'O nee, geen Polen meer vandaag!' zegt Sollers en hij trekt aan zijn sigarettenpijpje.

'Ja, we zouden het bijvoorbeeld over Oost-Timor kunnen hebben,' zegt Hélène, 'dat is weer eens wat anders. Ik heb de Franse regering de bloedbaden die de Indonesiërs hebben aangericht, niet horen veroordelen.'

'Denk je eens in,' zegt Althusser, die weer boven water lijkt te komen, 'honderddertig miljoen inwoners, een enorme markt en een waardevolle bondgenoot voor de Verenigde Staten in een deel van de wereld waar ze immers weinig bondgenoten hebben?'

'Het was heerlijk,' zegt de Amerikaanse, die haar clafoutis opheeft.

'Nog een cognac, heren?' vraagt Sollers.

De jonge vrouw die voetjes blijft geven aan de kloten van BHL, vraagt opeens wie die Charlus toch is over wie heel Saint-Germain praat. Sollers glimlacht: 'Dat is de interessantste Jood ter wereld, liefje... Overigens ook een bekeerde...'

De Canadese zegt dat zij ook wel een cognacje wil. De Bulgaar biedt haar een sigaret aan, die ze opsteekt aan de kaars. De huiskat geeft kopjes aan de benen van de Chinese. Iemand brengt Simone Veil ter sprake, Hélène verafschuwt haar, dus verdedigt Sollers haar. Het Amerikaanse stel denkt dat Carter de volgende verkiezingen ook zal winnen. Althusser begint de Chinese te versieren. Lacan steekt een van zijn beroemde sigaren op. Ze praten wat over voetbal en over de jonge Platini, die veelbelovend is, daar zijn ze het allemaal over eens.

De avond loopt ten einde. Lacans maîtresse zal met BHL naar huis gaan. De Bulgaarse linguïst zal de Canadese feministe naar huis brengen. De Chinese zal alleen naar haar delegatie gaan. Sollers zal als hij inslaapt, dromen van een orgie die niet heeft plaatsgevonden. Opeens maakt Lacan een uiterst ontmoedigende opmerking: 'Merkwaardig hoe een vrouw, als ze eenmaal geen vrouw meer is, de man die ze tot haar beschikking heeft, kan vermorzelen... Vermorzelen, ja, voor zijn eigen bestwil, natuurlijk.' Gegeneerde stilte bij de andere gasten. Sollers verklaart: 'Koning is hij die de heftigste castratie-ervaring met zich meedraagt.'

40

Het geval met die afgehakte vingers moet worden opgehelderd en Bayard besluit de politieman te laten volgen die op de Pont-Neuf de Bulgaar heeft neergeschoten. Maar omdat hij de onaangename indruk heeft dat de politie wordt geïnfiltreerd door een vijand van wie hij de identiteit niet kent en hij niet eens weet wat voor vijand het is, wendt hij zich niet tot de algemene dienstinspectie en vraagt hij Simon om het schaduwen op zich te nemen. Zoals gewoonlijk protesteert Simon, maar deze keer denkt hij een geldig argument te hebben: de agent in kwestie heeft hem op de Pont-Neuf gezien, Simon stond bij de anderen toen Bayard in het water sprong en vervolgens zijn ze druk pratend samen gezien, toen Bayard weer op de wal was.

Dat kan geen bezwaar zijn, hij vermomt zich gewoon.

Hoe dan?

Door zijn haar af te knippen en zijn kleren van eeuwige student te verwisselen voor andere.

Deze keer gaat Bayard te ver, Simon is inschikkelijk genoeg geweest, maar nu is hij onvermurwbaar: er komt helemaal niets van in.

Bayard, die de overheidsdienst kent, brengt de netelige kwestie van de overplaatsingen ter sprake. Wat zal er van de jonge Simon (niet zo jong meer, trouwens, hoe oud is hij eigenlijk?) worden, als hij zijn proefschrift af heeft? Ze kunnen hem wel op een lyceum in Bobigny zetten. Of zouden ze voor hem in Vincennes een vaste aanstelling kunnen regelen?

Simon denkt dat het in het nationale onderwijs zo niet werkt en dat een kruiwagen als Giscard in eigen persoon (vooral Giscard!) niets waard is voor het krijgen van een baan in Vincennes (de universiteit van Deleuze, van Balibar!), maar helemaal zeker is hij er niet van. Integendeel, hij is er zeker van dat een overplaatsing als disciplinemaatregel helemaal niet uitgesloten is. Dus gaat hij naar de kapper en laat zijn haar knippen, zo kort dat hij zich gewoon opgelaten voelt als hij het resultaat bekijkt, alsof hij een vreemde voor zichzelf is, hij herkent zijn gezicht, maar niet de identiteit die hij zonder het te beseffen jarenlang voor zichzelf heeft opgebouwd; en hij koopt op rekening van het ministerie van Binnenlandse Zaken een pak met das. Het pak is ondanks de vrij hoge prijs nogal middelmatig, onvermijdelijk iets te wijd bij de schouders en iets te kort bij de enkels, en Simon moet niet alleen leren een knoop in zijn das te leggen, maar ook het zo uit te mikken dat het brede uiteinde precies over het smalle valt. En als hij na de metamorfose in de spiegel kijkt, betrapt hij zich er toch op dat hij behalve weerzinwekkende vervreemding ook een soort nieuwsgierigheid voelt, belangstelling heeft voor dat beeld van hemzelf, voor de hem die hij niet is, een hij van een ander leven, een hij die ervoor had gekozen te gaan werken bij de bank of in verzekeringen, bij een staatsinstelling of in de diplomatie. Als bij instinct duwt Simon de knoop van zijn das recht en trekt aan de mouwen van zijn overhemd. Hij is klaar om aan zijn opdracht te beginnen en een deel van hem, gevoelig voor de ludieke kanten van het bestaan, besluit om te genieten van dit kleine avontuur.

Hij wacht op de Quai des Orfèvres tot de politieagent met het ontbrekende kootje zijn dienst erop heeft zitten, en rookt een door Frankrijk betaalde Lucky Strike, want de andere goede kant van deze hem opgedrongen diensttaak is dat hij onkostennota's mag indienen en de kassabon van de tabakswinkel (drie frank) heeft hij dus bewaard.

Uiteindelijk komt de politieagent naar buiten, in burger, en het schaduwen begint, te voet. Simon volgt de man, die de Pont Saint-Michel oversteekt en de boulevard op loopt tot de kruising met de Saint-Germain, waar hij een bus neemt. Simon houdt een taxi aan en als hij de vreemde zin 'Volg die bus' uitspreekt, doet hij het met gemengde gevoelens, hij heeft de indruk in een film te zitten zonder te weten wat voor film het is. De chauffeur gehoorzaamt echter zonder ook maar een vraag te stellen en bij elke halte moet Simon nagaan of de agent in burger niet uitstapt. De man, van middelbare leeftijd, heeft een doorsnee-uiterlijk en een gemiddelde lengte, valt in een menigte niet op en het is dus opletten geblazen. De bus volgt de Rue Monge en de man stapt uit bij Censier. Simon laat de taxi stoppen. De man gaat een bar in. Hij wacht een minuut voordat hij hem volgt, de man zit aan een tafeltje achterin. Hij gaat bij de deur zitten en beseft meteen dat het een vergissing is, want de man kijkt voortdurend in zijn richting. Niet omdat hij hem heeft ontdekt, maar omdat hij op iemand wacht. Om geen aandacht te trekken kijkt Simon uit het raam. Hij slaat de bijenkorf gade van studenten die de metro in en uit gaan, een sigaret staan te roken of groepjes vormen, nog onzeker over wat er komen zal, maar blij dat ze elkaar hebben en vol ongeduld uitkijkend naar de toekomst.

Maar opeens ziet hij niet een student uit de metro komen, maar de Bulgaar die hem tijdens de achtervolging met de DS bijna doodschoot. Hij draagt hetzelfde verkreukelde pak en heeft het niet nodig gevonden zijn snor af te scheren. Hij kijkt eerst eens rond over het plein en komt dan deze kant op. Hij hinkt. Simon steekt snel zijn neus in de menukaart. De Bulgaar doet de deur van het café open. Simon deinst onwillekeurig achteruit, maar de Bulgaar loopt zonder hem te zien naar de tafel waar de politieagent op hem wacht.

De twee mannen beginnen gedempt te praten. Dit moment kiest de ober uit om Simon te komen vragen wat hij wil. Zonder nadenken bestelt de leerling-detective een martini. De Bulgaar steekt een sigaret op, een buitenlands merk dat Simon niet herkent. Hij steekt zelf een Lucky Strike op, neemt een trekje om zijn zenuwen de baas te worden terwijl hij zich ervan overtuigt dat de Bulgaar hem niet heeft gezien en dat niemand hem heeft herkend omdat zijn vermomming hem beschermt. Of heeft het hele café de te hoge zoom, het te wijde jasje en zijn verdachte uiterlijk van amateurdetective al ontdekt? Het is niet moeilijk, zegt hij bij zichzelf, om de discrepantie te zien tussen zijn uitdossing en wie hij wezenlijk is. Hij wordt overvallen door het gruwelijke, weliswaar bekende, maar nu zeer intense gevoel het volgende moment als bedrieger ontmaskerd te worden. De twee mannen hebben bier besteld. Tot Simons grote verbazing lijken ze hem al met al niet te hebben opgemerkt, net zomin als de andere klanten. Dus werpt hij zich opnieuw op zijn taak. Hij probeert het gesprek af te luisteren door zich op de stemmen van de mannen te concentreren en ze tussen de stemmen van de andere klanten uit te vissen zoals een geluidstechnicus een spoor tussen andere muziekinstrumenten isoleert. Hij denkt 'papierrr' te horen... 'scenario'... 'contact'... 'student'... 'dienst'... 'auto'... Maar misschien speelt iets als zelfsuggestie hem parten, misschien hoort hij wat hij horen wil, construeert hij met behulp van bekende elementen een dialoog. Hij denkt te horen: 'Sophia'. Hij denkt te horen: 'Logos Club'.

Op dat moment voelt hij iemands aanwezigheid, er is een gedaante binnengeglipt zonder dat hij de luchtstroom van de cafédeur heeft opgemerkt, maar hij hoort nu het geluid van een stoel die wordt verschoven, kijkt op en ziet dat er een jonge vrouw aan zijn tafel komt zitten.

Een glimlach, blond haar, hoge jukbeenderen, gefronste wenkbrauwen. Ze zegt: 'U was toch met die politieagent in het Salpêtrière?' Weer voelt Simon zich onpasselijk worden. Hij slaat een steelse blik op de mannen achter in het café, die in hun gesprek opgaan en het niet kunnen hebben gehoord. Ze zegt, en hij schrikt nog eens op: 'Die arrrme meneer Barthes.' Hij herkent haar, het is de verpleegster met de spillebenen, die Barthes los van de beademing aantrof op de dag dat Sollers, BHL en Kristeva schandaal kwamen trappen. Het allerergste is dat ze hem heeft herkend, een klap voor zijn optimisme over de kwaliteit van zijn vermomming. 'Hij had zo'n verdrrriet.' Het is nauwelijks te horen, maar Simon heeft het accent opgemerkt. 'Bent u Bulgaarse?' De jonge vrouw kijkt verbaasd. Ze heeft grote kastanjebruine ogen. Ze is net twintig. 'Nee, hoezo? Ik ben Rrrussin.' Simon denkt achter in het café hoongelach te horen. Hij waagt nog een blik te werpen. De mannen klinken. 'Mijn naam is Anastasia.'

Simon is er met zijn gedachten niet helemaal bij, maar hij vraagt zich toch af wat een Russische verpleegster in een Frans ziekenhuis doet in 1980, een tijd waarin de Sovjets zich wat ontspannen, maar niet zo dat ze hun grenzen wijd openzetten. Hij wist ook niet dat Franse ziekenhuizen personeel in het Oosten wierven.

Anastasia vertelt hem haar verhaal. Ze kwam op haar achtste naar Parijs. Haar vader leidde het Aeroflot-kantoor op de Champs-Élysées, had toestemming gekregen zijn gezin over te laten komen, maar toen Moskou hem terugriep om hem op het hoofdkantoor aan te stellen, had hij politiek asiel aangevraagd en zijn ze gebleven, ook haar moeder en haar jongere broer. Anastasia is verpleegster geworden, haar broer zit nog op de middelbare school.

Ze bestelt thee. Simon weet nog steeds niet wat ze wil. Hij probeert haar leeftijd te schatten, uitgaande van het jaar dat ze in Frankrijk aankwam. Ze glimlacht jeugdig: 'Ik zag u door het raam. Ik zei bij mezelf dat ik u moest spreken.' Er verschuift een stoel achter in het café. De Bulgaar staat op om te gaan pissen of om te bellen. Simon buigt zijn hoofd en legt zijn hand tegen zijn slaap om zijn profiel te verbergen. Anastasia beweegt haar theezakje op en neer en hij vindt dat er iets elegants zit in haar polsbeweging. Aan de bar hoort hij een klant praten over de situatie in Polen, dan over de wedstrijd van Platini tegen Nederland en ten slotte over de onoverwinnelijke Borg op Roland-Garros. Simon merkt wel dat hij minder geconcentreerd raakt, de verschijning van de jonge vrouw verwart hem, zijn nervositeit groeit met de minuut en nu heeft hij ook nog het Sovjetvolkslied in zijn hoofd, waarvandaan mag Joost weten, met zijn cimbaalslagen en zijn koren van het Rode Leger. De Bulgaar komt terug van het toilet en gaat weer zitten.

Sojoez neroesjimy respoeblik svobodnych...

Er komen studenten binnen die bij hun vrienden aan een rumoerige tafel gaan zitten. Anastasia vraagt of hij bij de politie is. Eerst protesteert Simon heftig, zeker niet, hij is geen smeris! Maar om een of andere reden voegt hij er toch aan toe dat hij voor commissaris Bayard een rol speelt, van adviseur, laten we zeggen.

Splotila naveki Velikaja Roes…

Aan de tafel achterin zegt de politieagent 'vanavond'. Simon denkt dat hij de Bulgaar een korte zin hoort antwoorden met daarin het woord 'Christus'. Hij kijkt naar de jeugdige glimlach en bedenkt dat door de onweersbuien heen de zon van de vrijheid straalt.

Anastasia vraagt hem iets over Barthes te vertellen. Simon zegt dat hij veel van zijn moeder en van Proust hield. Anastasia kent Proust natuurlijk. 'En de grote Lenin heeft ons de weg getoond.' Anastasia zegt dat Barthes' broer zich ongerust maakte omdat hij zijn sleutels niet bij zich had en daarom de sloten wilde vervangen, wat kosten met zich mee zou brengen. 'Stalin heeft ons opgevoed in het vertrouwen in het volk.' Simon zegt dit couplet op voor Anastasia, die hem vertelt dat het volkslied na de verklaring van Chroesjtsjov is veranderd om de verwijzing naar Stalin weg te werken. (Daar hebben ze toch nog tot 1977 op moeten wachten.) Wat maakt het uit, zegt Simon bij zichzelf, 'ons leger is versterkt uit de gevechten gekomen…' De Bulgaar staat op en trekt zijn jasje aan, hij gaat ervandoor. Simon aarzelt of hij hem zal volgen of niet. Maar wijselijk besluit hij zich aan zijn opdracht te houden. 'Onze gevechten bepalen de toekomst van het volk.' De Bulgaar heeft zijn blik gekruist toen hij hem wilde afmaken. De politieagent niet. Het is minder gevaarlijk, het is zekerder, en hij weet nu dat de smeris bij de zaak betrokken is. Als de Bulgaar naar buiten gaat, staart hij Anastasia aan, ze schenkt hem haar mooie glimlach. Simon voelt de dood langsstrijken, zijn hele lichaam is verstijfd, hij houdt zijn hoofd gebogen. Vervolgens vertrekt de politieagent. Anastasia glimlacht ook naar hem. Het is een vrouw, zegt Simon bij zichzelf, ze is eraan gewend dat er naar haar wordt gekeken. Hij ziet de politieman teruglopen naar Place Monge en weet dat hij snel moet zijn wil hij hem niet kwijtraken, dus hij haalt een biljet van twintig frank tevoorschijn om voor de martini en de thee te betalen en zonder op het wisselgeld te wachten (maar het kassabonnetje steekt hij in zijn zak) trekt hij de verpleegster aan haar arm met zich mee. Ze lijkt een beetje verrast, maar ze laat hem begaan. *Partija Lenina, sila narodnaja…* Simon glimlacht op zijn beurt naar haar, hij heeft behoefte aan frisse lucht en heeft een beetje haast, misschien heeft ze zin om een eindje met hem op te lopen? In zijn hoofd maakt hij het refrein af: ... *nas k torzjestvu kommoenizma vedjot!* Simons vader is communist, maar hij vindt het niet nodig dit aan Anastasia te vertellen, die zijn enigszins zonderlinge gedrag wel leuk lijkt te vinden, valt alweer mee.

Ze lopen een meter of tien achter de politieman aan. Het is donker geworden. Het is een beetje koud. Simon houdt nog steeds de arm van de verpleegster vast. Of Anastasia zijn houding bizar of ridderlijk vindt, laat ze niet blijken. Ze zegt dat Barthes erg werd bewonderd, te veel volgens haar, er waren altijd mensen die zijn kamer in probeerden te komen. De politieagent houdt links aan richting Mutualité. De drie personen die waren gekomen om schandaal te trappen op de dag dat zij hem op de grond had gevonden, hadden haar de huid vol gescholden, vertelt ze. De politieman gaat een straatje in ter hoogte van Place Parvis-Notre-Dame. Simon denkt nog eens na over de vriendschap der volkeren. Hij legt Anastasia uit dat Barthes heel goed was in het opsporen van de symbolische codes die ons gedrag bepalen. Instemmend fronst Anastasia haar wenkbrauwen. De politieman staat stil voor een zware houten deur, die een eindje onder het niveau van de stoep ligt. Als Simon en Anastasia bij de deur komen, is hij al verdwenen. Simon staat stil. Hij heeft Anastasia's arm nog steeds niet losgelaten. De jonge vrouw zwijgt, alsof ze aanvoelt dat er spanning in de lucht hangt. Ze kijken naar het ijzeren hek, de stenen trap, de houten deur. Ze fronst haar wenkbrauwen.

Een stel dat Simon niet heeft horen aankomen, loopt om hen heen, gaat door het hek de treden af en belt aan. De deur gaat op een kier open, een leeftijdloze man met een wasbleek gezicht, een sigaret in zijn mond en een wollen das om zijn nek neemt hen op en laat hen binnen.

Simon vraagt zich af: wat zou ik doen als dit een roman was? Hij zou natuurlijk aanbellen en met Anastasia aan zijn arm naar binnen gaan.

Daar zou hij een clandestiene goktent aantreffen, hij zou bij de politieman aan tafel gaan zitten en hem uitdagen voor een potje poker, terwijl Anastasia naast hem van een bloody mary zou nippen. Hij zou de man met een slim gezicht vragen wat er met zijn vinger was gebeurd. En de man zou met een even slim gezicht dreigend antwoorden: 'Jachtongeluk.' Dus zou Simon winnen met een full house van azen en vrouwen in zijn hand.

Maar het leven is geen roman, zegt hij bij zichzelf, en ze lopen door of er niets aan de hand is. Aan het einde van de straat draait hij zich om en ziet toch nog drie mensen bij de deur aanbellen en naar binnen gaan. De gedeukte Fuego die op de stoep aan de overkant staat, ziet hij echter niet. Anastasia begint weer tegen hem te praten over Barthes: als hij bij kennis was, vroeg hij steeds om zijn jasje, het leek alsof hij iets zocht. Heeft Simon enig idee waar het om ging? Het dringt tot Simon door dat zijn opdracht voor die avond is afgelopen en het lijkt wel of hij wakker wordt. Opeens staat hij daar ontredderd tegenover de jonge verpleegster. Stamelend stelt hij voor dat ze misschien, als ze tijd heeft, samen ergens wat kunnen gaan drinken. Anastasia glimlacht (en Simon kan die glimlach niet goed interpreteren): was dat niet wat ze net aan het doen waren? Simons voorstel om dan een andere keer nog iets te gaan drinken klinkt belabberd. Anastasia kijkt hem diep in de ogen, glimlacht nog eens alsof ze haar natuurlijke glimlach wil overtreffen en zegt eenvoudig: 'Misschien.' Simon vat het op als een botte afwijzing, en hij heeft waarschijnlijk gelijk, want terwijl ze nog eens 'een andere keerrr' zegt, loopt ze van hem weg zonder hem haar telefoonnummer te geven.

In het straatje achter hem lichten de ogen van de Fuego op.

41

'Kom, goede sprekers, behendige retoren, oratoren van lange adem! Neem plaats in de schuilplaats van de waanzin en de rede, het theater van het denken, de academie van de dromen, het lyceum van de logica! Kom het geraas van de woorden beluisteren, het lofwerk van voeg- en bijwoorden bewonderen, de venijnige omhaal van woorden waarderen van temmers van toespraken! Vanavond, aan het begin van het nieuwe seizoen, biedt de Logos Club u niet één, niet twee, maar drie digitale wedstrijden aan, ja drie, beste vrienden! En om u nog wat lekkerder te maken komen zo meteen in het eerste dispuut twee retoren tegen elkaar uit over een netelige kwestie in de categorie geopolitiek: wordt Afghanistan het Vietnam van de Sovjet-Unie?

Roem aan de logos, vrienden! Leve de dialectiek! Laat het feest beginnen! Het woord zij met u!'

42

Tzvetan Todorov is een mager mannetje met een bril en een absurd dikke bos krulhaar. Hij is ook wetenschappelijk onderzoeker linguïstiek, woont al twintig jaar in Frankrijk, heeft als leerling van Barthes literaire genres (en in het bijzonder het fantastische) bestudeerd, en is specialist in retorica en semiotiek.

Bayard is hem op aanraden van Simon gaan ondervragen, omdat hij in Bulgarije is geboren.

Dat hij in een totalitair land is opgegroeid, lijkt te hebben geleid tot een sterk humanistisch besef dat zelfs in zijn linguïstische theorieën tot uiting komt. Hij denkt bijvoorbeeld dat retorica alleen maar in een democratie werkelijk tot bloei kan komen, omdat ze behoefte heeft aan ruimte voor debat, een ruimte die de monarchie of de dictatuur per definitie niet biedt. Dat blijkt volgens hem alleen al uit het feit dat de kunst van de redevoering in het keizerlijke Rome en later in het feodale Europa het overtuigen opgaf als doel, dus niet langer focuste op de ontvangst door de ander, maar zich concentreerde op de taal zelf. Men verwachtte van de redevoering niet langer dat ze doeltreffend was, maar alleen dat ze mooi was. In plaats van de politieke uitdaging kwam de zuiver esthetische. Met andere woorden, retorica is nu poëtica. (Ze werd wel de 'tweede retorica' genoemd).

Hij legt Bayard in onberispelijk Frans maar met een nog steeds duidelijk hoorbaar accent uit dat de Bulgaarse geheime dienst (KDS) voor zover hij weet nog steeds actief en gevaarlijk is. De dienst profiteert van de steun van de KGB en kan inderdaad ingewikkelde operaties op touw zetten. Misschien niet het vermoorden van de paus maar het uitschakelen van lastige personen, jazeker, op zijn minst. Aan de andere kant begrijpt hij niet goed waarom de KDS bij het ongeluk van Barthes betrokken zou zijn. In welk opzicht zou een Franse literair criticus hun belangstelling hebben kunnen wekken? Barthes deed niet aan politiek en heeft nooit contacten met Bulgarije gehad. Natuurlijk was hij naar China geweest, maar je kunt moeilijk zeggen dat hij daardoor maoïst was geworden, en antimaoïst trouwens ook niet. Of een Gide of een Aragon. Barthes' woede bij zijn terugkeer uit China was in wezen gericht, Todorov weet het nog heel goed, op de luchthavens van Air France: hij had zelfs overwogen er een artikel over te schrijven.

Bayard weet dat Todorov het belangrijkste probleem aanstipt waar zijn onderzoek op stuit: het motief. Maar hij weet ook dat hij bij gebrek aan extra informatie moet werken met de feitelijke gegevens waarover hij beschikt – een pistool, een paraplu – en al ziet hij a priori geen enkel geopolitiek verband met de moord op Barthes, hij blijft de Bulgaarse criticus vragen stellen over de geheime dienst van zijn geboorteland.

Wie staat er aan het hoofd? Een zekere kolonel Emil Kristof. Wat heeft hij voor reputatie? Niet erg liberaal, maar ook weer niet bijzonder doorkneed in de semiotiek. Bayard heeft de onaangename indruk dat hij in een doodlopende steeg terechtkomt. Wat had hij al met al geconcludeerd als de twee moordenaars uit Marseille, Joegoslavië of Marokko afkomstig waren geweest? Bayard denkt zonder het te weten als een structuralist: hij vraagt zich af of de Bulgaarse variabele een relevant criterium is. Mentaal inventariseert hij de andere aanwijzingen waarover hij beschikt en die hij nog niet heeft benut. Voor alle zekerheid vraagt hij: 'Zegt de naam Sophia u iets?'

'Ja, dat is de stad waar ik ben geboren.'

Sofia.

Er is dus toch een Bulgaars spoor.

Op dat moment verschijnt er een knappe roodharige jonge vrouw in een peignoir en loopt met een bescheiden groet naar de gast door de kamer. Bayard denkt een Engels accent te horen. Hij zegt bij zichzelf dat die bebrilde intellectueel zich niet verveelt. Machinaal merkt hij de onderhuidse erotische spanning tussen de Engelssprekende verschijning en de Bulgaarse criticus op, het teken van een beginnende of overspelige (of allebei) relatie volgens hem, niet dat het hem iets uitmaakt, het is een professionele reflex.

Nu hij hier toch is, vraagt hij Todorov of 'eko', het laatste woord van Hamed, hem iets zegt. En dan antwoordt de Bulgaar meteen: 'Ja, hebt u nieuws van hem?'

Bayard begrijpt het niet.

'Is alles goed met Umberto?'

43

Louis Althusser heeft het kostbare blaadje papier in zijn hand. De partijdiscipline die hem heeft gevormd, zijn aard van brave leerling en zijn jaren als gedweeë krijgsgevangene sporen hem aan het mysterieuze document niet te lezen. Tegelijk zetten zijn weinig communistische individualisme, zijn voorliefde voor geheimzinnigdoenerij en zijn beroemde neiging om te knoeien hem ertoe aan het blaadje open te vouwen. Als hij het deed, nu hij nog niet weet maar wel vermoedt wat erin staat, zou deze daad worden toegevoegd aan de lange reeks knoeierijen die is ingeluid met de oneerlijk verkregen 8,5 voor een filosofieopstel in het voorbereidend jaar voor de École Normale Supérieure (een voorval dat zo fundamenteel is voor zijn persoonlijke mythologie van bedrieger dat hij er de hele tijd aan terugdenkt). Maar hij is bang. Hij weet waartoe ze in staat zijn. Hij besluit wijselijk (laf genoeg, zegt hij bij zichzelf) het blaadje niet te lezen.

Maar waar zal hij het verbergen? Hij kijkt naar de toenemende hoeveelheid troep die zich op zijn bureau opstapelt en denkt aan Poe: hij schuift het document in een open envelop die de een of andere reclame bevatte, voor een pizzeria op de hoek laten we zeggen, of misschien voor een bank, ik herinner me de reclame niet meer die wij in die tijd in onze brievenbus kregen, het punt waar het om gaat, is dat hij de envelop duidelijk zichtbaar op zijn bureau legt midden tussen allerlei andere papieren, manuscripten, studies waar hij aan werkt en kladjes, die allemaal min of meer zijn gewijd aan Marx, het marxisme en in het bijzonder (met als doel de 'praktische' consequenties te trekken uit zijn recente 'antitheoricistische zelfkritiek') aan de toevallige, concrete relatie tussen enerzijds de 'volksbewegingen' en anderzijds de ideologieën die ze zich hebben verschaft of waarin ze zich hebben verschanst. Hier zal zijn brief veilig zijn. Er liggen ook wat boeken: Machiavelli, Spinoza, Raymond Aron, André Glucksmann... Ze zien eruit alsof ze zijn gelezen, wat niet geldt voor het grootste deel (hij denkt er vaak aan in het kader van zijn geduldig, plank na plank, opgebouwde neurose van bedrieger) van de duizenden boeken die zijn rekken opluisteren: Plato (wel degelijk gelezen), Kant (niet gelezen), Hegel (doorgebladerd), Heidegger (vluchtig doorgenomen), Marx (deel 1 van *Het kapitaal* gelezen, maar deel 2 niet) enz.

Hij hoort de sleutel in het slot, het is Hélène.

44

'Waar gaat het over?'

De uitsmijter lijkt op alle uitsmijters ter wereld, behalve dan dat hij een dikke wollen sjaal om heeft, blank en leeftijdloos is, een grauwe gelaatskleur heeft, een peuk in zijn mond en zijn ogen niet uitdrukkingsloos achter je kijken alsof je niet voor hem staat, maar als het ware boosaardig je ziel trachten te doorgronden. Bayard weet dat hij zijn pasje niet tevoorschijn kan halen omdat hij incognito moet blijven om bij te kunnen wonen wat er zich achter die deur afspeelt, dus hij maakt zich op voor het verzinnen van een belabberde leugen, als Simon een plotselinge ingeving krijgt en hem voor is: 'IJlt ze.'

Het hout kraakt, de deur gaat open, de uitsmijter gaat opzij en nodigt hen met een vaag gebaar binnen. Ze komen in een gewelfde kelder die ruikt naar steen, zweet en sigarettenrook. De zaal is vol als voor een concert, maar de mensen zijn niet voor Boris Vian gekomen en de muren hebben geen herinnering bewaard aan de jazzklanken die ze vroeger hebben weerkaatst. In plaats daarvan galmt boven het geroezemoes dat altijd voorafgaat aan een voorstelling, een stem als van een goochelaar: 'Welkom bij de Logos Club, vrienden, kom betogen, kom delibereren, kom loven en bieden voor de schoonheid van het woord! O, woord, dat de harten meesleept en het heelal bestiert! Kom het schouwspel bijwonen van pleiters die disputeren om de retorische oppermacht en ter verhoging van uw plezier!'

Bayard werpt Simon een vragende blik toe. Simon fluistert hem in het oor dat Barthes niet het begin van een zin mompelde, maar initialen: 'LC' voor 'Logos Club'. Bayard is onder de indruk. Bescheiden haalt Simon zijn schouders op. De stem zweept nog steeds de zaal op.

'Het is mooi, mijn zeugma! Het is fraai, mijn asyndeton! Maar er moet wel een prijs voor worden betaald. Vanavond zult u de prijs van de taal leren kennen. Want ons devies is, en zo zou de wet op aarde ook moeten zijn: niemand praat straffeloos! Bij de Logos Club wordt er niet met woorden betaald, nietwaar, beste mensen?'

Bayard spreekt een oude, witharige man aan, die twee kootjes van zijn linkerhand mist. Op een toon die zo min mogelijk professioneel, maar ook niet toeristisch moet klinken, vraagt hij: 'Wat gebeurt hier eigenlijk?' De oude man staart hem zonder enige vijandigheid aan: 'Bent u hier voor het eerst? Dan raad ik u aan te kijken. Niet meteen maar inschrijven. U hebt alle tijd om te leren. Luisteren, leren, vooruitkomen.'

'Inschrijven...?'

'U kunt natuurlijk altijd aan een vriendschappelijk potje meedoen, dat verplicht tot niets, maar als u nog nooit een zitting hebt bijgewoond, kunt u beter toeschouwer blijven. De indruk die u tijdens uw eerste wedstrijd maakt, legt de fundamenten voor uw reputatie, en uw reputatie is een belangrijk element: het is uw ethos.'

Hij neemt een trekje van de tussen zijn verminkte vingers ingeplante sigaret, terwijl de man die de zaal opzweept onzichtbaar, ergens verstopt in een donkere hoek onder de stenen gewelven de longen uit zijn lijf blijft schreeuwen: 'Leve de Grote Protagoras! Leve Cicero! Leve de Adelaar van Meaux!' Bayard vraagt wie die mensen zijn. Simon zegt dat Bossuet de Adelaar van Meaux is. Bayard heeft weer de aanvechting hem een draai om zijn oren te geven.

'Eet kiezelstenen zoals Demosthenes! Leve Pericles! Leve Churchill! Leve De Gaulle! Leve Jezus! Leve Danton en Robespierre! Waarom hebben ze Jaurès vermoord?' Die kent Bayard tenminste, afgezien van de eerste twee.

Simon vraagt de oude man wat de spelregels zijn. Hij legt uit dat alle wedstrijden duels zijn, dat er een onderwerp wordt getrokken waarbij het altijd om een gesloten vraag gaat waarop je met nee of ja kunt antwoorden, of om een vraag van het type 'voor of tegen', zodat de twee tegenstanders tegenover elkaar liggende standpunten kunnen innemen.

'Tertullianus, Augustinus, Maximilianus zij met ons!' roept de stem.

Het eerste deel van de avond is gewijd aan vriendschappelijke potjes. De echte wedstrijden vinden plaats aan het einde. Meestal is er wel één, soms twee, drie komt niet veel voor, maar het gebeurt. In theorie is het aantal officiële wedstrijden niet beperkt, maar om redenen die blijkbaar zo voor de hand liggen dat de oude man het niet nodig vindt ze uit te leggen, staan de vrijwilligers niet te dringen.

'*Disputatio in utramque partem*! Laat de woordenstrijd beginnen! En hier zijn twee goede sprekers die tegen elkaar uitkomen over de smakelijke vraag: Is Giscard een fascist?'

Geschreeuw en gefluit in de zaal. 'Mogen de goden van de antithese u welgevallig zijn!'

Een man en een vrouw nemen plaats op het podium, elk achter een lessenaar, met hun gezicht naar het publiek en beginnen aantekeningen neer te krabbelen. De oude man legt uit: 'Ze hebben vijf minuten om zich voor te bereiden, dan geven ze een presentatie waarin ze hun standpunt en de grote lijnen van hun argumentatie uiteenzetten en daarna begint het debat. Hoe lang het duurt, is onbekend en net als bij het boksen kan de jury op elk moment de strijd beëindigen. Degene die als eerste spreekt, heeft het voordeel dat hij het standpunt dat hij gaat verdedigen, mag kiezen. De ander moet zich aanpassen en het andere standpunt verdedigen. Voor vriendschappelijke potjes, waar mensen van dezelfde rang tegenover elkaar staan, beslist het lot wie er begint. Maar in officiële wedstrijden, waar tegenstanders van verschillende rangen het tegen elkaar opnemen, begint degene met de laagste rang. Hier hebben we gezien het soort onderwerp een wedstrijd van het eerste niveau. Die twee daar zijn maar sprekers. Dat is de laagste rang in de hiërarchie van de Logos Club. Gewone soldaten kortom. Daarboven heb je de retoren, dan de oratoren, de dialectici, de peripatetici, de tribunen en helemaal bovenaan de sofisten. Maar hier komen we zelden boven niveau drie uit. Van de sofisten wordt verteld dat ze maar met heel weinig zijn, een stuk of tien, en dat ze allemaal codenamen hebben. Vanaf niveau vijf is het erg afgeschermd. Er zijn zelfs mensen die zeggen dat er geen sofisten bestaan, dat niveau zeven is bedacht om de mensen van de Club een soort onbereikbaar doel te stellen, zodat ze kunnen fantaseren over een onhaalbare perfectie. Maar ik ben ervan overtuigd dat ze bestaan. Volgens mij was De Gaulle een van hen. Misschien was hij zelfs de Grote Protagoras in eigen persoon. Er wordt gezegd dat de leider van de Logos Club zich zo laat noemen. Ik ben retor, ik ben orator geweest, een jaar lang, maar ik kon me niet handhaven.' Hij steekt zijn verminkte hand omhoog. 'En dat heeft me wat gekost.'

Het dispuut begint, ze moeten hun mond houden en Simon kan de oude man niet meer vragen wat hij onder een 'echte wedstrijd' verstaat. Hij bekijkt het publiek: voor het merendeel mannen, alle leeftijden en types zijn vertegenwoordigd. Als het een elitaire club is, wordt er blijkbaar niet volgens financiële criteria geselecteerd.

De welluidende stem van de eerste disputator weerklinkt, die uitlegt dat de premier in Frankrijk een marionet is, dat het parlement door artikel 49 lid 3 van de grondwet wordt gecastreerd en geen enkele macht heeft; dat De Gaulle een vriendelijke monarch was in vergelijking met Giscard die alle macht naar zich toe trekt, inclusief de pers; dat Brezjnev, Kim Il-sung, Honecker en Ceauşescu in ieder geval nog rekenschap af moeten leggen aan hun partij; dat de president van de Verenigde Staten veel minder macht heeft dan de Franse en dat in Mexico de president niet herkiesbaar is, maar in Frankrijk wel.

Tegenover hem een tamelijk jonge, vrouwelijke disputator. Ze antwoordt dat het volstaat de kranten te lezen om na te gaan dat we niet in een dictatuur leven (deze week kopte *Le Monde* nog, en het gaat over de regering: 'Waarom op zo veel terreinen schipbreuk geleden?'; we hebben wel strengere censuur gekend...) en dat blijkt volgens haar uit het gefoeter van Marchais, Chirac, Mitterrand enz.

Voor een dictatuur staat het er met de vrijheid van meningsuiting vrij goed voor. En nu De Gaulle toch al is genoemd, laten we ons te binnen brengen dat we van hem zeiden: De Gaulle fascist. De Vijfde Republiek fascistisch. De grondwet fascistisch. *De permanente staatsgreep* van Mitterrand enz. Haar slotrede: 'Van Giscard zeggen dat hij een fascist is, is een belediging van de geschiedenis, het is spuwen op de slachtoffers van Mussolini en Hitler. Ga de Spanjaarden maar eens vragen wat ze ervan denken. Ga Jorge Semprún maar eens vragen of Giscard een Franco is! Schande over de retorica als ze de nagedachtenis geweld aandoet!' Enthousiast applaus. Na kort overleg roepen de rechters de vrouwelijke disputator tot overwinnaar uit. De verrukte jonge vrouw drukt haar tegenstander de hand en er kan zowaar een kleine buiging naar het publiek vanaf.

De disputen volgen elkaar op, de kandidaten hebben meer of minder geluk, het publiek klapt of joelt, er wordt gefloten, geschreeuwd en dan volgt het hoogtepunt van de avond, het 'digitale dispuut'.

Onderwerp: 'Schriftelijk tegenover mondeling'.

De oude man wrijft in zijn handen: 'Aha, een metaonderwerp. Taal over taal, mooier is er niet. Ik ben er dol op. U ziet de rangen op het bord staan: een jonge retor daagt een orator uit om hem zijn plaats af te nemen. Hij moet dus beginnen. Ik vraag me af welk standpunt hij zal innemen. De ene stelling is vaak lastiger dan de andere, maar toch kun je er juist voordeel aan beleven om die te nemen als je de jury en het publiek wilt imponeren. Meer voor de hand liggende standpunten daarentegen kunnen minder opleveren omdat je de kans loopt niet echt te schitteren in je argumentatie, en je gemeenplaatsen te berde brengt waardoor je rede minder spectaculair wordt...'

De oude man zwijgt, het gaat beginnen, in opgewonden stilte luistert iedereen naar de aspirant-orator die ferm het woord neemt: 'De godsdiensten van het Boek hebben onze maatschappijen gevormd en wij hebben de teksten ervan als heilig vereerd: de tafelen der wet, de tien geboden, de thorarollen, de Bijbel, de Koran enzovoort. Het moet gedrukt staan wil het waarde hebben. Ik noem dat fetisjisme.

Ik noem dat bijgeloof. Ik noem dat een gespreid bedje voor dogmatici.

Niet ik beweer dat het gesproken woord superieur is, maar hij die ons heeft gemaakt tot wat we zijn, o denkers, o retoren, de vader van de dialectiek, voorvader van ons allemaal, de man die zonder ooit een boek geschreven te hebben de fundamenten heeft gelegd voor de hele westerse filosofie.

Hoe zat het ook alweer? We zijn in Egypte, in Thebe, en de koning vraagt: Waartoe dient het schrift? En de god antwoordt: Het is het laatste redmiddel tegen de onwetendheid. En de koning zegt: Integendeel! Want die kunst zal in de ziel van hen die haar hebben geleerd vergetelheid laten ontstaan omdat ze hun geheugen niet langer oefenen. Het zich iets herinneren is niet hetzelfde als het geheugen en het boek is niet meer dan een geheugensteuntje. Het biedt geen kennis, het biedt geen begrip, het biedt geen beheersing.

Waarom zouden studenten behoefte hebben aan professoren als alles vanuit boeken te leren was? Waarom hebben ze er behoefte aan dat iemand hun uitlegt wat er in de boeken staat geschreven? Waarom zijn er scholen en niet gewoon bibliotheken? Omdat het geschreven woord alleen niet volstaat. Gedachtewisseling leeft op voorwaarde dat ze wordt voortgezet, dat ze niet verstart, anders is ze dood. Socrates vergelijkt het schrift met de schilderkunst: de wezens die de schilderkunst voortbrengt, staan overeind alsof ze leven; maar ondervraag hen maar eens, ze zijn verstard in een statige houding en bewaren het stilzwijgen. En dat geldt ook voor geschreven teksten. Je kunt denken dat ze spreken, maar als je ze ondervraagt omdat je wilt weten wat ze zeggen, herhalen ze altijd hetzelfde, woord voor woord.

De taal dient om een boodschap te produceren, die alleen maar zin krijgt als er een bestemming voor is. Ik praat op dit moment tegen u, u bent de bestaansreden van mijn redevoering. Alleen dwazen praten in de woestijn. En dan praat die dwaas nog tegen zichzelf. Maar tegen wie spreekt een tekst? Tegen iedereen! Dus tegen niemand! Als een rede voor eens en voor al is geschreven, glijdt ze even onverschillig af van hen die er iets van weten als van hen die er niets mee van doen hebben en ze weet niet tot wie ze zich al dan niet moet richten. Een tekst die geen duidelijke bestemming heeft, is gegarandeerd onduidelijk en is in vage en onpersoonlijke bewoordingen gesteld. Hoe kan een bericht iedereen aanstaan? Zelfs een brief is minder waard dan elk willekeurig gesprek: hij wordt geschreven in een bepaalde context en ontvangen in een andere. Overigens is de situatie van de briefschrijver en die van de geadresseerde intussen veranderd. De brief is al achterhaald, hij richtte zich tot iemand die niet meer bestaat terwijl ook de schrijver niet langer bestaat, verdwenen in de put van de tijd zodra de envelop is dichtgeplakt.

En dus is het geschreven woord de dood. Teksten horen thuis in schoolboeken. Alleen in de metamorfosen die het spreken ondergaat kan de waarheid ontluiken en alleen het gesproken woord reageert snel genoeg om recht te doen aan de eeuwige voortgang van het actieve denken. Het gesproken woord is het leven: ik bewijs het, wij bewijzen het nu we vandaag bij elkaar zijn om te spreken en te luisteren, om uit te wisselen, om te discussiëren, te bestrijden, om samen levende gedachten te scheppen, om in woord en idee ter communie te gaan, bezield door de krachten van de dialectiek, in trilling gebracht door de geluidstrilling die het woord is en waarvan het geschreven woord maar een vlak symbool is: wat de partituur is voor de muziek, meer niet. En ik eindig met een laatste citaat van Socrates, omdat ik spreek onder zijn hoge beschermheerschap: wat het schrift voortbrengt, zijn "zogenaamde geleerden in plaats van echte". Dank voor uw aandacht.'

Donderend applaus. De oude man is er helemaal weg van: 'O, o! Die jongen kent zijn klassieken. Dat is degelijk werk. Socrates, de vent die nooit een boekje heeft geschreven, in deze kringen een zekere winnaar! Hij is zo'n beetje de Elvis van de retorica, hè. Maar tactisch gesproken heeft hij op veilig gespeeld omdat het verdedigen van het mondeling natuurlijk neerkomt op het rechtvaardigen van de activiteiten van de Club: een droste-effect! Nu moet de ander antwoorden. Ook hij moet een degelijke steunpilaar vinden. Ik zou het doen à la Derrida: die hele context gewoon afbreken, hè, uitleggen dat een gesprek niet persoonlijker is dan een tekst of een brief, omdat niemand tijdens het praten of luisteren ooit echt weet wie hij is en ook niet wie de ander is. Er is nooit context, dat is boerenbedrog, de context bestaat niet: dat is de moeilijkheid! In ieder geval zou ik mijn weerlegging in die richting aanpakken. Je moet dat mooie bouwwerk afbreken en dan, tja, dan moet je gewoon nauwkeurig zijn: de superioriteit van het geschreven woord, dat is een kwestie van een paar colleges volgen, ziet u, het is vrij technisch, maar verder is er niets aan. Ik? Ja, ik heb avondcollege gevolgd aan de Sorbonne. Ik was postbode. O! Sst! Sst! Vooruit, jongen, laat eens zien dat je je rang niet voor niets hebt gekregen!'

En de hele zaal sist om stilte als de orator, een wat oudere, grijzende man, bedaarder en minder onstuimig in zijn lichaamstaal, het woord neemt. Hij kijkt naar het publiek, zijn tegenstander, de jury, en met opgestoken wijsvinger zegt hij alleen maar: 'Van Plato.'

Dan zwijgt hij, lang genoeg om het soort van onbehagen op te roepen dat altijd bij aanhoudende stiltes optreedt. En als hij voelt dat het publiek zich afvraagt waarom hij kostbare seconden van zijn spreektijd verspilt, gaat hij verder: 'Mijn geachte opponent heeft het citaat aan Socrates toegeschreven, maar dat had u intussen zelf al gecorrigeerd, hè?'

Korte stilte.

'Hij bedoelde Plato. Zonder wiens geschriften Socrates, zijn filosofie en zijn schitterende verheerlijking van het gesproken woord uit de *Phaedrus*, die mijn geachte opponent ons vrijwel integraal heeft weergegeven, ons onbekend waren gebleven.'

Korte stilte.

'Dank voor uw aandacht.' Hij gaat weer zitten.

De hele zaal kijkt nu naar zijn tegenstander. Hij mag, als hij dat wil, het woord weer nemen en de discussie aangaan, maar hij is lijkbleek en zegt niets. Hij hoeft het oordeel van de drie rechters niet af te wachten om te weten dat hij heeft verloren.

Langzaam, moedig komt de jongeman naar voren en legt zijn

vlakke hand op de tafel van de juryleden. De hele zaal houdt zijn adem in. Rokers trekken nerveus aan hun sigaret. Ieder denkt zijn eigen ademhaling te horen.

De man in het midden heft een hakmes en slaat de pink er met een snelle slag vanaf.

De jongeman slaakt geen kreet, maar klapt dubbel. In doodse stilte wordt hij onmiddellijk behandeld en verbonden. Het stukje vinger wordt in het voorbijgaan opgeraapt, maar Simon kan niet zien of het wordt weggegooid of ergens wordt bewaard om het tentoon te stellen in stolpflessen met etiketten waarop de datum en het onderwerp worden genoteerd.

Opnieuw weerklinkt de stem: 'Eer aan de disputatoren!' Het publiek herhaalt braaf: 'Eer aan de disputatoren!'

In de stilte die in de kelder valt, legt de oude man met zachte stem uit: 'Meestal gaat er wel wat tijd overheen voordat een verliezer zijn geluk weer beproeft. Het is een goed systeem, het voorkomt dwangmatige uitdagers.'

45

Dit verhaal heeft een blinde vlek die ook meteen het uitgangspunt ervan is: de lunch van Barthes bij Mitterrand. Dat is de grote scène die niet plaats zal vinden. Maar ze heeft toch plaatsgevonden... Jacques Bayard en Simon Herzog zullen nooit weten, hebben nooit geweten wat er die dag gebeurd is. Zij komen niet zo gemakkelijk op de lijst van genodigden. Maar ik kan dat misschien wel... Uiteindelijk is alles een kwestie van methodisch te werk gaan en ik weet hoe dat moet: getuigen ondervragen, natrekken, twijfelachtige getuigenissen ter zijde schuiven, tendentieuze herinneringen confronteren met de werkelijkheid van de geschiedenis. En dan, indien nodig... U weet wel. Er valt nog iets te doen. De dag van 25 februari 1980 heeft nog niet alles losgelaten. Voordeel van de roman: het is nooit te laat.

46

'Ja, wat Parijs nodig heeft is een opera.'

Barthes zou willen dat hij ergens anders zat, hij heeft betere dingen te doen dan deze plichtplegingen, hij heeft er spijt van dat hij deze uitnodiging heeft aangenomen, hij zal wel weer door zijn linkse vrienden worden uitgekafferd, maar dan is Deleuze tenminste tevreden. Natuurlijk zal Foucault hem doodgooien met een paar minachtende spottende opmerkingen en ervoor zorgen dat anderen ze hem nazeggen.

'De Arabische fictie durft tegenwoordig haar grenzen af te tasten, ze wil buiten het klassieke kader treden en breken met de thematische roman...'

Het was waarschijnlijk de prijs die hij moest betalen voor de lunch met Giscard, of niet? 'Een zeer goed uitgevallen lid van de hoge burgerij', ja, zeker, maar zij hier zijn uiteindelijk ook niet van de straat... Vooruit, als de wijn is getapt, moet je hem ook opdrinken. Lekker, trouwens, deze witte, wat is het voor druif? Ik zou zeggen chardonnay.

'Hebt u de laatste Moravia gelezen? Ik houd erg van Leonardo Sciascia. Leest u Italiaans?'

Wat onderscheidt hen van de anderen? Niets, in eerste instantie.

'Wat vindt u van Bergman?'

Kijk naar hun manier van zich gedragen, van praten, van zich kleden... Ontegenzeglijk een rechtse habitus, zou Bourdieu zeggen.

'Geen enkele andere kunstenaar dan Michelangelo, met uitzondering misschien van Picasso, kan aanspraak maken op een dergelijke meevaller wat kritiek betreft. Toch is er nooit iets gezegd over het democratische aspect van zijn werk!'

En ik? Heb ik een rechtse habitus? Shabby kleren dragen is niet voldoende om eraan te ontsnappen. Barthes voelt aan de rugleuning om na te gaan of zijn oude jasje er nog hangt. Rustig. Niemand zal je bestelen. Haha! Je denkt als een burger.

'Giscard is zo modern dat hij van een feodaal Frankrijk droomt. We zullen nog wel zien of de Fransen een meester of een gids boven zich willen.'

Als hij praat, pleit hij. Hij is nog steeds advocaat. Het ruikt goed daar in de keuken.

'Het komt eraan, het is bijna klaar! En waar werkt u op dit moment aan, waarde heer?'

Aan woorden. Glimlachen. Slim gezicht trekken. Het is de moeite niet in detail te treden. Een beetje Proust, dat doet het altijd goed.

'U zult me niet geloven, maar ik heb een tante die de familie Guermantes heeft gekend.' De jonge actrice is innemend. Heel Frans.

Ik ben moe. Wat ik eigenlijk gewild zou hebben, is een antiretorische weg inslaan. Maar nu is het te laat. Barthes zucht bedroefd. Hij heeft er een hekel aan zich te vervelen, en toch, er worden hem zo veel gelegenheden aangeboden die hij accepteert zonder precies te weten waarom. Maar vandaag is het net even anders. Het is niet alsof hij niet iets beters te doen had.

'Ik ben vrij goed bevriend met Michel Tournier, hij is helemaal niet zo teruggetrokken als men zegt, haha.'

O kijk, vis. Vandaar wit.

'"Jacques", kom er eens bij zitten! U gaat toch niet de hele maaltijd aan de pannen staan!'

'Aan' de pannen: verraden door een voorzetsel... Een jongeman met krullend haar en het hoofd van een bok zet het laatste bord met stoofpot neer en voegt zich bij ons. Hij leunt op de stoelleuning van Barthes en gaat vervolgens naast hem zitten.

'Het is een cotriade, een schotel met allerlei vis, poon, wijting, tong, makreel, met wat schaaldieren en groente, opgepept met een straaltje vinaigrette en ik heb er wat kerrie en een greepje dragon bij gedaan. Eet smakelijk!'

O ja, het is heerlijk. Het is chic en tegelijk doet het volks aan. Barthes heeft vaak over voedsel geschreven: de biefstuk met patat, de hambaguette, de melk en de wijn... Maar dit is duidelijk iets heel anders. Het moet er simpel uitzien maar het is goed klaargemaakt. Het is de bedoeling dat je merkt dat er werk, aandacht, liefde aan de bereiding is besteed. En natuurlijk altijd machtsvertoon. Hij had er al een theorie over opgesteld in zijn boek over Japan: *Het westerse voedsel, opgehoopt en imposant, wil er royaal en prestigieus uitzien, altijd neigt het tot het dikke, grote, overvloedige en rijkelijke; het oosterse kent een omgekeerde tendens, het gaat naar het oneindig kleine: de toekomst van de komkommer is niet opgestapeld te worden of ingedikt, maar kleingesneden te worden of gesnipperd.*

'Het is een gerecht van Bretonse vissers: het werd aan boord gekookt met zeewater. De vinaigrette diende om het dorstig makende effect van het zout tegen te gaan.'

Herinneringen aan Tokyo... *Want om het eten te verdelen scheidt, schuift en tast het stokje, het snijdt of prikt niet zoals ons bestek; het doet het eten geen geweld aan...*

Barthes laat zich nog een glas inschenken en terwijl de gasten rond de tafel enigszins geïntimideerd in stilte zitten te eten, slaat hij de kleine man met zijn harde lippen gade, die zijn hapjes wijting opzuigt met een geluidje dat in een goede, burgerlijke opvoeding nauwgezet voor dergelijke gelegenheden is geijkt.

'Ik heb gezegd dat eigendom macht is. Dat is natuurlijk niet helemaal onjuist.'

Mitterrand legt zijn lepel neer. Zijn zwijgende toehoorders stoppen met eten om de kleine man te laten merken dat ze aandacht aan zijn woorden schenken.

En als er in Japan altijd onder de ogen van degene die gaat eten wordt gekookt (een fundamenteel kenmerk van die keuken), komt dat misschien omdat het belangrijk is de dood van wat men eer aan gaat doen te heiligen door erbij aanwezig te zijn.

Het lijkt wel of ze bang zijn om geluid te maken, zoals in het theater.

'Maar waar is het ook niet. U weet dat beter dan ik, hè?'

Geen enkel Japans gerecht heeft een centrum (een centrum dat ons eten wel heeft door het ritueel de maaltijd in hoofd- en bijgerechten te ordenen en rondom aan te kleden of met saus te overgieten); alles is hier ornament voor een ander ornament: alleen al omdat het eten op tafel of op het blad nooit meer is dan een verzameling fragmentjes...

'Taal is de ware macht.'

Mitterrand glimlacht, zijn stem heeft iets flemerigs gekregen, wat Barthes niet van hem had gedacht en hij begrijpt dat Mitterrand zich tot hem richt. Vaarwel Tokyo. Dit is het moment waar hij tegen opzag (maar waarvan hij wist dat het onvermijdelijk was), het moment waarop hij antwoord moet geven en doen wat men van hem verwacht, de semioticus spelen of op zijn minst de enigszins in taal gespecialiseerde intellectueel. Hij zegt, in de hoop dat zijn beknoptheid wordt aangezien voor diepzinnigheid: 'Met name onder democratisch bewind.'

Nog steeds glimlachend laat Mitterrand een 'echt?' ontsnappen, waarvan moeilijk te bepalen is of het een vraag om uitleg, een beleefde goedkeuring of een bescheiden tegenwerping is. De jongeman met het hoofd van een bok, die klaarblijkelijk de verantwoordelijkheid voor deze ontmoeting draagt, meent in het beginnende gesprek in te moeten grijpen, misschien uit angst dat het in de kiem gesmoord wordt: 'Zoals Goebbels al zei: "Als ik het woord 'cultuur' hoor, haal ik mijn revolver tevoorschijn"...' Nauwelijks heeft Barthes de gelegenheid zich te realiseren wat dit citaat in deze context betekent of Mitterrand verbetert droog: 'Nee, het is van Baldur von Schirach.' Gegeneerde stilte rond de tafel. 'U zult dat meneer Lang wel willen vergeven, die te jong is om het zich te herinneren, ook al is hij tegelijk met de oorlog geboren. Nietwaar, "Jacques"?' Mitterrand knijpt zijn ogen dicht als een Japanner. 'Jack' spreekt hij op zijn Frans uit. Waarom heeft Barthes op dat moment de indruk dat er tussen hem en de kleine man met de doordringende blik iets speelt? Alsof deze lunch alleen maar voor hem is georganiseerd, alsof de andere gasten er alleen maar zijn om hem als lokvogels, of erger medeplichtigen, om de tuin te leiden. Toch is dit niet de eerste culturele lunch die voor Mitterrand wordt georganiseerd, hij doet het eens per maand. Die andere heeft hij niet gegeven om mij om de tuin te kunnen leiden, zegt Barthes bij zichzelf.

Hij denkt buiten een kales door de Rue des Blancs-Manteaux te horen rijden.

Hij maakt een snelle zelfanalyse: gezien de omstandigheden en het document dat opgevouwen in de binnenzak van zijn jasje zit, is het alleen maar logisch dat hij last heeft van paranoia-aanvallen. Hij besluit het woord weer te nemen, gedeeltelijk om de jongeman met de bruine krullen uit de verlegenheid te redden en hij zegt glimlachend, zij het een beetje schuldbewust: 'De hoogtijdagen van de retorica vallen altijd samen met die van de republiek, de Atheense, de Romeinse, de Franse... Socrates, Cicero, Robespierre... Hun welsprekendheid was natuurlijk steeds anders, verbonden als ze was met verschillende tijdperken, maar altijd werd ze als tapijtwerk op het stramien van de democratie ontplooid.' Mitterrand is geïnteresseerd, gaat ertegenin: 'Omdat onze vriend "Jacques" meende de oorlog in het gesprek te moeten introduceren, kan ik u er wel aan herinneren dat Hitler een groot redenaar was.' En zonder zijn gesprekspartners ook maar een vleugje ironie te gunnen waar ze zich aan vast kunnen klampen, voegt hij eraan toe: 'De Gaulle ook. In zijn soort.'

Desnoods red ik me er wel uit, denkt Barthes als hij vraagt: 'En Giscard?'

Alsof hij er vanaf het begin op heeft gerekend, alsof deze inleidende schermutselingen geen ander doel hebben gehad dan het gesprek precies op dit punt te krijgen, leunt Mitterrand achterover op zijn stoel. 'Giscard is een vakman. Zijn kracht is dat hij exact weet wie hij is, wat hij kan en wat hij niet kan. Hij weet dat hij kortademig is, maar zijn zinnen volgen precies het ritme van zijn adem. Een onderwerp, een werkwoord, een lijdend voorwerp. Een punt, geen komma, anders komen we op onbekend terrein.' Hij laat even een stilte vallen om eindelijk de welwillende glimlachjes op het gezicht van de gasten te zien ontluiken en gaat dan verder: 'Verband tussen twee zinnen is net zomin nodig. Iedere zin staat op zichzelf, even glad en vol als een ei. Eén ei, twee eieren, drie eieren, in serie gelegd, regelmatig als een metronoom.' Aangemoedigd door de voorzichtige kirgeluiden die hij rond de tafel oogst, komt Mitterrand op stoom: 'Een fantastisch apparaat! Ik heb een muziekliefhebber gekend die zijn metronoom genialer vond dan Beethoven... Het is een verrukkelijk schouwspel, natuurlijk. En op de koop toe heel pedagogisch. Iedereen begrijpt dat een ei een ei is, nietwaar?'

Jack Lang wil zich waarmaken als cultureel bemiddelaar en komt tussenbeide: 'De ravages van de tautologie. Dat is precies waar meneer Barthes zich in zijn werk tegen kant.'

Barthes knikt: 'Ja, dat wil zeggen... het bij uitstek verkeerde gebruik ervan, de onnodige vergelijking, A = A, Racine is Racine, dat is de nulgraad van het denken.'

Mitterrand is verheugd dat ze theoretisch elkaars standpunt delen, maar de draad van zijn betoog verliest hij daardoor niet uit het oog: 'Juist, en dat is precies wat Giscard doet. "Polen is Polen, Frankrijk is Frankrijk."' Hij zegt zogenaamd zeurderig: 'En ga daarna het tegendeel maar eens bewijzen! Ik bedoel dat hij de kunst verstaat tot op zeldzame hoogte vanzelfsprekendheden te debiteren.'

Inschikkelijk praat Barthes hem naar de mond: 'Vanzelfsprekendheden kunnen niet bewezen worden. Dat spreekt vanzelf.'

Mitterrand herhaalt triomfantelijk: 'Vanzelf, vanzelfsprekendheden kunnen niet bewezen worden.' Op dat moment klinkt er een stem van de andere kant van de tafel: 'Als ik uw bewijsvoering volg, schijnt het toch vanzelfsprékend te zijn dat de overwinning u niet kan ontgaan. De Fransen zijn immers niet dom. Ze zullen zich geen tweede keer door die huichelaar laten beetnemen.'

Een kalende jongeman met tuitlippen, die wel wat van Giscards lippen weg hebben, heeft het woord genomen en in tegenstelling tot de andere gasten lijkt hij niet van de kleine man onder de indruk te zijn. Mitterrand wendt zich venijnig tot hem: 'O, ik weet best wat u denkt, Laurent! U denkt net als de meesten van onze tijdgenoten dat niemand zich schitterender kan verkopen dan hij.'

Laurent Fabius protesteert laatdunkend: 'Dat heb ik niet gezegd...'

Mitterrand, sikkeneurig: 'Jawel! Jawel! Wat bent u toch een goede tv-kijker! En omdat er veel van zulke goede tv-kijkers zijn, is Giscard zo goed op tv.'

De kalende jongeman vertrekt geen spier en Mitterrand brandt los: 'Ik geef toe dat hij prachtig uitlegt hoe alles buiten hem om gaat. Zijn de prijzen in september gestegen? Sapristi, dat komt door het rundvlees.' (Barthes merkt op dat Mitterrand 'sapristi' zegt.) 'In oktober door de meloen. In november door het gas, de elektriciteit, de spoorwegen en de huren. Hoe wilt u dat de prijzen niet stijgen? Briljant.' Een hatelijke grijns splijt zijn gezicht, zijn stem wordt hees: 'Je kijkt ervan op zo gemakkelijk als je de mysteries van de economie ontsluiert en doordringt in de geheimen van de geldaristocratie onder leiding van die geleerde gids.' Hij schreeuwt nu: 'O ja, het rundvlees! Die ellendige meloen ook! Die verraderlijke huur! Leve Giscard!'

De gasten zijn verstard, maar Fabius steekt een sigaret op en zegt: 'U overdrijft.'

Mitterrands grijns wordt weer poeslief en zonder dat uit te maken valt of hij Fabius antwoordt dan wel de gasten gerust wil stellen, zegt hij op doodnormale toon: 'Natuurlijk, ik schertste. Nou ja, niet voor de volle honderd procent. Maar ik geef me gewonnen: je moet behoorlijk intelligent zijn om anderen ervan te kunnen overtuigen dat regeren bestaat uit nergens verantwoordelijk voor zijn.'

Jack Lang knijpt ertussenuit.

Barthes zegt bij zichzelf dat er tegenover hem een heel fraai exemplaar van de geobsedeerde maniak zit: die man wil de macht, en alle wrok die een al te lange tegenspoed maar bij hem los kon maken, heeft hij op zijn directe tegenstander geprojecteerd. Hij lijkt bij voorbaat uit zijn vel te springen over zijn volgende nederlaag en tegelijk heb je het idee dat hij tot alles in staat is behalve tot zich terugtrekken. Hij gelooft er misschien niet in maar het ligt in zijn aard om te vechten voor de overwinning, en anders heeft het leven hem zo gemaakt. De nederlaag is beslist de beste leerschool. Er welt een lichte melancholie op in Barthes, die om zich een houding te geven ook een sigaret opsteekt. Maar door nederlagen raakt de mens ook in de greep van ernstige ziekteverschijnselen. Barthes vraagt zich af wat de kleine man echt wil. Zijn vastberadenheid staat niet ter discussie, maar is hij niet vastgelopen? 1965, 1974, 1978... Elke keer nederlagen van formaat, waarvoor men hem niet persoonlijk de verantwoordelijkheid aanwreef, zodat hij zich gerechtigd voelde te volharden in zijn wezen, en zijn wezen is de politiek, natuurlijk, maar misschien ook de nederlaag.

De jonge kalende man neemt weer het woord: 'Giscard is een briljant redenaar, dat weet u heel goed. Bovendien is zijn stijl toegesneden op de tv. Je moet tegenwoordig modern zijn.'

Mitterrand neemt een zogenaamd verzoenende houding aan: 'Maar, beste Laurent, daar ben ik al een hele tijd van overtuigd. Ik bewonderde zijn gave de dingen uiteen te zetten al toen hij vanaf het spreekgestoelte in de Nationale Vergadering interpelleerde. Indertijd merkte ik bij mezelf al op dat ik geen betere redenaar had gehoord sinds... Pierre Cot. Ja, een radicaal die minister was tijdens het Volksfront. Maar ik dwaal af. Meneer Fabius is zo jong dat hij het Gemeenschappelijk Programma nauwelijks heeft gekend, laat staan het Volksfront... (Voorzichtig gelach rond de tafel.) Laten we, met permissie, naar Giscard terugkeren, ons model der welsprekendheid! Zijn heldere betoog, de vloeiende spreektrant met zo nu en dan een pauze zodat zijn toehoorders de indruk krijgen dat ze even mogen nadenken, het werkt net als bij de vertraagde sportbeelden op televisie, waarbij u onderuitgezakt in uw stoel hangt, maar toch het idee hebt dat uzelf die heldhaftige lichamelijke inspanning levert, en zelfs de houding van zijn hoofd, Giscard was gewoon voorbestemd voor constante bewoning van onze schermpjes. Naast zijn natuurlijke kwaliteiten heeft hij waarschijnlijk veel werk verzet. Amateurs bestaan vandaag niet meer! Maar hij heeft zijn beloning gekregen. Bij hem hoor je de televisie ademhalen. De overwinning van de ijzeren long.'

De kalende jongeman laat zich nog steeds niet imponeren: 'Aan de meet is hij ongelooflijk efficiënt. De mensen luisteren naar hem en sommigen stemmen zelfs op hem.'

Mitterrand antwoordt peinzend, als het ware tegen zichzelf: 'Ik vraag het me toch af. U had het over de moderne stijl. Ik denk dat die achterhaald is. Er wordt de spot gedreven met de retorica en haar literaire verwijzingen en de vervoeringen van het hart. (Barthes hoort een echo van het debat uit 1974, voor de verliezende kandidaat een nooit geheelde wond.) Terecht, meestal. (O, wat moet het Mitterrand door de ziel snijden om dat toe te geven, hoe hard heeft hij aan zijn zelfbeheersing moeten werken om dit te kunnen zeggen...) De gekunsteldheden van de taal zijn even pijnlijk voor het oor als maquillage voor het oog.'

Fabius wacht, Barthes wacht, iedereen wacht. Mitterrand is eraan gewend dat men wacht en hij neemt de tijd voordat hij verdergaat: 'Maar als je van retorica spreekt... Die van de technocraat raakt al versleten. Gisteren nog waardevol. Nu belachelijk. Wie zei onlangs nog: "Ik heb pijn aan mijn proefbalans"?'

Jack Lang komt terug en vraagt als hij gaat zitten: 'Was dat niet Rocard?'

Mitterrand laat opnieuw iets van zijn ergernis blijken: 'Nee, Giscard.' Hij werpt de jongeman met het krulhaar een dodelijke blik toe, omdat hij zijn effect heeft bedorven en zegt dan alsof er niets aan de hand is: 'Je krijgt de neiging om je lichaam af te tasten. Pijn in mijn hoofd? Pijn in mijn hart? Pijn in mijn rug? Pijn in mijn buik? Die weet je te vinden. Maar de proefbalans? Tussen de zesde en de zevende rib? Een onbekende klier? Een van de botjes van het stuitbeen? Giscard geeft niet thuis.'

De gasten weten niet meer of ze moeten lachen of niet. Bij twijfel maar beter niets doen.

Mitterrand kijkt uit het raam als hij verder praat: 'Hij heeft gezond verstand en als vakman van het nattevingerwerk kent hij de politiek als geen ander, vanbinnen en vanbuiten.'

Barthes begrijpt het compliment in al zijn dubbelzinnigheid: voor iemand als Mitterrand is het overduidelijk een enorme erkenning, maar door een soort schizofrenie die eigen is aan de politiek, heeft in zijn mond de term 'politiek' in al zijn meerduidigheid ook iets denigrerends, zelfs iets beledigends.

Mitterrand wordt nu niet meer onderbroken: 'Maar zijn generatie verdwijnt tegelijk met het economisme. Margot heeft haar tranen gedroogd en begint zich te vervelen.'

Barthes vraagt zich af of Mitterrand soms dronken is.

Fabius lijkt er steeds meer lol in te krijgen en onderbreekt zijn baas: 'Pas maar op, hij leeft nog en hij kan goed mikken. Denk maar aan zijn hatelijke opmerking: "U hebt het monopolie op het hart niet."'

De gasten houden hun adem in.

Tegen elke verwachting in antwoordt Mitterrand bijna bedaard: 'En daar maak ik niet eens aanspraak op! Overigens hebben mijn overpeinzingen betrekking op de man als publiek persoon en ik hoed me er wel voor de privépersoon te beoordelen, die ken ik niet.' Nu hij eenmaal heeft toegegeven wat hij moest toegeven en tegelijk heeft laten zien dat hij weet wat fair play is, mag hij concluderen: 'Maar we hadden het volgens mij over techniek. Die heeft bij hem zo veel plaats ingenomen dat hijzelf niet meer weet waar hij het onvoorziene moet onderbrengen. Het moeilijke moment in ieders leven, dat van hem, dat van u, dat van mij, van elk leven dat ambities heeft, is het moment waarop het teken aan de wand verschijnt en u vertelt dat u zichzelf begint na te doen.'

Als hij deze woorden hoort, grijpt Barthes vlug zijn glas. Hij voelt een zenuwachtige lach opwellen, maar kan zich beheersen door voor zichzelf de mantra op te zeggen: Ieder lacht voor zich.

Metataal, altijd.

DEEL TWEE

Bologna

47

16.16 uur

'Wat een kuthitte.' Simon Herzog en Jacques Bayard lopen door de gekartelde straten van het rode Bologna en zoeken hun toevlucht onder de arcades die door de hele stad geweven lijken, in de hoop een ogenblik te ontsnappen aan de meedogenloze zon waar Noord-Italië die zomer van 1980 weer eens onder gebukt gaat. Op een muur staat met de spuitbus geschreven: *Vogliamo tutto! Prendiamoci la città!* Drie jaar geleden doodden de carabinieri hier een student, wat tot een ware volksopstand leidde, die de minister van Binnenlandse Zaken met tanks had willen bedwingen: Tsjechoslowakije in Italië, en dat anno 1977. Maar vandaag is alles rustig, de pantservoertuigen zijn teruggekeerd naar hun hol, de hele stad lijkt siësta te houden.

'Is dit het? Waar zitten we?'

'Geef de plattegrond eens.'

'Maar die heb jij!'

'Nee, die heb ik teruggegeven!'

In de Via Guerrazzi, midden in de studentenwijk van de oudste universiteitsstad van Europa, gaan Simon Herzog en Jacques Bayard een oud Bolognees paleis binnen, waar de DAMS zetelt, Discipline Arte Musica e Spettacolo. Hier heeft professor Eco elke week zijn halfjaarlijkse college gegeven, menen ze te ontcijferen op een mededelingenbord met onduidelijke opschriften. Maar de professor is er niet, een conciërge legt hun in onberispelijk Frans uit dat de colleges zijn afgelopen ('Ik wist dat het debiel was,' zegt Simon tegen Bayard, 'om in de zomer naar de faculteit te gaan!') maar dat hij naar alle waarschijnlijkheid in het café zit: 'Hij gaat gewoonlijk naar de

Drogheria Calzolari of naar de Osteria del Sole. *Ma*, de Drogheria gaat eerder dicht. Dus het hangt ervan af hoe dorstig *il professore* is.'

De mannen steken het prachtige Piazza Maggiore over met zijn veertiende-eeuwse onvoltooide basiliek, voor de ene helft van wit marmer en voor de andere helft van okergele steen, en zijn Neptunusfontein met rondom vette, obscene sirenen die hun borsten beetpakken en duivelse dolfijnen berijden. In een piepkleine passage vinden ze de Osteria del Sole, al vol met studenten. Op de muur buiten staat: *Lavorare meno – lavorare tutti!* Omdat hij wat van Latijn weet kan Simon ontcijferen: 'Minder werken – allemaal werken.' Bayard denkt: Allemaal nietsnutten, arbeiders ho maar.

Bij de ingang hangt een reusachtige poster met een grote zon, gestileerd als op een alchemistisch uithangbord. Hier kun je goedkope wijn drinken en je eigen eten meenemen. Simon bestelt twee glazen sangiovese terwijl Bayard vraagt of Umberto Eco er is. Iedereen lijkt hem te kennen maar '*Non ora, non qui*', zoals ze zeggen. Vanwege de drukkende hitte besluiten de twee Fransen toch even te blijven, voor het geval Eco opdaagt.

Achter in de L-vormige zaal viert een groep studenten luidruchtig de verjaardag van een meisje dat dankbaar een broodrooster omhooghoudt dat ze van haar vrienden heeft gekregen. Er zijn ook ouderen, maar Simon ziet dat ze allemaal rond de bar bij de ingang samendrommen en hij begrijpt waarom, zo hoeven ze voor een nieuwe bestelling niet zo ver te lopen, want in de zaal wordt niet bediend. Een streng uitziende in het zwart geklede oude vrouw met een onberispelijk grijs knotje heeft achter de tap de touwtjes in handen. Simon vermoedt dat ze de moeder van de caféhouder is, dus hij laat zijn blik zoekend rondgaan en het duurt niet lang of hij heeft hem gevonden: een lange slungel die aan een tafeltje zit te kaarten. Uit zijn gekanker en zijn een beetje overdreven onaangename manier van doen maakt Simon op dat hij hier werkt en uit het feit dat hij nu niet werkt, omdat hij kaartspeelt (een onbekend soort kaarten, merkt Simon op, een soort tarot), dat hij hier de baas is. Zijn moeder roept hem zo nu en dan: 'Luciano! Luciano!' Hij antwoordt met gegrom.

In de hoek van de L kun je naar een binnenplaatsje dat als terras dienstdoet; Simon en Bayard kijken naar paartjes die elkaar voorzichtig aanraken en drie jongeren met foulards die er uitdagend samenzweerderig uitzien. Simon ontdekt ook een paar buitenlanders aan hun kleren, hun gebaren of hun blik, die op een of andere manier verraden dat ze geen Italiaan zijn. Door de gebeurtenissen van de afgelopen maanden is hij een beetje paranoïde geworden en denkt overal Bulgaren te zien.

Toch leent de sfeer zich weinig voor paranoia. De mensen pakken koekjes uit die ze vullen met spek en pesto of ze knabbelen op artisjokken. Natuurlijk rookt iedereen. Simon ziet niet dat de jonge samenzweerders op het binnenplaatsje onder de tafel een pakje doorgeven. Bayard neemt nog een glas wijn. Al snel spreekt een van de studenten achter uit de zaal hen aan om hun een glas prosecco en een stuk appeltaart aan te bieden. Zijn naam is Enzo. Hij is uitzonderlijk rad van tong en ook hij spreekt Frans. Hij nodigt hen uit om bij zijn vrienden te komen zitten, die elkaar vrolijk in de haren vliegen over politieke onderwerpen te oordelen naar de overal opspuitende *fascisti*, *comunisti*, *coalizione*, *combinazione* en andere *corruzione*. Simon vraagt wat het *pietsjíé* betekent dat regelmatig in het gesprek terugkeert. Een kleine brunette met een bleke teint onderbreekt haar betoog om hem in het Frans uit te leggen dat je 'PC' zo in het Italiaans uitspreekt. Ze zegt dat alle partijen corrupt zijn, zelfs de communisten die *notabili* zijn, bereid om mee te lopen met de werkgevers en een verbond aan te gaan met de christendemocraten. Gelukkig hebben de Rode Brigades het *compromesso storico* laten mislukken door Aldo Moro te kidnappen. Zeker, ze hebben hem gedood, maar dat is de schuld van de paus en van die *porco* van een Andreotti die niet wilde onderhandelen.

Luciano, die haar met de Fransen heeft horen praten, onderbreekt haar met grote gebaren: '*Ma, che dici! Le Brigate Rosse sono degli assassini!* Ze hebben hem gedood en in de kofferbak van een *macchina* gegooid, als een *cane*!'

Het meisje draait zich om: '*Il cane sei tu!* Ze zijn in oorlog, ze wilden hem uitwisselen tegen kameraden, politieke gevangenen, ze hebben vijfenvijftig dagen gewacht of de regering met hen wilde praten, bijna twee hele maanden! Andreotti heeft geweigerd, geen enkele gevangene, heeft hij gezegd! Moro heeft hun gesmeekt: vrienden, red me, ik ben onschuldig, jullie moeten *negoziare*! En al die goede vrienden van hem hebben gezegd: hij is zichzelf niet, ze hebben hem gedrogeerd, gedwongen, hij is veranderd! Dit is niet de Aldo die ik heb gekend, zeiden ze, *'sti figli di puttana!*'

En ze doet alsof ze spuugt voordat ze haar glas in één teug leegdrinkt en zich glimlachend naar Simon omdraait, terwijl Luciano teruggaat naar zijn *tarocchino* onder het grommen van een paar stompzinnigheden.

Ze heet Bianca, heeft diepzwarte ogen en hagelwitte tanden, ze is Napolitaanse, ze studeert politicologie, ze wil het liefst journaliste worden, maar niet bij de burgerlijke pers. Simon knikt en glimlacht dom. Hij scoort als hij haar vertelt dat hij op Vincennes zijn proefschrift voorbereidt. Bianca klapt in haar handen: drie jaar geleden werd er hier in Bologna een enorm symposium gehouden met alle grote Franse intellectuelen, Guattari, Sartre en die jongen in zijn witte overhemd, Lévy… Ze had Sartre en Simone de Beauvoir geïnterviewd voor *Lotta continua*. Sartre had gezegd, ze citeert uit haar hoofd, een vinger in de lucht: 'Ik vind het onaanvaardbaar dat er een jonge actievoerder op straat wordt vermoord in een stad die door de communistische partij wordt geregeerd.' En zoals het een partijganger betaamt, had hij verklaard: 'Ik schaar me aan de zijde van die jonge actievoerder.' Het was *magnifico*! Ze weet nog hoe Guattari werd ontvangen als een rockster; het leek wel of John Lennon over straat liep, helemaal te gek. Op een dag deed hij mee aan een demonstratie, hij ziet Bernard-Henri Lévy, dus hij haalt hem uit de stoet, omdat de studenten helemaal opgewonden waren en de filosoof in de *camicia bianca* beslist in elkaar zouden slaan. Bianca schaterlacht en schenkt zich nog wat prosecco in.

Maar Enzo, die met Bayard stond te kletsen, mengt zich in het gesprek: 'De Brigate Rosse? *Ma*, linkse terroristen blijven terroristen, *no*?'

Bianca raakt weer in vuur en vlam: '*Ma che terroristi?* Actievoerders die gewelddadige actie als actiemiddel gebruiken, *ecco*!'

Enzo barst in een bittere lach uit: '*Sì*, en Moro was een *lacchè* van het kapitaal, *io so*. Hij was niets anders dan een *strumento* in een kostuum en een das in de handen van Agnelli en de Amerikanen. *Ma*, achter die stropdas zat een *uomo*. O, als hij die brieven aan zijn vrouw, aan zijn kleinzoon niet had geschreven... hadden we waarschijnlijk alleen het *strumento* gezien en niet de *uomo*. Daarom raakten zijn vrienden in paniek: zij mochten dan wel zeggen dat hij ze onder dwang had geschreven, maar iedereen wist heel goed van niet, die woorden waren niet gedicteerd door een *carceriere* maar die kwamen uit de grond van het hart van een *pover'uomo* die gaat sterven. En jij staat aan de kant van zijn vrienden die hem in de steek hebben gelaten: jij wilt zijn brieven vergeten om te vergeten dat je vrienden van de brigades een *vecchietto* hebben gedood die van zijn kleinzoon hield. *Va bene!*'

Bianca's ogen schitteren. Om een dergelijke uitval te pareren kan ze alleen nog haar toevlucht tot het pathos nemen, met indien mogelijk een vleugje vervoering, maar toch niet te veel, want ze weet dat vervoering in de politiek dreigt te ontaarden in catechisatie en dus zegt ze: 'Zijn kleinzoon komt er wel weer bovenop, hij zal op de beste scholen terechtkomen, zal nooit honger hebben, hij krijgt aanbevelingen om een stage te vinden bij de UNESCO, de NAVO, de VN, in Rome, in Genève, in New York! Ben je wel eens in Napels geweest? Heb je de kinderen gezien die daar in huizen wonen die de staat laat instorten, die mooie staat van Andreotti en je vriend Moro? Hoeveel vrouwen en kinderen zijn door de corrupte politiek van de christendemocraten in de steek gelaten?'

Enzo grijnst en vult Bianca's glas nog eens: 'Kwaad met kwaad bestrijden, *giusto*?'

Op dat moment staat een van de jonge samenzweerders op, gooit zijn servet weg, hij heeft zijn mond en neus met zijn foulard bedekt, hij loopt naar de tafel van de kaartspelers, richt een pistool op de baas van de bar en schiet hem in zijn been.

Luciano zakt reutelend in elkaar.

Bayard is niet gewapend en in het gedrang dat volgt, kan hij de jongeman niet bereiken, die met het rokende wapen in zijn hand de zaak uit loopt, begeleid door zijn twee vrienden.

In een oogwenk is de foulardbende verdwenen.

In de zaak heerst niet echt paniek, ook al is het oudje achter de bar krijsend naar haar zoon gesneld, maar de jongeren en ouderen staan wel uit alle macht tegen iedereen te schreeuwen. Luciano duwt zijn moeder van zich af. Enzo schreeuwt met ironische wrok tegen Bianca: '*Brava, brava! Continua a difenderli i tuoi amici brigatisti? Bisognava punire Luciano, vero? Questo sporco capitalista proprietario di bar. È un vero covo di fascisti, giusto?*' Bianca snelt Luciano te hulp, die op de grond ligt en zegt (in het Italiaans) tegen Enzo dat het zeker geen brigadisten waren en dat er honderden extreemlinkse of extreemrechtse groepjes bestaan die met schoten uit een Walther P38 aan *gambizzazione* doen. Luciano zegt tegen zijn moeder: '*Basta, mamma!*' De arme vrouw jammert van angst. Bianca ziet niet waarom het de Rode Brigades zouden zijn die Luciano hebben aangevallen. Terwijl ze probeert om de bloeding met een doek te stelpen, merkt Enzo op dat alleen het feit al dat ze twijfelt of ze deze aanval aan extreemlinks of extreemrechts moet toeschrijven, duidt op een probleempje. Iemand zegt dat ze de politie moeten roepen, maar Luciano stoot een categorische grom uit: *niente polizia*. Bayard buigt zich over de wond: de kogel is boven de knie ingeslagen, in de dij, en gezien de bloeding is de dijslagader niet geraakt. Bianca antwoordt Enzo in het Frans, zodat Simon begrijpt dat het ook voor hem is bedoeld: 'Jij weet ook wel dat het de strategie van de spanning is. Dat is al zo sinds Piazza Fontana.' Simon vraagt wat dat voor iets is. Enzo legt uit dat in 1969 in Milaan vijftien personen zijn omgekomen bij een bomaanslag in een bank op Piazza Fontana. Bianca voegt eraan toe dat de politie tijdens het onderzoek een anarchistische vakbondsman heeft vermoord door hem uit het raam van het politiebureau te gooien. 'Ze zeiden dat het de anarchisten waren, maar later bleek het extreemrechts te zijn geweest, dat met medeplichtigheid van de staat de bom heeft laten ontploffen om extreemlinks ervan te beschuldigen en de fascistische politiek te rechtvaardigen. Dat is de *strategia della tensione*. Dat duurt nu al tien jaar. Zelfs de paus is medeplichtig.' Enzo bevestigt: 'Dat is waar. Een Pool!' Bayard vraagt: 'En die eh, *gambizzazione*, gebeurt dat vaak?' Bianca denkt na terwijl ze met haar ceintuur een knevelverband improviseert: 'Nee, niet erg vaak. Niet eens een keer per week, zou ik zeggen.'

Omdat Luciano niet op het randje van de dood lijkt te zweven, verspreiden de klanten zich in de duisternis, en Simon en Bayard gaan op weg naar de Drogheria Calzolari, gegidst door Enzo en Bianca, die nog geen zin hebben om naar huis te gaan.

19.42 uur
De twee Fransen lopen als in een droom door de straten van Bologna, de stad is een schimmenspel, steelse gestalten dansen een vreemd ballet volgens een raadselachtige choreografie, studenten duiken op en verdwijnen achter pilaren, verslaafden en prostituees staan onder gewelfde portalen, carabinieri doorkruisen geruisloos de duisternis. Simon kijkt op. Twee mooie middeleeuwse torens rijzen op boven de poort die vroeger de weg naar het Byzantijnse Ravenna ontsloot, maar een van de twee hangt scheef als de toren van Pisa, en is lager dan de andere, dit is de afgeknotte toren, de Torre Mezza, die toen hij nog hoger was en bedreigend, door Dante in de laatste kring van de Hel is geplaatst: 'Zoals de Garisenda-toren lijkt/ Te vallen, als er wolken overkomen,/ Op de beschouwer die naar boven kijkt,/ Zo kon ik nauwelijks mijn angst betomen.' De ster van de Rode Brigades versiert de rode stenen muren. In de verte zijn politiefluitjes en zingende partijgangers te horen. Een bedelaar spreekt Bayard aan om hem een sigaret te vragen en hem te vertellen dat er revolutie moet komen, maar Bayard begrijpt hem niet en loopt stug door, zelfs al lijkt er in zijn ogen nooit een einde te komen aan de aaneenschakeling van arcades, straat na straat. Daedalus en Icarus in het land van het Italiaanse communisme, denkt Simon bij het

zien van de verkiezingsposters waarmee de stenen en de balken vol zijn geplakt. En natuurlijk zijn er onder de spookverschijningen ook katten, de echte bewoners van de stad, zoals overal in Italië.

De winkelruit van de Drogheria Calzolari schittert in de duistere nacht. Binnen zitten docenten en studenten wijn te drinken en antipasti te eten. De baas zegt dat hij gaat sluiten, maar de drukte in de zaak is in tegenspraak met die voorspelling. Enzo en Bianca bestellen een fles *manaresi*.

Een man met een baard vertelt een grap, iedereen lacht, behalve een man met handschoenen en een man met een schoudertas; Enzo vertaalt voor de twee Fransen: 'Een *uomo* gaat 's avonds naar huis, hij is ladderzat maar onderweg komt hij een non tegen, in haar jurk en kap. Dan werpt hij zich op haar en slaat haar in elkaar. En als hij haar eenmaal flink te grazen heeft genomen, trekt hij haar overeind en zegt: "*Ma*, Batman, ik dacht dat je sterker was!"' Enzo lacht, Simon lacht, Bayard aarzelt.

De man met de baard staat te praten met een meisje met een bril en een man die Bayard meteen identificeert als een docent, omdat hij eruitziet als een student, maar ouder is. Als de man met de baard zijn glas leeg heeft, vult hij het uit de fles die op de tapkast staat, maar de lege glazen van het meisje en de docent vult hij niet. Bayard kijkt naar het etiket: Villa Antinori. Hij vraagt aan de ober of het goede wijn is. Het is een witte Toscaanse en niet erg goed, antwoordt de ober in uitstekend Frans. Zijn naam is Stefano en hij studeert politicologie. 'Iedereen hier studeert en doet aan politiek' zegt hij tegen Bayard en hij voegt er een toost aan toe: '*Alla sinistra!*' Bayard klinkt met hem en herhaalt: 'Alla sinistra!' De baas van de bar zegt ongerust: '*Piano col vino, Stefano!*' Stefano lacht en zegt tegen Bayard: 'Let maar niet op hem, het is mijn vader.'

De gehandschoende man eist de vrijlating van Toni Negri en drijft de spot met Gladio, de extreemrechtse kongsi die door de CIA wordt gefinancierd. '*Negri complice delle Brigate Rosse, è altrettanto assurdo che Trotski complice di Stalin!*'

Bianca ergert zich: '*Gli stalinisti stanno a Bologna!*'

Enzo spreekt een meisje aan door te raden wat ze studeert en heeft het meteen bij het rechte eind. (Politicologie.)

Bianca legt Simon uit dat de communistische partij in Italië heel groot is, ze telt vijfhonderdduizend leden en in tegenstelling tot Frankrijk heeft ze zich in 1944 niet overgegeven, vandaar het idioot grote aantal Duitse P38's dat in het land in omloop is. En het rode Bologna is zo'n beetje het visitekaartje van de PCI, met zijn communistische burgemeester, die werkt voor Amendola, vertegenwoordiger van de heersende stroming. 'De rechtervleugel,' zegt Bianca minachtend. 'Die rotstreek van het historisch compromis komt van hem.' Als Bayard ziet hoe Simon aan haar lippen hangt, heft hij zijn glas rode wijn naar hem op: 'En, linkse rakker, leuk hier in Bologna? Zit je hier niet beter dan in je soek in Vincennes?' Bianca herhaalt met glinsterende ogen: 'Vincennes... Deleuze!' Bayard vraagt Stefano, de ober, of hij Umberto Eco kent.

Op dat moment komt er een hippie op sandalen de zaak in en tikt direct de man met de baard op zijn schouder. Die draait zich om, de hippie opent plechtig zijn gulp en pist tegen hem aan. De man met de baard deinst ontsteld achteruit, iedereen begint te schreeuwen, een moment lang heerst er algemene verwarring, de hippie laat zich door de zoons van de baas de zaak uit brengen. Men is druk in de weer rond de man met de baard, die kermt: '*Ma io non parlo mai di politica!*' De hippie sneert voordat hij vertrekt: '*Appunto!*'

Stefano gaat weer achter de toog staan, wijst op de man met de baard en zegt tegen Bayard: 'Dat is Umberto.'

De man met de schoudertas vertrekt en laat de tas tegen de toog liggen, maar gelukkig halen de andere klanten hem terug en overhandigen hem de tas. Verward mompelt hij een merkwaardig excuus, bedankt en verdwijnt in de nacht.

Bayard loopt op de man met de baard af, die zijn broek symbolisch (want de stof is al met pis doordrenkt) afveegt, en haalt zijn pasje tevoorschijn: 'Meneer Eco? Franse politie.' Eco windt zich op: 'Politie? *Ma*, u moet die hippie aanhouden, niet mij!', maar dan besluit hij, gezien het publiek van linkse studenten in de Drogheria, daar niet op door te gaan. Bayard vat de redenen voor zijn aanwezigheid samen: Barthes had een jongeman gevraagd naar hem toe te gaan als er iets verkeerd ging, maar de jongeman is met Eco's naam op zijn lippen gestorven. Eco lijkt oprecht verbaasd. 'Roland kende ik goed, maar we waren geen echte vrienden. Wat een verschrikkelijk verhaal, *ma*, het is toch een ongeluk?'

Bayard begrijpt dat hij nog wat geduld moet oefenen, leegt zijn glas, steekt een sigaret op, ziet de gehandschoende man met zijn armen zwaaien terwijl hij over het *materialismo storico* praat, Enzo werk maken van de jonge studente door met haar haar te spelen, Simon en Bianca op de 'seksuele vrijheid' klinken, en zegt: 'Denkt u eens goed na. Er moet een reden zijn waarom Barthes er uitdrukkelijk om heeft gevraagd om met u contact te leggen.'

Vervolgens hoort hij Eco niet op zijn vraag antwoorden: 'Van Roland heb ik één grote les in de semiotiek onthouden, dat je namelijk op elke willekeurige gebeurtenis in het heelal kunt wijzen en verkondigen dat die iets betekent. Hij zei altijd dat de semioticus als hij op straat wandelt, lucht krijgt van de betekenis van iets wat anderen als gebeurtenis zien. Hij wist dat je iets zegt door de manier waarop je loopt, je kleedt, je glas vasthoudt... U bijvoorbeeld, ik kan u zeggen dat u in de Algerijnse oorlog hebt gevochten en dat...'

'Goed! Dat ken ik wel,' moppert Bayard.

'O? *Bene*. En wat hij tegelijk zo heerlijk vond aan de literatuur, is dat je niet verplicht bent er een betekenis aan te geven, *ma*, dat je speelt met de betekenis. *Capisce?* Dat is zo *geniale*. Daarom vond hij het in Japan ook zo geweldig: een wereld waar hij geen enkele code kende, in feite. Geen enkele mogelijkheid tot valsspelen, want ideologie of politiek tellen niet, alleen esthetiek, en misschien antropologie. En zelfs antropologie misschien niet eens. Het plezier van de zuivere interpretatie, open, ontdaan van elke referentie. Hij zei altijd: "Oké, Umberto, waar het om gaat is de referent om zeep te helpen!" Hahahaha! *Ma attenzione*, dat wil niet zeggen dat de betekenis niet bestaat, *eh*! Alles heeft betekenis. (Hij neemt een grote slok witte wijn.) Alles. Maar dat wil nog niet zeggen dat er een oneindige hoeveelheid interpretaties bestaat. Dat is wat de kabbalisten denken! Er zijn twee stromingen: de kabbalisten die denken dat je de Thora tot in het oneindige alle kanten op kunt interpreteren en steeds nieuwe dingen kunt verzinnen, en Augustinus. Augustinus wist dat de tekst van de Bijbel een *foresta infinita di sensi* is – een *infinita sensuum silva* zoals Hiëronymus zei – maar dat we daar altijd een falsificatieregel op los konden laten om datgene uit te sluiten wat je er vanuit de context niet in kunt lezen, wat er ook voor hermeneutisch geweld op werd losgelaten. Begrijpt u? Het is onmogelijk te zeggen of een bepaalde interpretatie acceptabel is of dat het de beste is, maar het is wel mogelijk te zeggen dat een tekst een bepaalde interpretatie niet toelaat omdat die incompatibel is met haar eigen contextualiteit. En dat betekent dat je toch niet zomaar alles kunt vertellen. *Insomma*, Barthes was aanhanger van Augustinus, en geen kabbalist.'

En terwijl Eco zijn geluidsruimte vult in het geroezemoes van de gesprekken en het gerinkel van de glazen, tussen de flessen die op wijnrekken liggen en de jonge, stevige lijven van de studenten die hun geloof in de toekomst uitzweten, kijkt Bayard naar de gehandschoende man die zijn toehoorders over een onbekend onderwerp staat door te zagen.

En hij vraagt zich af waarom een man handschoenen draagt als het dertig graden is.

De docent tegen wie Eco moppen stond te tappen, komt tussenbeide in accentloos Frans: 'Het probleem, en dat weet je ook wel, Umberto, is dat Barthes geen tekens bestudeerde in de zin die De Saussure aan de term heeft gegeven, maar symbolen, in het beste geval, en meestal alleen maar aanwijzingen. Een aanwijzing interpreteren is niet eigen aan de semiotiek, dat is de roeping van álle wetenschap: natuurkunde, scheikunde, antropologie, aardrijkskunde, economie, taal- en letterkunde... Barthes was geen semioticus, Umberto, hij begreep niet wat semiotiek inhoudt, omdat hij niet begreep wat iets nou specifiek tot een teken maakt: in tegenstelling tot een aanwijzing, die niet meer is dan een toevallig spoor dat door een ontvanger wordt opgemerkt, moet een teken bewust worden uitgezonden door een zender. Barthes was een tamelijk creatieve allrounder, zeker, maar per slot van rekening niet meer dan een ouderwetse criticus, net als Raymond Picard en de anderen die hij bestreed.'

'*Ma no*, daar vergis je je in, Georges. Aanwijzingen interpreteren is niet iets van álle wetenschap, maar het semiotische moment in alle wetenschap en het wezen van de semiotiek zelf. De *Mythologieën* van Roland waren briljante semiotische analyses, want het dagelijks leven wordt onderworpen aan een voortdurend bombardement van mededelingen die niet altijd direct zo zijn bedoeld, maar die zich maar al te vaak vanwege hun ideologische doelgerichtheid zullen voordoen als de zichtbare "natuurlijkheid" van de realiteit.'

'O, meen je dat nou? Ik begrijp niet goed waarom je er zo absoluut aan vasthoudt iets semiotiek te noemen wat per slot van rekening niets anders is dan een algemene kennisleer.'

'*Ma*, dat is het ook. De semiotiek biedt je de instrumenten om je te realiseren dat wetenschap bedrijven in de eerste plaats betekent de wereld in haar totaliteit te leren zien, als een geheel van betekenisdragende feiten.'

'In dat geval kun je net zo goed meteen zeggen dat de semiotiek de moeder is van alle wetenschappen!'

Umberto spreidt zijn handen met de palmen naar boven en glimlacht breed in zijn baard: '*Ecco*!'

Het geluid van flessen die worden ontkurkt: pop, pop, pop, achter elkaar. Simon geeft Bianca hoffelijk een vuurtje voor haar sigaret. Enzo probeert zijn jonge studente te kussen, maar ze ontwijkt hem lachend. Stefano schenkt iedereen nog eens in.

Bayard ziet de gehandschoende man zijn glas neerzetten terwijl het nog vol is en naar buiten lopen. De zaak is ingericht met een gesloten toog zodat de klanten nergens naar achteren kunnen lopen, waar Bayard uit opmaakt dat er geen wc voor de clientèle is. Dus zal de gehandschoende man naar alle waarschijnlijkheid niet hetzelfde willen doen als de hippie en naar buiten gaan om te pissen. Bayard heeft een paar seconden om een besluit te nemen. Hij pakt een theelepeltje dat op de toog is blijven liggen en volgt hem.

De gehandschoende man is niet ver weg gelopen, donkere steegjes genoeg hier in de buurt. Hij staat met zijn gezicht naar de muur zijn blaas te legen als Bayard hem bij zijn haar pakt, hem naar achteren trekt, hem tegen de grond werkt en in zijn gezicht blaft: 'Hou je je handschoenen aan bij het pissen? Je wilt zeker niet dat je handen vuil worden?' De man heeft een normaal postuur, maar hij is te verbaasd om te vechten of zelfs te schreeuwen en rolt alleen maar verschrikt met zijn ogen. Bayard houdt hem in bedwang door hem zijn knie op de borst te zetten en grijpt zijn handen. Hij voelt iets weeks onder het leer van de linkerhand, rukt de handschoen af en ontdekt dat er twee kootjes ontbreken, van de ringvinger en van de pink.

'Zo? Jij houdt zeker ook van houthakken?'

Hij plet het hoofd van de man tegen de vochtige bestrating.

'Waar is de bijeenkomst?'

De gehandschoende man produceert onbegrijpelijke oprispingen, dus Bayard verlicht de druk iets en hij hoort: '*Non lo so! Non lo so!*'

Bayard, misschien aangestoken door de gewelddadige sfeer die in de stad hangt, lijkt niet van zins geduld te betrachten. Hij haalt het lepeltje uit de zak van zijn jasje en duwt het diep onder het oog van de man, die als een verschrikte vogel begint te piepen. Achter hem hoort hij Simon schreeuwend aan komen rennen: 'Jacques! Jacques! Wat je doe nou?' Simon grijpt hem bij zijn schouders, maar hij kan hem niet wegtrekken, Bayard is veel te sterk. 'Jacques! Verdomme! Je bent niet goed bij je hoofd!'

De smeris duwt de lepel in de oogkas.

Hij herhaalt zijn vraag niet.

Profiterend van het verrassingseffect wil hij de ontreddering en de wanhoop meteen op maximale sterkte hebben. Hij streeft naar effectiviteit, net als in Algerije. Minder dan een minuut geleden dacht de gehandschoende man nog een rustige avond door te brengen en nu probeert een uit het niets opgedoken Fransman hem een oog uit te pellen terwijl hij zich onderpist.

Als Bayard merkt dat de verschrikte man bereid is het kleinste uitgangetje te nemen dat hem wordt geboden om zijn oog en zijn leven te redden, is hij eindelijk bereid zijn vraag nader te bepalen.

'De Logos Club, klootzak! Waar zit die?' En de man met de afgehakte vingers stamelt meteen: 'Archiginnasio! Archiginnasio!' Bayard begrijpt het niet: 'Arki wat?' En achter hem hoort hij een stem die niet van Simon is: 'Het Palazzo dell'Archiginnasio, waar de vroegere universiteit zat, achter Piazza Maggiore. Het is gebouwd door Antonio Morandi, bijgenaamd *Il Terribilia, perché...*'

Bayard heeft zonder zich om te draaien de stem van Eco herkend, die vraagt: '*Ma, perché* martelt u die *pover'uomo*?'

Bayard legt uit: 'Er is vanavond hier in Bologna een bijeenkomst van de Logos Club.' De gehandschoende man laat een hees gesis horen.

Simon vraagt: 'Maar hoe weet je dat?'

'Onze dienst heeft die informatie verkregen.'

'"Onze" dienst? De inlichtingendienst bedoel je?'

Simon denkt aan Bianca die in de Drogheria is gebleven en zou graag aan iedereen uitleggen dat hij niet voor de Franse centrale inlichtingendienst werkt, maar hij voelt een identiteitscrisis groeien en om zich de moeite te besparen die onder woorden te brengen, zwijgt hij. Hij begrijpt ook dat ze niet uitsluitend om Eco te ondervragen naar Bologna zijn gekomen. En hij merkt op dat Eco niet vraagt wat de Logos Club is en dus stelt hij zelf de vraag: 'Wat weet u van de Logos Club, meneer Eco?'

Eco streelt zijn baard, schraapt zijn keel, steekt een sigaret op.

'De Atheense stadstaat rustte op drie pijlers: het gymnasium, het theater en de retorische school. Een spoor van die driedeling is tegenwoordig nog terug te vinden in een showbusinessmaatschappij die drie soorten individuen promoveert tot de rang van beroemdheden: sportmensen, acteurs (of zangers, het klassieke theater maakte daarin geen onderscheid) en politici. Van die drie categorieën (zelfs als ze niet altijd waterdicht zijn, zoals we aan Ronald Reagan zien) is de laatste altijd, tot op de dag van vandaag, de sterkste geweest, omdat ze de beheersing met zich meebrengt van het machtigste wapen: de taal.

Vanaf de klassieke oudheid tot in onze tijd is de beheersing van de taal altijd fundamenteel geweest voor de politiek, zelfs in de feodale periode, die de wet van de fysieke kracht en het militaire overwicht leek te sanctioneren. Machiavelli vertelt de heerser dat men niet door kracht maar door angst regeert, en dat is niet hetzelfde: vrees is het gevolg van het spreken over kracht. *Allora*, wie het spreken beheerst, is door zijn vermogen vrees en liefde op te roepen virtueel de meester van de wereld, *eh*!

Op basis van die theoretische veronderstelling en ook om de groeiende invloed van het christendom tegen te houden heeft een ketterse sekte in de derde eeuw na Christus, lang voor Machiavelli, het Logi Consilium opgericht.

Daarna is het Logi Consilium over heel Italië uitgezwermd, vervolgens over Frankrijk, waar het in de achttiende eeuw, tijdens de Revolutie, de naam Logos Club aannam.

Het heeft een piramidestructuur gekregen en zich ontwikkeld tot een geheim en sterk gesegmenteerd genootschap, met aan het hoofd een college van tien leden die zich 'de sofisten' laten noemen, voorgezeten door een Protagoras Magnus, en deze leiders beoefenen hun retorische talenten, die ze in hoofdzaak gebruiken om hun politieke ambities te dienen. Het vermoeden bestaat dat sommige pausen, zoals Clemens VI en Pius II, aan het hoofd van de organisatie hebben gestaan. Er wordt ook verteld dat Shakespeare, Las Casas, Robertus Bellarminus (de inquisiteur die het proces van Galilei in vooronderzoek nam, *sapete*?), La Boétie, Castiglione, Bossuet, de kardinaal van Retz, Christina van Zweden, Casanova, Diderot, Beaumarchais, De Sade, Danton, Talleyrand, Baudelaire, Zola, Raspoetin, Jaurès, Mussolini, Gandhi, Churchill, en Malaparte lid waren van de Logos Club.'

Simon merkt op dat er in deze lijst niet alleen maar politici zitten.

Eco legt uit: 'Er zijn in feite twee grote stromingen binnen de Logos Club: de immanentisten, die in het plezier van het retorische dispuut een doel op zich vinden, en de functionalisten, die de retorica beschouwen als middel om hun doel te bereiken. Het functionalisme wordt dan weer verdeeld in twee onderstromingen: de aanhangers van Machiavelli en die van Cicero. Officieel proberen de eersten eenvoudigweg te overreden en de laatsten echt te overtuigen, en die hebben dan ook meer morele motieven, maar in de praktijk is het onderscheid vaag, omdat voor beiden geldt dat het erom gaat macht te verkrijgen of te behouden, dus...'

Bayard vraagt hem: 'En u?'

Eco: 'Ik? Ik ben Italiaan, *allora...*'

Simon: 'Zoals Machiavelli. Maar ook zoals Cicero.'

Eco lacht: '*Sì, vero*. In ieder geval zou ik denk ik eerder een immanentist zijn.'

Bayard vraagt de gehandschoende man wat het wachtwoord is om binnen te komen. De man is een beetje bijgekomen van zijn angst en roept: '*Ma*, dat is geheim!'

Achter Bayard staan Enzo, Bianca, Stefano en de helft van de klanten van de wijnboer, die nieuwsgierig door de herrie naar buiten zijn gekomen om te zien wat er gebeurt. Ze hebben allemaal naar de korte uiteenzetting van Umberto Eco geluisterd.

Simon vraagt: 'Is het een belangrijke bijeenkomst?'

De gehandschoende man zegt dat het niveau vanavond erg hoog zal zijn, omdat het gerucht gaat dat er een sofist, misschien zelfs de Grote Protagoras in eigen persoon aanwezig zou kunnen zijn. Bayard vraagt Eco om met hen mee te gaan, maar Eco weigert: 'Ik ken die bijeenkomsten wel. Ik zat bij de Logos Club toen ik jong was, weet u! Ik ben zelfs opgeklommen tot tribuun, en u ziet het, zonder een vinger te verliezen.' Hij laat trots zijn handen zien. De gehandschoende man onderdrukt een bittere grijns. 'Maar ik had geen tijd voor mijn onderzoek en dus ben ik gestopt met het bezoeken van de bijeenkomsten. Mijn klassering ben ik al lange tijd kwijt. Ik zou wel benieuwd zijn te zien hoe goed de disputatoren tegenwoordig zijn, *ma*, ik ga morgen terug naar Milaan, met de trein van elf uur en ik moet een lezing afmaken over de *ekphraseis* die zijn gemaakt van de bas-reliëfs uit het quattrocento.'

Bayard kan hem niet dwingen, maar hij zegt op de minst dreigende toon waartoe hij in staat is: 'We moeten u nog een paar vragen stellen, meneer Eco. Over de zevende functie van taal.'

Eco kijkt Bayard aan. Hij kijkt Simon aan, Bianca, de gehandschoende man, Enzo en zijn nieuwe vriendin, zijn Franse collega, Stefano en Stefano's vader, die ook naar buiten is gekomen, en hij laat zijn blik gaan over de kleine menigte klanten die in het straatje opeengepakt staat.

'*Va bene*. U kunt mij morgen om tien uur op het station in de wachtkamer vinden. Die van de tweede klasse.'

Dan gaat hij de zaak weer in om tomaten en blikjes tonijn te kopen en ten slotte verdwijnt hij in het donker met zijn plastic tasje en zijn boekentas.

Simon zegt: 'We zullen wel een vertaler nodig hebben.'

Bayard: 'Dat krijgt gouden handjes wel voor elkaar.'

Simon: 'Hij lijkt niet erg in vorm te zijn. Ik ben bang dat hij niet veel zal presteren.'

Bayard: 'Oké, neem je vriendinnetje dan maar mee.'

Enzo: 'Maar ik wil ook mee!'

De klanten van de Drogheria: 'Wij willen ook mee!'

De gehandschoende man, die nog altijd op de grond ligt, wappert met zijn verminkte hand: '*Ma*, het is een besloten avond, ik kan niet iedereen introduceren.'

Bayard geeft hem een por. 'Nou zeg, dat is ook niet erg communistisch! Vooruit, we gaan.'

En in de warme Bolognese nacht zet zich een groepje in beweging op weg naar de oude universiteit. Vanuit de verte lijkt de stoet een beetje op een film van Fellini, maar het is niet goed te zien of het *La Dolce Vita* is of *La Strada*.

00.07 uur

Voor de ingang van het Archiginnasio staat een kleine menigte te dringen bij een uitsmijter die op alle uitsmijters lijkt, behalve dan dat hij een Gucci-zonnebril draagt, een Prada-horloge, een Versace-kostuum en een Armani-stropdas.

Geflankeerd door Simon en Bayard zegt de gehandschoende man tegen de uitsmijter: '*Siamo qui per il Logos Club. Il codice è fifty cents.*'

Wantrouwig vraagt de uitsmijter: '*Quanti siete?*'

De gehandschoende man draait zich om, telt: '*Eh... Dodici.*'

De uitsmijter onderdrukt een geamuseerde grijns en zegt dat dat niet gaat lukken.

Dan komt Enzo naar voren en zegt: '*Ascolta, amico, alcuni di noi sono venuti da lontano per la riunione di stasera. Alcuni di noi sono venuti dalla Francia, capisci?*'

De uitsmijter vertrekt geen spier. Het argument van de Franse afdeling lijkt hem niet bijzonder te imponeren.

'*Rischi di provocare un incidente diplomatico. Tra di noi ci sono persone di rango elevato.*'

De uitsmijter neemt de groep uit de hoogte op en zegt dat hij alleen maar een troep armoedzaaiers ziet. Hij zegt: 'Basta!'

Enzo houdt aan: '*Sei cattolico?*' De uitsmijter zet zijn bril af. '*Dovresti sapere che l'abito non fa il monaco. Che diresti tu di qualcuno che per ignoranza chiudesse la sua porta al Messia? Come lo giudicheresti?*' Hoe zou hij iemand beoordelen die uit onwetendheid zijn deur sloot voor de Messias?

De uitsmijter trekt een gezicht, Enzo ziet dat hij omgaat, de man wikt en weegt seconden lang, denkt aan het gerucht van het incognito van de Grote Protagoras en ten slotte geeft hij het groepje van twaalf een teken: '*Va bene. Voi dodici, venite.*'

Ze gaan het paleis in en lopen een stenen trap op die met een grote hoeveelheid heraldische wapens is versierd. De gehandschoende man neemt hen mee naar het Anatomisch Theater. Simon vraagt naar het waarom van fifty cents. De gehandschoende man legt hem uit dat de initialen van Logos Club in het Latijn vijftig en honderd betekenen, en zo was het makkelijk te onthouden.

Ze gaan een schitterende zaal binnen, helemaal met hout betimmerd, ontworpen als een cirkelvormig amfitheater en versierd met houten beelden van beroemde anatomen en artsen met in het midden een witmarmeren plaat waarop vroeger de lijken werden opengesneden. Achter in de zaal twee beelden van spierpoppen, ook van hout, die een plateau omhooghouden waarop een vrouw in een jurk van dikke stof troont van wie Bayard aanneemt dat ze een zinnebeeld van de geneeskunst is, maar die net zo goed Vrouwe Justitia kon uitbeelden als haar ogen geblinddoekt waren geweest.

De tribunes zijn al voor een groot deel gevuld, de jury heeft plaatsgenomen onder de spierpoppen, waar ze zal voorzitten, er klinkt geroezemoes in de zaal, terwijl er nog steeds nieuwe toeschouwers binnenkomen. Opgewonden trekt Bianca Simon aan zijn mouw: 'Kijk! Antonioni! Heb je *L'Avventura* gezien? Dat is zo *magnifico*! O, hij is met Monica Vitti! *Che bella!* En daar, zie je die man in de jury, in het midden? Dat is "Bifo", de baas van Radio Alice, een in Bologna razend populaire piratenzender. Zijn uitzendingen hebben drie jaar geleden de burgeroorlog ontketend en hij heeft ons laten kennismaken met Deleuze, Guattari, Foucault. En daar! Dat zijn Paolo Fabbri en Omar Calabrese, twee collega's van Eco, semiotici dus, zij zijn ook heel beroemd. En daar! Verdiglione. Ook een semioticus, maar hij is bovendien psychoanalist. En daar! Dat is Romano Prodi, een oud-minister van Industrie, *dietsjíé* natuurlijk, wat doet die hier? Gelooft hij nog in het historisch compromis, *quel buffone*?'

Bayard zegt tegen Simon: 'En daar, moet je kijken.' Hij wijst op Luciano, die op de tribune met zijn kin op een kruk geleund een sigaret zit te roken, naast zijn oude moeder. En aan het andere eind van de zaal de drie jongeren met hun foulards, die op hem hebben geschoten. Ze doen allemaal of er niets aan de hand is. Het lijkt erop dat de foulardbende niet door de politie lastiggevallen wordt. Rare jongens, die Italianen, zegt Bayard bij zichzelf.

Het is na twaalven. De bijeenkomst begint, er klinkt een stem, Bifo heeft het woord genomen, de man van Radio Alice, die Bologna in 1977 in vuur en vlam heeft gezet, en hij citeert een canzone van Petrarca waarmee Machiavelli *De heerser* beëindigde: '*Vertù contra furore/ prenderà l'arme, et fia 'l combatter corto:/ ché l'antico valore/ ne gli italici cor' non è ancor morto*.'

Moed zal de wapens nemen

Tegen geweld. En 't strijden zal slechts kort zijn.
Want de oude geestkracht is in
De harten van Italië nog niet dood.

In Bianca's ogen schittert een zwarte vlam. De gehandschoende man zet een hoge borst op, zijn vuisten in de zij. Enzo legt zijn arm om het middel van de jonge studente die hij in de Drogheria heeft versierd. Stefano fluit enthousiast. Er lijkt een patriottische hymne door het ronde amfitheater te zweven. Bayard zoekt iemand in de donkere schuilhoeken, maar hij weet niet wie. Tussen het publiek herkent Simon de man met de schoudertas uit de Drogheria niet, omdat hij helemaal in beslag wordt genomen door Bianca's gebronsde huid en haar borst die bonst onder haar decolleté.

Bifo trekt het eerste onderwerp, een zin van Gramsci, die Bianca voor hen vertaalt: 'Een crisis is juist het feit dat het oude sterft en het nieuwe maar niet geboren kan worden.'

Simon denkt na over het citaat. Bayard heeft er lak aan en tuurt door de zaal. Hij kijkt naar Luciano die met zijn kruk naast zijn moeder zit. Hij kijkt naar Antonioni en Monica Vitti. Hij ziet Sollers en BHL niet, die in een hoek verdekt opgesteld zitten. In zijn hoofd formuleert Simon het citaat in termen van een probleem: hoezo 'juist'? Zijn geest gaat syllogistisch te werk: we zitten in een crisis. We zitten vast. De Giscards regeren de wereld. Enzo kust zijn studente op haar mond. Wat te doen?

De twee kandidaten staan aan weerskanten van de snijtafel als in het midden van een arena, op het laagste punt. Staand kunnen ze gemakkelijk rond hun as draaien en zich tot iedereen richten.

Te midden van al het hout in het Anatomisch Theater schittert het marmer van de tafel bovennatuurlijk wit.

Achter Bifo flankeren de waakzame spierpoppen de stoel die normaal gesproken voor de professor is gereserveerd (een echte stoel zoals in een kerk), als wachters bij een onzichtbare deur.

De eerste kandidaat, een jongeman met een Apulisch accent, een openhangend hemd en een riem met een grote zilveren gesp, begint met zijn bewijsvoering.

Als de heersende klasse de goedkeuring heeft verloren, dat wil zeggen als ze niet langer leidend is maar uitsluitend heersend en alleen de macht om te dwingen in handen heeft, betekent dat om precies te zijn dat de grote massa's vervreemd zijn van de traditionele maatschappelijke ideeën en niet meer geloven in waar ze vroeger in geloofden...

Bifo laat zijn ogen door de zaal gaan. Zijn blik blijft even op Bianca rusten.

En juist in een dergelijk interregnum is de tijd gunstig voor het ontluiken van wat Gramsci 'de uiterst gevarieerde abnormale verschijnselen' noemt.

Bayard ziet Bifo naar Bianca kijken. In het halfduister wijst Sollers BHL op Bayard. Vanwege zijn incognito draagt BHL een zwart overhemd.

De jonge disputator spreekt de zaal toe terwijl hij langzaam om zijn as draait. Het is welbekend op welk abnormaal verschijnsel Gramsci zinspeelde. Nietwaar? Het is hetzelfde wat ook tegenwoordig een bedreiging vormt. Hij laat een stilte vallen. Hij schreeuwt: '*Fascismo!*'

Door zijn toehoorders ertoe te verleiden zich het idee voor te stellen voordat hij het woord ook maar uitspreekt, is het alsof hij op dat moment telepathisch de gedachte van zijn luisteraars verwoordt en door die suggestie een soort mentale collectieve eenheid smeedt. Het idee 'fascisme' gaat als een stille golf door de zaal. De jonge disputator heeft op die manier ten minste één (noodzakelijk) doel bereikt: het onderwerp van het debat bepaald. En als hij dan toch bezig is, het meteen maar zo maximaal mogelijk gedramatiseerd: het fascistisch gevaar, de buik is nog steeds vruchtbaar enz.

De man met de schoudertas klemt zijn tas vast op zijn knieën.

Sollers' sigaret in het ivoren sigarettenpijpje licht op in het halfdonker.

Toch is er een verschil tussen Gramsci's tijd en nu. We leven niet meer onder de dreiging van het fascisme. Het heeft zich al in het centrum van de staat genesteld. Daar wriemelt en vegeteert het. Het fascisme is niet meer het rampzalige gevolg van een staat in crisis en een heersende klasse die de controle over de massa heeft verloren. Het is ook geen sanctie meer, maar het geniepige redmiddel en hulpje van een heersende klasse die de opmars van de progressieve krachten in bedwang wil houden. Dit is geen fascisme dat bijval oogst maar een beschaamd fascisme, een schaduwfascisme, een fascisme van malafide politici, niet van soldaten, niet langer een jongerenpartij, maar een fascisme van oude mannen, een fascisme van dubieuze, clandestiene kongsi's, bestaande uit geheim agenten op hun retour, betaald door racistische bazen die willen dat alles verandert met als doel dat er niets verandert, maar die Italië verstikken in een dodelijke greep. Het is de neef die gênante grappen vertelt aan tafel, maar die toch op familiediners wordt uitgenodigd. Het is geen Mussolini meer, maar de loge P2.

Er komt afkeurend gejoel van de tribunes. De jonge Apuliër hoeft alleen nog maar te concluderen: in zijn verkapte vorm kan het fascisme zich niet volledig laten gelden, maar het is voldoende doorgedrongen in alle niveaus van het staatsapparaat om elke verandering ervan te beletten (hij is zo verstandig zijn mening over het historisch compromis voor zich te houden) en op die manier vertegenwoordigt het niet meer de dreiging die boven een eeuwigdurende crisis hangt, maar is het zelf de voorwaarde voor de eindeloze duur ervan. De crisis waarin Italië al sinds jaren vastloopt, kan alleen maar worden opgelost als het fascisme uit de staat wordt weggesnoeid. En daarvoor, zegt hij met gebalde vuist, '*la lotta continua!*'

Applaus.

Zijn tegenstander mag dan Negri's idee verdedigen dat de crisis niet langer een eventueel cyclisch terugkerend conjunctuurmoment is of het product van een slecht functionerend of tempo verliezend systeem maar de noodzakelijke verbrandingsmotor van een veranderend en veelvormig kapitalisme dat wel een eeuwigdurende vlucht naar voren moet nemen om zichzelf te vernieuwen, nieuwe markten aan te boren en werknemers onder druk te houden, en daarbij in het voorbijgaan de verkiezing van Thatcher en de naderende verkiezing van Reagan als symptomen daarvan aanwijzen, hij zal met twee stemmen tegen één verliezen. In de ogen van het publiek hebben beide disputatoren een goede prestatie geleverd en hun rang van dialectici (het vierde van de zeven genoemde niveaus) waargemaakt. Maar de jonge Apuliër heeft op het fascisme in zekere zin een premie behaald.

Zo verloopt ook het volgende dispuut: '*Cattolicesimo e marxismo*'. (Een grote klassieker in Italië.)

De eerste disputator spreekt over Franciscus van Assisi, de bedelordes, *Het evangelie volgens Mattheüs* van Pasolini, priester-arbeiders, de bevrijdingstheologie in Zuid-Amerika, Christus die de handelaren uit de tempel jaagt, en in zijn conclusie maakt hij van Jezus de eerste echte aanhanger van het marxisme-leninisme.

Groot succes in de zaal. Bianca klapt als een razende. De foulardbende steekt een joint op. Stefano ontkurkt een fles die hij voor de zekerheid had meegenomen.

De tweede disputator strooit met opium van het volk, Franco en de burgeroorlog, Pius XII en Hitler, het feit dat het Vaticaan met de maffia heult, de inquisitie, de contrareformatie, de kruistochten als volmaakt voorbeeld van een imperialistische oorlog, de processen tegen Jan Hus, Giordano Bruno en Galilei. Het helpt allemaal niet. De zaal raakt in vuur en vlam, iedereen springt op en begint 'Bella Ciao' te zingen, ook al heeft dat er niets mee te maken. De eerste disputator wint met drie-nul, onder druk van het publiek, maar ik vraag me af of Bifo volkomen overtuigd was. Bianca zingt uit volle borst. Simon kijkt naar het profiel van de zingende Bianca, geboeid door de soepele, bewegende trekken van haar stralende gezicht. (Hij vindt dat ze op Claudia Cardinale lijkt.) Enzo en de studente zingen. Luciano en zijn moeder zingen. Antonioni en Monica Vitti zingen. Sollers zingt. Bayard en BHL proberen de woorden te begrijpen.

In het volgende dispuut staan een jonge vrouw en een oudere man tegenover elkaar; de vraag heeft betrekking op voetbal en de klassenstrijd. Bianca legt Simon uit dat het hele land geschokt is door het schandaal van de 'Totonero', een geval waarin weddenschappen werden vervalst en waar spelers van Juventus, Lazio, Perugia maar ook van de Bolognese ploeg bij waren betrokken.

Ook hier behaalt de jonge vrouw tegen alle verwachting in de overwinning door de gedachte te verdedigen dat de spelers net als iedereen proletariërs zijn en dat de bazen van de club hun arbeidskracht inpikken.

Bianca vertelt Simon dat Paolo Rossi, de jonge spits van de nationale selectie, als gevolg van het 'Totonero'-schandaal drie jaar schorsing heeft gekregen en dus niet mee kan spelen tijdens het wereldkampioenschap in Spanje. Net goed voor hem, zegt Bianca, hij had geweigerd om naar Napels te komen. Simon vraagt waarom. Bianca slaakt een zucht. Napoli is te arm, de club kan zich niet met de besten meten. Geen enkele goede speler komt ooit naar Napels.

Rare jongens, die Italianen, zegt Simon bij zichzelf.

De tijd verstrijkt en het moment van het digitale dispuut nadert. De stilte van de standbeelden, Galenus, Hippocrates, de Italiaanse anatomen, de spierpoppen en de zittende vrouw contrasteert met de drukte onder het publiek. Men rookt, men drinkt, men kletst, men picknickt.

Bifo roept de disputatoren op. Een dialecticus daagt een peripatetica uit.

Een man neemt zijn plaats in bij de snijtafel. Het is Antonioni. Simon kijkt naar Monica Vitti, gehuld in een gazen sjaal bedrukt met fijne motieven, die de grote cineast koestert in een verliefde blik.

En tegenover hem komt stijf en streng, keurig rechtop en met onberispelijk knotje, Luciano's moeder van de tribune af.

Simon en Bayard kijken elkaar aan. Ze kijken naar Enzo en Bianca: die zien er ook een beetje verbaasd uit.

Bifo trekt het onderwerp: '*Gli intellettuali e il potere*'. De intellectuelen en de macht.

De laagste disputator in rang mag beginnen, de dialecticus dus.

Om over het onderwerp te kunnen discussiëren is het aan de eerste disputator om het in termen van een probleem te gieten. In dit geval is de problematiek er eenvoudig uit te lichten: zijn intellectuelen de bondgenoten of de vijanden van de macht? Hij hoeft maar te kiezen. Voor of tegen? Antonioni besluit kritiek te leveren op de kaste waartoe hijzelf en ook de hele zaal behoort. De intellectuelen zijn de medeplichtigen van de macht. *Così sia*.

De intellectuelen zijn ambtenaren in de bovenbouw die meehelpen aan de opbouw van de hegemonie. Dus wederom Gramsci: alle mensen zijn intellectuelen, natuurlijk, maar niet alle mensen bekleden in de samenleving de functie van intellectueel, namelijk het bewerkstelligen van de spontane instemming van de massa. Of het nu om een 'organische' intellectueel gaat of om een 'traditionele', hij maakt altijd deel uit van een 'economisch-corporatieve' samenhang. Organisch of traditioneel, de intellectueel is altijd in dienst van een macht, een huidige, een voorbije of een toekomstige macht.

Wat is volgens Gramsci de redding van de intellectueel? Het zichzelf overstijgen in de Partij. Antonioni barst in hoongelach uit. Maar de PC is zelf al zo corrupt! Hoe zou die tegenwoordig het heil van wie dan ook kunnen bewerkstelligen! *Compromesso storico sto cazzo!* Een compromis is per definitie geschipper.

De subversieve intellectueel? *Ma fammi il piacere!* Uit de film van een ander draagt hij een zin voor: 'Denk aan wat Suetonius deed voor de keizers! U begint met als doel aan te klagen en u eindigt als medeplichtige aan samenspanning.'

Een theatrale groet.

Donderend applaus.

Het oudje neemt het woord.

'*Io so*.'

Ook zij begint voor te dragen, maar zij kiest iets van Pasolini. Het j'accuse van Pasolini, in 1974 gepubliceerd in de *Corriere della sera*, en legendarisch geworden: 'Ik ken de namen van de verantwoordelijken voor het bloedbad in Milaan in 1969. Ik ken de namen van de verantwoordelijken voor de bloedbaden in Brescia en Bologna in 1974. Ik ken de namen van belangrijke personen die met hulp van de CIA, de Griekse kolonels en de maffia een anticommunistische kruistocht zijn begonnen en zichzelf vervolgens een maagdelijk antifascistische façade hebben aangemeten. Ik ken de namen van hen die tussen twee missen door bevelen hebben gegeven en met hun politieke bescherming oude generaals, jonge neofascisten en ook gewone criminelen hebben geholpen. Ik ken de namen van serieuze en belangrijke personen die zich verschuilen achter komische of saaie personages. Ik ken de namen van serieuze en belangrijke personen die zich verschuilen achter tragische jonge mensen die zich als moordenaars en huurmoordenaars hebben aangeboden. Ik ken al die namen en ik ken alle feiten, aanslagen tegen instituties en bloedbaden waar ze zich schuldig aan hebben gemaakt.'

Het oudje gromt en haar beverige stem weerklinkt in het Archiginnasio.

'Ik ken ze. Maar ik heb geen bewijzen. Zelfs geen aanwijzingen. Ik ken ze omdat ik een intellectueel ben, een schrijver die zijn best doet alles te volgen wat er gebeurt, alles te kennen wat erover wordt geschreven, zich alles in te denken wat men niet weet of waarover men zwijgt, die zelfs ver uit elkaar gelegen feiten met elkaar in verband brengt, die losse en onvolledige stukjes van een coherente politieke situatie aan elkaar past en weer samenhang aanbrengt waar willekeur, waanzin en mysterie lijken te heersen.'

Minder dan een jaar na dit artikel was Pasolini vermoord, doodgeslagen aangetroffen op een strand van Ostia.

Gramsci sterft in de gevangenis. Negri wordt op zijn beurt gevangengezet. De wereld verandert omdat intellectuelen en de macht elkaar bestrijden. De macht wint bijna altijd en de intellectuelen betalen met hun leven of hun vrijheid omdat ze zich tegen de macht wilden verzetten en ze bijten in het stof, maar niet altijd en als een intellectueel, al is het postuum, het wint van de macht, verandert de wereld. Een man verdient de naam van intellectueel als hij de stemlozen een stem geeft.

Antonioni, die zijn ongeschonden lichamelijke toestand op het spel zet, laat haar niet tot een conclusie komen. Hij haalt Foucault aan die zegt dat het 'afgelopen moet zijn met de woordvoerders'.

Woordvoerders praten niet voor anderen maar praten in hun plaats.

Maar het oudje haakt er meteen op in en maakt Foucault uit voor iemand *senza coglioni*: heeft hij niet geweigerd zich hier, in Italië, te mengen in de zaak van de vadermoord die het hele land drie jaar geleden had opgeschrikt, terwijl hij net een boek over moedermoordenaar Pierre Rivière had laten verschijnen? Waar dient een intellectueel voor als hij zich niet mengt in zaken die nou juist op zijn terrein als deskundige liggen?

In het halfdonker grinniken Sollers en BHL, hoewel BHL zich afvraagt op welk terrein Sollers deskundig is.

Antonioni brengt ertegen in dat Foucault meer dan wie ook heeft laten zien hoe zelfingenomen het is om die houding aan te nemen, om als intellectueel (en hij citeert Foucault opnieuw) 'onbelangrijke discussietjes een beetje cachet te geven'. Foucault ziet zichzelf als onderzoeker, niet als intellectueel. Hij wijdt zich aan langdurig onderzoek, niet aan ongedurige polemiek. Hij zei: 'Hopen intellectuelen zichzelf door de ideologische strijd niet meer gewicht te geven dan ze in werkelijkheid hebben?'

Het oudje stikt van woede. Ze hamert: Iedere intellectueel werkt tegen de macht zelfs als hij in dienst van de macht is, zolang hij het heuristische studiewerk waarvoor hij is aangewezen en waar zijn roeping moet liggen, correct uitvoert, want zoals Lenin zei (ze draait theatraal om haar as en richt zich tot het hele publiek) is de waarheid altijd revolutionair. '*La verità è sempre rivoluzionaria!*'

Neem Machiavelli. Hij schreef *De heerser* voor Lorenzo de' Medici, dus hij was een rasechte vleier. Maar toch. Het werk dat beschouwd wordt als het toppunt van politiek cynisme, is een onherroepelijk marxistisch manifest: 'Want het doel dat het volk nastreeft, is hoogstaander dan wat de aanzienlijken beogen, aangezien deze laatsten willen onderdrukken en het volk alleen maar niet onderdrukt wil worden,' schrijft hij. In werkelijkheid schrijft hij *De heerser* niet voor de hertog van Florence, het boek is immers overal verspreid. Door *De heerser* te publiceren onthult hij waarheden die verborgen hadden moeten blijven en uitsluitend waren bestemd voor intern gebruik door de machtigen: een subversieve daad, een revolutionaire daad. De geheimen van de heerser levert hij aan het volk. Geheimen van politiek pragmatisme, ontdaan van hun misleidende goddelijke en morele rechtvaardigingen. Beslissende daad in de bevrijding van de mens, zoals elke daad van ontheiliging. Door zijn wil iets te onthullen, uit te leggen, aan het licht te brengen voert de intellectueel oorlog tegen alles wat heilig is. In dat opzicht is hij altijd een bevrijder.

Antonioni kent zijn klassieken en hij gaat ertegenin: Machiavelli had zo weinig notie van het proletariaat dat hij er geen idee van had wat zijn omstandigheden, zijn behoeften en verlangens waren. Daarom schreef hij óók: 'En zolang hij de mensen in het algemeen maar niet in hun bezit of in hun eer aantast, leven ze tevreden.' Vanwege de gouden kooi waarin hij zat, kon hij zich niet voorstellen dat de overweldigende meerderheid van de mensheid absoluut verstoken was (en is) van bezit en eer en er dus niet van kon worden beroofd...

Het oudje zegt dat dit nu juist de schoonheid uitmaakt van de ware intellectueel: hij hoeft niet revolutionair te willen zijn om het toch te zijn. Hij hoeft het volk niet lief te hebben of te kennen om het toch te dienen. Hij is van nature en noodzakelijk een communist.

Antonioni sneert minachtend dat men dat dan maar eens aan Heidegger had moeten uitleggen.

Het oudje zegt dat hij er beter aan deed Malaparte te herlezen.

Antonioni spreekt over het begrip van de *cattivo maestro*, de slechte meester.

Als uit een bijvoeglijk naamwoord duidelijk moet worden dat de maestro slecht is, zegt het oudje, is hij in principe goed.

Men voelt aan dat er deze keer geen ko zal komen en tenslotte fluit Bifo dus om een einde aan het dispuut te maken.

De twee tegenstanders nemen elkaar op, hun gelaatstrekken verhard, hun kaken opeengeklemd, het zweet op hun gezicht, maar het knotje zit nog altijd onberispelijk.

Het publiek is verdeeld en besluiteloos.

Bifo's twee bijzitters stemmen, de een voor Antonioni, de ander voor Luciano's moeder.

Het publiek wacht gespannen op Bifo's besluit. Bianca knijpt in Simons hand. Sollers kwijlt een beetje.

Bifo stemt voor het oudje.

Monica Vitti is bleek geworden.

Sollers glimlacht.

Antonioni heeft geen spier vertrokken.

Hij legt zijn hand op de snijtafel. Een van Bifo's bijzitters staat op, een lange, graatmagere jongen, gewapend met een kleine bijl met een blauw lemmet.

Als de bijl op Antonioni's vinger neerkomt, vermengt het geluid van het afgekapte bot zich met dat van de klap op het marmer en de kreet van de cineast.

Monica Vitti komt zijn hand verbinden met haar gazen sjaal terwijl de bijzitter eerbiedig de pink opraapt om die aan de actrice toe te vertrouwen.

Bifo verkondigt met krachtige stem: '*Onore agli arringatori.*' De zaal herhaalt in koor: Eer aan de disputatoren.

Luciano's moeder gaat weer op haar plaats zitten.

Er verstrijken een paar minuten zoals aan het eind van de film, wanneer de lichten nog niet aan zijn en de terugkeer naar de reële wereld aanvoelt als een traag, futloos ontwaken, terwijl de beelden nog op je netvlies dansen, en voordat de eerste toeschouwers hun stijve benen strekken, opstaan en de zaal verlaten.

Het Anatomisch Theater loopt langzaam leeg, Bifo en zijn bijzitters verzamelen aantekenblaadjes in kartonnen mappen en trekken zich plechtig terug. De bijeenkomst van de Logos Club lost op in de nacht.

Bayard vraagt aan de gehandschoende man of Bifo de Grote Protagoras is. Hij schudt nee als een kind. Bifo is tribuun (niveau zes) maar geen sofist (niveau zeven, het hoogste). De gehandschoende man dacht dat het Antonioni was, van wie werd gezegd dat hij vroeger, in de jaren zestig, sofist was geweest.

Sollers en BHL knijpen er onopvallend tussenuit. Bayard ziet hen niet vertrekken, want in de drukte bij de deur worden ze door de man met de schoudertas aan het oog onttrokken. Hij moet een besluit nemen. Hij besluit toch Antonioni maar te volgen. Hij draait zich om en roept tegen Simon, zodat iedereen het kan horen: 'Morgen om tien uur op het station, en niet te laat, hè!'

03.22 uur
De zaal loopt eindelijk leeg. De mensen van de Drogheria zijn vertrokken. Simon wil als laatste weggaan, voor alle zekerheid. Hij ziet de gehandschoende man weglopen. Hij ziet dat Enzo en de jonge studente samen vertrekken. Tot zijn genoegen ziet hij dat Bianca zich niet heeft verroerd. Hij zou zelfs kunnen veronderstellen dat ze op hem wacht. Ze zijn de laatsten. Ze staan op en lopen langzaam naar de deur. Maar op het moment dat ze de zaal zullen verlaten, staan ze stil. Galenus, Hippocrates en de anderen slaan hen gade. De spierpoppen staan doodstil. Door het verlangen, de drank, de bedwelming van de andere omgeving en de vriendelijkheid die Fransen zo vaak ondervinden als ze in het buitenland reizen, vat de verlegen Simon moed – een heel verlegen moed! – waarvan hij weet dat hij die in Parijs niet zou hebben gehad.

Hij pakt Bianca's hand.

Of was het misschien omgekeerd?

Bianca pakt Simons hand en loopt de trap af naar het podium. Ze draait in de rondte en de beelden defileren voor haar ogen langs als een diavertoning van spoken, als 'beelden-bewegingen'.

Beseft Simon juist op dat moment dat het leven een rollenspel is dat wij zo goed mogelijk moeten zien te spelen of komt de geest van Deleuze opeens over hem in zijn jonge, slanke, soepele lichaam met de gladde huid en de korte nagels?

Hij legt zijn handen op Bianca's schouders en laat de bandjes van haar gedecolleteerde topje naar beneden glijden terwijl hij gedreven door een plotselinge inspiratie in haar oor fluistert, als zei hij het bij zichzelf: 'Ik verlang naar het landschap dat in deze vrouw wordt verhuld, dat ik niet ken, maar waar ik een voorgevoel van heb en zolang ik het niet heb ontrold, zal ik niet tevreden zijn...'

Bianca rilt van blijdschap. Simon mompelt met een gezag dat hij van zichzelf niet kent: 'Laten we een compositie maken.'

Ze schenkt hem haar mond.

Hij legt haar languit achterover op de snijtafel. Ze schuift haar rok omhoog, spreidt haar benen en zegt: 'Neuk me als een machine.' En terwijl haar borsten onder de huid van haar kleding vandaan springen, laat Simon zich langzaam zijn compositie binnenstromen. Zijn tong-machine glijdt in haar als een munt in een gleuf en Bianca's mond, die ook op meer dan één manier gebruikt kan worden, stoot de lucht uit als een blaasmachine, die bijdraagt aan een machtige en ritmische ademhaling, waarvan de echo – '*sì! sì!*' – zijn weerslag heeft in de hartslagen van Simons tamp. Bianca kreunt, Simon krijgt een stijve, Simon likt Bianca, Bianca pakt haar borsten beet, de spierpoppen krijgen een stijve, Galenus trekt zich af onder zijn pij en Hippocrates onder zijn toga. '*Sì! Sì!*' Bianca grijpt Simons pik, die tegelijk warm en hard is alsof hij net uit een hoogoven komt, en koppelt die aan haar mond-machine. Als het ware voor zichzelf declameert Simon met een stalen gezicht Artaud: 'Het lichaam onder de huid is een oververhitte fabriek.' De fabriek Bianca smeert automatisch zijn geslacht-wording. Hun gezamenlijk gekreun weerklinkt in het verlaten Anatomisch Theater.

Niet helemaal verlaten: de gehandschoende man is teruggekomen om de twee jonge mensen te bespieden. Simon ziet hem, ineengedoken in een hoekje op de tribune van het amfitheater. Bianca ziet hem terwijl ze Simon afzuigt. De gehandschoende man ziet in het donker de schittering van Bianca's donkere ogen, die hem gadeslaan terwijl ze Simon pijpt.

Buiten begint de nacht in Bologna eindelijk een beetje af te koelen. Bayard steekt een sigaret op en wacht tot Antonioni zover is dat hij waardig maar wezenloos in beweging komt. In dit stadium van het onderzoek zou hij niet durven zeggen of die Logos Club een verzameling onschadelijke fanatici is of iets gevaarlijkers, wat te maken heeft met de dood van Barthes, met die van de gigolo, met Giscard, met de Bulgaren en de Japanners. Een kerkklok slaat vier. Antonioni begint te lopen, gevolgd door Monica Vitti, en zij weer gevolgd door Bayard. Ze lopen zwijgend door de galerijen voor de chique winkels langs.

Met gewelfde rug ligt Bianca op de snijtafel en fluistert zo hard dat de gehandschoende man het op de tribunes kan verstaan: '*Scopami come una macchina*.' Simon gaat op haar liggen, stopt zijn pik in de ingang van haar vulva, stelt met genoegen vast dat hij de zaadvloeistof produceert wanneer het nodig is en als hij in haar dringt, voelt hij zich alleen nog vloeistof in vrije toestand, die nergens wordt afgebroken en hij glijdt over het volle, gekromde lichaam van de wild bewegende Napolitaanse.

Nadat Antonioni de Via Farini is afgelopen gaat hij voor de basiliek Santo Stefano met de zeven kerken (allemaal gebouwd in die eindeloze middeleeuwen) op een stenen paaltje zitten. Zijn verminkte hand houdt hij in zijn gezonde, zijn hoofd is gebogen, maar Bayard die op enige afstand onder de arcades is blijven staan, begrijpt dat hij huilt. Monica Vitti gaat naar hem toe. Niets lijkt erop te duiden dat Antonioni weet dat ze vlak achter hem staat, maar hij weet het toch, Bayard weet dat hij het weet. Monica Vitti heft haar hand, maar die blijft boven het gebogen hoofd aarzelend, onbeweeglijk in de lucht hangen als de schijn van een aureool, broos en onverdiend. Achter zijn pilaar steekt Bayard een sigaret op. Antonioni snift. Monica Vitti lijkt een droom van steen.

Bianca worstelt steeds harder onder het gewicht van Simons lichaam, dat ze krampachtig vastgrijpt, en ze roept: '*La mia macchina miracolante!*' terwijl Simons pik met de energie van een verbrandingsmotor in haar cilinder stampt. In zijn schuilplaats heeft de gehandschoende man de hallucinatie van een kruising van een locomotief en een wild paard. Het Anatomisch Theater bolt op door hun tweegevecht, een dof en onregelmatig grommen is er het bewijs van dat verlangmachines alleen werken als ze defect zijn, en doordat ze onophoudelijk defect raken. 'Er wordt altijd een beetje productie op het product geënt, en ook de onderdelen van de machine vormen haar brandstof.'

Bayard heeft de tijd gehad nog een sigaret op te steken, en nog een. Monica Vitti neemt eindelijk het besluit haar hand op Antonioni's hoofd te leggen, die nu onbeheerst zit te snikken. Met halfslachtige tederheid streelt ze zijn haar. Antonioni huilt maar door, hij kan niet meer stoppen. Ze richt haar mooie grijze ogen op de nek van de regisseur en Bayard is te ver weg om haar gezichtsuitdrukking te zien. Hij probeert toch door het donker heen te turen maar als hij eindelijk het medelijden dat zijn logische geest meent te mogen veronderstellen, op haar gezicht denkt te kunnen lezen, wendt Monica Vitti haar blik af en slaat haar ogen op naar het massieve gebouw van de basiliek. Misschien is ze met haar gedachten al elders. In de verte hoort Bayard een kat miauwen. Hij vindt dat het tijd is om naar bed te gaan.

Op de snijtafel speelt Bianca nu het ijzeren paard boven op Simon, die op de marmeren plaat ligt, al zijn spieren gespannen om de heupbewegingen van de Italiaanse meer effect te verlenen. 'Er is maar één productie, en dat is die van de realiteit.' Bianca schuift steeds sneller en harder over Simon heen en terug om het punt van ontbranding te bereiken waarop de twee verlangmachines samensmelten in een ontketening van atomen en eindelijk een lichaam zonder organen worden: 'Want verlangmachines vormen de fundamentele categorie van de verlangenseconomie, produceren zelf een lichaam zonder organen waarbij ze geen onderscheid maken tussen productiefactoren en eigen onderdelen...' Deleuzes zinnen bliksemen door Simons hoofd op het moment waarop zijn lichaam verkrampt, Bianca's lichaam te veel toeren maakt, stokt en op hem neerstort, haar zweet in zijn zweet, uitgeput.

Hun lichamen ontspannen zich, ze schokken nog een beetje na.

'Fantasie is nooit die van een individu maar altijd van een groep.'

De gehandschoende man kan er niet toe komen te vertrekken. Ook hij is uitgeput, maar het is een verkeerde vermoeidheid. Zijn fantoomvingers doen pijn.

'De schizofreen staat aan de grens van het kapitalisme: hij is de volledig ontwikkelde tendens ervan, het meerproduct, de proletariër, de doodsengel ervan.'

Terwijl ze een joint rolt, legt Bianca uit hoe de schizo volgens Deleuze in elkaar zit. Buiten horen ze de eerste vogelgeluiden. Hun gesprek duurt tot in de ochtend. 'Nee, de massa's zijn niet bedrogen, ze hebben het fascisme op dat moment, in die omstandigheid gewild...' De gehandschoende man valt ten slotte in slaap tussen de rijen banken op de tribune.

08.42 uur

De twee jonge mensen verlaten hun houten vrienden ten slotte en staan weer buiten op het al warme Piazza Maggiore. Ze lopen rond de Neptunusfontein met zijn demonische dolfijnen en obscene sirenen. Simon is soezerig door de vermoeidheid, de drank, het klaarkomen en de joint. Hij is hier nog geen vierentwintig uur en hij is niet ontevreden over zijn verblijf. Bianca loopt met hem mee naar het station. Ze nemen de Via dell'Independenza, de grote hoofdstraat met zijn slaperige winkels in het centrum van de stad. Honden snuffelen aan vuilnisbakken. Mensen komen de deur uit met koffers in de hand: vandaag begint hun vakantie en iedereen gaat naar het station.

Iedereen gaat naar het station. Het is negen uur. Het is 2 augustus 1980. De mensen die in juli op vakantie waren, komen terug. De augustusgangers maken zich op om te gaan.

Bianca rolt een joint. Simon zegt bij zichzelf dat hij een schoon overhemd moet aantrekken. Hij blijft staan voor een Armani-winkel en vraagt zich af of hij het als onkosten kan opvoeren.

Aan het einde van de lange straat staat de bijzonder massieve Porta Galliera, enerzijds een Byzantijns huis (qua uiterlijk), anderzijds een middeleeuwse boog, waar Simon per se onderdoor wil lopen zonder precies te weten waarom, en omdat het nog geen tijd is voor zijn afspraak op het station, trekt hij Bianca mee naar de stenen trappen die naar een park leiden, waar ze blijven staan voor een vreemde, in de muur van de trap gevatte fontein, waar ze elkaar de joint doorgeven terwijl ze de gebeeldhouwde naakte vrouw bekijken, die in gevecht is met een paard, een octopus en nog wat andere zeewezens die ze niet kunnen thuisbrengen. Simon voelt zich lichtelijk stoned. Hij glimlacht naar het beeld terwijl hij aan Stendhal denkt, wat hem weer op Barthes brengt: 'Praten over waar je van houdt, mislukt altijd...'

Op het station van Bologna krioelt het van de vakantiegangers in korte broek en hun lawaaierige kinderen. Simon laat zich door Bianca naar de wachtkamer gidsen, waar ze Eco al aantreffen en ook Bayard, die zijn koffertje voor hem heeft meegenomen uit het hotel waar ze hun intrek hadden genomen, maar waar hij uiteindelijk niet heeft geslapen. Een kind dat achter zijn jongere broertje aan loopt, botst tegen Simon op, die bijna zijn evenwicht verliest. Hij hoort Eco tegen Bayard zeggen: 'Dat zou neerkomen op de bewering dat Roodkapje niet in staat is zich een universum voor te stellen waarin de Conferentie van Jalta plaatsvond of Carter werd opgevolgd door Reagan.'

Ondanks de blik die Bayard op hem werpt en die hij ontcijfert als een kreet om hulp, durft Simon de grote universiteitsdocent niet te onderbreken, dus kijkt hij om zich heen en denkt in de menigte Enzo en zijn gezin te ontdekken. Eco zegt tegen Bayard: 'Met andere woorden: voor Roodkapje, die een wereld waarin wolven niet spreken voor mogelijk houdt, zou de "actuele" wereld toch haar wereld zijn, waarin wolven wel spreken.' In Simon welt een vaag gevoel van onzekerheid op, dat hij op rekening van de joint schrijft. Hij denkt Stefano te zien die met een jonge vrouw in de richting van de perrons wegloopt. 'De gebeurtenissen die verteld worden in de *Divina Commedia* kunnen gelezen worden als "geloofwaardig" ten opzichte van de middeleeuwse encyclopedie en als legendarisch ten opzichte van de onze.' Simon heeft de indruk dat Eco's woorden in zijn hoofd rondkaatsen. Hij denkt Luciano en zijn moeder te zien, die een grote tas dragen waar de proviand uit puilt. Om zichzelf gerust te stellen kijkt hij of Bianca nog naast hem staat. Hij heeft het visioen van een hoogblonde Duitse toerist met een Tirools hoedje, een groot fototoestel om zijn nek, in een leren korte broek en kniekousen, die achter haar langs loopt. In het geroezemoes van de Italiaanse stemmen dat onder het dak van het station weerklinkt, moet Simon zich concentreren om Eco's Franse zinnen te isoleren: 'Als hij daarentegen een historische roman leest en daarin een koning Roncibaldus van Frankrijk tegenkomt, veroorzaakt de vergelijking van de historische encyclopedie met W_0 een zekere onrust die voorafgaat aan het bijstellen van de coöperatieve aandacht: het is duidelijk dat het hier geen historische roman betreft maar een fantasieroman.'

Op het moment dat Simon eindelijk besluit de twee mannen te gaan begroeten denkt hij de schijn bij de Italiaanse semioticus misschien op te kunnen houden, maar hij ziet dat Bayard onmiddellijk heeft begrepen dat hij, volgens de diagnose die hij net aan de voet van het beeld heeft gesteld, lichtelijk stoned is.

Eco wendt zich tot hem alsof hij het gesprek van meet af aan heeft gevolgd: 'Wat betekent het als we bij het lezen van een roman vinden dat wat daarin gebeurt "echter" is dan wat in het reële leven gebeurt?' Simon zegt bij zichzelf dat Bayard in een roman op zijn lippen zou bijten of zijn schouders op zou halen.

Ten slotte zwijgt Eco en heel even verbreekt niemand de stilte.

Simon denkt te zien dat Bayard op zijn lip bijt.

Hij denkt de gehandschoende man achter zich langs te zien lopen.

'Wat weet u van de zevende functie van taal?' Simon is zo wazig dat hij niet meteen beseft dat het niet Bayard is die de vraag stelt, maar Eco. Bayard kijkt naar hem. Simon realiseert zich dat hij nog steeds Bianca's hand vasthoudt. Eco kijkt naar het meisje met een vagelijk libidineuze blik. (Alles lijkt vaag.) Simon probeert zich te vermannen: 'Er is alle reden om aan te nemen dat Barthes en drie andere personen zijn gedood vanwege een document betreffende de zevende functie van taal.' Simon hoort zijn eigen stem terwijl hij de indruk heeft dat Bayard aan het woord is.

Eco luistert geïnteresseerd naar het verhaal van een verloren gegaan manuscript waarvoor mensen worden gedood. Hij ziet een man met een boeket rozen in de hand langslopen. Hij is even afgeleid, het visioen van een vermoorde monnik flitst door zijn hoofd.

Midden tussen de mensen denkt Simon de man met de schoudertas van de vorige dag te herkennen. Hij gaat in de wachtkamer zitten en legt zijn schoudertas onder zijn stoel. Zo te zien heeft hij hem barstensvol gestopt.

Het is tien uur.

Simon wil Eco niet beledigen door hem eraan te herinneren dat er in Jakobsons theorie maar zes functies van taal bestaan; Eco weet dat maar al te goed, maar volgens hem is het toch niet helemaal juist.

Simon geeft toe dat er in Jakobsons verhandeling wel een aanduiding van de 'magische of bezweringsfunctie' te vinden is, maar hij zegt tegen Eco dat Jakobson die niet serieus genoeg vond om haar in zijn classificatie op te nemen.

Eco beweert niet dat de 'magische' functie strikt genomen bestaat, maar ze zou waarschijnlijk wel te vinden zijn in het verlengde van het oeuvre van Jakobson, als iets wat eraan ontleend is.

Austin, een Engelse filosoof, heeft namelijk een theorie opgesteld over een andere functie van taal, die hij 'performatief' noemde en die kan worden samengevat met de formulering: 'Zeggen is doen.'

Het gaat om de mogelijkheid van bepaalde taaluitingen om wat ze zeggen te verwezenlijken (Eco zegt 'actualiseren'), simpelweg door ze uit te spreken. Als de burgemeester bijvoorbeeld zegt 'ik verklaar dat u beiden door de echt met elkaar bent verbonden' of de hoogste leenheer iemand tot ridder slaat met de woorden 'ik maak je ridder', of de rechter zegt 'ik veroordeel u' en ook als de voorzitter van de vergadering zegt 'ik verklaar de vergadering voor geopend', of heel eenvoudig iemand die tegen een ander zegt 'ik beloof het je', het feit dat die zinnetjes worden uitgesproken, maakt dat er gebeurt wat ze zeggen.

In een bepaald opzicht is dit het principe van de magische formule, de 'magische functie' van Jakobson.

Op de muur geeft een klok 10.02 uur aan.

Bayard laat Simon het gesprek voeren.

Simon kent de theorieën van Austin maar ziet hierin geen aanleiding om mensen te doden.

Eco zegt dat de theorie van Austin zich niet tot die paar gevallen beperkt, maar dat hij haar heeft uitgebreid naar ingewikkelder linguïstische situaties, waarin een taaluiting niet alleen maar iets over de wereld wil beweren maar bedoeld is om een handeling teweeg te brengen, die al dan niet tot stand komt door het eenvoudige feit dat die uiting wordt geformuleerd. Als iemand bijvoorbeeld tegen u zegt 'warm hier', kan dat een eenvoudige constatering met betrekking tot de temperatuur zijn, maar u begrijpt meestal wel dat hij hoopt dat u als gevolg van zijn opmerking het raam openzet. Ook iemand die vraagt 'weet u hoe laat het is?' verwacht als resultaat van zijn vraag niet dat u ja of nee antwoordt, maar wel degelijk dat u hem vertelt hoe laat het is.

Volgens Austin is praten een locutionaire handeling, omdat die erin bestaat iets te zeggen, maar praten kan ook een illocutionaire of perlocutionaire handeling zijn, die de zuivere uitwisseling van woorden overstijgt, omdat het praten ook iets doet in die zin dat het handelingen veroorzaakt. Taal gebruiken kan zich beperken tot iets constateren, maar kan ook, zoals de Engelsen zeggen, leiden tot *performing* (zegt Eco met zijn Italiaanse accent).

Bayard begrijpt totaal niet waar Eco heen wil en Simon ook niet.

De man met de schoudertas is weg, maar Simon denkt de tas onder de stoel te zien liggen. (Zo groot was die toch niet?) Simon zegt bij zichzelf dat hij die tas alweer is vergeten en dat sommige mensen werkelijk bijzonder verstrooid zijn. Hij zoekt hem in de menigte maar ziet hem niet.

De klok op de muur wijst 10.05 uur aan.

'Maar laten we ons nu eens voorstellen,' vervolgt Eco, 'dat de performatieve functie zich niet tot die paar aangehaalde gevallen beperkt. Laten we ons eens een functie van taal voorstellen waarmee we op veel grotere schaal willekeurig wie kunnen overhalen willekeurig wat in willekeurig welke situatie te doen.'

10.06 uur.

'Iemand die een dergelijke functie kent en beheerst, zou virtueel meester over de hele wereld zijn. Zijn macht zou onbegrensd zijn. Hij zou zich bij alle verkiezingen kunnen laten verkiezen, menigtes op de been kunnen brengen, revoluties kunnen ontketenen, alle vrouwen kunnen verleiden, alle soorten denkbare producten kunnen verkopen, rijken kunnen bouwen, de hele wereld kunnen flessen, alles kunnen krijgen wat hij wil in willekeurig welke omstandigheid.'

10.07 uur.

Bayard en Simon beginnen het te begrijpen.

Bianca zegt: 'Hij zou de Grote Protagoras kunnen onttronen en aan het hoofd van de Logos Club komen te staan.'

Eco antwoordt goedig: '*Eh, penso di sì.*'

Simon vraagt: 'Maar aangezien Jakobson niet over die functie van taal heeft gesproken...'

Eco: 'Misschien heeft hij dat toch gedaan, *in fine dei conti*. Misschien bestaat er een onuitgegeven versie van de *Essais de linguistique générale* waarin hij die functie wel uitvoerig beschrijft.'

10.08 uur.

Bayard denkt hardop: 'En Barthes zou dan toevallig in het bezit van dat document zijn gekomen.'

Simon: 'En om dat te stelen zouden ze hem hebben gedood?'

Bayard: 'Niet alleen daarom. Om hem te beletten het te gebruiken.'

Eco: 'Als de zevende functie bestaat en het inderdaad om een soort performatieve of perlocutionaire functie gaat, verliest ze een groot deel van haar macht als ze bij iedereen bekend is. Het feit dat we een manipulatief mechanisme kennen hoeft ons er niet noodzakelijk tegen te beschermen – kijk maar naar de reclame, de communicatie: de meeste mensen weten hoe ze functioneren, welke middelen ze benutten – maar het wordt er toch zwakker door...'

Bayard: 'En degene die haar heeft gestolen, wil haar exclusief voor eigen gebruik hebben.'

Bianca: 'In elk geval is niet Antonioni de dief.'

Simon realiseert zich dat hij naar de zwarte schoudertas staart die vijf minuten geleden onder de stoel is blijven liggen. Hij vindt hem gigantisch, hij heeft de indruk dat hij drie keer zo groot is geworden en wel veertig kilo moet bevatten. Of is hij nog te veel onder invloed?

Eco: 'Als iemand zich de zevende functie exclusief wil toe-eigenen, moet hij er zeker van zijn dat er geen kopieën van bestaan.'

Bayard: 'Er lag een kopie bij Barthes thuis...'

Simon: 'En Hamed was een wandelende kopie, hij had 'm in zijn hoofd.' Hij heeft het gevoel dat de vergulde gesp van de schoudertas hem aankijkt als het oog dat Kaïn in het graf aankeek.

Eco: 'Maar het is evengoed mogelijk dat de dief zelf een kopie heeft gemaakt die hij ergens heeft verborgen.'

Bianca: 'Als het document zo waardevol is, kan hij niet het risico lopen het kwijt te raken...'

Simon: 'En hij moet het risico nemen er een kopie van te maken en die aan iemand toe te vertrouwen...' Hij denkt een krul van rook uit de schoudertas te zien ontsnappen.

Eco: 'Vrienden, ik moet ervandoor! Mijn trein gaat over vijf minuten.'

Bayard kijkt op de klok. Het is 10.12 uur. 'Ik dacht dat uw trein om elf uur ging?'

'Ja, maar ik neem uiteindelijk een trein eerder. Zo ben ik sneller in *Milano*!'

Bayard vraagt: 'Waar kunnen we die Austin vinden?'

Eco: 'Hij is dood. *Ma*, hij heeft een leerling die is blijven werken aan dingen als de performatief, de illocutie, de perlocutie... Het is een Amerikaanse filosoof, een taalspecialist die John Searle heet.'

Bayard: 'En waar kunnen we die John Searle vinden?'

Eco: '*Ma*... in Amerika!'

10.14 uur. De grote semioticus vertrekt om zijn trein te halen.

Bayard bekijkt de vertrektijden.

10.17 uur. De trein van Umberto Eco rijdt het station van Bologna uit. Bayard steekt een sigaret op.

10.18 uur. Bayard zegt tegen Simon dat ze de trein van elf uur naar Milaan zullen nemen, van waaruit ze naar Parijs vliegen. Simon en Bianca nemen afscheid van elkaar. Bayard gaat kaartjes kopen.

10.19 uur. In de menigte in de wachtkamer omhelzen Simon en Bianca elkaar stevig. Het is een lange kus en Simon houdt zoals mannen vaak doen zijn ogen open terwijl hij Bianca omhelst. Een vrouwenstem kondigt de aankomst aan van de trein van Ancona naar Bazel.

10.21 uur. Terwijl hij Bianca kust, krijgt Simon een blonde jonge vrouw in het vizier. Ze staat een meter of tien van hem af. Ze draait zich om en glimlacht naar hem. Hij krijgt een schok.

Het is Anastasia.

Simon zegt bij zichzelf dat het beslist sterke wiet moet zijn geweest en dat hij erg moe is, maar die gestalte, die glimlach, die haren, het is werkelijk Anastasia. De verpleegster van het Salpêtrière hier in Bologna? Voordat de stomverbaasde Simon haar iets kan toeroepen loopt ze weg, het station uit en dus zegt hij tegen Bianca 'wacht hier op me!' en rent achter de verpleegster aan om er het zijne van te weten.

Gelukkig doet Bianca niet wat hij zegt en loopt achter hem aan. Het zal haar leven redden.

10.23 uur. Anastasia is de rotonde voor het station al overgestoken, maar ze staat stil en draait zich nog eens om, alsof ze op hem wacht.

10.24 uur. Bij de uitgang van het station laat Simon zijn blik zoekend rondgaan, hij ontdekt haar op de stoep van de boulevard rond de oude stad en met snelle pas loopt hij dwars door het bloemperk midden op de rotonde. Bianca volgt hem op een paar meter afstand.

10.25 uur. Het station van Bologna explodeert.

10.25 uur

Simon is tegen de grond geworpen. Hij komt met zijn hoofd op het gazon terecht. Het geraas van een aardbeving slaat als opeenvolgende golven over hem heen. Ademloos ligt hij op het gras, overdekt met stof, getroffen door roffelende brokstukken, verdoofd door de herrie van de explosie, verward ervaart hij aan den lijve het instorten van het achter hem ontploffende gebouw als in een droom als je eindeloos valt of als je dronken bent en de aarde onder onze voeten schommelt, en heeft de indruk dat het bloemperk een woest draaiende vliegende schotel is. Wanneer alles rondom hem eindelijk afremt, probeert hij ook te landen. Zijn ogen zoeken Anastasia maar zijn gezichtsveld wordt belemmerd door een reclamebord (reclame voor Fanta) en zijn hoofd kan hij niet bewegen. Intussen begint zijn gehoor weer te functioneren en hoort hij Italiaanse kreten en in de verte de eerste sirenes.

Hij voelt dat iemand hem beetpakt. Anastasia draait hem op zijn rug en onderzoekt hem. Simon ziet hoe haar mooie Slavische gezicht zich tegen de verblindend blauwe lucht van Bologna aftekent. Ze vraagt of hij gewond is, maar hij kan haar niet antwoorden omdat hij er geen idee van heeft en de woorden in zijn keel stokken. Anastasia legt haar handen rond zijn gezicht en zegt (haar accent is op dat moment duidelijk te horen): 'Kijk me aan. Het is niet errrg. Alles komt in orrrde.' Simon slaagt erin overeind te komen.

De hele linkervleugel van het station is verpulverd. Van de wachtkamer is niets meer over dan een hoop stenen en balken. Lang en ongearticuleerd gejammer stijgt op uit de weggeslingerde ingewanden van het gebouw waarvan het dak is afgerukt en het verwrongen skelet zichtbaar is geworden.

Simon ziet Bianca's lichaam voor het bloemperk liggen. Hij kruipt naar haar toe en tilt haar hoofd op. Ze is buiten westen maar ze leeft. Ze kucht. Ze heeft een snee op haar voorhoofd en er loopt bloed over haar gezicht. Ze mompelt: '*Cosa è successo?*' In een reflex, op zo'n moment een teken van leven, graait haar hand in het tasje dat nog steeds van haar schouder op haar met bloed bevlekte rok hangt. Ze haalt er een sigaret uit en vraagt aan Simon: '*Accendimela, per favore.*'

En Bayard? Simon kijkt zoekend rond tussen de gewonden, de onthutste overlevenden, de agenten die in Fiats aan komen rijden en de verplegers die als parachutisten uit de eerste ambulances springen. Maar in die warrige bijenkorf vol hysterische marionetten herkent hij niemand meer.

En dan ziet hij de Franse smeris ineens uit de puinhopen opduiken, Bayard, onder het stof en stevig als altijd, er gaat kracht en een doffe, dogmatische woede van hem uit, op zijn rug draagt hij een bewusteloze jongeman en zijn spookachtige verschijning in deze oorlogsscène maakt indruk op Simon, het doet hem aan Jean Valjean denken.

Bianca mompelt: '*Sono sicura che si tratta di Gladio...*'

Simon ziet iets op de grond liggen, als een dood dier, en beseft dat het een menselijk been is.

'Tussen de verlangmachines en het lichaam zonder organen groeit een duidelijk conflict.'

Simon schudt zijn hoofd. Hij ziet de eerste lichamen die op brancards worden geëvacueerd, levende en dode door elkaar, maar allemaal met neerhangende armen die over de grond slepen.

'Elke machineconnectie, elke machineproductie, elk machinegeluid is voor het lichaam zonder organen onverdraaglijk geworden.'

Hij draait zich om naar Anastasia en eindelijk komt de vraag in hem op die volgens hem veel andere vragen overbodig moet maken: 'Voor wie werk je?'

Anastasia denkt even na en zegt dan op een professionele toon die hij niet van haar kent: 'Niet voor de Bulgaren.'

En ondanks haar beroep van verpleegster knijpt ze ertussenuit zonder het ambulancepersoneel hulp bij het verzorgen van de gewonden aan te bieden. Ze rent naar de boulevard, steekt de weg over en verdwijnt onder de arcades.

Precies op dat moment komt Bayard bij Simon staan, alsof alles nauwgezet is gechoreografeerd, als in een toneelstuk, zegt Simon bij zichzelf, want door de bom, gevoegd bij de joints, is hij niet minder paranoïde geworden.

Bayard laat zijn twee biljetten voor Milaan zien: 'We gaan een auto huren. Ik geloof niet dat er vandaag nog treinen zullen rijden.'

Simon leent Bianca's sigaret en stopt hem tussen zijn lippen. Om hem heen is de chaos compleet. Hij sluit zijn ogen terwijl hij inhaleert. Dat Bianca daar uitgestrekt op het asfalt ligt, doet hem weer denken aan de snijtafel, de spierpoppen, Antonioni's vinger en Deleuze. Er hangt een brandlucht.

'Achter de organen voelt het de weerzinwekkende larven en wormen, het ingrijpen van een God die het verkloot, die alles aan banden legt door het te organiseren.'

DEEL DRIE

Ithaca

48

Althusser is in paniek, hij kan zoeken wat hij wil in zijn papieren, maar het kostbare document dat hem was toevertrouwd en dat hij in een reclame-envelop had gestopt, duidelijk zichtbaar op zijn bureau, kan hij niet vinden. Ook zonder het document te hebben gelezen weet hij dat het van het hoogste belang is om het terug te geven aan de mensen die het hem hebben toevertrouwd, dat het onder zijn verantwoordelijkheid valt en dus doorzoekt hij zenuwachtig zijn prullenmand, keert zijn laden om, haalt de boeken van de rekken en schudt ze een voor een uit, voor hij ze kwaad op de planken vloer gooit. Een duistere woede op zichzelf overvalt hem, waar zich een vleugje achterdocht bij voegt op het moment dat hij besluit te roepen: 'Hélène! Hélène!' Hélène komt ongerust aanrennen. Is er toevallig, weet zij misschien... een open envelop... een reclame... van een bank of een pizzeria... dat weet hij niet meer... Hélène, spontaan: 'O ja, ik weet het al, een of andere reclame, ik heb hem weggegooid.'

Voor Althusser staat de tijd stil. Hij vraagt niet of ze dat nog eens wil zeggen, het heeft geen zin, hij heeft het maar al te goed begrepen. Toch nog een straaltje hoop: 'de vuilnisbak...?' Gisteravond geleegd, de reiniging is vanochtend al geweest. Er loeit een geluidloze jammerklacht in de filosoof, terwijl hij zijn spieren spant, hij kijkt naar zijn vrouw, de oude Hélène die zo veel van hem heeft verdragen, al zo veel jaren, en hij weet dat hij van haar houdt, dat hij haar bewondert, hij heeft medelijden met haar, hij neemt het zichzelf kwalijk, hij weet wat hij haar heeft aangedaan met zijn grillen, zijn ontrouw, zijn onvolwassen gedrag, zijn kinderlijke behoefte om de keus van zijn maîtresses door zijn vrouw te laten goedkeuren, zijn manisch-depressieve aanvallen ('hypomanies' zeggen ze), maar dit is te veel, veel en veel meer dan hij kan tolereren, en hij, de onvolwassen bedrieger, stort zich met de kreet van een beest op zijn vrouw, grijpt haar met beide handen om de nek, sluit ze als een bankschroef en knijpt, Hélène spert verrast haar ogen open maar probeert niet eens zich te verdedigen, ze legt haar handen dan wel op zijn handen maar zonder echt te vechten, misschien weet ze alles welbeschouwd dat het zo moest eindigen of misschien wilde ze wel dat het op een of andere manier zou eindigen en deze manier is net zo goed als elke andere, of anders is Althusser te snel, te gewelddadig, te zeer bezeten door een beestachtige gewelddadigheid, misschien wilde ze toch leven en denkt ze op dat moment terug aan een paar uitspraken van Althusser, de man van wie ze heeft gehouden, 'je laat een concept niet als een hond achter' misschien, maar Althusser wurgt zijn vrouw als een hond, behalve dan dat hij de hond is, wild, egoïstisch, onverantwoordelijk en manisch. Als hij de druk vermindert, is ze dood, een tip van haar tong, 'een arm klein tipje van haar tong', zegt hij later, komt uit haar mond en haar uitpuilende ogen staren naar haar moordenaar of naar het plafond of naar de leegte van het bestaan.

Althusser heeft zijn vrouw gedood, maar er zal geen proces plaatsvinden, want hij was in staat van krankzinnigheid op het moment van de misdaad, zo wordt later geoordeeld. Ja, hij was woedend. Maar waarom had hij dan ook niets tegen zijn vrouw gezegd? Als Althusser 'slachtoffer van zichzelf' is, komt dat omdat hij niet ongehoorzaam is geweest tegenover hen die hem hadden gevraagd te zwijgen. Je had moeten praten, imbeciel, op zijn minst tegen je vrouw. De leugen is een veel te waardevol instrument om hem niet te benutten. Je had op zijn minst tegen je vrouw kunnen zeggen: 'Niet aan die envelop komen, ze is van grote waarde, er zit een document van het hoogste belang in dat X of Y (hier kon hij liegen) me heeft gevraagd te bewaren.' In plaats daarvan is Hélène dood. Althusser wordt gek verklaard en van rechtsvervolging ontslagen. Hij zal een paar jaar opgenomen worden, dan zijn appartement in de

Rue d'Ulm verlaten en in het twintigste arrondissement gaan wonen, waar hij een heel vreemde autobiografie zal schrijven, *De toekomst duurt lang*, en daarin valt de volgende waanzinnige (tussen haakjes geplaatste) zin te lezen: 'Mao had me zelfs een vraaggesprek toegestaan, maar om "Franse politieke" redenen, beging ik de dwaasheid, *de grootste van mijn leven*, er niet naartoe te gaan...' (Cursivering van mij.)

49

'In godsnaam, Italië, dat kan toch helemaal niet!' D'Ornano loopt met grote stappen door het kantoor van de president en heft zijn handen ten hemel. 'Wat is dat voor rotzooi, daar in Bologna? Heeft het enig verband met ons geval? Was het tegen onze mensen gericht?'

Poniatowski snuffelt in de bar. 'Moeilijk te zeggen. Het was misschien toeval. Het kan extreemlinks zijn of extreemrechts. Het kan ook afkomstig zijn van de regering. Met die Italianen weet je het maar nooit.' Hij maakt een flesje tomatensap open.

Achter zijn bureau slaat Giscard het nummer van *L'Express* dat hij doorbladerde, dicht en vouwt zwijgend zijn handen.

D'Ornano (stampvoetend): 'Toeval, m'n reet! Als – en ik zeg duidelijk áls – een groep, welke dan ook, een regering, een instelling, een dienst, een organisatie de middelen én de wil bezit een bom te laten ontploffen waardoor vijfentachtig mensen worden gedood om ons onderzoek in de wielen te rijden, denk ik dat we een probleem hebben. De Amerikanen hebben een probleem. De Engelsen hebben een probleem. De Russen hebben een probleem. Behalve als zij het zijn, natuurlijk.'

Giscard vraagt: 'Is dat niet zo ongeveer iets voor hen, wat denk je, Michel?'

Poniatowski vist selderiezout tevoorschijn. 'Blindelings uitgevoerde slachtpartijen met zo veel mogelijk burgerslachtoffers zijn toch eerder kenmerkend voor extreemrechts, moet ik zeggen. En volgens het rapport van Bayard liep daar trouwens die Russische agente rond, die het leven van de jongen heeft gered.'

D'Ornano (schrikt op): 'Die verpleegster? Dan heeft zij ook de bom gelegd.'

Poniatowski (schroeft een fles wodka open): 'Waarom zou ze zich dan bij het station hebben laten zien?'

D'Ornano (naar Poniatowski wijzend alsof hij persoonlijk verantwoordelijk is): 'Het is uitgezocht en ze heeft nooit bij het Salpêtrière gewerkt.'

Poniatowski (roerend in zijn bloody mary): 'Het staat min of meer vast dat Barthes het document in het ziekenhuis niet meer had. Naar alle waarschijnlijkheid heeft alles zich als volgt afgespeeld: hij komt van de lunch met Mitterrand, laat zich aanrijden door het busje van de wasserij – met aan het stuur de eerste Bulgaar. Een man die door wil gaan voor arts doet alsof hij hem onderzoekt en steelt zijn papieren en zijn sleutels. Het heeft er alle schijn van dat het document tussen zijn papieren zat.'

D'Ornano: 'Maar wat gebeurde er dan in het ziekenhuis?'

Poniatowski: 'Getuigen hebben twee indringers gezien van wie het signalement overeenkomt met de twee Bulgaren die de gigolo hebben vermoord.'

D'Ornano (mentaal inventariserend hoeveel Bulgaren er bij deze zaak betrokken zijn): 'Maar als hij het document niet meer had?'

Poniatowski: 'Ze kwamen waarschijnlijk terug om het werk af te maken.'

D'Ornano, die gauw buiten adem is, stopt met rondjes lopen en begint een hoek van Delacroix' schilderij te bestuderen alsof daar iets zijn aandacht heeft getrokken.

Giscard (pakt de biografie van JFK en begint die te strelen): 'Laten we even aannemen dat onze mannen inderdaad het doelwit waren van de aanslag in Bologna.'

Poniatowksi (voegt nog wat tabasco toe): 'Dat zou het bewijs zijn dat ze op de goede weg waren.'

D'Ornano: 'Hoe bedoel je?'

Poniatowski: 'Als zij inderdaad uit de weg geruimd moesten worden, was het om hun te beletten iets te ontdekken.'

Giscard: 'Die… club?'

Poniatowski: 'Of iets anders.'

D'Ornano: 'Dus we sturen ze naar de USA?'

Giscard (zuchtend): 'Heeft die Amerikaanse filosoof geen telefoon?'

Poniatowski: 'Die jongen zegt dat het een goede gelegenheid zou zijn "om alles zo'n beetje op een rijtje te zetten".'

D'Ornano: 'Hm, ik weet zeker dat dat etterbakje zich die reis denkt te kunnen veroorloven op kosten van de republiek.'

Giscard (perplex, alsof hij iets herkauwt): 'Is het gezien de gegevens waarover we beschikken niet even nuttig om hen naar Sofia te sturen?'

Poniatowski: 'Bayard is een goede smeris, maar tenslotte geen James Bond. We kunnen er misschien beter een team van de Service Action naartoe sturen.'

D'Ornano: 'Om wat te doen? Bulgaren afmaken?'

Giscard: 'Ik houd de minister van Defensie hier liever buiten.'

Poniatowski (wrang): 'En trouwens, we moeten het niet op een diplomatieke crisis met de USSR laten aankomen.'

D'Ornano (die van gespreksonderwerp probeert te veranderen): 'Over crisis gesproken, wat gebeurt er precies in Teheran?'

Giscard (opnieuw bladerend in *L'Express*): 'De sjah is dood, de mollahs dansen.'

Poniatowski (schenkt zich nu pure wodka in): 'Carter is verloren. Khomeini zal de gijzelaars nooit vrijlaten.'

Stilte.

In *L'Express* schrijft Raymond Aron: 'Het is beter wetten te laten sluimeren op het moment dat ze terecht of niet terecht door de zeden en gewoonten zijn afgewezen.' Giscard denkt: Wat een wijsheid.

Voor de koelkast zet Poniatowski een knie op de grond.

D'Ornano: 'Eh, en die filosoof die zijn vrouw heeft vermoord?'

Poniatowski: 'Heb ik lak aan. Een rooie, ze hebben hem in het gesticht gestopt.'

Stilte. Poniatowski drukt ijsblokjes los.

Giscard (op krijgshaftige toon): 'Deze zaak mag niet van invloed zijn op de campagne.'

Poniatowski (die begrijpt dat Giscard is teruggekeerd naar het onderwerp dat hem bezighoudt): 'De Bulgaarse chauffeur en de nepdokter zijn onvindbaar.'

Giscard (met zijn wijsvinger tikkend op de leren onderlegger): 'Ik heb lak aan die chauffeur. Ik heb lak aan die dokter. Ik heb lak aan die… Logos Club. Ik wil het document. Hier op mijn bureau.'

50

Toen Baudrillard vernam dat de metalen structuur van het Centre Georges-Pompidou, in 1977 geopend door Giscard op het Plateau Beaubourg en meteen bijgenaamd 'de raffinaderij' of 'Notre-Dame van de buizen', bij een bezoekersaantal van meer dan dertigduizend het risico liep 'door te buigen', schreef hij blij als een kind, als de deugniet van de *French Theory* die hij nu eenmaal is, een boekje, getiteld *Het Beaubourg Effect – Implosie & ontrading*. 'Als de massa (bezoekers), aangetrokken door de structuur, een vernietigende kracht van die structuur zelf wordt – als de ontwerpers dat hebben gewild (maar laat die hoop maar varen), als ze zo de mogelijkheid hebben voorzien in één klap een eind te maken aan de cultuur en de architectuur – dan is Beaubourg het gewaagdste object en de geslaagdste happening van de eeuw.'

Slimane kent de buurt van de Marais goed en ook de Rue Beaubourg, waar de studenten in de rij staan zodra de bibliotheek open is. Hij weet het omdat hij hen wel eens heeft gezien als hij vermoeid door alle uitspattingen uit een nachttent kwam en zich afvroeg hoe twee parallelle werelden zo dicht tegen elkaar aan kunnen schuren zonder elkaar ooit te raken.

Maar nu staat hijzelf in de rij. Met de walkman op zijn oren staat hij te roken tussen twee studenten, die in een boek verdiept zijn. Voorzichtig probeert hij de titels te lezen. De student voor hem leest een boek van Michel de Certeau, getiteld *L'Invention du quotidien*. De ander, achter hem, leest *Geboren zijn is ongemak* van Cioran.

Slimane luistert naar 'Walking on the moon' van The Police.

De rij vordert heel langzaam. Hij krijgt te horen dat het wel een uur zal duren.

'LAAT BEAUBOURG DOORBUIGEN! Nieuw revolutionair parool. Het is niet nodig het in brand te steken. Het is niet nodig ertegen te protesteren. Ga ernaartoe! Het is de beste manier om het te vernietigen. Het succes van Beaubourg is niet langer een raadsel: dat is de reden waarom de mensen erheen gaan, ze storten zich op het gebouw (dat in zijn broosheid de ramp al aankondigt), met als enig doel het te laten doorbuigen.'

Slimane heeft Baudrillard niet gelezen maar als hij aan de beurt is, duwt hij de tourniquet naar beneden zonder te weten dat hij misschien meedoet aan een mogelijk postsituationistisch programma.

Hij loopt door een soort perszaal waar mensen op een viewer microfilms bekijken en neemt de roltrap naar de leeszaal, die lijkt op een gigantisch naaiatelier, behalve dan dat de werknemers geen hemden uitknippen die ze op naaimachines in elkaar zetten, maar boeken lezen en in schriftjes aantekeningen maken.

Slimane ziet ook jongens die er een klant komen oppikken en zwervers die er komen slapen.

De stilte maar ook het hoge plafond maken indruk op Slimane: deels fabriek, deels kathedraal.

Achter een grote glazen wand zendt een enorm toestel beelden uit van de Sovjettelevisie. Na een paar seconden schakelen de beelden over op een Amerikaanse zender. Kijkers van verschillende leeftijden hangen in rode fauteuils. Het stinkt er een beetje. Slimane verdoet zijn tijd niet op deze plek en begint langs de boekenrekken te lopen.

Baudrillard schrijft: 'Mensen willen alles vastpakken, alles plunderen, alles opslokken, alles bedienen. Kijken, ontcijferen, leren, het trekt hen niet aan. Het enige wat de massa wil, is vastpakken. De organisatoren (en de kunstenaars en de intellectuelen) zijn geschrokken door die oncontroleerbare aanvechting, want ze gaan er altijd van uit dat de massa slechts van het *aanschouwen* van de cultuur kan leren.'

Er zijn overal luchtkokers, binnen, buiten, op het voorplein, aan het plafond. Als Slimane dit avontuur overleeft, zal hij de identiteit van Beaubourg, groot futuristisch passagiersschip, net als iedereen associëren met het beeld van de luchtkoker.

'Ze verwachten nooit die actieve, destructieve fascinatie, die brute, originele reactie op het cadeau van een onbegrijpelijke cultuur, een aantrekkingskracht die in alles lijkt op inbraak en schending van een heiligdom.'

Slimane kijkt zonder enig systeem naar de titels. *Avez-vous lu René Char?* van Georges Mounin. *Racine et Shakespeare* van Stendhal. *La promesse de l'aube* van Romain Gary. *De historische roman* van Georg Lukács. *Onder de vulkaan. Het paradijs verloren. Pantagruel* (deze titel zegt hem iets).

Hij loopt langs Jakobson zonder hem te zien.

Hij botst tegen een snorrenbaard op.

'O, pardon.'

Het is misschien tijd om die Bulgaar een gezicht te geven, zodat hij niet eindigt als zijn partner, een anonieme soldaat gevallen in een geheime oorlog waarvan langzamerhand duidelijk wordt welke kampen er zijn, maar waarvan de uitkomsten nog in het vage blijven.

Laten we zeggen dat hij Nikolaj heet. Zijn echte naam blijft hoe dan ook onbekend. Met zijn ploeggenoot volgde hij het spoor van de onderzoekers dat hen naar de gigolo's heeft geleid. Ze hebben er twee vermoord. Hij weet nog niet of hij deze hier ook zal moeten doden. Vandaag is hij ongewapend. Hij is zonder paraplu gekomen. Het spook van Baudrillard fluistert hem in zijn oor: 'Paniek in slow motion zonder externe motivatie.' Hij vraagt: 'Waarrr bent u naarrr op zoek?' Slimane wantrouwt onbekenden sinds zijn twee vrienden zijn gedood, zet de hakken in het zand en zegt: 'Niets.' Nikolaj glimlacht: 'Het is moeilijk te vinden, net als de rrrest.'

51

We bevinden ons weer in een Parijs ziekenhuis, maar nu kan er niemand de ziekenkamer in, want we zitten in Sainte-Anne, de psychiatrische inrichting, en Althusser heeft kalmerende middelen toegediend gekregen. Régis Debray, Étienne Balibar en Jacques Derrida betrekken de wacht voor de deur en overleggen welke gedragslijn ze moeten volgen om hun oude meester te beschermen. Peyrefitte, minister van Justitie, is zelf ook voormalig student aan de École Normale Supérieure, maar lijkt daardoor niet geneigd tot grootmoedigheid, want in de kranten eist hij het assisenhof al. Aan de andere kant zijn er de ontkenningen, waar de drie mannen geduldig naar moeten luisteren, van de goede dokter Diatkine, de psychiater die Althusser al jaren begeleidde en voor wie het absoluut ondenkbaar is, wat zeg ik, lichamelijk, 'technisch' onmogelijk (ik citeer) dat Althusser zijn vrouw heeft gewurgd.

Foucault komt binnenvallen. Frankrijk zit tussen 1948 en 1980 zo in elkaar dat je als docent aan de ENS onder je studenten en/of collega's Derrida, Foucault, Debray, Balibar en Lacan telt. En BHL natuurlijk.

Foucault vraagt of er nieuws is, ze vertellen dat hij steeds maar bleef herhalen: 'Ik heb Hélène vermoord. Wie zal de volgende zijn?'

Foucault neemt Derrida apart en vraagt of hij heeft gedaan wat hem was gevraagd. Derrida knikt. Debray houdt hen heimelijk in de gaten.

Foucault zegt dat hij zoiets niet zou doen en dat hij trouwens heeft geweigerd toen men het hem vroeg. (Vanwege de universitaire rivaliteit is hij wel verplicht er tussen neus en lippen door op te wijzen dat men het hem vóór Derrida had gevraagd. Wat? Het is nog te vroeg om dit te zeggen. Maar hij heeft geweigerd omdat je een vriend niet bedriegt, zelfs als het gaat om wat wel 'een oude vriend' heet, met alle aversie en slecht verdrongen wrok van dien.)

Derrida zegt dat ze aan de vooruitgang moeten denken. Dat er belangen in het spel waren. Politieke.

Foucault slaat de ogen ten hemel.

BHL komt binnen. Hij wordt beleefd de deur uit gezet. Natuurlijk komt hij door het raam toch binnen.

Ondertussen ligt Althusser te slapen. Zijn oud-leerlingen hopen voor hem dat hij niet droomt.

52

'Tennis gravel visie eurovisie op gras dat is de manier waarop je direct moet terugslaan in de zinnen tweede bal net spineffect shot topspin volley backhand langs de lijnen borg connors vilas mac enroe...'

Sollers en Kristeva zitten aan een tafeltje in de uitspanning van de Jardin du Luxembourg en Kristeva knabbelt zonder veel overtuiging aan een pannenkoekje met suiker, terwijl Sollers onvermoeibaar verder oreert onder het drinken van een cappuccino.

Hij zegt: 'In het geval van Christus is er iets speciaals wat hem zegt dat hij zal terugkeren.'

Of: 'Zoals Baudelaire zei: ik heb er lang over gedaan om onfeilbaar te worden.'

Kristeva staart naar het vel dat in haar kopje aan de oppervlakte drijft.

'Apocalyps in het Hebreeuws is *gala*, dat wil zeggen "ontdekken".'

Kristeva zet zich schrap om de walging die in haar borst opwelt, te onderdrukken.

'Als de God van de Bijbel had gezegd: Ik ben overal, zou dat ook overal bekend zijn...'

Kristeva probeert op zichzelf in te praten. In haar hoofd herhaalt ze de zin: Het teken is niet het ding zelf, maar toch.

Een uitgever uit hun kennissenkring, mank en met een Gitane in zijn mond, is aan de wandel met een klein kind en komt hen begroeten. Hij vraagt Sollers waar hij 'op dit moment' aan werkt en natuurlijk laat Sollers zich dat geen twee keer vragen: 'Een roman vol portretten en personages... honderden aantekeningen gemaakt op dit gebied... Over de oorlog tussen de seksen... er is geen ander boek dat zo informatief, gevarieerd, bijtend en licht is.'

Kristeva is nog steeds gehypnotiseerd door het vliesje melk en onderdrukt een vlaag van onpasselijkheid. Als psychoanaliste stelt ze haar diagnose: ze heeft de neiging zichzelf weer uit te spuwen.

'Een filosofische en zelfs metafysische roman, koel en lyrisch in zijn realisme.'

Kinderlijke regressie naar aanleiding van een traumatische schok. Maar ze is Kristeva: meester van zichzelf. Ze behéérst zich.

Sollers giet zijn woordenstroom uit over de uitgever, die zijn wenkbrauwen fronst om een soort opgewonden aandacht te tonen, terwijl het kind dat hij bij zich heeft, al aan zijn mouw trekt. 'De bijzonder kenmerkende kentering van de tweede helft van de twintigste eeuw zal in haar geheime en concrete vertakkingen worden beschreven. Je kunt er een soort chemisch tableau uit afleiden: de negatieve vrouwelijke lichamen (en waarom) en de positieve lichamen (en hoe).'

Kristeva strekt langzaam haar hand uit naar het kopje. Steekt een vinger door het oortje. Brengt de beige vloeistof naar haar lippen.

'De filosofen zullen er in hun privébeperkingen worden getoond, de vrouwen in hun hysterie en hun berekeningen, maar ook in hun vrije ongemotiveerdheid.'

Kristeva sluit haar ogen op het moment dat ze slikt. Ze hoort haar man Casanova citeren: 'Als het plezier bestaat en we er alleen tijdens ons leven van kunnen genieten, is het leven dus geluk.'

De uitgever staat te huppelen: 'Uitstekend! Heel goed! Goed!'

Het kind zet verbaasde ogen op.

Sollers raakt verhit en gaat nu over op het praesens historicum: 'Hier moeten vromen en schijnheiligen er niets van hebben, de mensenmensen en de sociopaten klagen over oppervlakkigheid, de spektakelindustrie blokkeert of wil absoluut het totaalbeeld vervormen, de Duivel is ontevreden, omdat plezier destructief moet zijn en het leven een en al narigheid.'

De koffie stroomt als een rivier van lauwe lava door Kristeva. Ze vóélt het vel in haar mond, in haar keel.

De uitgever wil een exemplaar bij Sollers bestellen zodra hij het boek af heeft.

Sollers vertelt voor de duizendste keer een anekdote over hem en Francis Ponge. De uitgever luistert beleefd. Ach, die grote schrijvers toch! Altijd bezig hun obsessies te herkauwen, altijd bezig hun stof te kneden…

Kristeva bedenkt dat de fobie niet verdwijnt maar onder de tong glijdt en onder de taal, dat het voorwerp van de fobie een oerdocument is en dat omgekeerd elk beoefenen van de taal, voor zover die wordt geschreven, een taal van de angst is. 'De schrijver: een angsthaas die erin slaagt metaforen te vinden om niet van angst te sterven maar om uit de tekens te herrijzen,' zegt ze tegen zichzelf.

De uitgever vraagt: 'Hebt u nog nieuws van Althusser?' Sollers heeft opeens niets meer te zeggen. 'En dat na Barthes, het is vreselijk. Wat een jaar!' Sollers kijkt de andere kant op voor hij antwoordt: 'Ja, de wereld is gek, wat wilt u? Maar het is het lot van treurige lieden.' Hij ziet niet dat Kristeva's ogen opengaan als twee zwarte gaten. De uitgever vertrekt met het kind, dat kefgeluidjes maakt.

Sollers blijft even zwijgend staan. Kristeva haalt zich de slok koffie voor de geest die in haar maag een soort stilstaande poel vormt. Het gevaar is voorbij, maar het velletje is er nog steeds. Op de bodem van het kopje blijft de walging liggen. Sollers zegt: 'Ik heb talent voor verschillen.' Kristeva leegt het kopje in één teug.

Ze lopen naar de grote vijver waar kinderen spelen met houten bootjes die hun ouders voor een paar frank per uur huren.

Kristeva vraagt of er nieuws van Louis is. Sollers antwoordt dat de waakhonden op wacht staan, maar dat Bernard hem heeft kunnen zien. 'Volkomen wezenloos. Het schijnt dat hij sinds ze hem hebben aangetroffen steeds weer zegt: "Ik heb Hélène vermoord. Wie zal de volgende zijn?" Kun je je dat voorstellen? Wie… zal… de volgende… zijn…? Is het niet bijzonder?' Sollers geniet smakelijk van de anekdote. Kristeva brengt hem weer op praktischer overwegingen. Sollers wil haar geruststellen: gezien de wanorde in het appartement is de kopie, als die niet is vernietigd, onherroepelijk verloren. In het ergste geval verdwijnt ze in een kartonnen doos en vinden de Chinezen haar over tweehonderd jaar zonder te begrijpen waar het om gaat en gebruiken ze haar om hun opiumpijpen mee aan te steken.

'Je vader had ongelijk. Geen kopie de volgende keer.'

'Dat doet er niet toe, en er is geen volgende keer.'

'Er is altijd een volgende keer, eekhoorntje.'

Kristeva denkt aan Barthes. Sollers zegt: 'Ik heb hem beter gekend dan wie dan ook.'

Kristeva antwoordt koel: 'Maar ik heb hem gedood.'

Sollers haalt Empedocles aan: 'Het bloed dat door het hart stroomt, is het denken.' Maar omdat hij het geen twee seconden volhoudt iets niet op zichzelf te betrekken, klemt hij zijn kiezen op elkaar en mompelt: 'Zijn dood zal niet vergeefs zijn geweest. Ik zal zijn wie ik zal zijn.'

Dan gaat hij verder met zijn monoloog alsof er niets aan de hand is: 'Natuurlijk is de boodschap van geen belang meer... ach ach, er mist een kraakje aan dat zaakje, o o... het publiek heeft per definitie geen geheugen, het is maagdelijk, als oerwoud zo maagdelijk... Wij zijn allemaal als vissen in de lucht... Wat maakt het uit dat Guy Debord zich wat mij betreft heeft vergist toen hij me nota bene met Cocteau wilde vergelijken... Wie ben je alles welbeschouwd...?'

Kristeva zucht. Ze trekt hem mee naar de schaakspelers.

Sollers is net een kind, hij heeft een kortetermijngeheugen van drie minuten en verdiept zich in een partij tussen een oude man en een jongeman, allebei uitgedost met een pet met een letterwoord, het logo van een New Yorks honkbalteam. Terwijl de jongeman een aanval inzet met als doel zijn tegenstander het rokeren onmogelijk te maken, fluistert de schrijver in het oor van zijn vrouw: 'Kijk eens naar die ouwe, hij is zo sluw als een vos, hoho. Had je wat? Of moet ik komen? Hèhè.'

Op de nabijgelegen tennisbanen is het tik-tak van tennisballen te horen.

De beurt is nu aan Kristeva om haar man aan zijn mouw te trekken, want het is bijna tijd.

Door een bos van schommels gaan ze op weg naar de poppenkast. Midden tussen de kinderen gaan ze op houten banken zitten.

De man die vlak achter hen komt zitten, is een slechtgeklede snorrenbaard.

Hij trekt aan zijn gekreukelde jasje.

Hij klemt zijn paraplu tussen zijn benen.

Hij steekt een sigaret op.

Hij buigt zich over Kristeva en fluistert iets in haar oor.

Sollers draait zich om en roept vrolijk uit: 'Ha, Sergej!' Kristeva wijst hem bits terecht: 'Hij heet Nikolaj.' Sollers haalt een sigaret uit een koker van blauwe schildpad en vraagt de Bulgaar om een vuurtje. Het kind dat naast hem zit, bekijkt hem nieuwsgierig. Sollers steekt zijn tong naar hem uit. Het gordijn gaat open, Jan Klaassen verschijnt. 'Dag, kinderen!' 'Dag, Jan Klaassen!' Nikolaj legt Kristeva in het Bulgaars uit dat hij de vriend van Hamed heimelijk heeft gevolgd. Hij heeft bij hem thuis gezocht (zonder iets overhoop te halen deze keer) en hij is er heel zeker van, er is geen kopie. Maar er is iets merkwaardigs: sinds kort brengt hij zijn dagen door in de bibliotheek.

Omdat Sollers geen Bulgaars spreekt, volgt hij ondertussen het stuk. Kort samengevat krijgt Jan Klaassen aan de ene kant te maken met een slecht geschoren dief en aan de andere kant met een politieman met net zo'n rollende 'r' als Sergej. De intrige springt van de ene eenvoudige ruzie naar de andere, en ze lopen allemaal uit op verschillende actiescènes met stokslagen. Het gaat erom dat Jan Klaassen de ketting van de Markiezin moet zien terug te krijgen, die door de dief is gestolen. Sollers vermoedt meteen dat de Markiezin die geheel uit eigen beweging heeft weggegeven in ruil voor seksuele gunsten.

Kristeva vraagt welk soort boek Slimane heeft geraadpleegd.

Jan Klaassen vraagt de kinderen of de dief die kant op is gegaan.

Nikolaj zegt dat hij Slimane voornamelijk boeken uit de linguïstiek en de filosofie heeft zien raadplegen, maar dat de gigolo volgens hem niet goed weet wat hij zoekt.

De kinderen antwoorden: 'Jaaaaaaaaaaaa!'

Dat hij iets zoekt is dus nieuw, zegt Kristeva bij zichzelf. Als ze dat tegen Sollers wil zeggen, roept hij: 'Jaaaaaaaa!'

Nikolaj geeft nadere informatie: vooral Engelstalige auteurs. Chomsky, Austin, Searle, en ook een Russische, Jakobson, twee Duitsers, Bühler en Popper, en een Fransman, Benveniste.

De lijst spreekt boekdelen voor Kristeva.

De dief vraagt de kinderen om Jan Klaassen te verraden.

De kinderen roepen: 'Neeee!' Sollers zegt voor de grap: 'Jaaaaa!' maar zijn kreet gaat verloren in het geroep van de kinderen.

Nikolaj zegt verder nog dat Slimane sommige boeken alleen maar heeft doorgebladerd, maar dat hij in het bijzonder Austin heeft gelezen.

Kristeva concludeert eruit dat hij contact zal proberen te leggen met Searle.

De dief komt stilletjes achter Jan Klaassens rug dichterbij, gewapend met een stok. De kinderen willen hem waarschuwen: 'Pas op! Pas op!' Maar elke keer dat Jan Klaassen zich omdraait, duikt de dief weg. Jan Klaassen vraagt de kinderen of de dief in buurt is. Ze proberen hem te waarschuwen, maar hij lijkt wel doof, hij doet alsof hij het niet begrijpt, en daardoor worden ze hysterisch. Ze schreeuwen en Sollers schreeuwt mee: 'Achter je! Achter je!'

Jan Klaassen krijgt een klap van de stok. Angstige stilte in de zaal. Ze denken dat hij is neergeslagen, maar dat is niet zo, hij doet maar alsof. Oef.

Kristeva denkt na.

Door middel van een list slaat Jan Klaassen de dief nu op zijn beurt neer. Hij rost hem af met zijn stok om hem het volle pond te geven. (In de reële wereld overleeft niemand zulke klappen op zijn hoofd, zegt Nikolaj bij zichzelf.)

De politieman arresteert de dief en feliciteert Jan Klaassen.

De kinderen klappen om het hardst. Het is niet erg duidelijk of Jan Klaassen de ketting heeft teruggegeven of hem uiteindelijk zelf heeft gehouden.

Kristeva legt haar hand op de schouder van haar man en schreeuwt in zijn oor: 'Ik moet naar de USA.'

Jan Klaassen neemt afscheid: 'Tot ziens, kinderen!'

De kinderen en Sollers: 'Tot ziens, Jan Klaassen!'

De politieman: 'Tot ziens, kinderrren.'

Sollers draait zich om: 'Dag, Sergej.'

Nikolaj: 'Tot ziens, meneerrr Krrristeva.'

Kristeva tegen Sollers: 'Ik ga naar Ithaca.'

53

Ook Slimane wordt wakker in een bed dat niet het zijne is, maar behalve hij ligt er niemand in, alleen de afdruk van een lichaam, als met krijt op het nog warme laken getekend. Zijn bed is niet meer dan een matras op de grond in een bijna kale, in duister gehulde kamer zonder raam. Door de deur dringen zowel mannenstemmen als klassieke muziek tot hem door. Hij herinnert zich precies waar hij is en hij kent die muziek. (Het is Mahler.) Hij doet de deur open en gaat zonder de moeite te nemen zich aan te kleden de salon in.

Het is een enorme pijpenla met aan één kant een glaswand met uitzicht over Parijs (in de richting van Boulogne-Billancourt en Saint-Cloud), want we zitten op de achtste etage. Aan de salontafel Foucault, gehuld in een zwarte kimono, die de mysteries van de seksualiteit van de olifant uitlegt aan twee jongemannen in onderbroek, van wie er een op drie foto's staat die naast de bank aan de pilaar hangen.

Of om precies te zijn, denkt Slimane te begrijpen, hoe de seksualiteit van de olifant in het Frankrijk van de zeventiende eeuw werd opgevat en becommentarieerd.

De twee jongens roken sigaretten, waarvan Slimane weet dat ze vol opium zitten, want dat is hun methode om de schok van de ontnuchtering te dempen. Merkwaardig genoeg hoeft Foucault er nooit zijn toevlucht toe te nemen, hij kan alle drugs incasseren, en hij kan om negen uur 's ochtends achter zijn schrijfmachine zitten na een hele nacht onder invloed van lsd te hebben doorgebracht. Zij zien eruit alsof het hun meer moeite kost. Toch groeten ze Slimane met een grafstem. Foucault biedt hem koffie aan, maar precies op dat moment horen ze lawaai in de keuken en komt er een derde jongeman tevoorschijn met een bekommerde blik en een stuk plastic in zijn hand. Het is Mathieu Lindon, die net de koffiepot heeft gebroken. De twee anderen kunnen hun teringachtige hoongelach niet inhouden. Foucault biedt goedmoedig thee aan. Slimane gaat zitten en begint een beschuitje te smeren, terwijl de lange kale man in de zwarte kimono zijn uiteenzetting over olifanten voortzet.

Voor Franciscus van Sales, bisschop van Genève in de zeventiende eeuw en schrijver van *Inleiding tot het devote leven*, is de olifant voorbeeldig kuis: trouw en ingetogen kent hij maar één partner, die hij eens in de drie jaar gedurende vijf dagen van dienst is op een verborgen plek, waarna hij zich uitgebreid gaat wassen om zich te reinigen. De mooie Hervé in onderbroek bromt met de sigaret in zijn mond dat hij in de fabel van de olifant de katholieke moraal in al zijn gruwel ontwaart, waarop hij spuwt, althans symbolisch, want hij heeft niet genoeg speeksel en het blijft bij kuchen. Foucault in zijn kimono veert op: 'Precies! En nu is het interessante dat je bij Plinius al dezelfde analyse vindt van de zeden van de olifant. Dus als we naar de ontstaansgeschiedenis kijken van die moraal, zal ik maar zeggen, merken we dat ze waarschijnlijk wortelt in een tijdperk van vóór het christendom, of althans in een tijd waarin het christendom in een nog zeer embryonaal stadium verkeerde.' Foucault lijkt zich te verkneuteren. 'Zie je, men heeft het over hét christendom, alsof hét christendom bestaat... Maar christendom en heidendom zijn geen afgeronde gehelen, geen duidelijk van elkaar te onderscheiden eenheden. Je moet niet denken dat het ondoordringbare blokken zijn die ineens opduiken en even plotseling weer verdwijnen zonder elkaar te beïnvloeden, te doordringen en van gedaante te laten veranderen.'

Mathieu Lindon is met het stuk koffiepot in de hand blijven staan en vraagt: 'Maar, eh, Michel, waar wil je naartoe?'

Foucault toont zijn stralende glimlach: 'In feite kan het heidendom niet als eenheid worden behandeld, maar het christendom nog minder! We moeten onze methodes herzien, snap je?'

Slimane neemt een hap van zijn beschuitje en zegt: 'Zeg, Michel, dat symposium van jou in Cornell, ga je daar nog steeds heen? Waar ligt dat gat precies?'

Foucault is altijd verrukt als hij wat voor vraag dan ook mag beantwoorden en zonder zich erover te verbazen dat Slimane belangstelling heeft voor zijn symposia, zegt hij dat Cornell een grote Amerikaanse universiteit is, gelegen in het noorden van de Verenigde Staten in een stadje genaamd Ithaca, net als Ithaca, het eiland van Odysseus. Hij weet niet waarom hij de uitnodiging heeft aangenomen, omdat het een symposium is over taal, de *linguistic turn*, zoals ze daar zeggen, terwijl hij daar al lang niet meer aan werkt (*De woorden en de dingen* stamt uit 1966), maar hij heeft nu eenmaal ja gezegd en hij breekt niet graag zijn belofte en dus gaat hij. (Eigenlijk weet hij het heel goed, hij is dol op de Verenigde Staten.)

Als Slimane zijn beschuitje opheeft, neemt hij een slok hete thee, steekt een sigaret op, schraapt zijn keel en vraagt: 'Denk je dat ik met je mee kan?'

54

'Nee, schat, je kunt niet met me mee. Het is een symposium alleen voor universiteitsdocenten en je hebt er een hekel aan om meneer Kristeva genoemd te worden.'

Sollers' glimlach verhult nauwelijks zijn narcistische gekrenktheid, die, zo valt te vrezen, nooit zal verdwijnen.

Zie je het voor je, Montaigne, Pascal of Voltaire die een proefschrift verdedigt?

Waarom blijven die Amerikaanse idioten hem koppig negeren, hij de reus tussen de reuzen, die in 2043 nog wordt gelezen, wat zeg ik, herlezen?

Zie het voor je, Chateaubriand, Stendhal, Balzac, Hugo? Zou het op een dag zover komen dat je toestemming moet vragen om te denken?

Het allergrappigste is dat ze Derrida uitnodigen, uiteraard. Maar weten jullie wel, beste yanks, dat jullie idool, dat jullie zo vereren omdat hij 'differantie' schrijft, met een a (de wereld valt uit elkaar, de wereld lost op), zijn meesterwerk, *La Dissémination* (de wereld dissemineert), heeft geschreven als hulde aan mijn *Nombres*, waarvan niemand, van New York tot Californië, het nodig vond om het te vertalen! Werkelijk, om je dood te lachen!

Sollers trommelt op zijn buik van het lachen. Hohoho! Zonder hem geen Derrida! Ach, als de wereld eens wist… Ach, als ze in de USA eens wisten…

Kristeva luistert geduldig naar de uiteenzetting, die ze al kent.

'Zie je het voor je, Flaubert, Baudelaire, Lautréamont, Rimbaud, Mallarmé, Claudel, Proust, Breton, Artaud die een próéfschrift aan het verdedigen zijn?' Hij onderbreekt zichzelf opeens en doet alsof hij nadenkt, maar Kristeva weet van tevoren wat hij eraan zal toevoegen: 'Natuurlijk is er het proefschrift van Céline, maar dat gaat over geneeskunde, in literair opzicht overigens schitterend.' (Onderhuidse tekst: hij heeft Célines proefschrift over geneeskunde gelezen. Hoeveel universiteitsdocenten kunnen dat zeggen?)

Dan gaat hij tegen zijn vrouw aan zitten, steekt zijn hoofd onder haar arm en zegt koerend: 'Maar waarom wil jij er eigenlijk naartoe, eekhoorntje van me?'

'Dat weet je best. Omdat Searle er zal zijn.'

'En ook al die anderen!' Sollers ontploft.

Kristeva steekt een sigaret op, ze bekijkt aandachtig het geborduurde motief van het kussen waar ze op leunt, een reproductie van de eenhoorn afkomstig van een van de wandtapijten van Cluny, die ze vroeger samen met Sollers op de luchthaven van Singapore heeft gekocht. Ze heeft haar benen onder zich gevouwen, haar haar zit in een paardenstaart, ze streelt de groene plant naast de bank en zegt met zachte stem maar overdreven articulerend, met haar heel lichte accent: 'Ja... de anderrren.'

Om zijn zenuwen in te dammen zegt Sollers zijn persoonlijke rozenkransje op: 'Foucault: te geagiteerd, jaloers, heftig. Deleuze? Te wrang. Althusser? Te ziek (haha!). Derrida? Te achterbaks in zijn opeenvolgende omtrekkende bewegingen (haha). Verfoeit Lacan. Vindt dat er niets op tegen is dat de communisten de veiligheid in Vincennes garanderen. (Vincennes: plaats om toezicht te houden op fanatici.)'

De waarheid, en Kristeva weet het, is dat Sollers bang is uiteindelijk niet in de Pléiade te worden uitgegeven.

Voorlopig slooft het onbegrepen genie zich uit met het door het slijk halen van de Amerikanen met hun '*gay and lesbian studies*', hun totalitaire feminisme, hun fascinatie voor de 'deconstructie' of het 'object kleine a'... terwijl het zonneklaar is dat de naam Molière hun helemaal niets zegt!

En dan die vrouwen!

'Amerikaanse vrouwen? Met het merendeel kun je je niet vertonen: geld, klachten, familieroman, lijdend onder een pseudopsychose. Gelukkig wonen er in New York Latijns-Amerikaanse, Chinese en zelfs een groot aantal Europese vrouwen.' Maar in Cornell! Puh. Pfah, zou Shakespeare zeggen.

Kristeva drinkt jasmijnthee terwijl ze een Engels tijdschrift over psychoanalyse doorbladert.

Sollers loopt rond de grote salontafel, witheet van woede, zijn schouders opgetrokken als een stier: 'Foucault, Foucault, dat is het enige wat ze in hun hoofd hebben.'

Dan komt hij opeens overeind als een sprinter die zijn bovenlijf naar voren werpt en vervolgens wint: 'Wat kan het mij verdomme ook schelen? Het is altijd hetzelfde liedje: je moet reizen, lezingen houden, het Amerikaanse Engels spreken van de gekoloniseerde, deelnemen aan stomvervelende symposia, "samen zijn", over alles uitweiden, menselijk doen.'

Kristeva zet haar kopje neer en zegt zachtmoedig: 'Jij krijgt je revanche nog wel, schat.'

Sollers begint koortsachtig over zichzelf in de tweede persoon te praten terwijl hij zijn pols voelt: 'U hebt een overduidelijke, prikkelende gave om te spreken (we zagen liever dat u stotterde, maar helaas)...'

Kristeva pakt zijn hand.

Sollers glimlacht naar haar en zegt: 'Een mens heeft soms behoefte aan wat aanmoediging.'

Kristeva zegt glimlachend: 'Kom, laten we wat van Joseph de Maistre lezen.'

55

Quai des Orfèvres, Bayard tikt zijn rapport uit terwijl Simon een boek van Chomsky over de generatieve grammatica leest, waar hij niet veel van begrijpt, zo moet hij wel toegeven.

Elke keer dat Bayard aan het einde van de regel komt, duwt hij met zijn rechterhand tegen de hendel om de rol terug te laten komen, terwijl hij met de linkerhand in een vloeiende beweging zijn kop koffie grijpt, een slok neemt, aan zijn sigaret trekt en die teruglegt op de rand van een gele asbak met het logo PASTIS 51. Krak tak tak tak, tak tak tak, krak tak tak tak enzovoort.

Maar opeens breekt het tak-tak af. Bayard gaat rechtop zitten op zijn gecapitonneerde stoel met skaibekleding, draait zich om naar Simon en vraagt: 'Waar komt die naam Kristeva eigenlijk vandaan?'

56

Serge Moati propt zich vol met plakjes gemarmerde cake als Mitterrand arriveert. Fabius ontvangt hem op sloffen in zijn herenhuis bij het Panthéon. Lang, Badinter, Attali en Debray staan braaf te wachten met een kop koffie. Grommend werpt Mitterrand zijn sjaal naar Fabius: 'Die Mauroy van u, hè, die werk ik onder de zoden!' Zijn slechte humeur is onmiskenbaar en de jonge samenzweerders begrijpen dat het een lastige werkbijeenkomst gaat worden. Mitterrand laat zijn tanden zien: 'Rocard! Rocard!' Niemand sputtert tegen. 'Ze hebben Metz verknald en dus wilden ze me met alle geweld kandidaat stellen voor de presidentsverkiezingen om van me af te zijn!' Zijn jonge luitenants zuchten. Moati vermaalt zijn cake in trager tempo. De jonge samenzweerder met het vogelhoofd waagt te zeggen 'President...' maar Mitterrand draait zich naar hem om, ijzig, verschrikkelijk, prikt hem in de borst terwijl hij uitbrengt: 'Bek dicht, Attali...' En Attali deinst achteruit tot tegen de muur, terwijl de vermeende kandidaat zegt: 'Ze willen allemaal dat ik misluk, maar het is heel eenvoudig om hun tactiek te doorkruisen, ik hoef me alleen maar niet kandidaat te stellen, haha! Die idioot van een Rocard in zijn eentje een pak rammel te laten geven door die imbeciel van een Giscard. Rocard, Giscard... kus mijn kloten maar! Groots! Subliem! Het tweede links, futiliteiten, Debray! Futiliteiten op zijn Frans! Robert, pak een pen, ik zal u een communiqué dicteren! Ik geef op! Ik laat mijn beurt voorbijgaan. Haha! Een slimme streek...!' Hij gromt: 'Mislukken! Wat houdt dat in? Mislukken?'

Niemand durft te reageren, ook Fabius niet, die bij tijd en wijle zijn baas het hoofd weet te bieden, maar zelfs hij heeft niet de euvele moed zich op dergelijk glibberig terrein te wagen. En het was trouwens een zuiver retorische vraag.

Mitterrand moet als kandidaat zijn verklaring laten opnemen. Hij heeft een prevelementje voorbereid, het is vlak, het is conventioneel, het is niks. Hij praat over onbeweeglijkheid en stilstaand water. Geen passie, geen boodschap, geen inspiratie, alleen maar hoogdravende, holle frasen. Het ademt, net als hij, de kille woede van de eeuwige verliezer. De opname wordt in een deprimerende stilte beëindigd. Fabius beweegt zenuwachtig zijn tenen in zijn sloffen. Moati vermaalt zijn cake als was het cement. Debray en Badinter wisselen een uitdrukkingsloze blik. Attali ziet door het raam een parkeeragente de Renault 5 van Moati beboeten. Zelfs Jack Lang lijkt verbijsterd.

Mitterrand klemt zijn kiezen op elkaar. Hij draagt het masker dat hij zijn hele leven heeft gedragen, opgesloten in de laatdunkendheid waartoe hij altijd zijn toevlucht neemt om de woede te verhullen die hem van binnenuit opvreet. Hij staat op, pakt zijn sjaal en vertrekt zonder iemand gedag te zeggen.

De stilte blijft nog minutenlang hangen.

Moati, bleek: 'Kortom, Séguéla is onze enige hoop.'

Lang, achter hem, mompelt: 'Nee, er rest ons nog een andere.'

57

'Onbegrijpelijk hoe hij het de eerste keer heeft kunnen verknallen. Hij wist dat hij een document zocht dat iets te maken had met die Russische linguïst Jakobson. Hij ziet een boekje van Jakobson op het bureau liggen en dan werpt hij er geen blik in?'

Ja, dat lijkt inderdaad ónwaarschijnlijk.

'En stomtoevallig is hij net bij Barthes als wij daar aan komen zetten, terwijl hij weken de tijd had om nog eens naar de woning te gaan, want hij had toch de sleutel.'

Simon luistert naar Bayard terwijl de Boeing 747 zijn intercontinentale karkas van de startbaan losrukt. Giscard, die vette burgerfascist, heeft ten slotte besloten hun reis te betalen, maar toch niet per Concorde.

Het Bulgaarse spoor leidt naar Kristeva.

En Kristeva is naar de Verenigde Staten vertrokken.

Dus hotdogs en kabel-tv voor ons.

Natuurlijk zit er in hun rij een jochie te huilen.

Een stewardess komt Bayard vragen zijn sigaret te doven, want tijdens het opstijgen en het landen is het verboden te roken.

Simon heeft *Lector in fabula* van Umberto Eco meegenomen om tijdens de reis te lezen. Bayard vraagt of hij interessante dingen leert uit het boekje en met 'interessant' bedoelt hij 'nuttig voor het onderzoek', maar misschien toch niet alleen dat. Simon verplaatst zijn blik naar de bladzij en leest: '... ik leef (waarmee ik bedoel dat ik, die schrijf, het gevoel heb levend te zijn in de enige wereld die ik ken) maar op het moment dat ik een theorie van mogelijke narratieve werelden opstel, besluit ik (vanuit de wereld waar ik fysiek direct mee in aanraking ben) die wereld, om haar te kunnen vergelijken met narratieve werelden, te reduceren tot een semiotische constructie.'

Simon krijgt het warm als de stewardess met haar armen zwaait om de veiligheidsinstructies uit te beelden. (Het jochie stopt met huilen, gefascineerd door die verkeersagentengebaren.)

Officieel is Kristeva naar de Cornell Universiteit in Ithaca in de staat New York gegaan voor een symposium waarvan Bayard de titel niet eens heeft geprobeerd te begrijpen, laat staan het onderwerp. Alles wat hij hoeft te weten is dat die John Searle, de Amerikaanse filosoof over wie Eco hun vertelde, ook tot de genodigden behoort. Het is niet de bedoeling de Bulgaarse als een Eichmann Amerika uit te smokkelen. Als Giscard de moordenaar van Barthes wilde arresteren, en alles wijst erop dat ze erbij betrokken is, had hij haar wel belet ervandoor te gaan. Het is de bedoeling te begrijpen wat er wordt bekokstoofd. En is dat trouwens niet altijd het geval?

Voor Roodkapje is de wereld waarin wolven praten de reële wereld.

En dat rotdocument te pakken zien te krijgen.

Bayard probeert het te begrijpen: is die zevende functie een gebruiksaanwijzing? Een tovermiddel? Een gebruikersmethode? Een hersenschim die het politieke en intellectuele wereldje dol laat draaien omdat het in hun ogen de grote jackpot is voor degene die er de hand op weet te leggen?

Op de stoel naast hem, aan de andere kant van het gangpad, haalt het jochie een kubus van veelkleurige blokjes tevoorschijn, die hij alle kanten op begint te draaien.

Maar wat is in feite het fundamentele verschil, vraagt Simon zich af, tussen hemzelf en Roodkapje of Sherlock Holmes?

Hij hoort Bayard zich hardop afvragen, of misschien is het wel tot hem gericht: 'Laten we eens aannemen dat de zevende functie van taal die performatieve functie is. Daarmee kan degene die haar beheerst iedereen onder elke omstandigheid overtuigen, oké. Kennelijk past het op één blaadje, voor- en achterkant nemen we aan, in klein schrift. Hoe kan de gebruiksaanwijzing van zo'n machtig geval zo weinig plaats innemen? Elke andere technische beschrijving, voor een afwasmachine of een tv of mijn 504, heeft meer bladzijden.'

Simon knarsetandt. Ja, het is moeilijk voorstelbaar. Nee, hij heeft er geen verklaring voor. Als hij ook maar het geringste vermoeden had van wat er in dat document staat, was hij al tot president gekozen en met alle vrouwen naar bed geweest.

Onder het praten houdt Bayard zijn blik strak gericht op het speelgoed van het jongetje. Voor zover hij kan zien is de kubus onderverdeeld in kleinere kubussen die je qua kleur bij elkaar moet krijgen door ze horizontaal en verticaal te draaien. Het jochie werpt zich er als een bezetene op.

In *Lector in fabula* behandelt Eco de status van de fictieve personages, die hij 'surnumerair' noemt, omdat ze een extra toevoeging zijn aan de mensen van de reële wereld. Ronald Reagan of Napoleon maken deel uit van de reële wereld, en Sherlock Holmes niet. Maar wat voor betekenis moeten we dan geven aan een uitspraak als 'Sherlock Holmes is niet getrouwd' of 'Hamlet is gek'? Kun je een surnumerair behandelen als een reëel persoon?

Eco citeert Volli, een Italiaanse semioticus, die heeft gezegd: 'Ik besta, maar Emma Bovary niet.' Simon voelt dat de angst steeds meer bezit van hem neemt.

Bayard staat op om naar de wc te gaan, niet dat hij echt behoefte voelt om te pissen, maar hij ziet wel dat Simon in zijn boek verdiept is en dan kan hij net zo goed zijn benen strekken, temeer daar hij al zijn flesjes al leeg heeft.

Als hij door het vliegtuig naar achteren loopt, ziet hij toevallig Foucault zitten, druk in gesprek met een jonge Arabier met een koptelefoon om zijn nek.

Hij heeft het programma van het symposium gezien en wist dat Foucault was uitgenodigd, dus het zou hem niet moeten verbazen, maar een beweging van verrassing kan hij niet onderdrukken. Foucault zendt hem zijn roofdierglimlach.

'Kent u Slimane niet, commissaris? Een goede vriend van Hamed. De omstandigheden van zijn dood hebt u natuurlijk niet opgehelderd? Een flikker meer of minder, wat dondert het. Of omdat het een Arabier is? Telt dat dubbel?'

Als Bayard terugkomt op zijn plaats ziet hij dat Simon in slaap is gevallen, zijn hoofd opzij in de ongemakkelijke houding van mensen die zittend proberen te slapen. Een zin van Eco, een citaat van diens schoonmoeder, heeft hem de das omgedaan: 'Wat zou er gebeurd zijn als mijn schoonzoon niet met mijn dochter was getrouwd?'

Simon droomt. Bayard zit in gedachten. Foucault neemt Slimane mee naar de bar op de eerste verdieping om hem te vertellen over zijn lezing, die gaat over seksuele dromen in de Griekse klassieke oudheid.

Ze bestellen een whisky bij de stewardess, die bijna net zo glimlacht als de filosoof.

Volgens Artemidoros zijn onze seksuele dromen profetieën. We moeten verband aanbrengen tussen de seksuele contacten die we in de droom beleven en de sociale contacten in de werkelijkheid. Dromen dat je met een slaaf in bed ligt is bijvoorbeeld een goed teken: ons erfgoed zal groeien als die slaaf ons bezit is. Met een getrouwde vrouw, een slecht teken: je mag niet aan het bezit van een ander komen. Met je moeder is het afwachten. Het belang dat de Grieken aan Oedipus toekenden, hebben we volgens Foucault sterk overdreven. In alle gevallen is het standpunt dat van de vrije, actieve man. Penetreren (man, vrouw, slaaf, familielid) is gunstig. Gepenetreerd worden is ongunstig. Het ergste, het meest tegennatuurlijke zijn lesbiennes die aan penetratie doen (nog net onder seksuele relaties met goden, dieren en lijken).

'Ieder zijn criteria, maar allemaal normen!' Foucault lacht, bestelt nog twee whisky's en trekt Slimane mee naar de toiletten, die het zich graag laat aanleunen (maar hij weigert zijn walkman af te zetten).

Wij hebben geen enkel middel om te weten te komen waar Simon van droomt, want we zitten niet in zijn hoofd, hè?

Bayard heeft Foucault en Slimane de trappen op zien lopen naar de bar op de bovenverdieping van het toestel. Gedreven door een ondoordachte impuls staat hij op om hun lege stoelen aan een onderzoek te onderwerpen. Boeken in het netje van Foucault en tijdschriften op Slimanes stoel. Bayard opent de bagageruimte boven de stoelen en maakt zich meester van de tassen waarvan hij denkt dat ze aan de twee mannen toebehoren. Hij gaat op Foucaults plaats zitten om de schoudertas van de filosoof en de rugzak van de gigolo te doorzoeken. Papieren, boeken, een extra T-shirt, cassettebandjes. Geen spoor van het document in eerste instantie, maar Bayard zegt bij zichzelf dat er misschien niet met grote letters 'Zevende functie van taal' op geschreven staat en gaat dus met de twee tassen terug naar zijn stoel om Simon wakker te schudden.

Voordat die wakker is, de situatie begrijpt, zijn verbazing over Foucaults aanwezigheid te boven is en ook zijn verontwaardiging over wat Bayard hem vraagt en dan toch accepteert om persoonlijke bezittingen te doorzoeken die niet van hem zijn, zijn er al meer dan twintig minuten verstreken, zodat op het moment dat Simon Bayard kan verzekeren dat er in de spullen van Foucault of in die van Slimane niets te vinden is wat ook maar in de verste verte lijkt op de zevende functie van taal, de twee mannen Foucault zien verschijnen, die de trappen af komt.

Hij gaat terug naar zijn plaats en zal op enig moment beseffen dat zijn spullen zijn verdwenen.

Zonder overleg te hoeven plegen reageren ze als een doorgewinterd team. Simon stapt over Bayard heen en gaat het gangpad in waardoor Foucault hem tegemoetkomt, terwijl Bayard het andere, parallel lopende gangpad neemt om met een omweg naar de staart van het toestel en de rij van Foucault te komen.

Simon blokkeert het gangpad tot Foucault hem heeft bereikt in de verwachting dat hij erlangs kan, maar Simon gaat niet opzij, dus kijkt Foucault op en herkent de jongeman van achter zijn bril van bijziende.

'Hè? Alcibiades!'

'Meneer Foucault, wat een verrassing...! Wat een eer, ik ben dol op uw werk... Wat hebt u nu onder handen? Nog steeds de seks?'

Foucault knijpt zijn ogen dicht.

Bayard neemt het andere gangpad, maar stuit hier op een stewardess die de doorgang verspert met haar karretje met dranken. Rustig serveert ze de passagiers kopjes thee en glazen rode wijn en probeert hun nog wat *duty free* aan te smeren, terwijl Bayard achter haar staat te trappelen.

Simon luistert niet naar Foucaults antwoord want hij concentreert zich op een volgende vraag. Achter Foucault wordt Slimane ongeduldig: 'Kom, loop eens door!' Simon slaat de bal in de opsprong: 'O, maar u bent in gezelschap? Aangenaam kennis te maken! Hij noemt u zeker ook Alcibiades, haha, eh. Bent u al eens eerder in de Verenigde Staten geweest?'

Bayard zou in het ergste geval de stewardess opzij kunnen duwen, maar hij kan niet over het karretje heen stappen en hij heeft nog drie rijen te gaan.

Simon vraagt: 'Hebt u Peyrefitte gezien? Wat een smeerlap, hè. We missen u in Vincennes, wist u dat?'

Foucault pakt hem vriendelijk maar ferm bij de schouders, voert een soort tangopas uit en draait met hem om zijn as, zodat Simon nu tussen Foucault en Slimane staat, wat in concreto betekent dat Foucault hem is gepasseerd en nog maar een paar meter van zijn plaats verwijderd is.

Bayard is eindelijk ter hoogte van de toiletten, achter in het toestel, waar hij via een doorgang het andere gangpad kan bereiken. Hij staat nu bij Foucaults rij, maar die komt op hem af en zal zien hoe hij de tassen op hun plaats legt.

Simon die geen bril nodig heeft en de situatie kent, heeft Bayard eerder gezien dan Foucault, dus hij schreeuwt: 'Herculine Barbin!'

De passagiers schrikken op. Foucault draait zich om. Bayard opent de bagageruimte, propt de twee tassen erin en doet haar weer dicht. Foucault staart Simon aan. Simon glimlacht dom en zegt: 'Zijn wij niet allemaal een Herculine Barbin, meneer Foucault?'

Bayard loopt met een woord van excuus om Foucault heen, alsof hij terugkomt van de wc. Foucault kijkt naar de passerende Bayard, haalt zijn schouders op en iedereen gaat ten slotte terug naar zijn plaats.

'Wie is dat, Herculine Dinges?'

'Een negentiende-eeuwse hermafrodiet die heel wat ellende heeft gekend. Foucault heeft zijn memoires uitgegeven. Hij heeft er een beetje een persoonlijke zaak van gemaakt, want hij wilde de normen van de biomacht aan de kaak stellen, die ons verplicht ons geslacht en onze seksualiteit te kiezen door ons maar twee mogelijkheden te bieden, man of vrouw, in beide gevallen heteroseksueel, in tegenstelling tot de Grieken bijvoorbeeld, die over die kwestie veel ontspannener deden, ook al hadden ze hun eigen normen, die een stuk...'

'Hm, hm, oké!'

'Wie is die jonge vent achter Foucault?'

De rest van de reis verloopt zonder moeilijkheden. Bayard steekt een sigaret op. De stewardess komt hem eraan herinneren dat het verboden is om tijdens de landing te roken, dus neemt de commissaris zijn toevlucht tot de noodflesjes.

We weten dat de jongeman die met Foucault mee is, Slimane heet, zijn achternaam kennen we niet, maar op het moment dat Simon en Bayard voet op Amerikaanse bodem zetten, zien ze hem luid discussiëren met een aantal politieagenten die belast zijn met de paspoortencontrole, want zijn visum is niet in orde, liever gezegd hij heeft niet eens een visum, Bayard vraagt zich af hoe ze hem op Charles-de-Gaulle hebben kunnen laten instappen. Foucault probeert een goed woordje voor hem te doen, maar dat helpt niets, ten opzichte van vreemdelingen laat de Amerikaanse politieagent gewoonlijk niet met zich spotten en Slimane zegt tegen Foucault dat hij maar niet op hem moet wachten en zich geen zorgen hoeft te maken, hij zal zich wel weten te redden. Daarna verliezen Simon en Bayard hen uit het oog en stappen haastig in een trein naar het centrum.

Ze komen niet zoals Céline in *Reis naar het einde van de nacht* aan met de boot, maar verrijzen uit de grond bij het station van Madison Square Garden midden in Manhattan, en dat is zo'n plotselinge overgang dat de schok niet minder groot is: de twee mannen kijken verbijsterd omhoog naar de verdwijnlijn van de wolkenkrabbers en de lichtstreep op Eighth Avenue, overweldigd door een gevoel van onwerkelijkheid en tegelijk door een niet minder krachtig gevoel van bekendheid. Simon, die vroeger *Strange* las, verwacht elk moment Spider Man boven de gele taxi's en de stoplichten te zien opduiken. (Maar Spider Man is een 'surnumerair', dus dat kan niet.) Een gehaaste autochtoon blijft spontaan staan om hun zijn hulp aan te bieden en dat is de verwarring ten top voor de Parijzenaars, die niet gewend zijn aan zulke bezorgdheid. In de New Yorkse nacht lopen ze over Eighth Avenue naar de Port Authority Bus Terminal tegenover het reusachtige gebouw waar *The New York Times* zijn onderkomen heeft, zoals de enorme gotische letters op de gevel ondubbelzinnig laten weten. Daar nemen ze de bus naar Ithaca. Vaarwel sprookjeswereld van de wolkenkrabbers.

Aangezien het een traject is van vijf uur en iedereen moe is, haalt Bayard een kleine kubus met veelkleurige blokjes uit zijn tas en begint ermee te spelen. Simon is hogelijk verbaasd: 'Heb jij die Rubiks kubus van dat jongetje gegapt?' Bayard maakt zijn eerste rij af op het moment dat de bus zich uit de Lincoln Tunnel wurmt.

58

'Shift into overdrive in the linguistic turn'
Cornell University, Ithaca, fall 1980
(Conference organizer: Jonathan D. Culler)

List of talks:

NOAM CHOMSKY Degenerative grammar

HÉLÈNE CIXOUS De tranen van de hibiscus

JACQUES DERRIDA Sec vertellen

MICHEL FOUCAULT Meerduidigheidsspelletjes in het *Droomboek* van Artemidoros

FÉLIX GUATTARI Het despotische betekenaar-regime

LUCE IRIGARAY Fallogocentrisme en metafysica van de materie

ROMAN JAKOBSON Stayin' Alive, structurally speaking

FREDERIC JAMESON The Political Unconscious: Narrative as a socially symbolic act

JULIA KRISTEVA De taal, die onbekende

SYLVÈRE LOTRINGER Italy: Autonomia – Post-political politics

JEAN-FRANÇOIS LYOTARD Mondelinge *PoMo*: het postmoderne woord

PAUL DE MAN Cerisy op de taart: de deconstructie in Frankrijk

JEFFREY MEHLMAN Blanchot, the laundry man

AVITAL RONELL 'Because a man speaks, he thinks he's able to speak about language.' – Goethe & the metaspeakers

RICHARD RORTY Wittgenstein vs Heidegger: Clash of the continents?

EDWARD SAÏD Exile on Main Street

JOHN SEARLE Fake or feint: performing the F words in fictional works

GAYATRI SPIVAK Should the subaltern shut up sometimes?

MORRIS J. ZAPP Fishing for supplement in a deconstructive world

59

'*Deleuze is not coming, right?*'

'*No, but Anti-Oedipus is playing tonight, I am so excited!*'

'*Have you listened to their new single?*'

'*Yeah, it's awesome. So* L.A.*!*'

Kristeva zit tussen twee jongens in het gras. Ze zegt terwijl ze hun haar streelt: '*I love America. You are so ingenious, boys.*'

Een van de twee probeert haar in haar nek te kussen. Ze duwt hem lachend van zich af. De ander fluistert in haar oor: '*You mean "genuine", right?*' Kristeva kirt even. Ze voelt iets als een elektrische huivering over haar eekhoorntjeslichaam gaan. Recht tegenover hen heeft een student een joint gerold en steekt die aan. De lekkere geur van wiet verspreidt zich in de lucht. Kristeva neemt een paar trekjes, het stijgt haar een beetje naar het hoofd, ze zegt belerend en kortweg: 'Zoals Spinoza al zei, elke ontkenning is een definitie.' De drie jonge posthippies en prenewwavers roepen verrukt en vrolijk: '*Wow, say it again! What did Spinoza say?*'

Studenten komen en gaan op de campus, lopen meer of minder gehaast over het grote gazon omringd door de gotische, victoriaanse en neoklassieke gebouwen. Een soort van toren steekt erboven uit, hoog op een heuvel die uitzicht biedt over een meer en ravijnen. We mogen hier dan misschien midden in niemandsland zitten, maar dan wel in het midden. Kristeva hapt van een clubsandwich, want de baguette waar ze zo van houdt, is nog niet doorgedrongen in het afgelegen Onondaga County, met als hoofdstad Syracuse, ver weg in de staat New York, halverwege New York City en Toronto, het vroegere gebied van de Cayuga-stam die zich ooit bij de Irokese Confederatie aansloot, en waar zich het stadje Ithaca bevindt, dat de beroemde Cornell Universiteit herbergt. Ze fronst haar wenkbrauwen en zegt: 'Als het tenminste niet net het omgekeerde is.'

Er komt nog een student bij hen zitten die uit het gastenverblijf is gekomen met een pakje in aluminiumfolie in zijn ene hand en *Of Grammatology* in de andere (maar hij durft Kristeva niet te vragen of ze Derrida kent). Hij heeft muffins meegebracht die net uit de oven komen en die hij zelf heeft gemaakt. Kristeva doet graag mee met de geïmproviseerde *picnic* en bedrinkt zich een beetje aan tequila. (Zoals het hoort is de fles in een papieren zak verborgen.)

Ze ziet studenten langskomen met boeken of hockeysticks of gitaarhoezen onder hun arm.

Een oude man met een wijkend voorhoofd en dik achterovergekamd haar alsof er dicht struikgewas op zijn hoofd groeit, zit in zijn eentje onder een boom te prevelen. Hij gebaart met zijn handen, die overigens op takken lijken.

Een jonge vrouw met kort haar die iets weg heeft van Cruella in *De 101 dalmatiërs* en ook van Vanessa Redgrave, lijkt als enige deel te nemen aan een verder onzichtbare demonstratie. Ze schreeuwt slogans die Kristeva niet begrijpt. Ze ziet er bijzonder kwaad uit.

Een groep jongeren speelt met een Amerikaanse voetbal. Een van hen draagt Shakespeare voor terwijl de anderen direct uit de fles rode wijn drinken. (Geen papieren zak, de rebellen.) Ze gooien elkaar de bal toe, die met elke worp zorgvuldig moet spiralen. De jongen met de fles kan de bal met één hand (en daarin zijn sigaret) niet vangen en laat zich door de anderen op de kast jagen. Ze lijken al tamelijk dronken te zijn.

Kristeva's blik kruist die van de struikman met het wijkende voorhoofd en heel even slaat geen van tweeën de ogen neer, net te lang om van geen betekenis te zijn.

De opgewonden jonge vrouw komt voor Kristeva staan en zegt: '*I know who you are. Go home, bitch.*' Kristeva's vrienden kijken elkaar stomverbaasd aan, barsten in lachen uit en zeggen dan opgefokt: '*Are you stoned? Who the fuck do you think you are?*' De vrouw loopt weg en Kristeva ziet hoe ze haar eenzame demonstratie voortzet. Ze is er vrijwel zeker van dat ze haar nooit van haar leven heeft ontmoet.

Een tweede groep jongeren gaat op de footballers af en onmiddellijk verandert de sfeer; Kristeva kan vanaf haar plaats zien dat de twee groepen meteen openlijk vijandig tegenover elkaar staan.

Er luidt een kerkklok.

De tweede groep begint te schreeuwen. Voor zover Kristeva kan verstaan, wordt de eerste groep uitgemaakt voor Franse pijpers. Ze begrijpt niet meteen of het gaat om een bijvoeglijk naamwoord (pijpers die bovendien als kenmerk hebben dat ze Frans zijn) of om een lijdend voorwerp (ze bedrijven fellatio op Fransen), maar omdat de uitgescholden groep Angelsaksisch lijkt te zijn (want ze dacht te zien dat ze een paar regels van het American football beheersten), denkt ze dat de tweede hypothese de meest waarschijnlijke is. (Overigens kent het Engels diezelfde ambiguïteit: het '*French*' in '*French suckers*' kan evengoed een attributief bijvoeglijk naamwoord zijn als een zelfstandig naamwoord in de functie van lijdend voorwerp.)

Hoe het ook zij, de eerste groep antwoordt met net zulke beledigingen ('*you analytic pricks!*') en de situatie was waarschijnlijk geëscaleerd als er niet een man van een jaar of zestig tussenbeide was gekomen en hen uit elkaar had gehaald door te schreeuwen (vreemd genoeg in het Frans): 'Rustig aan daar, stelletje malloten!' Een van Kristeva's jonge aanbidders fluistert, alsof hij met zijn begrip van de situatie indruk op haar wil maken, in haar oor: '*This is Paul de Man. He's French*, toch?' Kristeva verbetert: 'Nee, een Belg.'

De struikman prevelt onder zijn boom: '*The sound shape of language...*'

De jonge, eenzaam demonstrerende vrouw schreeuwt uit volle borst, alsof ze een van de teams aanmoedigt: '*We don't need Derrida, we have Jimi Hendrix!*'

Afgeleid door de wat onthutsende slogan van Cruella Redgrave, heeft Paul de Man de stem niet horen komen die opeens achter hem zegt: '*Turn round, man. And face your enemy.*' Er is een man achter hem komen staan in een tweed kostuum die verdrinkt in een bovenmaats colbert met te korte mouwen, hij draagt zijn scheiding opzij, een lok op zijn voorhoofd, een kop voor het spelen van een bijrol in een film van Sydney Pollack, maar hij heeft kleine borende ogen, die je tot op het bot doorzien.

Het is John Searle.

De struikman met het wijkende voorhoofd slaat Kristeva gade, die de scène gadeslaat. Aandachtig en geconcentreerd, haar sigaret rookt zichzelf op tussen haar vingers. De ogen van de struikman gaan van Searle naar Kristeva en van Kristeva naar Searle.

Paul de Man probeert iets ironisch en tegelijk verzoenends uit te stralen en al is zijn rol van ontspannen kerel niet echt overtuigend, hij zegt toch: '*Peace, my friend! Put your sword down and help me separate those kids*.' Wat Searle om een of andere onduidelijke reden hogelijk irriteert, want hij stapt op Paul de Man af en iedereen denkt dat hij hem gaat slaan. Kristeva knijpt in de arm van de jongen naast haar, die de gelegenheid te baat neemt om haar hand te pakken. Paul de Man blijft verstijfd staan, verlamd door de aanblik van de dreigende gestalte die op hem afkomt en de gedachte aan de komende klap, maar als hij een halfslachtig gebaar maakt om zich te beschermen of – wie weet – te verdedigen, weerklinkt er een derde stem, die schijnbaar joviaal een licht hysterische ongerustheid overschreeuwt: '*Dear Paul! Dear John! Welcome to Cornell! I am so glad you could come!*'

Het is Jonathan Culler, de jonge onderzoeker die het symposium heeft georganiseerd. Hij haast zich zijn hand naar Searle uit te steken en Searle geeft hem met tegenzin de hand, een dikke hand, zijn kwade blik gericht op Paul de Man, tegen wie hij in het Frans zegt: 'Neem je *Derrida boys* mee en smeer 'm. Nu.' Paul de Man voert het groepje weg, het incident is gesloten, de jongen omhelst Kristeva alsof ze aan een groot gevaar zijn ontsnapt of op zijn minst samen een zeer intens moment hebben beleefd en Kristeva is er misschien na aan toe om hetzelfde te denken – in ieder geval laat ze hem begaan.

Motorgeronk loeit door de vallende avond. Met krijsende banden komt er een Lotus Esprit tot stilstand. Er stapt een zwierige veertiger uit, sigaar in de mond, muts op het hoofd, zijden lefdoekje, die meteen op Kristeva afgaat. '*Hey, chica!*' Hij geeft haar een handkus. Ze draait zich om naar de studenten en zegt wijzend: 'Kinderen, dit is Morris Zapp, groot kenner van het structuralisme, het poststructuralisme, de Nouvelle Critique en nog heel wat meer.'

Morris Zapp glimlacht en voegt er afstandelijk genoeg om niet meteen het verwijt van ijdelheid te krijgen (maar toch in het Frans) aan toe: 'De eerste docent met een salaris van zes cijfers!'

De jongeren zeggen '*wow*' terwijl ze een trekje van hun joint nemen.

Kristeva lacht haar heldere lach en vraagt: 'Heb je je lezing over de Volvo voor ons voorbereid?'

Morris Zapp veinst diepe droefenis: '*You know... I think the world is not ready*.' Hij werpt een blik op Searle en Cullers, die nog op het gazon staan te praten, hoort niet dat Searle zegt dat behalve hij en Chomsky geen enkele spreker iets voorstelt, maar hij ziet er toch van af hen te gaan begroeten en zegt tegen Kristeva: '*Anyway, I'll see you later, I have to check in at the Hilton*.'

'Slaap je niet op de campus?'

'O god, nee, wat een verschrikking!'

Kristeva lacht. Telluride House van Cornell, waar de sprekers van buiten worden ondergebracht, heeft toch een onberispelijke standing. Voor sommigen is Morris Zapp de man die de universitaire carrièrezucht heeft verheven tot de rang van de schone kunsten. Terwijl hij weer in zijn Lotus stapt, de motor laat loeien, bijna tegen de bus uit New York op botst en met halsbrekende snelheid van de heuvel af raast, zegt ze bij zichzelf dat die mensen geen ongelijk hebben.

Dan ziet ze Simon Herzog en commissaris Bayard uit de bus komen en trekt ze op haar beurt een lelijk gezicht.

Ze schenkt geen aandacht meer aan de struikman onder zijn boom, die haar nog steeds gadeslaat, maar niet ziet dat hijzelf wordt gadegeslagen door een broodmagere jongeman van Arabische afkomst. De oude man met het wijkende voorhoofd draagt een kostuum van dikke stof met een fijn streepje dat direct uit een roman van Kafka kan zijn gestapt, en een wollen stropdas. Hij prevelt iets onder zijn boom, wat niemand kan verstaan, maar zelfs als dat wel zo was, zouden weinig mensen hier hem begrijpen, want het is Russisch. De jonge Arabier zet zijn walkman weer op zijn oren. Kristeva strekt zich uit op het gras en kijkt naar de sterren. Tijdens de vijf uur durende reis is Bayard er niet in geslaagd meer dan één zijde van de Rubiks kubus goed te krijgen. Simon ontdekt verbaasd hoe mooi de campus is en denkt onwillekeurig aan Vincennes, dat hiermee vergeleken een reusachtige vuilnisbak lijkt.

60

'In het begin had je de filosofie en de wetenschap, die tot aan de achttiende eeuw hand in hand gingen, grosso modo om het obscurantisme van de kerk te bestrijden, en vervolgens is men vanaf de negentiende eeuw, met de romantiek en zo, steeds verder van het idee van de verlichting teruggekomen, en de filosofen in Duitsland en in Frankrijk (maar niet in Engeland) begonnen te beweren dat de wetenschap het geheim van het leven niet kan doorgronden. De wetenschap kan het geheim van de menselijke ziel niet doorgronden. Het is alleen aan de filosofie om die taak op zich te nemen. En zo is de filosofie van het Europese vasteland erachter gekomen dat ze vijandig stond niet alleen tegenover de wetenschap maar ook tegenover de uitgangspunten ervan: duidelijkheid, intellectuele onbuigzaamheid, de cultuur van het bewijs. Ze werd steeds ontoegankelijker, steeds meer freestyle, steeds idealistischer (behalve de marxistische filosofie), steeds vitalistischer (Bergson bijvoorbeeld).

En dat is uitgemond in Heidegger: als de reactionaire filosoof die hij is, in de volle betekenis van het woord, besluit hij dat de filosofie al eeuwen op een dwaalspoor is en dat we terug moeten naar de oervraag, namelijk de vraag naar het Zijn, en dus schrijft hij *Zijn en tijd* waarin hij zegt dat hij het Zijn zal zoeken. Alleen heeft hij het nooit gevonden, haha, maar goed. In ieder geval is hij de ware inspiratiebron geweest voor de mode onder filosofen om een vage stijl van schrijven te hanteren, vol gecompliceerde neologismen, ingewikkelde redeneringen, kreupele vergelijkingen en gewaagde metaforen, en daarvan is Derrida op dit moment de erfgenaam.

Terwijl de Engelsen en de Amerikanen trouw zijn gebleven aan een meer wetenschappelijk idee van de filosofie. Die wordt de "analytische filosofie" genoemd, en daar laat Searle zich op voorstaan.'

(Anonieme student, op de campus opgevangen woorden.)

61

Eerlijk is eerlijk, in de Verenigde Staten kun je heel goed eten en speciaal in de kantine van Cornell die voor docenten is gereserveerd en wat culinaire kwaliteit betreft iets heeft van een restaurant, ook al is het zelfbediening.

De meeste sprekers zitten tijdens de lunch verspreid over de eetzaal volgens een strategie die Bayard en Simon nog niet onder de knie hebben. In de zaal staan tafels waar zes of acht personen aan kunnen zitten, geen ervan is volkomen bezet, maar er zijn duidelijk kampen, zo voelen Simon en Bayard op hun klompen aan.

'Ik zou wel een topografietje willen hebben van de aanwezige strijdkrachten,' zegt Bayard tegen Simon, terwijl hij als warm gerecht een dubbele entrecote met puree, bakbanaan en witte worst kiest. De zwarte kok, die hem heeft horen praten, antwoordt in het Frans: 'Ziet u die tafel naast de deur? Daar zitten de analytici. Ze bevinden zich op vijandelijk terrein en zijn in de minderheid en dus klitten ze bij elkaar.' Aan tafel zitten Searle, Chomsky en Cruella Redgrave, die in werkelijkheid Camille Paglia heet, specialiste is op het gebied van de geschiedenis van de seksualiteit en dus een directe concurrent van Foucault, aan wie ze een hartgrondige hekel heeft. 'Aan de andere kant, bij het raam een "fraai gezelschap" zoals ze bij jullie zeggen: Lyotard, Guattari, Cixous en Foucault in het midden, *you know him, of course*, die lange kale met zijn harde stem, *right*? Kristeva zit verderop, met Morris Zapp en Sylvère Lotringer, de *boss* van het tijdschrift *Semiotext(e)*. De oude man met zijn wollen stropdas en zijn weirdokapsel in zijn eentje in de hoek daar ken ik niet. (Maffe figuur, zegt Bayard bij zichzelf.) De jonge lady met haar paarse haar achter hem ook niet.' Zijn Porto-Ricaanse kokshulp werpt een blik en zegt op neutrale toon: 'Heideggerianen, ongetwijfeld.'

Eerder vanuit een beroepsreflex dan uit werkelijke interesse wil Bayard weten hoe fel de concurrentie tussen de docenten is. Bij wijze van antwoord wijst de zwarte kok naar Chomsky's tafel, waar een jongeman met een muizengezicht langs loopt. Searle roept hem aan: '*Hey, Jeffrey, you must translate the last piece of trash of the asshole for me.*'

'*Hey, John, I'm not your bitch. You do it yourself,* OK*?*'

'*Very well, you scumbag, my French is good enough for this shit.*'

De zwarte kok en zijn Porto-Ricaanse assistent barsten in lachen uit en tikken hun knokkels tegen elkaar. Bayard heeft de woorden niet begrepen, maar het idee wel. Achter hem wordt men ongeduldig: 'Kunt u alstublieft doorlopen?' Simon en Bayard herkennen de jonge Arabier die met Foucault mee was. Hij heeft een bord met kipcurry, paarse aardappelen, hardgekookte eieren en selderijpuree, maar hij is niet gekwalificeerd en stuit bij de kassa op problemen. Foucault krijgt hem in het oog en wil hem al te hulp schieten, maar Slimane wuift dat het wel lukt, en inderdaad passeert hij na een korte onderhandeling met zijn bord de kassa.

Bayard gaat met Simon aan de tafel van de eenzame oude man zitten.

Dan ziet hij Derrida binnenkomen, die hij herkent zonder hem ooit te hebben gezien: opgetrokken schouders, hoekige kaak, smalle lippen, haviksneus, ribfluwelen kostuum, openstaand hemd, zilvergrijs haar dat in vlammen overeind staat. Hij heeft couscous opgeschept en drinkt rode wijn. Hij is in gezelschap van Paul de Man. De tafel van Searle is gestopt met praten, evenals Foucault. Cixous geeft Derrida een teken, maar hij heeft haar niet gezien, in de eetzaal zochten en vonden zijn ogen meteen Searle. Een roerloze seconde, zijn bord in de hand, dan loopt hij op zijn vrienden af. Cixous kust hem, Guattari klopt hem op de rug, Foucault drukt hem de hand terwijl hij nog altijd een wat scheef gezicht trekt (gevolg van een oud artikel van Derrida, 'Cogito en Geschiedenis van de waanzin', waarin hij in grote lijnen suggereerde dat Foucault niets van Descartes had begrepen). De jonge vrouw met het paarse haar komt hem ook begroeten: ze heet Avital Ronell, is een Goethe-specialiste en groot bewonderaarster van de deconstructie.

Bayard bekijkt de lichaamstaal en de gezichtsuitdrukkingen. Zwijgend eet hij zijn worst terwijl Simon het programma dat hij op tafel heeft liggen becommentarieert: ‘Heb je dat gezien? Een lezing over Jakobson. Gaan we erheen?’

Bayard steekt een sigaret op. Hij krijgt bijna zin om ja te zeggen.

62

‘De analytische filosofen zijn noeste werkers. Net als Guillermo Vilas, weet je. Ze zijn strontvervelend, urenlang definiëren ze alle termen; ze zullen nooit vergeten om voorafgaand aan elke redenering de premisse te geven, vervolgens de premisse van de premisse enzovoort. Verschrikkelijk zo logisch als dat allemaal moet. Op het eind hebben ze twintig bladzijden nodig gehad om je iets uit te leggen wat ze in tien regels hadden kunnen zeggen. Merkwaardig genoeg komen hun verwijten aan de continentalen vaak op hetzelfde neer, dat ze namelijk een ongebreidelde fantasie hebben, dat ze niet strikt zijn, dat ze hun termen niet definiëren, dat ze aan literatuur doen in plaats van aan filosofie, dat ze geen wiskundige geest hebben, dat ze dichters zijn, dus geen serieuze kerels, en bijna in mystieke vervoering (hoewel het allemaal atheïsten zijn). Maar goed, in grote lijnen hebben de continentalen meer weg van McEnroe. Bij hen verveel je je tenminste niet.’

(Anonieme student, op de campus opgevangen woorden.)

63

Normaal gesproken vindt men dat Simons Engels wel van niveau is, maar wat in Frankrijk qua beheersing van een vreemde taal normaal is, blijkt merkwaardig genoeg ter plekke altijd schromelijk tekort te schieten.

Zo begrijpt Simon maar een op de drie zinnen van de lezing van Morris Zapp. Tot zijn verontschuldiging moet worden gezegd dat het onderwerp, de deconstructie, hem niet erg ligt en moeilijke of op zijn minst duistere begrippen behelst. Maar hij hoopte nou juist wat meer opheldering over dat onderwerp te krijgen.

Bayard is niet meegekomen en Simon is er blij om, want hij zou hem niet hebben kunnen uitstaan.

Omdat wat wordt gezegd, hem goeddeels ontgaat, kan hij uit andere dingen informatie opdoen: uit de ironische stembuigingen van Morris Zapp, uit het begrijpend gelach van het publiek (omdat ieder zijn rechtmatige aanwezigheid in het hier en nu van dit amfitheater wenst te bekrachtigen – alweer een amfitheater, zegt Simon bij zichzelf, onwillekeurig slachtoffer van een paranoïde structuralisme, dat altijd op zoek is naar terugkerende motieven), uit de vragen van het publiek, waarbij de exacte inhoud niet van belang is, het zijn eerder pogingen zo niet *to challenge* de meester dan toch ten minste om zichzelf ten opzichte van de andere toehoorders te positioneren als een legitieme gesprekspartner, begiftigd met een uiterst scherpe kritische geest en hoge intellectuele vermogens (in één woord, zich te onderscheiden, zoals Bourdieu zou zeggen). Simon raadt bij elke vraag wat de vragensteller voor positie heeft: *undergrad*, promovendus, docent, specialist, rivaal… Zonder moeite weet Simon wie stomvervelend is, wie verlegen, wie uitsloverig, wie arrogant, en wie er vergeet zijn vraag te stellen, en dat is de meerderheid, maar intussen dissen ze eindeloze monologen op, dronken van hun eigen woorden, gedreven door de onweerstaanbare behoefte hun mening te geven. Er speelt overduidelijk iets van existentieel belang in dit marionettentheater.

Maar uiteindelijk vangt hij toch een zin op die zijn aandacht vasthoudt: '*The root of critical error is a naïve confusion of literature with life*.' Dat maakt hem nieuwsgierig, dus vraagt hij zijn buurman, een Engelse veertiger, of hij toevallig in staat is hem iets als een simultaanvertaling te geven of althans de woorden samen te vatten, en omdat de Engelsman net als de helft van de campus en driekwart van de aanwezigen bij het symposium vrij goed Frans spreekt, legt hij hem uit dat er volgens Morris Zapps theorie aan de literaire kritiek een methodologische oerfout ten grondslag ligt, namelijk dat ze het leven verwart met de literatuur (Simon luistert nog oplettender), terwijl die twee niet hetzelfde zijn omdat ze niet op dezelfde manier functioneren. 'Het leven is transparant, de literatuur ondoorzichtig,' zegt de Engelsman. (Dat is nog maar de vraag, zegt Simon bij zichzelf.) 'Het leven is een open systeem, de literatuur een gesloten systeem. Het leven bestaat uit dingen, de literatuur uit woorden. Het leven valt wel degelijk samen met wat het lijkt te zeggen: als je bang bent in het vliegtuig, gaat het over de dood. Als je een meisje versiert, gaat het over seks. Maar in *Hamlet*, en dat realiseert ook de meest debiele criticus zich, gaat het niet om een man die zijn oom wil doden, hier is sprake van iets anders.'

Dat stelt Simon, die geen idee heeft van wat zijn eigen avonturen hem te zeggen kunnen hebben, weer een beetje gerust.

Afgezien van taal, uiteraard. Hm.

Morris Zapp volgt in zijn lezing steeds meer het spoor van Derrida, want nu beweert hij dat het begrijpen van een boodschap neerkomt op haar decoderen, aangezien de taal een code is. Maar 'elke decodering is op zich een nieuwe codering'. Zodat je over het geheel genomen nooit iets zeker kunt weten en al helemaal niet dat twee sprekers elkaar begrijpen, want geen mens kan er zeker van zijn dat hij zijn woorden in precies dezelfde betekenis gebruikt als zijn gesprekspartner (ook als beiden dezelfde taal spreken).

Daar zitten we dan, zegt Simon bij zichzelf.

En Morris Zapp gebruikt een verrassende metafoor, die de Engelsman voor Simon vertaalt: 'Een gesprek is kortom een partij tennis waarbij wordt gespeeld met een bal van boetseerklei, die elke keer als hij over het net komt, een andere vorm aanneemt.'

Simon voelt de bodem onder zijn voeten gedeconstrueerd worden. Hij gaat naar buiten om te roken en loopt Slimane tegen het lijf.

De jonge Arabier wacht op het einde van de lezing om met Morris Zapp te kunnen gaan praten. Simon vraagt wat hij hem wil vragen. Slimane antwoordt dat het niet zijn gewoonte is wat dan ook aan wie dan ook te vragen.

64

'Ja, het is natuurlijk paradoxaal dat de zogenoemde continentale filosofie op dit moment in de USA veel meer succes heeft dan in Europa. Derrida, Deleuze en Foucault zijn hier op de campussen absolute sterren, terwijl ze in Frankrijk op de letterenfaculteit niet worden gelezen en er bij filosofie op hen wordt neergekeken. Hier worden ze bij Engels bestudeerd. Voor de secties Engels was de French Theory hét wapen voor een putsch waardoor ze niet langer het vijfde rad aan de wagen van de geesteswetenschappen waren, maar een studierichting werden die alle andere omvat, omdat de French Theory uitgaat van de stelling dat taal aan de basis van alles ligt en dat de bestudering van taal dus neerkomt op het bestuderen van filosofie, sociologie, psychologie... Dat is nou die beroemde linguistic turn. Dus werden de filosofen nerveus en wierpen zich ook op de taal, terwijl de Searles en de Chomsky's nu een groot deel van hun tijd besteden aan het zwartmaken van de Fransen, door steeds maar helderheid te eisen: "wat men goed begrijpt kan men duidelijk uitleggen", en met behulp van demystificaties van het soort "er is niets nieuws onder de zon, Condillac had het al gezegd, Anaxagoras zei niets anders, ze hebben alles uit Nietzsche overgeschreven enzovoort". Ze hebben het gevoel dat ze hun nieuwswaarde kwijt zijn geraakt aan goochelaars, narren en charlatans, logisch dat ze woest zijn. Maar ik moet zeggen, Foucault is toch sexyer dan Chomsky.'

(Anonieme student, op de campus opgevangen woorden.)

65

Het is laat, de dag was een aaneenschakeling van lezingen, het aandachtige publiek was in groten getale opgekomen, en voor even zakt de opwinding op de campus. In het duister is hier en daar het gelach van dronken studenten te horen.

Slimane ligt in zijn eentje op de kamer die hij met Foucault deelt, naar zijn walkman te luisteren als er wordt geklopt: '*Sir? There is a phone call for you.*'

Slimane waagt zich voorzichtig de gang op. Van de eerste belangstellenden heeft hij al een bod gekregen, misschien is het een mogelijke koper die hoger wil bieden. Hij neemt de hoorn van het toestel aan de muur.

Het is Foucault, in paniek aan het andere eind van de lijn, die met moeite uitbrengt: 'Kom me halen! Het begint weer. Ik ben mijn Engels kwijt!'

Hoe Foucault er in dit gat in is geslaagd een homoclub, en ook nog een sm-club, te vinden, is Slimane een raadsel. Hij stapt in een taxi en rijdt naar een etablissement genaamd The White Sink, in een buitenwijk van de benedenstad. De klanten dragen leren broeken en petten van de Village People, de sfeer vindt Slimane er op het eerste gezicht vriendelijk. Een lange goedgebouwde man, gewapend met een rijzweep, wil hem iets te drinken aanbieden, maar Slimane weigert beleefd en gaat op zoek in de back rooms. Hij treft Foucault aan onder invloed van lsd (de symptomen herkent hij direct), gehurkt op de grond, omringd door drie of vier Amerikanen die zich bezorgd lijken af te vragen wat er met hem is, halfnaakt met dikke rode striemen op zijn lijf, volkomen wezenloos en alleen nog in staat te herhalen: 'Ik ben mijn Engels kwijt! Niemand begrijpt me! Haal me hieruit!'

De taxi weigert hen te vervoeren, de chauffeur is waarschijnlijk bang dat Foucault zijn stoelen onderkotst en anders heeft hij een hekel aan flikkers, dus Slimane trekt Foucault aan zijn schouders overeind en ze gaan te voet terug naar het hotel op de campus.

Ithaca is een stadje van dertigduizend inwoners (met de studenten op de campus meegeteld het dubbele), maar erg verspreid gebouwd. Het is een heel eind lopen, de straten zijn verlaten en vormen een eindeloze rij min of meer vergelijkbare houten huizen, met hun bank of schommelstoel op de veranda, wat lege bierflessen op de tafeltjes en volle asbakken. (In 1980 wordt er in de USA nog gerookt.) Om de honderd meter staat er een houten kerk. De twee mannen steken verschillende waterstromen over. Foucault ziet overal eekhoorntjes.

Een politiewagen remt af en blijft naast hen rijden. Slimane kan twee argwanende gezichten zien achter de staaflamp die op hem is gericht. Hij zet een joviaal gezicht en zegt iets in het Frans tegen hen. Foucault brabbelt wat. Slimane weet dat de man die op hem leunt er voor een geoefend oog niet alleen dronken uitziet, maar zo stoned als een garnaal. Hij kan alleen maar hopen dat Foucault geen lsd bij zich heeft. De patrouille aarzelt. Dan rijdt ze zonder hen te controleren door.

Ten slotte bereiken ze het centrum. Slimane koopt een wafel voor Foucault in een *diner* gerund door mormonen. Foucault schreeuwt: '*Fuck Reagan!*'

Het kost hun een uur om de heuvel op te komen en dan heeft Slimane nog de gelukkige inval via het kerkhof af te snijden. Gedurende de hele beklimming herhaalt Foucault: 'Een echte goeie clubsandwich en een cola...'

In de gangen van het hotel krijgt Foucault een paniekaanval omdat hij vlak voor hij wegging *The Shining* heeft gezien. Slimane stopt hem in, Foucault eist een kusje en valt in slaap, dromend van Grieks-Romeinse krijgers.

66

'Ik zeg dit niet omdat ik Iraniër ben, maar Foucault lult alleen maar uit zijn nek. Chomsky heeft gelijk.'

(Anonieme student, op de campus opgevangen woorden.)

67

Bij het verlaten van Cixous' lezing over het vrouwelijke schrijven is Simon aan de praat geraakt met een jonge Joodse feministische lesbienne. Ze heet Judith, komt uit een Hongaars-Joodse familie, werkt aan een proefschrift in de filosofie en ze blijkt in zoverre in de performatief geïnteresseerd te zijn dat ze vermoedt dat de patriarchale macht zijn toevlucht heeft genomen tot een geniepige vorm van de performatief om het model van het heterogenormeerde monogame paar als culturele constructie ingang te doen vinden, of in begrijpelijke taal, volgens haar hoeft de blanke heteroman maar te verklaren dat iets zo ís en dan bestáát het ook.

De performatief is niet alleen het tot ridder slaan van aspirant-ridders, het is ook een retorisch rotgeintje waarmee de uitkomst van een krachtsverhouding tot een eeuwenoude waarheid wordt getransformeerd.

En met als wapen het woord 'natuurlijk'. De natuur, ziehier de vijand. Het doorslaggevende argument van de reactionairen is dat iets 'tegennatuurlijk' is, een vagelijk gemoderniseerde variant van alles wat vroeger tegen de goddelijke wil inging. (God is zelfs in de USA van 1980 een beetje moe, maar de reactionairen geven niet op.)

Judith: 'De natuur is pijn, ziekte, wreedheid, barbaarsheid en dood. *Nature is murder*.' Ze lacht als ze de slogan van *Pro Life* parodieert.

Simon valt haar bij: 'Baudelaire had een hekel aan de natuur.'

Ze heeft een hoekig gezicht, een typische studentencoupe erboven en ziet eruit alsof ze haar studie politicologie als beste van haar jaar heeft afgerond, maar ze is een radicale feministe die het zo ongeveer eens is met Monique Wittig, die zegt dat een lesbienne geen vrouw is, omdat een vrouw wordt gedefinieerd als de aanvulling van de man, aan wie ze per definitie is onderworpen. De mythe van Adam en Eva is in bepaald opzicht de erf-performatief: vanaf het moment dat wordt verordonneerd dat de vrouw na de man komt, dat ze uit een stukje van de man is geschapen en dat zij de stommiteit begaat van de appel te eten, dat zij een slet is, en dat het haar verdiende loon is dat ze in pijn moet baren, is het uiteraard bekeken voor haar. Het ontbrak er nog maar aan dat ze weigert de koters op te voeden.

Bayard komt erbij staan, hij heeft Cixous' lezing gemist omdat hij liever naar de training van de hockeyploeg ging kijken om, zo zegt hij, de sfeer van de campus op te snuiven. Hij heeft een halfleeg biertje en een zakje chips in zijn handen. Judith bekijkt Bayard nieuwsgierig maar in tegenstelling tot wat Simon had gedacht, zonder zichtbare vijandigheid.

'Lesbiennes zijn geen vrouwen en ze hebben schijt aan jullie, jullie en je fallogocentrisme.' Judith lacht. Simon lacht met haar mee. Bayard vraagt: 'Waar gaat dit over?'

68

'Zet die zonnebril toch af, er is helemaal geen zon, je ziet zelf ook wel dat het pokkenweer is.'

De legende heeft makkelijk praten, Foucault is toch tamelijk gammel na zijn wapenfeiten van de afgelopen nacht. Hij doopt een enorm cookie met pecannoten in een opvallend drinkbare dubbele espresso. Slimane zit naast hem en eet een cheeseburger met een saus van bacon en blauwe kaas.

De eettent ligt bij de ingang van de campus, boven op de heuvel aan de andere kant van het ravijn, dat wordt overspannen door een brug waar soms gedeprimeerde studenten van afspringen. Ze komen er niet achter of ze nu in een bar zitten of in een tearoom. Bij twijfel wil Foucault, die ondanks zijn koppijn altijd nieuwsgierig is, een biertje bestellen, maar Slimane wuift de serveerster weg. Ze is misschien gewend aan de grillen van de *visiting professors* en andere beroemdheden van de campus, haalt haar schouders op en draait zich op haar hakken om terwijl ze automatisch opdreunt: '*No problem, guys. Let me know if you need anything, okay? I'm Candy, by the way.*' Foucault murmelt: '*Hello Candy. You're so sweet.*' De serveerster heeft het niet gehoord, wat misschien *for the best* is, zegt Foucault bij zichzelf en hij stelt in het voorbijgaan vast dat zijn Engels terug is.

Op zijn schouder voelt hij een hand. Hij kijkt op en herkent van achter zijn bril Kristeva. Ze heeft een dampende beker ter grootte van een thermoskan in haar hand. 'Hoe is het, Michel? Dat is lang geleden.' Foucault herstelt zich binnen de seconde. Zijn gelaatstrekken spannen zich, hij zet zijn bril af en biedt Kristeva zijn beroemde glimlach, alle tanden bloot. 'Julia, je ziet er stralend uit.' En of ze elkaar de vorige dag nog hadden gezien, vraagt hij: 'Wat drink je daar?'

Kristeva lacht: 'Smerige thee. Amerikanen kunnen geen thee zetten. Ik ben een keer in China geweest, dus je begrijpt...'

Omdat hij niet wil dat ze doorkrijgt hoe hij zich voelt, praat hij meteen verder: 'Ging je lezing goed? Ik heb er niet bij kunnen zijn.'

'Ach, weet je... niets revolutionairs.' Ze laat even een stilte vallen. Foucault hoort zijn maag borrelen. 'Revoluties bewaar ik voor grote gelegenheden.'

Foucault doet alsof hij lacht en verontschuldigt zich dan. 'Ik moet pissen van die koffie hier, haha.' Hij staat op en begeeft zich zo kalm mogelijk naar de toiletten om zich uit alle gaten tegelijk leeg te laten lopen.

Kristeva gaat op zijn stoel zitten. Zonder iets te zeggen kijkt Slimane haar aan. Foucaults bleke gezicht is haar opgevallen, ze weet dat hij niet terugkomt van de wc voor hij haar perfect om de tuin kan leiden aangaande zijn lichamelijke toestand en ze schat dus dat ze twee of drie minuten heeft.

'Ik heb me laten vertellen dat u iets in uw bezit hebt wat hier een koper zou kunnen vinden.'

'U moet zich vergissen, mevrouw.'

'Integendeel, ik denk dat ú op het punt staat een betreurenswaardige vergissing te begaan, voor iedereen.'

'Ik weet niet waar u het over hebt, mevrouw.'

'Toch ben ik bereid om persoonlijk als koper op te treden tegen een aanzienlijke vergoeding, maar ik zou vooral een garantie willen krijgen.'

'Wat voor garantie, mevrouw?'

'De verzekering dat niemand anders voordeel zal hebben van die aankoop.'

'En hoe denkt u die garantie te krijgen, mevrouw?'

'Aan u om me dat te zeggen, Slimane.'

Het valt hem op dat ze zijn voornaam gebruikt.

'Hoor eens, stomme trut, we zijn hier niet in Parijs en ik heb die twee hondjes van je nergens gezien. Als je me nog eens aanspreekt, slacht ik je af als een beest en smijt je het meer in.'

Foucault komt terug van de wc, het is te zien dat hij zijn gezicht onder de kraan heeft gehouden, maar zijn voorkomen is onberispelijk, hij zou de schijn perfect ophouden, zegt Kristeva bij zichzelf, als er niet iets wasachtigs in zijn ogen lag. Je zou er een eed op willen doen dat hij klaar is om een lezing te houden, en overigens is dat misschien wat hij gaat doen, alleen zou hij zich wel graag kunnen herinneren hoe laat hij exact zijn toespraak moet houden.

Kristeva staat met een verontschuldiging van zijn stoel op. 'Aangenaam kennis met u gemaakt te hebben, Slimane.' Ze steekt haar hand niet uit omdat ze weet dat hij die niet zal accepteren. Uit al ontkurkte flessen drinkt hij niet. Het zoutvaatje op tafel gebruikt hij niet. Lichamelijk contact met wie dan ook vermijdt hij. Hij is wantrouwig en hij heeft gelijk. Zonder Nikolaj zal alles wat ingewikkelder worden. Maar haar inschatting is dat er niets is wat ze niet zelf kan regelen.

69

'Een redenering deconstrueren houdt in te laten zien hoe die redenering de filosofie die ze in het vaandel voert of het klassement van de tegenstellingen waar ze een beroep op doet, zelf uitholt, en dat doe je door in de tekst retorische trucs aan te wijzen die aan de inhoud een veronderstelde basis of een leidende gedachte of een premisse verlenen.'

(Jonathan Culler, organisator van het symposium *Shift into overdrive in the linguistic turn*.)

70

'We bevinden ons zogezegd in de gouden eeuw van de taalfilosofie.'

Searle houdt zijn lezing en de hele Amerikaanse universitaire incrowd weet van tevoren dat het een regelrechte aanval zal zijn op Derrida, omdat de Amerikaanse analyticus vindt dat zijn leermeester Austin door de Franse deconstructivist aan de schandpaal is genageld en hij diens eer wil wreken.

Simon en Bayard zitten in de zaal, maar ze begrijpen er niets van, of niet veel, omdat de lezing in het Engels is. Het gaat over '*speech acts*', dat is nog oké. Simon hoort '*illocutionary*', '*perlocutionary*'. Maar wat wil '*utterance*' zeggen?

Derrida is er niet, maar hij heeft zijn afgezanten gestuurd, die hem zeker verslag zullen uitbrengen: zijn trouwe luitenant Paul de Man, zijn vertaalster Gayatri Spivak, zijn vriendin Hélène Cixous... Eerlijk gezegd is iedereen er, behalve Foucault, die het kennelijk niet de moeite vond om te gaan. Hij rekent misschien op Slimane voor een samenvatting van de toespraak, of anders interesseert het hem geen barst.

Bayard heeft Kristeva gespot en ook de anderen die hij in de kantine heeft gezien, tot en met de oude man met de wollen stropdas en het struikgewas als kapsel.

Searle zegt herhaaldelijk dat hij dit of dat niet nog eens hoeft te zeggen, dat hij zijn geëerde toehoorders niet wil beledigen door dit of dat punt uit te leggen, dat er hier geen reden is om bij dergelijke evidente waarheden stil te blijven staan enz.

Ondanks alles begrijpt Simon dat Searle denkt dat je wel volkomen idioot moet zijn als je 'herhaalbaarheid' en 'bestendigheid', geschreven en gesproken taal, of echte en gefingeerde taaluitingen door elkaar haalt. Searles boodschap luidt ruwweg: *Fuck Derrida*.

Jeffrey Mehlman buigt zich naar Morris Zapp: '*I had failed to note the charmingly contentious Searle had the philosophical temperament of a cop*.' Zapp lacht. Studenten sissen achter hem om stilte.

Aan het eind van de lezing stelt een student een vraag. Denkt Searle dat het meningsverschil tussen hem en Derrida (instemmend gemompel in de zaal, want iedereen had toch wel door wie het onderwerp en het doelwit van zijn toespraak was, al had hij zorgvuldig vermeden zijn tegenstander te noemen) symbolisch is voor de confrontatie tussen twee grote filosofische tradities (de analytische en de continentale)?

Met ingehouden woede antwoordt Searle: '*I think it would be a mistake to believe so. The confrontation never quite takes place*.' Het begrip dat *some philosophers so-called continental* hebben van Austin en zijn theorie over speech acts, is zo onduidelijk en vaag, zo overlopend van dwalingen en begripsfouten, *as I just gave the demonstration of it*, dat het zinloos is erbij stil te staan. En als een strenge predikant voegt hij eraan toe: '*Stop wasting your time with those lunacies, young man. This is not the way serious philosophy works. Thank you for your attention*.'

Vervolgens staat hij op en vertrekt zonder acht te slaan op de woelingen in de zaal.

Maar terwijl het publiek zich begint te verspreiden, ziet Bayard dat Slimane de spreker op de hielen volgt. 'Kijk, Herzog! Het lijkt erop dat de Arabier wat vragen heeft over de perlocutie...' Machinaal noteert Simon het verkapte racisme en anti-intellectualisme. Maar achter de conservatieve gevoelswaarde van deze sarcastische opmerking gaat wel een echte vraag schuil: wat moet Slimane van Searle?

71

'"Er zij licht." En er was licht.' (Dode Zeerollen, ongeveer tweede eeuw v.Chr., de tot op heden oudste teruggevonden performatieve taaluiting in de joods-christelijke wereld.)

72

Nauwelijks heeft Simon op de knop van de *elevator* gedrukt of hij weet al dat hij het paradijs tegemoet gaat. De deuren schuiven open op de verdieping van de *Romance studies* en hij komt in een labyrint van rekken, tot aan het plafond vol boeken, verlicht door flikkerende tl-buizen. Boven de bibliotheek van Cornell, die vierentwintig uur per dag geopend is, gaat de zon nooit onder.

Alle boeken die Simon zich zou kunnen wensen staan er, en de andere ook. Hij is de piraat in het hol met de schat, alleen hoeft hij slechts een formulier in te vullen als hij iets mee wil nemen. Hij laat zijn vingertoppen langs de ruggen gaan alsof hij de aren van een korenveld streelt waarvan hij de eigenaar is. Dit is pas het reëel bestaande communisme: wat van iedereen is, is van mij en vice versa.

Maar op dit uur van de dag is de bibliotheek waarschijnlijk verlaten.

Simon loopt met grote passen door de afdeling *Structuralism*. Hé, een boek van Lévi-Strauss over Japan?

Hij blijft staan in de afdeling *Surrealism* en raakt in vervoering voor een muur van wonderen: *Connaissance de la mort* van Roger Vitrac… *Donkere lente* van Unica Zürn… *La Papesse du diable*, toegeschreven aan Desnos… zeldzame dingen van Crevel in het Frans en in het Engels… onuitgegeven materiaal van Annie Le Brun en Radovan Ivšić…

Er kraakt iets. Simon verstijft. Voetstappen. Omdat hij denkt dat zijn aanwezigheid midden in de nacht in een universiteitsbibliotheek natuurlijk weliswaar niet verboden is, maar op zijn minst *inappropriate* zoals de Amerikanen zeggen, duikt hij automatisch weg achter *Seksuele obsessies: surrealistische seances 1928-1932* van het 'bureau van surrealistisch onderzoek'.

Van achter de correspondentie van Tzara ziet hij Searle langslopen.

Hij hoort hem met iemand praten in de afdeling naast hem. Heel behoedzaam trekt hij de ingebonden cassette van de twaalf facsimilenummers van *La Révolution surréaliste* naar achteren en door de spleet herkent hij de tengere gestalte van Slimane.

Searle mompelt te zachtjes, maar Simon hoort Slimane duidelijk antwoorden: 'Je hebt vierentwintig uur. Daarna verkoop ik aan de hoogste bieder.' Vervolgens zet hij zijn walkman op en loopt naar de lift.

Maar Searle gaat niet met hem mee. Verstrooid bladert hij in een paar boeken. Wie zal zeggen wat hij denkt? Simon verjaagt de indruk van een déjà vu uit zijn hoofd.

Als hij *La Révolution surréaliste* wil terugzetten, laat hij een nummer van *Le Grand Jeu* vallen. Searle kijkt op als een staande hond. Simon besluit er zo onopvallend mogelijk tussenuit te knijpen en zigzagt op zijn tenen tussen de rekken door terwijl hij achter zich de taalfilosoof *Le Grand Jeu* hoort oprapen. Hij stelt zich voor hoe hij aan het tijdschrift ruikt. Hij rept zich want hij hoort voetstappen die zijn spoor volgen. Hij loopt door de afdeling *Psychoanalysis* en slaat die van de *Nouveau roman* in, maar die loopt dood. Hij draait zich om en schrikt als hij Searle op zich af ziet komen, een briefopener in de ene en *Le Grand Jeu* in de andere hand. Machinaal grijpt hij een boek om zich te verdedigen (*De vervoering van Lol V. Stein*, maar daar komt hij niet ver mee, zegt hij bij zichzelf, gooit het op de grond en grijpt een ander, *De weg naar Vlaanderen*, dat is beter); Searle heft niet zoals in *Psycho* zijn arm en toch is Simon ervan overtuigd dat hij zijn edele delen tegen het lemmet van de briefopener zal moeten beschermen, als ze de deuren van de lift horen opengaan.

Verscholen in hun impasse zien Simon en Searle een jonge vrouw op laarzen langskomen die samen met een man met een stierenlichaam naar het kopieerapparaat loopt. Searle heeft zijn briefopener in zijn zak opgeborgen, Simon heeft het boek van Claude Simon laten zakken, en door dezelfde nieuwsgierigheid gedreven slaan beide mannen het paar gade van achter het verzameld werk van Nathalie Sarraute. Ze horen het gezoem van het kopieerapparaat en ze zien de blauwe flits, maar de stierman omhelst nu de over de machine gebogen jonge vrouw. Ze slaakt een onhoorbare zucht en legt zonder naar hem te kijken haar hand op zijn gulp. (Simon denkt aan Othello's zakdoek.) Ze heeft een zeer bleke huid en lange vingers. De stierman knoopt haar jurk los en laat die naar haar voeten glijden. Ze heeft geen ondergoed aan, haar lichaam lijkt zo uit een schilderij van Rafaël te zijn gestapt, met zware borsten, een slank middel, brede heupen, goedgebouwde schouders en een geschoren geslacht. Haar hoekig geknipte haar verleent haar driehoekige gezicht de glans van een Carthaagse prinses. Searle en Simon sperren hun ogen open als ze knielt om het geslacht van de stierman in haar mond te nemen, want ze willen zien of het lijkt op dat van een stier. Simon legt *De weg naar Vlaanderen* neer. De stier tilt de jonge vrouw op, draait haar om en dringt diep in haar door, terwijl zij haar rug kromt om haar billen eigenhandig uit elkaar te duwen en hij haar bij de nek pakt om haar tegen te houden. Hij voltrekt wat zijn stierennatuur hem ingeeft: hij stoot in haar, eerst log en langzaam, daarna met toenemende woestheid en ze horen het kopieerapparaat tegen de muur bonken tot het loskomt van de grond en hem een langdurig gebrul ontlokt dat zich verspreidt door de gangpaden van de verlaten (denken ze) bibliotheek.

Simon kan zich niet van dit visioen van een jupiteriaanse paring losrukken en toch zal het moeten. Maar hij deinst ervoor terug deze grootse neukscène te verstoren. Met geweldige wilskracht krijgt zijn overlevingsinstinct de overhand, hij veegt het rek schoon waar de boeken van Duras zich opstapelen en knalt ze tegen de grond. Door het geluid van de vallende boeken verstijft iedereen. Het geschreeuw verstomt meteen. Simon kijkt Searle recht in de ogen. Langzaam loopt hij om hem heen zonder dat Searle een pink naar hem uitsteekt. Als hij uitkomt op het middenpad, draait hij zich om naar het kopieerapparaat. De stierman staat hem met zijn pik in de lucht aan te staren. De jonge vrouw werpt hem een tartende blik toe, terwijl ze langzaam haar jurk opraapt, er eerst met haar ene en daarna met haar andere been in stapt en dan haar rug naar de stierman draait om hem de knopen dicht te laten maken. Simon beseft dat ze haar laarzen aan heeft gehouden. Hij vlucht via de diensttrap.

Buiten treft hij op het gazon van de campus de jonge vrienden van Kristeva, die de afgelopen drie dagen niet van hun plaats gekomen lijken te zijn, te oordelen naar de lege flessen en de zakjes chips waarmee het gras rondom hen bezaaid ligt. Op hun uitnodiging komt hij erbij zitten, krijgt een biertje aangeboden en accepteert dankbaar de joint die hem wordt aangereikt. Simon weet dat hij buiten gevaar is (als er ooit sprake van is geweest – weet hij wel zeker dat hij de briefopener heeft gezien?), maar het benauwde gevoel in zijn borst wil niet wijken. Er zit hem iets anders dwars.

In Bologna vrijt hij met Bianca in een zeventiende-eeuws amfitheater en hij ontsnapt aan een bomaanslag. Hier wordt hij 's nachts in een bibliotheek net niet aan het mes geregen door een taalfilosoof en is hij toeschouwer van een min of meer mythologische kontneukscène op een kopieerapparaat. Hij heeft Giscard ontmoet in het Élysée, is Foucault in een homosauna tegengekomen, is verwikkeld geweest in een achtervolging per auto die uitliep op een poging tot moord, heeft een man een ander zien doden met een vergiftigde paraplu, heeft een geheim genootschap ontdekt waar de vingers van verliezers worden afgehakt en hij is de Atlantische Oceaan overgestoken om een geheimzinnig document te achterhalen. In een paar maanden tijd heeft hij meer buitengewone dingen beleefd dan hij in zijn hele leven dacht te zullen meemaken. Simon weet het romaneske te herkennen als hij het tegenkomt. De surnumerairs van Umberto Eco komen weer bij hem boven. Hij neemt een hijs van de joint.

'*What's up, man?*'

Simon geeft de joint door. In zijn hoofd maalt de film van de afgelopen maanden, die hij niet kan stoppen en waaruit hij, zoals zijn vak is, de verhaalstructuren licht, de meewerkende en tegenwerkende personages, de allegorische betekenis. Een seksscène (handelende persoon), een aanslag (bom) in Bologna. Een aanslag (briefopener), een seksscène (toeschouwer) in Cornell. (Chiasme.) Een achtervolging in een oude bak. Een nieuwe versie van Hamlets laatste duel. Het terugkerende motief van de bibliotheek (maar waarom denkt hij aan Beaubourg?). De personages in koppels: de twee Bulgaren, de twee Japanners, Sollers en Kristeva, Searle en Derrida, Anastasia en Bianca... En vooral de onwaarschijnlijkheden: waarom heeft de derde Bulgaar gewacht tot zij begrepen dat er een kopie van het manuscript bij Barthes was blijven liggen, voordat hij het appartement doorzocht? Hoe is Anastasia, als ze een Russische agente is, erin geslaagd om zo snel te worden aangenomen in de ziekenhuisvleugel waar Barthes lag? Waarom heeft Giscard Kristeva niet laten arresteren en haar toevertrouwd aan een van zijn kongsi's, waar ze zou worden gemarteld tot ze ging praten, maar in plaats daarvan Bayard en hem naar de USA gestuurd om haar in de gaten te houden? Hoe komt het dat het document in het Frans is geschreven en niet in het Russisch of het Engels? Wie heeft het vertaald?

Simon grijpt kreunend naar zijn hoofd.

'Ik geloof dat ik klemzit in een kloteroman.'

'*What?*'

'*I think I am trapped in a novel.*'

De student tegen wie hij dat zegt, laat zich achterovervallen, blaast de rook van zijn sigaret naar de hemel, kijkt naar de sterren die door de ether suizen, neemt een slok uit zijn bierflesje, richt zich op een elleboog op, laat een lange stilte door de Amerikaanse nacht zeilen en zegt: '*Sounds cool, man. Enjoy the trip.*'

73

'Iemand met paranoia deelt daarom de onmacht van het ontheemde teken die hem in een glibberige atmosfeer van alle kanten overvalt, maar de overmacht van de betekenaar wordt hem des te beter deelachtig in het koninklijke gevoel van de woede, als meester van het netwerk dat zich in de atmosfeer uitbreidt.'

(Guattari, op de conferentie van Cornell, 1980)

74

'Zeg, schiet eens op, de lezing over Jakobson gaat beginnen.'

'Nee, het is goed zo, ik heb mijn portie wel gehad.'

'Ach verdomme, doe niet zo vervelend, je had gezegd dat je meeging. Er zullen een heleboel mensen in de zaal zitten. We komen van alles te weten... Hou op met die Rubiks kubus!'

Klikklak. Onverstoorbaar draait Bayard de veelkleurige rijen in het rond. Hij heeft bijna twee van de zes zijden af.

'Oké dan, maar straks komt Derrida, die mogen we niet missen.'

'Hoezo niet? Waarom is die zak interessanter dan de rest?'

'Hij is een van de interessantste levende denkers ter WERELD. Maar dat is het punt niet, stomme lul. Hij en Searle vliegen elkaar in de haren over de theorie van Austin.'

Klikklak.

'De theorie van Austin, dat is de performatief, weet je nog? De illocutie en de perlocutie. Wanneer zeggen meteen doen is. Hoe je dingen doet door te praten. Hoe je mensen dingen kunt laten doen door alleen maar tegen ze te praten. Als ik bijvoorbeeld over een grotere perlocutie beschikte en jij minder stom was, zou ik alleen maar hoeven zeggen "lezing van Derrida", of je zette de sokken erin en we zaten alvast in de zaal. Als de zevende functie hier ergens rondslingert, is het duidelijk dat Derrida erbij betrokken zal worden, hij in de eerste plaats.'

'Welke plaats?'

'Hou je niet van de domme.'

'Waarom is iedereen op zoek naar de zevende functie van Jakobson als Austins functies voor het grijpen liggen?'

'Austins werk is zuiver beschrijvend. Het legt je uit hoe het werkt, maar niet hoe je het voor elkaar krijgt dat het werkt. Austin beschrijft welke mechanismen er in werking treden als je iets belooft of als je een dreigement uitspreekt of als je je tot iemand richt met de bedoeling hem zus of zo te laten doen, maar hij vertelt je niet hoe je het voor elkaar krijgt dat die ander je gelooft en je serieus neemt of doet wat je wilt. Hij stelt alleen maar vast dat een speech act kan slagen of mislukken en hij noemt een paar voorwaarden voor succes: je moet bijvoorbeeld ambtenaar van de burgerlijke stand zijn, wil de zin “ik verklaar dat u beiden door de echt met elkaar bent verbonden” functioneren. (Maar dat zijn puur performatieve taalhandelingen.) Hij vertelt niet hoe je dat bij elke gelegenheid voor elkaar krijgt. Het is geen gebruiksaanwijzing, alleen maar een analyse, een miniem verschil, begrijp je?’

Klikklak.

‘En Jakobsons werk is niet alleen maar beschrijvend?’

‘Eh, jawel, maar de zevende functie… moeten we aannemen van niet.’

Klikklak.

‘Verdomme, het gaat niet.’

Het lukt Bayard niet de tweede zijde van de kubus helemaal goed te krijgen.

Hij voelt Simons beschuldigende blik op zich rusten.

‘Goed, hoe laat?’

‘En niet te laat komen!’

Klikklak. Bayard verandert van strategie en probeert, in plaats van een tweede zijde goed te krijgen, nu vanuit de eerste aan vier zijden tegelijk omhoog te werken. Terwijl hij steeds handiger wordt met zijn kubus, zegt hij bij zichzelf dat hij het verschil tussen illocutie en perlocutie niet goed heeft begrepen.

Simon is onderweg naar de lezing over Jakobson, waar hij zich op verheugt, met of zonder Bayard, maar als hij over het gazon van de campus loopt, hoort hij een brouwende en tegelijk kristalheldere schaterlach, waarvan het geluid zijn aandacht trekt, en als hij zich omdraait ziet hij de jonge brunette van het kopieerapparaat. De Carthaagse prinses met haar leren laarzen, maar nu aangekleed. Ze staat te praten met een kleine Aziatische en een lange Egyptische (of Libanese, zegt Simon bij zichzelf, die instinctief het Arabische type heeft opgemerkt en het kruisje in haar hals, misschien een maroniete, maar volgens hem toch eerder een koptische). (Op basis van welke aanwijzing neemt hij die beslissing? Een raadsel.)

De drie jonge vrouwen lopen vrolijk naar de bovenstad.

Simon besluit hen te volgen.

Ze lopen langs het gebouw van de natuurwetenschappen, waar in formaline het brein wordt bewaard van een seriemoordenaar genaamd Edward Rulloff, van wie men veronderstelt dat hij geniaal was.

Ze lopen langs de hotelschool, waar de lekkere geur van gebakken brood uit komt.

Ze lopen langs de faculteit diergeneeskunde. Simon gaat zo op in het schaduwen dat hij Searle niet ziet, die het gebouw binnenloopt met een grote zak brokken, althans hij ziet hem wel, maar het leek hem niet nodig die informatie te decoderen.

Ze lopen langs het gebouw van de *Romance Studies*.

Ze steken de ravijnen over via de brug die de campus van de stad scheidt.

Ze kiezen een tafeltje in een kroeg die de naam draagt van de seriemoordenaar. Hij gaat discreet aan de bar zitten.

Hij hoort de gelaarsde brunette zeggen: 'Jaloezie interesseert me niet, rivaliteit nog minder... Ik ben doodmoe van mannen die bang zijn voor wat ze willen...'

Simon steekt een sigaret op.

'Ik zeg graag dat ik niet van Borges houd... Moet je nagaan hoe ik mezelf elk moment de grond in boor...'

Simon bestelt een bier en slaat *The Ithaca Journal* open.

'Ik durf best te beweren dat ik voor de liefde ben gemaakt, voor krachtige lichamelijke liefde.'

De drie jonge vrouwen barsten in lachen uit.

Het gesprek komt op de mythologische, seksistische interpretatie van sterrenbeelden en op het eeuwige opzijschuiven van Griekse heldinnen (Simon inventariseert mentaal: Ariadne, Phaedra, Penelope, Hera, Circe, Europa...).

En zo mist ook hij uiteindelijk de lezing over de levende structuren van Jakobson, omdat hij liever een jonge vrouw met donker haar ging bespieden, die een hamburger at met twee vriendinnetjes.

75

Er hangt onweer in de lucht, iedereen is er, Kristeva, Zapp, Foucault, Slimane, Searle, de zaal is stampvol, alles puilt uit, je kunt geen stap verzetten of je trapt op een student of een docent, het publiek is zo onrustig als in het theater, en dan komt de meester zelf: Derrida, *on stage*, nu.

Hij glimlacht naar Cixous op de eerste rij, steekt een vriendschappelijke hand op naar zijn vertaalster Gayatri Spivak, ziet zijn vrienden en vijanden. Ziet Searle.

Simon is er ook, met Bayard. Ze zijn naast Judith gaan zitten, de jonge lesbische feministe.

'Het woord "verzoening" is de speech act waarmee je al pratend, aan de hand van een woord, de verzoening begint, die aanbiedt door je tot de ander te richten, wat wel wil zeggen dat eraan voorafgaand oorlog is geweest, leed, letsel, verwonding...'

In de zaal ontdekt Simon de Carthaagse prinses van het kopieerapparaat met als onmiddellijk gevolg dat zijn concentratievermogen vertroebeld raakt, zodat hij de onderhuidse boodschap niet kan decoderen van Derrida's eerste woorden, die de indruk wekken dat hij uit is op herstel van de rust.

En inderdaad bespreekt Derrida kalm en methodisch nog eens Austins theorie, noemt bepaalde bezwaren, strikt binnen de universitaire omgangsvormen, op een schijnbaar zo objectief mogelijke wijze.

De theorie van de speech acts, die stelt dat het woord óók daad is, dat wil zeggen dat degene die praat, al pratend handelt, houdt een veronderstelling in die Derrida bestrijdt: de intentie. De theorie gaat er namelijk van uit dat de intenties van de spreker voorafgaan

aan wat hij zegt, dat ze voor hemzelf volkomen duidelijk zijn en ook voor degene tot wie hij zijn boodschap richt (aangenomen dat duidelijk is wie deze persoon precies is).

Als ik zeg: 'Het is al laat', betekent het dat ik naar huis wil. Maar als ik eigenlijk wil blijven? Als ik wil dat ze me tegenhouden? Dat ze me niet naar huis laten gaan? Dat ze me geruststellen en zeggen: 'Welnee, zo laat is het nog niet'?

Als ik schrijf, weet ik dan werkelijk wat ik wil schrijven? Wordt de tekst niet onthuld tijdens het schrijfproces? (Wordt de tekst ooit echt onthuld?)

En zelfs als ik weet wat ik wil zeggen, ontvangt de ander het dan precies zoals ik het denk (zoals ik aanneem dat ik het heb gedacht)? Komt wat hij begrijpt van wat ik zeg exact overeen met wat ik hem denk te willen zeggen?

Het is duidelijk dat deze eerste opmerkingen een serieuze aanval op de theorieën van de speech acts vormen. In het licht van deze bescheiden bezwaren wordt het inderdaad riskant om de kracht van de illocutie (en vooral van de perlocutie) in termen van succes of mislukking uit te drukken, zoals Austin het doet (en niet in termen van waarheid of onwaarheid zoals de traditionele taalwetenschap het tot dat moment deed).

Als mensen me 'Het is al laat' horen zeggen, denken ze dat ik naar huis wil en bieden ze aan me naar huis te brengen. Succes? Maar als ik eigenlijk had willen blijven? Als iets of iemand diep in mij wil blijven, zelfs zonder dat ik me ervan bewust ben?

'In welke zin beweert Reagan eigenlijk dat hij Reagan is, president van de Verenigde Staten? Wie zal dat ooit absoluut zeker weten? Hijzelf?'

De zaal lacht. De aandacht is totaal. Iedereen is de context vergeten. En op dat moment besluit Derrida toe te slaan.

'Maar wat zou er gebeuren als ik door Sarl te beloven kritiek op hem te leveren al bij voorbaat vervul wat zijn onbewuste wenst, om nu nog onbekende redenen, en er alles aan doet om me te provoceren? Zou mijn "belofte" dan een belofte zijn of een dreigement?'

Bayard vraagt fluisterend in Judiths oor waarom Derrida de naam als 'Sarl' uitspreekt. Judith legt uit dat Derrida op die manier de spot drijft met Searle: in het Frans betekent 'Sarl' voor zover ze heeft begrepen *société à responsabilité limitée*, een vennootschap met beperkte aansprakelijkheid. Dat vindt Bayard vrij grappig.

Derrida is nu op stoom: 'Is de spreker wel een eenheid, heeft hij wel een identiteit? Is hij verantwoordelijk voor de speech acts die zijn onbewuste hem ingeeft? Want ik heb ook mijn eigen onbewuste dat Sarl plezier kan willen doen wanneer hij kritiek wil krijgen, hem kan willen kwetsen door geen kritiek op hem te leveren, hem juist plezier kan willen doen door geen kritiek op hem te leveren of hem kwetsen door wel kritiek op hem te leveren, hem een dreigement kan willen beloven of hem met een belofte kan willen bedreigen, en mezelf ook bloot kan willen stellen aan kritiek door er plezier in te hebben dingen te zeggen die "*obviously false*" zijn, om van mijn zwakheid te genieten of omdat ik niets liever wil dan mezelf te kijk te zetten enzovoort.'

Uiteraard draaien alle aanwezigen zich nu om naar Searle, die precies in het midden van de tribune is gaan zitten, alsof hij dit moment heeft voorvoeld. De eenzame man in de menigte: het lijkt wel een opname uit een film van Hitchcock. Ondanks al die blikken vertrekt hij geen spier in zijn onverstoorbare gezicht. Hij lijkt wel een opgezet dier, zo eenvoudig is het.

En als ik zinnen uitspreek, ben ik het dan werkelijk zelf die praat? Hoe zou iemand ooit iets origineels, iets persoonlijks, iets éigens kunnen zeggen, wanneer de taal ons per definitie verplicht te putten uit een schat van al bestaande woorden (de beroemde thesaurus van een taal)? We worden immers bepaald door zo veel factoren van buiten: onze tijd, de boeken die we lezen, onze socioculturele achtergrond, de ons zo dierbare 'taaltics' waarmee we onze identiteit 'optutten' zoals een vrouw haar uiterlijk, en ten slotte de woorden waarmee we onophoudelijk en in alle mogelijke en voorstelbare vormen worden gebombardeerd.

Wie heeft er nooit een vriend, een familielid, een collega op kantoor of een schoonvader betrapt op het bijna woord voor woord herhalen van de argumenten die hij in de krant heeft gelezen of op tv heeft gehoord, alsof hij daar namens zichzelf aan het praten is, alsof hij zich die woorden heeft toegeëigend, alsof hij de bron ervan is en geen doorgeefluik, terwijl hij toch dezelfde formuleringen, dezelfde retorica, dezelfde veronderstellingen, dezelfde verontwaardigde stembuigingen gebruikt, dezelfde kiene gelaatsuitdrukking opzet, alsof hij niet het eenvoudige medium is waardoor de ingeblikte stem van een nieuwslezer hoorbaar wordt, die zelf weer de uitspraken herhaalt van een politicus, die ze zelf weer in een boek heeft gelezen waarvan de schrijver, enzovoort, zodat de genoemde stem, nomadisch, zonder oorsprong, als van een spookspreker, communiceert op de manier van twee kamers die door middel van een opening met elkaar in verbinding staan.

Als je schoonvader herhaalt wat hij in de krant heeft gelezen, is zijn bijdrage aan het gesprek toch niet anders dan een citaat?

Derrida heeft de draad van zijn betoog opgepakt alsof er niets aan de hand is. Hij snijdt nu zijn andere centrale stelling aan, die van de citeerbaarheid. Of liever de herhaalbaarheid. (Simon is er niet zeker van of hij het verschil daartussen heeft gesnapt.)

Om door onze gesprekspartner te worden begrepen, of ten minste voor een deel, moeten we dezelfde taal gebruiken. We moeten woorden herhálen die al eerder zijn gebruikt, anders kan onze gesprekspartner ze niet begrijpen. We zitten dus onvermijdelijk altijd in een soort citaat. We gebruiken de woorden van anderen. Maar net als bij het spelletje waarbij een geheime boodschap wordt doorgegeven, is het meer dan waarschijnlijk, onafwendbaar zelfs, dat we in de loop van die herhalingen de woorden van anderen gebruiken in een voor ieder van ons licht afwijkende betekenis.

Derrida's Algerijnse stem zwelt en hij zegt hoogdravend: 'En juist dat wat garandeert dat de (lichamelijke, mondelinge, grafische of willekeurig welke) markering ook na dat moment functioneert, namelijk de mogelijkheid een volgende keer herhaald te worden, is meteen ook een aantasting, een vergruizeling en een onteigening van de intentie, van de bedoeling iets te zeggen, die op zich in zijn "ideale" totaliteit aanwezig kan zijn, en dat is a fortiori ook de gelijkwaardigheid van *meaning* en *saying*.'

Judith, Simon, de jonge vrouw met het donkere haar, Cixous, Guattari, Slimane, de hele zaal en zelfs Bayard hangen aan zijn lippen als hij zegt: 'Doordat de herhaalbaarheid dit proces zowel inperkt als mogelijk maakt, doordat ze de code of de wet die ze zelf uitmaakt overtreedt, veroorzaakt ze onherroepelijk een verandering in de herhaling.'

En keizerlijk voegt hij toe: 'Een ongeluk is nooit een ongeluk.'

76

'De mogelijkheid dat er wordt geparasiteerd is al aanwezig, zelfs in wat Sarl "*real life*" noemt, dat "real life" waarvan hij, met een (bijna, *not quite*) onnavolgbaar vertrouwen, zeker weet wat het inhoudt, waar het begint en waar het eindigt; alsof iedereen het onmiddellijk eens kon zijn over de betekenis van die woorden ("real life"), er geen enkele kans is dat erop wordt geparasiteerd, alsof de literatuur, het theater, de leugen, de onbetrouwbaarheid, de hypocrisie, de misser (*infelicity*), het parasiteren, de nabootsing van real life geen deel van real life uitmaken!'

(Rede van Derrida tijdens de conferentie van Cornell, 1980, of gedroomd door Simon Herzog.)

77

Ze lopen gebogen als antieke slaven die steenblokken voortduwen, maar het zijn studenten die hijgend fusten bier voortrollen. Het wordt een lange avond en er moet voorraad genoeg zijn. De Seal and Serpent Society is een oude *fraternity*, opgericht in 1905, een van de meest prestigieuze en dat betekent in Amerika dus een van de meest 'populaire' studentencorpsen. Ze verwachten veel mensen, want vanavond wordt de afsluiting van het symposium gevierd. Alle sprekers zijn uitgenodigd en voor de studentengemeenschap is het de laatste mogelijkheid om de beroemdheden te zien tot aan hun volgende bezoek. Er staat overigens bij de ingang van het victoriaanse landhuis op een laken geschreven: '*Uncontrolled skid in the linguistic turn. Welcome.*' Theoretisch gesproken mogen alleen doctoraalstudenten (de undergrads) naar binnen, maar vanavond ontvangt het landhuis alle leeftijden. Dit betekent natuurlijk niet dat het openstaat voor iedereen: er zijn altijd mensen die naar binnen mogen en andere die buiten de deur worden gehouden, volgens de universele criteria van je sociale en/of symbolische belang.

Slimane zal dat niet zo snel vergeten, want in Frankrijk wordt hem regelmatig de toegang geweigerd en hier lijkt het dezelfde kant op te gaan, want een paar studenten die voor uitsmijter spelen, versperren hem de weg, maar hij argumenteert kort zonder dat precies duidelijk is hoe hij het doet of in welke taal, en onder de jaloerse blikken van de verschoppelingen in hun acryl pulli's kan hij doorlopen, de walkman om zijn nek.

De eerste die hij binnen ziet staan, zegt net tegen een publiek van jongeren: '*Heracleitus contains everything that is in Derrida and more.*' Het is Cruella Redgrave alias Camille Paglia. In haar ene hand heeft ze een mojito en in de andere een sigarettenpijpje waarin een zwarte sigaret opbrandt, die een zoete geur verspreidt. Naast haar staat Chomsky te praten met een student uit El Salvador, die hem uitlegt dat het Democratisch-Revolutionair Front net is genekt door de paramilitairen en de regeringstroepen van zijn land. Er is eigenlijk geen linkse oppositie meer in El Salvador, wat Chomsky, die nerveus aan een joint trekt, veel zorgen lijkt te baren.

Slimane gaat, misschien omdat hij gewend is aan de back rooms, het souterrain in, waaruit hem 'Die young' van Black Sabbath tegemoet komt. Hij treft er groepjes goedgeklede en al dronken studenten, die in verspreide orde aan lap dancing doen. Foucault is er ook, in een zwartleren jack, zonder bril (om te proeven van de mist van het leven, zegt Slimane bij zichzelf, hij kent hem goed). Foucault steekt een vriendschappelijke hand op en wijst op een studente die in haar jurk als een stripteasedanseres om een steigerstang kronkelt. Slimane ziet dat ze geen bh draagt, maar wel een witte korte broek, die past bij haar witte Nikes met daarop een grote rode komma (net als de auto van Starsky en Hutch, maar dan omgekeerd).

Kristeva danst met Paul de Man en ontdekt Slimane. De Man vraagt waar ze aan denkt. Ze antwoordt: 'We zitten in de catacomben van de eerste christenen.' Intussen verliest ze de gigolo niet uit het oog.

Hij lijkt op zoek te zijn naar iemand. Hij loopt de trappen op naar de verdiepingen. Komt onderweg Morris Zapp tegen, die hem een knipoog geeft. De muziekinstallatie speelt 'Misunderstanding' van Genesis. Hij grijpt een beker tequila. Achter de slaapkamerdeuren hoort hij studenten neuken of al kotsen. Sommige deuren staan open en hij ziet hen in kleermakerszit op eenpersoonsbedden zitten roken en bier drinken terwijl ze praten over seks, politiek of literatuur. Achter een gesloten deur denkt hij de stem van Searle te herkennen en vreemd gegrom. Hij gaat weer naar beneden.

In de grote ontvangsthal staan Simon en Bayard te praten met Judith, de jonge lesbische activiste, die via een rietje van haar bloody mary nipt. Bayard ziet Slimane. Simon ziet de jonge donkerharige vrouw met het gezicht van een Carthaagse prinses met haar vriendinnen binnenkomen, de kleine Aziatische en de lange Egyptische. Een student roept: 'Cordélia!' De Carthaagse prinses draait zich om. Stormachtige, hartstochtelijke omhelzingen, de student gaat meteen een gin-tonic voor haar halen. Judith zegt tegen Bayard en tegen Simon, die niet luistert: 'De macht wordt begrepen volgens het model van de goddelijke macht om namen te geven, dat wil zeggen dat het uitspreken van iets neerkomt op het scheppen ervan.' Foucault komt samen met Cixous uit het souterrain, grijpt een Malibu-jus en verdwijnt naar de hogere verdiepingen. Judith neemt de gelegenheid te baat om Foucault te citeren: 'Het vertoog is niet het leven, zijn tijd is een andere dan die van ons.' Bayard knikt. Jongens klonteren samen rond Cordélia en haar vriendinnen, die heel populair lijken te zijn. Judith citeert Lacan, die ergens gezegd schijnt te hebben: 'De naam is de tijd van het voorwerp.' Bayard vraagt zich af of je niet evengoed kunt zeggen 'de tijd is de naam van het voorwerp' of 'de tijd is het voorwerp van de naam' of zelfs 'het voorwerp is de naam van de tijd' of anders 'het voorwerp is de tijd van de naam' of simpelweg 'de naam is het voorwerp van de tijd', maar hij pakt nog een biertje, neemt een trek van de joint die wordt doorgegeven en slaakt de hartenkreet: 'Maar nu hébben jullie toch het stemrecht, de scheiding en de abortus!' Cixous wil met Derrida praten, maar hij wordt omringd door een dichte drom hem aangapende jonge bewonderaars. Slimane ontwijkt Kristeva. Bayard vraagt Judith: 'Wat wíllen jullie eigenlijk?' Cixous hoort Bayards vraag en mengt zich in het gesprek: 'Een kamer voor onszelf!' Sylvère Lotringer, oprichter van het tijdschrift *Semiotext(e)* heeft een orchidee in zijn armen en praat met Derrida's vertalers, Jeffrey Mehlman en Gayatri Spivak. De laatste roept: '*Gramsci is my brother!*' Slimane praat met Jean-François Lyotard over libido-economie of postmoderne *transaction*. Pink Floyd zingt: '*Hey! Teacher! Leave us kids alone!*'

Cixous zegt tegen Judith, Bayard en Simon dat de nieuwe geschiedenis die nu komt, de mannelijke fantasie te boven gaat en terecht, ze zal de mannen van hun conceptuele orthopedie beroven en hun valstrikkenmachine vernietigen, maar Simon luistert niet meer naar het gesprek. Hij kijkt naar de groep van Cordélia als iemand die het aantal manschappen van het vijandelijke leger inventariseert: zes personen, drie jongens en drie meisjes. Wat hem al uitzonderlijk moeilijk zou vallen als ze alleen was, namelijk haar aanspreken, lijkt hem in deze configuratie totaal onvoorstelbaar.

En toch zet hij zich in beweging.

Alle codes van mijn sekse en mijn leeftijd: blank, lichamelijk, een waardeloze jurk en nepjuwelen, gooi ik in de strijd, denkt hij in een poging het hoofd van het meisje binnen te komen. Als hij vlak langs haar loopt, hoort hij haar zuiver erotisch en ijdel zeggen: 'Stelletjes zijn net als vogels, onafscheidelijk, onuitputtelijk en zinloos klapwiekend buiten de kooi.' Hij ontdekt geen enkel accent. Een Amerikaan zegt iets in het Engels tegen haar, wat Simon niet begrijpt. Ze antwoordt eerst in het Engels (ook accentloos, voor zover hij het kan beoordelen) en zegt dan, met haar hoofd in haar nek: 'Liefdesgeschiedenissen heb ik nooit weten te beleven, alleen romans.' Simon gaat een glas voor zichzelf halen, twee zelfs. (Hij hoort Gayatri Spivak tegen Slimane zeggen: '*We were taught to say yes to the enemy.*')

Bayard neemt zijn afwezigheid te baat om Judith te vragen hem het verschil uit te leggen tussen illocutie en perlocutie. Judith zegt dat de illocutie een taalhandeling is die 'gelijk is aan wat ze verricht', terwijl de perlocutie als handeling bepaalde gevolgen met zich meebrengt, 'die losstaan' van de taalhandeling. 'Als ik u bijvoorbeeld vraag: "Denkt u dat er boven kamers vrij zijn?" is de objectieve illocutiewerkelijkheid die in die vraag vervat zit dat ik u probeer te versieren. Dóór die vraag te stellen probeer ik u te versieren. Maar de perlocutie speelt zich op een ander niveau af: vindt u, nu u weet dat ik u probeer te versieren, mijn voorstel aantrekkelijk? De handeling van de illocutie zal geslaagd zijn ("*performed with success*") als u mijn uitnodiging begrijpt. Maar de handeling van de perlocutie is pas geslaagd als u met me meegaat naar een van die kamers. Subtiel verschil, hè? En dat is nog niet eens altijd aan te wijzen.'

Bayard brabbelt iets onbegrijpelijks, maar juist dat gebrabbel geeft aan dat hij het heeft begrepen. Cixous glimlacht haar sfinxglimlach en zegt: 'Dus op naar de *performance*!' Bayard volgt de twee vrouwen, die wat bier opduikelen en de trap op lopen, waar Chomsky en Camille Paglia staan te tongen. In de gang komen ze een Latijns-Amerikaanse studente tegen in een zijden blouse met daarop de letters D&G, van wie Judith wat pilletjes koopt. Omdat hij dat merk niet kent, vraagt Bayard wat die initialen betekenen en Judith zegt dat het geen merk is, maar de initialen van 'Deleuze & Guattari'. Overigens staan die letters ook op de pilletjes.

Beneden zegt een Amerikaan tegen Cordélia: '*You are the muse!*'

Cordélia trekt zogenaamd een minachtend mondje, waarvan Simon vermoedt dat het is ingestudeerd om haar volle lippen beter uit te laten komen: '*That is not enough.*'

Op dat moment besluit Simon, met de vastberadenheid van een duiker in Acapulco, haar ondanks haar vrienden aan te spreken. Alsof hij alleen maar langsliep, maar zich niet kón inhouden te reageren op een woord dat hij had opgevangen, zegt hij terwijl hij zo cool en spontaan mogelijk probeert over te komen: 'Natuurlijk, wie wil er nou een voorwerp zijn?' Stilte. In de ogen van Cordélia kan hij lezen: *Okay, now you have my attention*. Hij weet dat hij niet alleen hoffelijk en beschaafd moet zijn, maar haar nieuwsgierigheid moet prikkelen, haar moet provoceren zonder haar al te erg te schokken, van esprit blijk moet geven om de hare te stimuleren, luchtigheid en diepzinnigheid moet mengen maar ondertussen pedanterie en gekunsteldheid moet vermijden, het spel van de mondaine komedie moet spelen maar moet suggereren daar zelf niet in te trappen, en natuurlijk meteen een erotische lading aan hun gesprek moet geven.

'U bent gemaakt voor de krachtige, lichamelijke liefde en de herhaalbaarheid van kopieerapparaten spreekt u wel aan, hè? Gesublimeerde fantasie is niets anders dan verwezenlijkte fantasie. Mensen die het tegendeel beweren, zijn leugenaars, pastoors en uitbuiters van het volk.' Hij reikt haar een van de glazen die hij in zijn handen heeft. 'Houdt u van gin-tonic?'

De muziekinstallatie speelt 'Sexy Eyes' van Dr. Hook. Cordélia neemt het glas aan.

Ze heft het omhoog als voor een toost en zegt: 'We zijn wandelende illusies van zelfvertrouwen.' Simon heft het glas dat hij voor zichzelf heeft bewaard omhoog en leegt het bijna in één teug. Hij weet dat hij door is naar de tweede ronde.

Onwillekeurig werpt hij een blik om zich heen en hij ziet Slimane met één hand geleund op de trapleuning van het portaal halverwege de eerste verdieping staan; boven de verzamelde menigte in de hal maakt hij met zijn vrije hand het v-teken en dan met beide handen een soort kruis door de hand die de horizontale streep vormt net boven het midden van zijn verticale hand te leggen. Simon probeert te ontdekken voor wie het teken bestemd is, maar hij ziet alleen maar studenten en docenten drinken en dansen en flirten op 'Kids in America' van Kim Wilde, en hij voelt dat er iets niet klopt, maar hij weet niet wat. En hij ziet de steeds compactere groep rond Derrida: dat is waar Slimane naar kijkt.

Hij ziet Kristeva niet en ook de oude man met zijn wollen das en het struikgewas als kapsel niet, maar ze zijn er wel, en als hij hen kon zien op de weliswaar verschillende maar vergelijkbare plekken waar ze zich in dekking achter de gasten hadden opgesteld, zou hij zien dat ze beiden hun ogen op Slimane gericht hebben en hij zou weten dat ze allebei het teken hebben onderschept dat Slimane met zijn handen maakte en hij zou vermoeden dat ze allebei vermoedden dat het teken bedoeld was voor Derrida, die ook onzichtbaar is in de kring van zijn bewonderaars.

Hij ziet ook de man met de stierennek niet, die op het kopieerapparaat met Cordélia heeft geneukt, maar die er toch is en zijn stierenblik op haar werpt.

Hij zoekt Bayard in de menigte maar vindt hem niet, en dat klopt wel, want Bayard zit boven in een kamer met een biertje in zijn hand en een ongeïdentificeerde chemische stof in zijn aderen over pornografie en feminisme te praten met zijn nieuwe vriendinnen.

Hij hoort Cordélia zeggen: 'In 585 heeft de Kerk zich toch in haar oneindige mildheid tijdens het Concilie van Mâcon afgevraagd of de vrouw een ziel had...' en hij voegt eraan toe om haar te plezieren: 'En zich er wel voor gehoed het antwoord te vinden.'

De lange Egyptische citeert een regel van Wordsworth die Simon niet thuis kan brengen. De kleine Aziatische legt aan een Italiaan uit Brooklyn uit dat ze haar scriptie schrijft over *the queer* in Racine.

Iemand zegt: 'Het is algemeen bekend dat de psychoanalist zelfs niet meer praat, en evenveel interpreteert als hij praat.'

Camille Paglia brult: '*French go home! Lacan is a tyrant who must be driven from our shores.*'

Morris Zapp lacht en schreeuwt dwars door de hal naar haar: '*You're damn' right, General Custer!*'

Gayatri Spivak denkt: *You're not the granddaughter of Aristotle, you know*.

In de kamer boven vraagt Judith aan Bayard: 'En waar werk jij eigenlijk?' Bayard voelt zich door die vraag overvallen en antwoordt dom, terwijl hij meteen hoopt dat Cixous er niet op in zal gaan: 'Ik doe onderzoek... in Vincennes.' Maar Cixous trekt vanzelfsprekend een wenkbrauw op, dus kijkt hij haar recht in de ogen en zegt: 'Rechten.' Cixous trekt een tweede wenkbrauw op. Ze heeft Bayard niet alleen nog nooit gezien in Vincennes, maar er is ook geen afdeling rechten. Om haar af te leiden steekt Bayard zijn hand onder haar blouse en grijpt door de bh heen een van haar borsten. Cixous onderdrukt haar verrassing, maar besluit niet te reageren als Judith haar hand op haar andere borst legt.

Een undergrad genaamd Donna heeft zich bij het groepje gevoegd en Cordélia vraagt naar nieuws van haar *sorority*: '*How is Greek life so far?*' ('Greek life' is de naam voor het systeem van fraternities en sororities, omdat de meeste daarvan worden aangeduid met de letters van het Griekse alfabet.) Donna en haar vrienden denken er juist over een bacchanaal opnieuw in scène te zetten. Cordélia vindt het een waanzinnig leuk idee. Simon bedenkt dat het best zo kan zijn dat Slimane een afspraak met Derrida wilde maken. Het teken dat hij gaf, is niet het v-teken, maar de tijd. Twee uur, maar waar? Als het in een kerk was, zou Slimane een standaardkruisteken hebben gemaakt in plaats van dat rare gebaar. Hij vraagt: 'Is er hier ergens een kerkhof?' De jonge Donna klapt in haar handen: '*Oh yeah! That's a great idea! Let's go to the cemetery!*' Simon wil zeggen dat hij dat niet wilde zeggen, maar Cordélia en haar vriendinnen lijken het voorstel zo aantrekkelijk te vinden dat hij niets zegt.

Donna zegt dat ze het 'materiaal' gaat halen. De muziekinstallatie speelt 'Call me' van Blondie.

Het is al bijna één uur.

Hij hoort iemand zeggen: 'Die interpreterende priester, die waarzegger, is een van de bureaucraten van de god-despoot, snap je? Een nieuwe vorm van gesjoemel van die priester, verdorie: er komt geen eind aan die interpretatie, want alles wat zich ter interpretatie aandient, is zelf al een interpretatie!' Het is Guattari, klaarblijkelijk nogal in het defensief, die een onschuldige promovenda uit Illinois aan het versieren is.

Toch moet hij Bayard zien te waarschuwen.

Uit de muziekinstallatie weerkaatst de stem van Debbie Harry, die zingt: '*When you're ready, we can share the wine.*'

Donna komt terug met een toilettas en zegt dat ze kunnen gaan.

Simon haast zich naar boven om tegen Bayard te zeggen dat hij om twee uur op het kerkhof moet zijn. Hij trekt alle deuren open, ziet allerlei stonede studenten al of niet op non-actief, ziet Foucault die zich aftrekt voor een poster van Mick Jagger, ziet Andy Warhol die gedichten aan het schrijven is (in feite is het Jonathan Culler die betaalbonnen zit in te vullen), ziet een serre vol marihuanaplanten die tot het plafond reiken, ziet zelfs brave studenten die crack rokend op een sportkanaal naar baseball zitten te kijken en ziet uiteindelijk Bayard.

'O! Pardon!'

Hij sluit de deur weer, maar ziet in een flits Bayard genesteld tussen de benen van een vrouw die hij niet kan thuisbrengen, terwijl Judith Bayard in zijn kont neukt met een omgebonden dildo onder het uitroepen van: '*I am a man and I fuck you! Now you feel my performative, don't you?*'

Geschokt door wat hij ziet, heeft hij niet de tegenwoordigheid van geest om een boodschap achter te laten en hij snelt weer naar beneden om zich bij Cordélia's groep aan te sluiten.

Hij komt Kristeva tegen op de trap maar besteedt er verder geen aandacht aan.

Hij voelt heel goed dat hij zich totaal niet aan het spoedprotocol houdt, maar de witte huid van Cordélia heeft een te grote aantrekkingskracht op hem. Uiteindelijk zal hij aanwezig zijn op de plaats van de afspraak, zegt hij bij zichzelf in een poging een strategie goed te praten waarvan hij heel goed weet dat ze door geen andere logica wordt gedicteerd dan die van zijn verlangen.

Kristeva klopt op de deur waaruit het vreemde gegrom komt. Searle doet open. Ze gaat niet naar binnen, maar fluistert zachtjes iets tegen hem. Dan gaat ze naar de kamer waar ze Bayard met zijn twee vriendinnen naar binnen heeft zien gaan.

Het kerkhof van Ithaca bevindt zich op de helling van de heuvel, er staan bomen waartussen de grafstenen nogal anarchistisch verspreid lijken te liggen. Er is geen ander licht dan dat van de maan en de lichten van de stad. De groep verzamelt zich rond het graf van een jonggestorven vrouw. Donna legt uit dat ze de confidenties van de Sibille zal voordragen, dat er een ceremonie, genaamd 'de geboorte van de nieuwe man', moet worden voorbereid en dat er een vrijwilliger voor nodig is. Cordélia wijst Simon aan. Hij zou er eerst wel iets meer over willen weten, maar laat haar begaan als ze hem begint uit te kleden. Rond hen hebben zich een stuk of tien mensen verzameld om het schouwspel bij te wonen, maar voor Simon is het een kleine menigte. Als hij spiernaakt is, zegt ze dat hij in het gras aan de voet van het grafmonument moet gaan liggen en ze fluistert in zijn oor: 'Relax. We gaan de oude man doden.'

Ze hebben allemaal flink gedronken, ze hebben alle remmen losgegooid en daarom kán het daadwerkelijk gebeuren, denkt Simon.

Donna reikt de toilettas aan en Cordélia haalt er een kappersscheermes uit dat ze plechtig uitklapt. Omdat Simon Donna in haar inleiding Valerie Solanas hoort aanroepen, is hij er niet helemaal gerust op. Maar Cordélia haalt ook een spuitbus scheerschuim tevoorschijn, strijkt het schuim uit over zijn schaamstreek en begint hem behoedzaam te scheren. Het symbool van een symbolische castratie, begrijpt Simon, die de operatie nauwlettend volgt, temeer daar hij voelt hoe Cordélia's vingers zijn penis omzichtig verleggen.

'*In the beginning, no matter what they say, there was only a goddess. One goddess and one only.*'

Hij had toch liever gehad dat Bayard erbij was.

Maar Bayard rookt een sigaret in het donker, naakt uitgestrekt op de vaste vloerbedekking van een studentenkamer, tussen de naakte lichamen van zijn vriendinnen, van wie de ene in slaap is gevallen, een arm over zijn borst heen, haar hand omklemt de hand van de ander.

'*In the beginning, no matter what they think, women were all and one. The only power then was female, spontaneous, and plural.*'

Bayard vraagt Judith waarom ze belangstelling voor hem had. Ze ligt tegen zijn schouder aan gekropen, miauwt even en zegt dan met haar Joodse accent van de Midwest: 'Omdat je hier niet op je plaats leek te zijn.'

'*The goddess said: "I came, that is just and good".*'

Er wordt geklopt, er komt iemand binnen, Bayard komt overeind en herkent Kristeva die tegen hem zegt: 'U kunt zich maar beter aankleden.'

'*The very first goddess, the very first female powers. Humanity by, on, in her. The ground, the atmosphere, water, fire. Language.*'

Ergens slaat een klok twee uur.

'*Thus came the day when the little prankster appeared. He didn't look like much but was self-confident. He said: "I am God, I am the son of man, they need a father to pray to. They will know how to be faithful to me: I know how to communicate".*'

Het kerkhof ligt maar honderd meter weg. De feestgeluiden weerkaatsen tegen de grafstenen en vormen een zeer anachronistische achtergrond voor de rituele ceremonie: de muziekinstallatie speelt 'Gimme! Gimme! Gimme! (A Man after Midnight)' van ABBA.

'Thus man imposed the image, the rules, and the veneration of all human bodies endowed with a dick.'

Om zijn gêne en zijn opwinding te verbergen wendt Simon zijn hoofd af en ziet dan op twintig of dertig meter afstand twee gedaantes elkaar onder een boom ontmoeten. Hij ziet dat de rijzige gedaante de koptelefoon van zijn walkman overhandigt aan de gedrongen gedaante, die een sporttas in zijn hand heeft. Hij begrijpt dat Derrida de koopwaar controleert, en dat de koopwaar een cassette is waarop de zevende functie van taal is opgenomen.

'The real is out of control. The real fabricates stories, legends, and creatures.'

Onder zijn ogen staat Derrida tussen de grafstenen van het kerkhof van Ithaca onder een boom naar de zevende functie van taal te luisteren.

'On horseback on a tomb, we will feed our sons with the entrails of their fathers.'

Simon zou tussenbeide willen komen, maar geen enkele spier in zijn lichaam kan hem in beweging krijgen, zelfs zijn tongspier, waarvan hij weet dat ze toch de machtigste is van zijn hele lichaam, kan hem geen woord laten produceren, omdat de fase die op de symbolische castratie volgt, de symbolische wedergeboorte, bestaat uit een fellatio die de komst van de nieuwe man symboliseert. Dus als de Carthaagse prinses hem in haar mond neemt en hij voelt hoe de warmte van haar slijmvlies zich verspreidt in elk deeltje van zijn lichaam, weet hij dat hij verloren is voor de goede zaak.

'We form with our mouths the breath and the power of the Sorority. We are one and many, we are a female legion...'

De ruil zal plaatsvinden en hij zal niets hebben gedaan om die te verhinderen.

Desalniettemin ziet hij als hij zijn hoofd in zijn nek legt, boven op de heuvel en beschenen door de lichten van de campus in een irreëel visioen, en juist die irrealiteit beangstigt hem meer dan de eventuele realiteit ervan, een man met twee herdershonden aan de lijn.

Het is erg donker maar hij weet dat het Searle is. De honden blaffen. De toeschouwers van de rituele ceremonie kijken verrast in hun richting. Donna onderbreekt haar gebed. Cordélia stopt met Simon afzuigen.

Searle klakt met zijn tong en laat de honden los, die zich op Slimane en Derrida werpen. Simon komt overeind en rent ernaartoe om hen te hulp te komen, maar hij voelt opeens dat een krachtige vuist hem vastgrijpt: de man met de stierennek, die op het kopieerapparaat met Cordélia heeft geneukt, pakt hem bij zijn arm en verkoopt hem een knal voor zijn kop. Simon ligt naakt en machteloos op de grond en ziet de honden tegen de gigolo en de filosoof opspringen en hen omverduwen.

Geschreeuw en gegrom klinken door elkaar.

Het is duidelijk dat de man met de stierennek, volstrekt ongevoelig voor het drama dat zich achter hem afspeelt, erop los wil slaan; Simon hoort Engelse beledigingen en begrijpt dat de man een zekere exclusiviteit in zijn lichamelijke betrekkingen met Cordélia op prijs zou stellen, maar in de tussentijd zullen de honden Slimane en Derrida aan stukken scheuren.

De leerling-bacchantes en hun vrienden zijn verstijfd door de kakofonie van menselijke en dierlijke kreten. Derrida rolt tussen de grafstenen door de helling af, op de vlucht voor de razende hond achter hem. Slimane, jonger en sterker, heeft de kaken van het andere dier met zijn onderarm geblokkeerd, maar de druk op zijn spieren en op het bot is zo groot dat hij binnen een seconde flauw zal vallen en niets zal het beest er meer van weerhouden hem te verslinden, maar opeens hoort hij gepiep en ziet Bayard, die uit het niets is opgedoken, zijn vingers in de kop van de hond steken en zijn ogen kapotdrukken. De hond stoot een verschrikkelijk gejank uit en rent weg, botsend tegen de grafstenen.

Vervolgens vliegt Bayard de helling af om Derrida, die nog steeds naar beneden rolt, te hulp te komen.

Hij grijpt de kop van de andere hond en wil zijn nek breken, maar het dier draait zich om, springt tegen hem op en brengt hem uit zijn evenwicht; hij weert de voorpoten af, maar de open bek gaapt op tien centimeter van zijn gezicht en dus steekt Bayard een hand in de zak van zijn colbert, haalt er de Rubiks kubus uit, alle zes zijden egaal van kleur, en duwt hem tot aan de slokdarm in de bek van het dier. De hond laat een goor kotsgeluid horen, slaat met zijn kop tegen de bomen, rolt door het gras, verkrampt en sterft, gestikt in het speelgoed.

Bayard kruipt naar de menselijke gedaante die vlak bij hem ligt. Hij hoort een vreselijk geklok. Derrida bloedt als een rund. De hond is hem letterlijk naar de keel gevlogen.

Terwijl Bayard de honden aan het doden is en Simon met de stierman aan het redekavelen is, stort Searle zich op Slimane, die op de grond is blijven liggen. Hij heeft intussen begrepen waar de zevende functie was verborgen en wil natuurlijk de walkman te pakken krijgen. Hij draait Slimane om, die kreunt van de pijn, legt zijn hand op het apparaat en drukt op de toets EJECT.

Maar er zit geen cassette in.

Searle brult als een dolle hond.

Achter een boom komt een derde man tevoorschijn. Hij draagt een wollen das en heeft een kapsel dat bij de omgeving past. Hij was daar misschien al vanaf het begin verborgen.

In ieder geval heeft hij een cassette in de hand.

Waarvan hij de magneetband heeft uitgerold.

In zijn andere hand een aansteker, hij draait aan het wieltje.

Searle schreeuwt ontsteld: '*Roman, don't do that!*'

De oude man met de wollen das houdt de vlam van zijn Zippo tegen de magneetband, die meteen in brand vliegt. Vanuit de verte is het maar een klein lichtje dat door het duister boort.

Searle brult alsof zijn hart eruit wordt gerukt.

Bayard draait zich om. De man met de stierennek ook. Simon kan zich eindelijk losmaken. Hij loopt als een slaapwandelaar (hij is nog steeds naakt) naar de struikman en vraagt met vlakke stem: 'Wie bent u?'

De oude man trekt zijn das recht en zegt simpelweg: 'Roman Jakobson, linguïst.'

Simons bloed stolt.

Beneden weet Bayard niet of hij het goed heeft gehoord. 'Wat? Wat zegt hij? Simon!'

De laatste flarden van de magneetband veranderen knetterend in as.

Cordélia is naar Derrida gesneld. Ze verscheurt haar jurk om een verband om zijn nek te leggen. Ze hoopt de bloeding te stelpen.

'Simon?'

Simon antwoordt niets, maar reconstrueert mentaal de stomme dialoog met Bayard: waarom heeft hij hem niet gezegd dat Jakobson nog leefde?

'Je hebt het me nooit gevraagd.'

In werkelijkheid heeft Simon er nooit bij stilgestaan dat de grondvester van het structuralisme, de Russische formalist van de Praagse School, na De Saussure een van de belangrijkste grondleggers van de linguïstiek, de man die tijdens de oorlog in New York Lévi-Strauss heeft geholpen het structuralisme te ontwikkelen, nog in leven kon zijn. Voor Simon behoorde hij tot een ander tijdperk. Dat van Lévi-Strauss, niet dat van Barthes. De stompzinnigheid van zijn redenering maakt hem aan het lachen: Barthes is dood, maar Lévi-Strauss leeft, dus waarom Jakobson dan niet?

Jakobson loopt de paar meter die hem van Derrida scheiden naar beneden, voorzichtig om niet over een steentje of een aardkluit te struikelen.

De filosoof ligt met zijn hoofd op Cordélia's knieën. Jakobson pakt zijn hand en zegt: 'Dank je wel, beste vriend.' Derrida zegt zwakjes: 'Ik had naar die opname geluisterd, weet je. Maar ik had het geheim bewaard.' Hij kijkt omhoog naar Cordélia, die in tranen is. 'Glimlach naar me, zoals ik het tot het eind naar jou zal hebben gedaan, schatje. Geef altijd de voorkeur aan het leven en denk erom dat je voortbestaat...'

En met deze woorden sterft Derrida.

Searle en Slimane zijn verdwenen. De sporttas ook.

78

'Is het niet belachelijk, naïef en eigenlijk kinderlijk om je opwachting te maken bij een dode om hem om vergiffenis te vragen?'

Zo'n toeloop had de kleine begraafplaats van Ris-Orangis nooit eerder gekend. Ze ligt ergens verloren in de Parijse voorsteden, vlak bij rijksweg 7, wordt omzoomd door in visgraatvorm gebouwde, langwerpige huurflats en er heerst een diepe stilte zoals alleen een menigte kan voortbrengen.

Voor de nog niet neergelaten kist spreekt Michel Foucault de grafrede uit.

'Gevoelens van vriendschap en erkentelijkheid, en ook goedkeuring, kunnen ertoe leiden dat je je beperkt tot citeren, tot begeleiden van wat bij de ander opkomt, hem min of meer direct aan het woord laten, jezelf daarbij wegcijferen... Maar die overmaat aan trouw leidt uiteindelijk tot niets zeggen, tot niets uitwisselen.'

Derrida wordt niet in de Joodse afdeling begraven maar bij de katholieken, zodat zijn vrouw zich te zijner tijd bij hem kan voegen.

In de voorste rij van de aanwezigen, naast Étienne Balibar, luistert een ernstige Sartre met gebogen hoofd naar Foucault. Hij lijkt wel een geestverschijning.

'Jacques Derrida is de naam van een man die hem niet eens meer kan horen of kan dragen.'

Bayard vraagt Simon of dat Simone de Beauvoir is, naast Sartre.

Foucault op zijn Foucaults: 'Hoe kunnen we geloven dat we tijdgenoten zijn? Van mensen die lijken te behoren tot hetzelfde tijdperk, afgebakend in termen van historische datering of sociale horizon enzovoort, zou gemakkelijk aan te tonen zijn dat ze toch in hoogst heterogene tijden leven zonder enig onderling verband.'

Avital Ronell huilt zachtjes, Cixous leunt op Jean-Luc Nancy en staart met een uitdrukkingsloze blik naar de kuil, Deleuze en Guattari peinzen over uniciteiten in serie.

De drie lage, langwerpige huurflats met hun afbladderende verf en roestige balkons steken als wachters of in zee geplante rotsblokken boven de begraafplaats uit.

In juni 1979 waren Derrida en BHL elkaar letterlijk in de haren gevlogen tijdens het 'algemeen congres van de filosofie' dat in de Grote Collegezaal van de Sorbonne werd georganiseerd, maar BHL is aanwezig bij de begrafenis van de man die hij binnenkort 'mijn oude meester' zal noemen, als hij dat nu al niet doet.

Foucault gaat verder: 'In tegenstelling tot wat vaak wordt gedacht, zijn de individuele "subjecten" die in de meest onvermijdelijke zones huizen, geen autoritaire "Über-ichs", ze beschikken niet over macht, gesteld dat er over Macht kan worden beschikt.'

Sollers en Kristeva zijn uiteraard ook gekomen. Derrida had in het begin bijgedragen aan het tijdschrift *Tel Quel*. Zijn *La Dissémination* was gepubliceerd in de reeks 'Tel Quel', maar hij had met Sollers gebroken in 1972, al is niet precies bekend of het een politieke of persoonlijke kwestie was. Toch had Derrida in 1977, toen hij in Praag werd gearresteerd, in de val gelokt door het communistische regime dat drugs in zijn bagage had gestopt, Sollers' steun ontvangen en aanvaard.

Bayard heeft nog steeds geen opdracht gekregen Sollers of Kristeva aan te houden. Hij heeft afgezien van de Bulgaarse connectie geen bewijs dat ze bij Barthes' dood betrokken zijn. Maar bovenal heeft hij geen bewijs dat ze de zevende functie hebben, ook al is hij er vrijwel zeker van.

Kristeva was degene die Bayard een seintje had gegeven over de ontmoeting op het kerkhof van Ithaca, en hij denkt dat zij ook Searle een seintje heeft gegeven. Bayard veronderstelt dat ze de transactie wilde laten mislukken door alle betrokkenen bijeen te brengen als evenzovele stoorzenders, omdat ze niet wist of niet wilde geloven dat Derrida, samen met Jakobson, eropuit was de kopie te vernietigen. Jakobson heeft altijd gemeend dat zijn ontdekking niet wereldkundig gemaakt moest worden. Met het oog daarop had hij Derrida geholpen het geld bijeen te brengen om de cassette van Slimane terug te kopen.

Terwijl Foucault doorgaat met zijn grafrede, komt er onopvallend een vrouw achter Simon en Bayard staan.

Simon herkent het parfum van Anastasia.

Ze fluistert hun iets in het oor en als bij instinct draaien de mannen zich niet om.

Foucault: 'Wat hierboven "bij de dood van", "ter gelegenheid van de dood van" werd genoemd: een hele reeks typerende oplossingen. De ergste daarvan of het ergste aan al die oplossingen, is het weerzinwekkende of belachelijke en toch veelvuldig voorkomende manipuleren en speculeren, voordeel willen behalen, of het nu subtiel of subliem is, extra kracht aan de dode willen ontlenen met als doel die tegen de levenden te richten, de overlevenden aan te klagen, hen al of niet direct uit te schelden, zich te verdedigen, zich te rechtvaardigen, zich omhoog te werken naar het niveau waar de dood, veronderstelt men, de ander boven alle verdenking verheft.'

Anastasia: 'Er wordt binnenkort een groots evenement door de Logos Club georganiseerd. De Grote Protagoras is uitgedaagd. Hij zal zijn titel op het spel zetten. Het zal aanleiding zijn voor een enorme bijeenkomst. Maar alleen gekwalificeerde personen mogen die bijwonen.'

Foucault: 'In zijn klassieke vorm had de grafrede iets goeds, vooral wanneer ze de mogelijkheid bood de dode direct toe te spreken, hem zelfs soms met "jij" aan te spreken. Nog een vorm van fictie natuurlijk, want het is altijd de dode in mij, het zijn altijd de anderen die rond de kist staan, die ik op die manier brutaal aanspreek, maar in al zijn karikaturale overdaad was dat elkaar retorisch overbieden ten minste een teken dat men niet meer onder elkaar moest blijven.'

Bayard vraagt waar de bijeenkomst zal plaatsvinden. Anastasia zegt dat ze in Venetië zal plaatsvinden, op een geheimgehouden plek, die waarschijnlijk nog niet eens is gekozen, want de 'instelling' waarvoor ze werkt, heeft die niet kunnen lokaliseren.

Foucault: 'We moeten de manier waarop de overlevenden met elkaar omgaan doorbreken, de sluier naar de ander openscheuren, de ander die in ons dood is, maar toch de ander, terwijl de religieuze garanties op een leven na de dood nog gevolg konden geven aan dat "alsof".'

Anastasia: 'Degene die de Grote Protagoras zal uitdagen, is degene die de zevende functie heeft gestolen. U hebt uw motief.'

Niemand heeft Searle of Slimane nog teruggezien. Maar op hen valt geen verdenking. Slimane wilde verkopen. Searle wilde kopen. Jakobson heeft Derrida geholpen hoger te bieden, maar Kristeva heeft er alles aan gedaan om de transactie te laten mislukken, en Derrida is dood. De twee mannen zijn nog op vrije voeten en een van de twee heeft het geld, maar vanuit het gezichtspunt van Bayards werkgever is dat niet waar het om gaat.

Wat we nodig hebben, denkt Bayard, is een heterdaadje.

Simon vraagt hoe je die kwalificatie kunt krijgen. Anastasia zegt dat je op zijn minst niveau zes moet hebben (tribuun) en dat er voor de gelegenheid een groot kwalificatietoernooi zal worden georganiseerd.

'De Roman is een soort dood; van het leven maakt hij een lot, van de herinnering een zinvolle daad en van de duur een gerichte en veelbetekenende tijd.'

Bayard vraagt Simon waarom Foucault over de roman praat.

Simon zegt dat het vast een citaat is, maar hij stelt zichzelf die vraag ook, een beslist angstwekkende vraag.

79

Voorovergebogen op de brug kan Searle het water onder in het ravijn nauwelijks zien, maar in het halfduister hoort hij het stromen. In Ithaca is de nacht gevallen en de wind kronkelt door de opening in de begroeiing aan weerskanten van Cascadilla Creek. Omsloten door zijn bed van steen en schuim volgt het riviertje zijn loop, onverschillig voor de drama's van de mens.

Twee studenten, die elkaars hand vasthouden, lopen over de brug. Op dat uur komen er niet veel mensen langs. Niemand besteedt aandacht aan Searle.

Had hij het maar geweten, had hij maar kunnen…

Het is nu te laat om het over te doen.

Zonder iets te zeggen stapt de taalfilosoof over de balustrade, houdt zich op de rand in evenwicht, werpt een blik in de afgrond, kijkt voor de laatste keer naar de sterren, laat los en valt.

Er is nauwelijks sprake van een fontein: een paar spatten. Even fonkelt het schuim in het donker.

De rivier is niet diep genoeg om de schok te breken, de stroomversnellingen sleuren het lichaam mee naar de watervallen en het Cayugameer, waar vroeger altijd indianen visten, die waarschijnlijk – maar wie zal het zeggen? – weinig wisten van de illocutie en perlocutie.

DEEL VIER

Venetië

80

'Ik ben vierenveertig. Dat betekent dat ik Alexander heb overleefd, die stierf toen hij tweeëndertig was, Mozart, die stierf toen hij vijfendertig was, Jarry, vierendertig, Lautréamont, vierentwintig, lord Byron, zesendertig, Rimbaud, zevenendertig, en in het leven dat me nog rest, zal ik alle grote dode mannen inhalen, alle helden die hun tijdperk hebben bepaald, en zo zal ik, als God me tijd van leven geeft, Napoleon langs zien komen, Julius Caesar, Georges Bataille, Raymond Roussel... Maar nee...! Ik zal jong sterven... Ik voel het... Mijn botten worden niet oud... Ik zal niet eindigen als Roland... Vierenzestig jaar... Pathetisch... In feite hebben we hem een geweldige dienst bewezen... Nee, nee... Ik word geen mooie oude man... Dat bestaat trouwens niet eens... Ik brand liever op... Een korte lont, dat werk...'

81

Sollers houdt niet van het Lido, maar hij is de carnavalsmenigte ontvlucht en heeft, ter herinnering aan Thomas Mann en Visconti, zijn toevlucht gezocht in het Grand Hôtel des Bains, waar de bespiegelende handeling van *De dood in Venetië* zich afspeelt. Hij heeft bij zichzelf gezegd dat hij er op zijn gemak met uitzicht op de Adriatische Zee zou kunnen zitten peinzen, maar voorlopig zit hij aan de bar de serveerster te versieren door een whisky in één keer achterover te slaan. Achter in de lege zaal speelt een pianist zonder overtuiging iets van Ravel. Toegegeven, ook al heerst er geen cholera, het is halverwege een winterse middag en het weer is niet erg geschikt om te gaan zwemmen.

'Hoe heet je eigenlijk, schatje? Nee, zeg maar niets! Ik zal je Margarita dopen, net als Byrons maîtresse. Zij was een bakkersdochter, wist je dat? *La Fornarina*… een vurig temperament en marmeren dijen… Net zulke ogen als jij, natuurlijk. Ze gingen paardrijden op het strand, waanzinnig romantisch, hè? Een beetje kitsch, ja, daar heb je wel gelijk in… Wil je dat ik je vanmiddag leer paardrijden?'

Sollers denkt aan de passage in *Jonker Harold*: 'De Adria, verweeuwd, betreurt haar heer…' De Doge kan niet meer trouwen met de zee, de Leeuw jaagt geen angst meer aan: het gaat wel degelijk om een castratie, zegt hij bij zichzelf. 'De Bucintoro glorieert niet meer,/ Hij ligt te rotten aan de kade…' Maar die negatieve gedachte verjaagt hij meteen. Hij houdt zijn lege glas omhoog om een tweede whisky te bestellen. 'On the rocks.' De serveerster glimlacht beleefd. '*Prego*.'

Sollers verzucht vrolijk: 'Ach, wat zou ik graag net als Goethe zeggen: "Er is in Venetië misschien maar één man die me kent en voorlopig zal ik hem niet tegenkomen." Maar ik ben bekend in mijn eigen land, schatje, dat is nou juist het probleem. Ken je Frankrijk? Ik neem je mee. Wat een goede schrijver toch, die Goethe. Wat is er aan de hand? Je bloost. Ah, daar ben je, Julia! Margarita, mag ik je mijn vrouw voorstellen.'

Onopvallend als een kat is Kristeva de lege bar binnengekomen. 'Je maakt je moe voor niets, schat, die jongedame verstaat geen kwart van wat je zegt. Nietwaar?'

Het meisje glimlacht nog steeds: '*Prego?*'

Sollers zet een hoge borst op: 'En wat doet dat er toe? Als je zoals ik op het eerste gezicht al wint, heb je het (goddank!) niet nodig begrépen te worden.'

Kristeva zegt niets over Bourdieu, die hij verafschuwt omdat de socioloog een bedreiging vormt voor zijn wereldbeeld, waarin hij zichzelf altijd de glansrol kan toebedelen. Ze zegt ook niet dat hij met het oog op de ontmoeting deze week niet zo veel moet drinken. Al lang geleden heeft ze besloten hem tegelijk als kind én als volwassene te behandelen. Ze ziet ervan af hem bepaalde dingen uit te leggen, maar verwacht van hem dat hij zich opwerkt naar het niveau dat zij denkt te mogen eisen.

De pianist slaat krachtig een ijselijke dissonant aan. Slecht voorteken? Maar Sollers gelooft in zijn gelukkige gesternte. Misschien gaat hij wel zwemmen. Kristeva ziet dat hij zijn sandalen al aanheeft.

82

Tweehonderd galeien, een stuk of twintig galjoten (een soort kleine galeien) en zes reusachtige galjassen (de B-52's van die tijd) snellen over de Middellandse Zee in de achtervolging van de Turkse vloot.

Sebastiano Venier, de opvliegende aanvoerder van de Venetiaanse vloot, is inwendig razend: hij denkt dat hij de enige is onder zijn Spaanse, Genuese, Savooise, Napolitaanse en pauselijke bondgenoten die de slag opzoekt, maar hij vergist zich.

Want al is de Spaanse kroon in de persoon van Filips II geneigd de Middellandse Zee minder belangrijk te vinden omdat hij volkomen in beslag wordt genomen door de verovering van de nieuwe wereld, de jonge don Juan van Oostenrijk, de onstuimige bevelhebber van de vloot van de Heilige Liga, natuurlijke zoon van Karel V en dus halfbroer van de koning, zoekt in de oorlog de eer die hem elders als bastaard wordt ontzegd.

Sebastiano Venier wil de vitale belangen van de Serenissima beschermen en don Juan van Oostenrijk, op eigen roem uit, is zijn beste bondgenoot, maar hij weet het niet.

83

Sollers bekijkt het portret van Sint-Antonius in de kerk van de Gesuati en vindt dat hij op hem lijkt. (Sollers op Sint-Antonius, of Sint-Antonius op Sollers, hoe hij dat ziet, weet ik niet.) Hij steekt een kaars aan om zegen over zich af te roepen en gaat naar buiten voor een wandeling door Dorsoduro, in zijn ogen een heerlijke wijk.

Voor de Accademia komt hij Simon Herzog en commissaris Bayard tegen, die in de rij staan.

'Maar commissaris, u hier, wat een verrassing! Welke goede wind heeft u hier gebracht? Och ja, ik heb gehoord over de heldendaden van uw jonge beschermeling. De volgende ronde wil ik graag bijwonen. Jaja, al die geheimzinnigdoenerij dient nergens voor, u ziet het, hè? Is het uw eerste keer in Venetië? En u gaat natuurlijk cultuur opsnuiven in het museum. Groet *La Tempesta* van Giorgione van me, het is het enige schilderij dat werkelijk opweegt tegen alle Japanners die we moeten verdragen. Die schieten maar foto's zonder te kijken, hebt u het gezien?'

Sollers wijst op twee Japanners in de rij en Simon onderdrukt een gebaar van verrassing. Hij herkent de Japanners die hem met hun Fuego in Parijs het leven hebben gered. Ze zijn inderdaad voorzien van de allernieuwste Minolta en fotograferen alles wat beweegt, alsof er niets aan de hand is.

'Vergeet het San Marcoplein. Vergeet Harry's Bar. Hier bent u in het hart van de stad, dat wil zeggen van de hele wereld: Dorsoduro... Venetië kan tegen een stootje, nietwaar, haha...? Overigens moet u beslist naar het Campo Santo Stefano, u hoeft het Canal Grande maar over te steken. Daar ziet u het standbeeld van Niccolo Tommaseo, een politiek schrijver, dus van geen enkel belang, die de Venetianen de *Cagalibri* noemen: de boekenschijter. Vanwege dat standbeeld. Het is net of het boeken schijt. Haha. Maar u moet vooral Giudecca gaan bekijken, aan de overkant van het water. Daar kunt u de kerken van de grote Palladio bewonderen, een heel rijtje. Kent u Palladio niet? Een man van uitdagingen… net als u misschien? Die man had de opdracht een gebouw neer te zetten tégenover het San Marcoplein. Kunt u zich dat voorstellen? Wat een challenge, zoals onze Amerikaanse vrienden zeggen, die nooit iets van kunst hebben begrepen… en ook niet van vrouwen, trouwens, maar dat is een ander verhaal… Kijk daar: opgericht boven de golven, de San Giorgio Maggiore. En vooral de Redentore, neoclassicistisch meesterwerk: aan de ene kant Byzantium en de flamboyante gotiek van het verleden; aan de andere kant het klassieke Griekenland dat via de renaissance en de contrareformatie voor altijd weer tot leven is gebracht. Ga het bekijken, het is maar honderd meter! Als u opschiet krijgt u de zonsondergang erbij…'

Op dat moment weerklinkt er een kreet in de rij wachtenden. 'Houd de dief! Houd de dief!' Een toerist rent achter een zakkenroller aan. Als bij instinct gaat Sollers' hand naar de binnenzak van zijn colbert.

Maar hij beheerst zich onmiddellijk: 'Haha, hebt u het gezien? Een Fransman, natuurlijk… Fransen laten zich altijd beetnemen. Toch is het opletten geblazen. De Italianen zijn een groots volk, maar het zijn boeven, net als alle grootse volkeren… Ik moet ervandoor, of ik ben te laat voor de mis…'

En Sollers loopt weg, zijn soepele sandalen kletsen op het Venetiaanse plaveisel.

Simon zegt tegen Bayard: 'Zag je het?'

'Ja, ik heb het gezien.'

'Hij heeft het bij zich.'

'Ja.'

'Waarom pakken we het dan nu niet van hem af?'

'We moeten eerst zeker weten dat-ie werkt. Mag ik je eraan herinneren dat je daarvoor hier bent?'

Over Simons gezicht glijdt onmerkbaar een trotse glimlach. Nog één ronde. De Japanners achter hem is hij vergeten.

84

Tweehonderd galeien passeren de Straat van Corfu en varen op topsnelheid naar de Golf van Korinthe; een daarvan is La Marchesa, onder commando van de Genuaan Francesco San-Freda, met aan boord kapitein Diego di Urbino en zijn mannen, die zitten te dobbelen, en onder hen de zoon van een met schulden beladen tandentrekker die ook om roem en fortuin te vergaren de wereld in was getrokken, een Castiliaanse hidalgo, een avonturier van verarmde adel, de jonge Miguel de Cervantes.

85

Aan de zijlijn van het carnaval worden er in de Venetiaanse paleizen talloze privéfeesten gegeven en het feest dat zich nu afspeelt in het Ca' Rezzonico, is niet het minst drukbezocht en ook niet het minst privé.

Door de opgewonden stemmen die uit het gebouw komen, kijken jaloerse voorbijgangers en passagiers van *vaporetto's* op naar de balzaal, waar ze trompe-l'oeils, enorme kroonluchters van veelkleurig glas en ook schitterende achttiende-eeuwse fresco's die het plafond versieren, kunnen zien of vermoeden, maar de uitnodigingen zijn strikt persoonlijk.

De feesten van de Logos Club worden niet bepaald aangekondigd in de krant.

Tegenwoordig zouden we zeggen dat de Logos Club rond zulke evenementen niet communiceert.

En toch vindt het feest wel degelijk plaats, midden in de dogestad. Zo'n honderd personen verdringen zich er, met onbedekt gezicht. (Avondkleding vereist, maar een gekostumeerd bal is het niet.)

Op het eerste gezicht is er niets wat dit feest onderscheidt van een normaal chic feest. Tot je naar de gesprekken luistert. Dat praat maar over voorrede, slotrede, voorstel, woordenwisseling, weerlegging. (Zoals Barthes zei: 'De voorliefde voor classificatie lijkt altijd muggenzifterij voor wie er niet aan deelneemt.') Anakoloet, catachrese, enthymema en metabolê. (Zoals Sollers zou zeggen: 'Maar hoe toch.') 'Ik denk niet dat we *Res* en *Verba* gewoonweg met Dingen en Woorden moeten vertalen. *Res*, zegt Quintilianus, dat zijn *quae significantur*, en *Verba*: *quae significant*, kortom, wat wij in de taalwetenschap de betekenissen en de betekenaars noemen.' Natuurlijk.

Er worden ook verhalen gedaan over voorbije en toekomstige disputen, onder de genodigden zijn heel wat veteranen met afgehakte vingers of aanstormende talenten op het gebied van het pleidooi en de meesten herinneren zich wel roemrijke en dramatische gevechten, die ze onder de schilderingen van Tiepolo graag nog eens doornemen.

'Ik kende zelfs de schrijver van het citaat niet...!'

'En daar flap ik er zomaar een zin van Guy Mollet uit! Toen kon ik het wel vergeten, haha.'

'Ik was daar voor de legendarische ontmoeting tussen Jean-Jacques Servan-Schreiber en Mendès France. Ik herinner me het onderwerp niet eens meer.'

'En ik bij die tussen Lecanuet en Emmanuel Berl. Surrealistisch.'

'*You French people are so dialectical...*'

'En ik... trek een botanisch onderwerp! Ik dacht dat ik er geweest was en toen herinnerde ik me mijn grootvader in zijn moestuin. Dankzij grootpa heb ik mijn vinger gered.'

'En dus zegt hij plompverloren: "We moeten ophouden met overal atheïsten te zien. Spinoza was een groot mysticus." De lul!'

'*Picasso contra Dalí. Categoría historia del arte, un clásico. Me gusta más Picasso pero escogí a Dalí.*'

'Die vent begint over voetbal, ik weet er niets van en hij gaat maar door over blauw-wit en een kuip...'

'O nee, ik heb al in geen twee jaar deelgenomen aan een dispuut, ik ben naar het niveau van retor afgezakt, ik heb er de tijd of de energie niet meer voor, de kinderen, mijn werk...'

'Ik was er na aan toe op te geven toen er opeens een wonder gebeurde: hij zegt het stómste wat je kunt bedenken...'

'*C'è un solo dio ed il suo nome è Cicerone.*'

'*I went to Harry's Bar (in memory of Hemingway, like everyone else). 15000 liras for a Bellini, seriously?*'

'*Heidegger, Heidegger... Sehe ich aus wie Heidegger?*'

Opeens verspreidt zich vanaf de trap een golf van opwinding. De mensen gaan opzij om een nieuwe gast te ontvangen. Simon komt binnen in gezelschap van Bayard. De gasten drommen om hem heen, en tegelijk wekken ze de indruk geïntimideerd te zijn. Dit is dus het wonderkind over wie iedereen het heeft, dat uit het niets is opgedoken en zich in ongelooflijk korte tijd tot peripateticus heeft opgewerkt: vier rangen in drie opeenvolgende bijeenkomsten in Parijs, terwijl er gewoonlijk jaren en jaren overheen gaan om zover te komen. En misschien zelfs binnenkort een vijfde. Hij draagt een antracietgrijs Armani-pak, een oudroze overhemd en een zwarte das met een fijn paars streepje. Bayard heeft het niet nodig gevonden zijn afgedragen pak te verwisselen voor een ander.

Rond het wonderkind vatten de mensen moed en al vrij snel dringen ze er bij hem op aan iets te vertellen over zijn Parijse heldendaden: met hoeveel gemak hij eerst, bij wijze van opwarmertje, gehakt had gemaakt van een retor over een onderwerp uit de binnenlandse politiek ('Wordt een verkiezing ten slotte altijd door het centrum gewonnen?') door *Wat te doen?* van Lenin aan te halen.

Hoe hij een orator opzij had geschoven tijdens een vrij technische rechtsfilosofische kwestie ('Is wettelijk geweld ook geweld?') door zijn toevlucht te nemen tot iets van Saint-Just ('Niemand kan onschuldig regeren' en vooral: 'Een koning moet regeren of sterven').

Hoe hij had geknokt met een vechtlustige dialectica over een citaat van Shelley ('Uit 's levens droom is hij ontwaakt') door behoedzaam iets van Calderón en iets van Shakespeare te combineren, maar ook, en dat was bijzonder geraffineerd, iets uit *Frankenstein*.

En hoe elegant hij een peripateticus voor de gek had gehouden over een zin van Leibniz ('Met opvoeding bereik je veel, zij doet zelfs de beren dansen') door zich de luxe te veroorloven van een bewijsvoering die bijna alleen op aanhalingen uit De Sade was gebaseerd.

Bayard steekt een sigaret op terwijl hij door het raam naar de gondels op het Canal Grande kijkt.

Simon gaat graag in op de dringende verzoeken. Een oude Venetiaan in driedelig pak overhandigt hem een coupe champagne: 'Maestro, u kent Casanova, *naturalmente*? In het verhaal van zijn beroemde duel met de Poolse graaf schrijft hij: "Het eerste advies dat men geeft aan hen die zich voor een duel gesteld zien, is het de tegenstander zo snel mogelijk onmogelijk te maken u schade te berokkenen." *Cosa ne pensa?*'

(Simon neemt een slokje champagne en glimlacht naar een oude dame die met haar oogleden knippert.)

'Was het een duel op de degen?'

'*No, alla pistola.*'

'Nou, in het geval van een duel op het pistool, denk ik dat het een goed advies is. (Simon lacht.) Voor een oratorisch dispuut liggen de principes ietsje anders.'

'*Come mai?* Zou ik u, maestro, mogen vragen waarom?'

'Nou... ik bijvoorbeeld sla toe op de code. Dat houdt in dat ik de tegenstander laat komen. Ik laat hem zich blootgeven, *capisce*? Een oratorisch toernooi lijkt meer op een duel op de degen. Je geeft je bloot, je sluit je dekking weer, je trekt je terug, je maakt een schijnbeweging, je ontwijkt, je maakt je degen los van die van de ander, je pareert, je riposteert...'

'*Uno spadaccino, sì. Ma*, is het pistool niet *migliore*?'

Bayard geeft het wonderkind een elleboogstoot. Simon weet heus wel dat het niet erg slim is om de dag voor een wedstrijd op dit niveau hoffelijk strategische aanwijzingen te geven aan wie ze maar vraagt, maar zijn reflex als pedagoog is sterker. Hij kan het niet laten te onderwijzen: 'Volgens mij zijn er grosso modo twee manieren om het aan te pakken. De semiotische en de retorische, begrijpt u?'

'*Sì, sì... credo di sì, ma...* Kunt u het niet *un poco* uitleggen, maestro?'

'Nou, het is heel eenvoudig. Met de semiotiek kun je begrijpen, analyseren, decoderen, het is defensief, het is Borg. De retorica is gemaakt om te overtuigen, te overreden, te winnen, het is aanvallend, het is McEnroe.'

'Ach, *sì. Ma*, Borg, hij wint, *no*?'

'Natuurlijk! Je kunt winnen met de ene of de andere aanpak, het zijn alleen maar verschillende speelstijlen. Met de semiotiek decodeer je de retorica van de ander, je hebt zijn trucs door en laat hem er zelf over struikelen. Semiotiek is als Borg: je hoeft de bal maar één keer vaker terug te slaan dan je tegenstander. De retorica bestaat uit aces, volleys, versnellingen langs de lijn, maar de semiotiek bestaat uit returns, passing shots, topspinlobs.'

'En dat is *migliore*?'

'Nee, niet per se. Maar het is mijn studierichting, dat is wat ik kan en dus speel ik zo. Ik ben geen crack aan de balie of een predikant of een politieke tribuun of een messias of een stofzuigerverkoper. Ik werk aan de universiteit en mijn vak is analyseren, decoderen, kritiseren en interpreteren. Dat is mijn spel. Ik ben Borg. Ik ben Vilas. Ik ben José Luis Clerc. Hm.'

'*Ma*, wie staat er aan de andere kant?'

'Ehm... McEnroe, Roscoe Tanner, Gerulaitis...'

'En Connors?'

'O ja, Connors, verdomme.'

'*Perché*, verdomme? Wat is er met Connors?'

'Hij is supergoed.'

Het is niet eenvoudig om op dat moment de ironische bijklank in Simons laatste antwoord op waarde te schatten, want in februari 1981 heeft Connors Borg al acht keer niet verslagen, dateert zijn laatste grandslamoverwinning van bijna drie jaar terug (US Open van 1978, en toevallig tegen Borg), en men begint aan te nemen dat het afgelopen is met hem. (Het is nog onbekend dat hij het jaar daarop Wimbledon en het US Open in de wacht zal slepen.)

Hoe het ook zij, Simon wordt weer serieus en vraagt: 'Ik neem aan dat hij zijn duel heeft gewonnen?'

'Casanova? *Sì*, hij raakte de Pool in zijn buik en had hem *quasi* gedood, maar hij kreeg een kogel in zijn duim, en daardoor werd zijn linkerhand bijna *amputata*.'

'Nee... echt?'

'*Sì*, de chirurgijn zei tegen Casanova dat er gangreen bij zou komen. Toen vroeg Casanova of het er al zat. En toen de chirurgijn nee zei, heeft Casanova gezegd: "*Va bene*, we zien wel als het zover is."

En de chirurgijn zei dat *allora*, de hele arm afgezet moest worden. En weet u wat Casanova toen zei? "*Ma*, wat moet ik zonder mijn hand met een arm?" Haha!'

'Haha. Eh... *bene*.'

Simon neemt beleefd afscheid en gaat een bellini halen. Bayard stopt zich vol met petitfours en slaat de gasten gade, die zijn partner nieuwsgierig opnemen, met bewondering of misschien zelfs met angst. Simon neemt een sigaret aan van een vrouw in een laméjurk. Het verloop van het feest bevestigt de informatie waarvoor hij hier is gekomen: de reputatie die hij tijdens een paar Parijse bijeenkomsten heeft vergaard, is hem naar Venetië vooruitgesneld.

Hij kwam zijn ethos opkikkeren, maar hij wil niet te laat naar bed. Hybris? Op geen enkel moment heeft hij willen weten of zijn tegenstander in de zaal was, terwijl die hem misschien wel langdurig en aandachtig heeft opgenomen, geleund op de dure houten meubels en zenuwachtig zijn sigaretten uitdrukkend op de kleine beelden van Brustolon.

Omdat Bayard zich laat versieren door de vrouw in de laméjurk (die wil weten welke rol hij heeft gespeeld in de succesvolle carrière van het wonderkind), besluit Simon alleen terug te gaan. En Bayard, die waarschijnlijk te veel in beslag is genomen door het decolleté van de jurk, misschien bedwelmd is door de schoonheid van het paleis en door het intensieve culturele toerisme dat Simon hem vanaf hun aankomst heeft opgedrongen, besteedt er geen aandacht aan of ziet er in elk geval geen bezwaar in.

Simon is een beetje aangeschoten en zo laat is het niet, het feest in de straten van Venetië is nog in volle gang, maar toch is er iets niet in orde. Wat wil dat zeggen, iemands aanwezigheid voelen? Intuïtie is, net als God, een makkelijke term om geen verklaringen te hoeven geven. Je 'voelt' helemaal niets. Je ziet, je hoort, je overweegt, je decodeert. Intelligentiereflex. Simon komt een masker tegen, en nog eens, dan een ander masker, en nog een. (Maar er zijn zo veel maskers en zo veel bochten.) Hij hoort voetstappen achter zich in de verlaten straatjes. 'Als bij instinct' wijkt hij af van zijn route en uiteraard verdwaalt hij. Hij heeft de indruk dat de voetstappen dichterbij komen. (Zonder precies te hoeven aangeven hoe een ingewikkeld psychisch mechanisme werkt, kunnen we stellen dat de indruk al een steviger begrip is dan de intuïtie.) Als een loslopende Venetiaanse hond dwaalt Simon rond tot hij op het Campo San Bartolomeo staat, aan de voet van de Rialtobrug, waar straatmuzikanten elkaar in een kakofonie beconcurreren en hij weet dat hij niet ver meer van zijn hotel is, een paar honderd meter op zijn hoogst, in vogelvlucht, maar de meanderende Venetiaanse straatjes trekken zich van vogels niets aan en elke keer dat hij dichterbij probeert te komen, stuit hij op het donkere water van een zijkanaal. Rio della Fava, Rio del Piombo, Rio di San Lio...

De jongeren die op een stenen put hangen en bier drinken en *cicchetti* peuzelen... Was hij niet al eens eerder langs deze osteria gekomen?

Het straatje wordt smaller, maar dat wil niet zeggen dat er aan het eind geen doorgang is na de bocht die het zonder mankeren zal maken. Of na de volgende bocht.

Gekabbel, schittering, *rio*.

Verdorie, geen brug.

Als Simon zich omdraait, versperren drie Venetiaanse maskers hem de weg. Ze zeggen geen woord, maar hun bedoelingen zijn duidelijk, want ze zijn alle drie gewapend met stompe werktuigen, die Simon machinaal inventariseert: een goedkoop beeldje van de gevleugelde leeuw, zoals je die in de winkeltjes op de Rialto kunt vinden, een lege limoncellofles, vastgehouden bij de hals, en een lange zware glasblazerstang (waarvan hij niet helemaal zeker is of die in de categorie 'stomp' werktuig thuishoort).

Hij herkent de maskers omdat hij in het Ca' Rezzonico de carnavalsschilderijen van Longhi nauwkeurig heeft bekeken: de *capitano* met de grote adelaarsneus, de dokter met zijn lange witte bek in tijden van pest, en de *larva*, die hoort bij het kostuum van de zogenoemde *bauta*: de driekante steek en de zwarte mantel. Maar de man met de larva draagt jeans en gympen, net als de andere twee. Simon concludeert daaruit dat het om drie schooiers gaat die zijn ingehuurd om hem op zijn bek te slaan. Omdat ze onherkenbaar willen blijven denkt hij dat ze hem niet willen doden, en dat is al wat. Tenzij de maskers zijn bedoeld als voorzorgsmaatregel tegen eventuele getuigen.

Zonder iets te zeggen komt de pestdokter met de fles in zijn hand op Simon af, die door de vreemde, irreële pantomime wordt gefascineerd, net als toen de hond zich in Ithaca op Derrida wierp. Hij hoort de opgewonden stemmen van de klanten van de osteria vlakbij, hij weet dat die maar een paar meter van hem af ligt, maar de echo van tegen elkaar in spelende muzikanten en de vage onrust waar de Venetiaanse nacht van gonst, overtuigen hem er meteen van dat mocht hij om hulp roepen (hij probeert zich te herinneren hoe je 'help' in het Italiaans zegt), niemand er aandacht aan zal besteden.

Terwijl hij achteruitloopt, denkt hij na: stel dat hij werkelijk een romanpersonage is (een idee dat wordt versterkt door de situatie, de maskers, de bijzonder kleurrijke voorwerpen: een roman die niet bang is voor clichés, zegt hij bij zichzelf), wat riskeert hij dan in feite? Een roman is geen droom: je kunt doodgaan in een roman. Aan de andere kant wordt de hoofdpersoon normáál gesproken niet gedood, behalve misschien aan het einde van het verhaal.

Maar mocht dit ooit het einde van het verhaal zijn, hoe zou hij dat dan weten? Hoe weet je op welke bladzij je bent in je leven? Hoe weten we dat we aan onze laatste bladzij toe zijn?

En als hij nou eens niet de hoofdpersoon was? Ieder mens denkt toch dat hij de held van zijn eigen leven is?

Simon weet niet zeker of hij met voldoende begrippen is uitgerust om het probleem van leven en dood romantechnisch juist af te handelen, dus hij besluit, nu er nog tijd is, dat wil zeggen voordat de gemaskerde man die op hem afkomt hem met zijn lege fles de kop heeft ingeslagen, over te gaan op een praktischer aanpak.

In principe is de rio achter hem zijn enige ontsnappingsweg, maar het is februari, het water moet ijskoud zijn en hij is bang dat het daarna maar al te makkelijk is om de riem van een gondel in te pikken, want die liggen om de tien meter aangemeerd, en hem als hij door het kanaal baggert, af te maken als een tonijn, zoals de Grieken het in *De Perzen* van Aeschylus deden tijdens de Slag bij Salamis.

Gedachten gaan sneller dan handelingen en Simon heeft de tijd dat alles te denken voordat de witte bek eindelijk zijn fles heft, maar op het moment dat hij die op hem neer laat komen, ontsnapt de fles hem. Beter gezegd iemand rukt die uit zijn hand. De witte bek draait zich om en in plaats van zijn twee kornuiten ziet hij twee Japanners in zwarte kostuums staan. De bauta en de capitano liggen op de grond. De witte bek staat sprakeloos met neerhangende armen te kijken naar iets wat hij niet begrijpt. Nu wordt hij op zijn beurt met zijn eigen fles neergeslagen, in een reeks compacte, precieze bewegingen. Zijn aanvaller is zo deskundig dat de fles niet breekt en zijn kostuum nauwelijks kreukt.

De drie mannen op de grond kreunen zacht. De drie andere mannen brengen geen enkel geluid uit.

Simon vraagt zich af waarom de romanschrijver, als er tenminste een romanschrijver is die zijn lot in handen houdt, deze twee geheimzinnige beschermengelen heeft gekozen om over hem te waken. De tweede Japanner komt op hem af, groet hem met een bescheiden buiging van zijn bovenlichaam en antwoordt op zijn stomme vraag: 'De vrienden van Roland Barthes zijn onze vrienden.' Dan verdwijnen de twee mannen weer als ninja's in de nacht.

Simon vindt de gegeven verklaring nogal minimaal, maar hij begrijpt dat hij het ermee moet doen en gaat nu op weg naar zijn hotel om eindelijk zijn bed te kunnen opzoeken.

86

In Rome, in Madrid, in Constantinopel en misschien zelfs in Venetië gaat men bij zichzelf te rade. Wat is het doel van die enorme armada? Welke gebieden willen de christenen terugpakken of veroveren? Willen ze Cyprus terugpakken? Willen ze een dertiende kruistocht beginnen? Maar men weet nog niet dat Famagusta is gevallen, en het gerucht van Bragadins marteling is nog niet doorgedrongen. Alleen don Juan van Oostenrijk en Sebastiano Venier hebben er een vermoeden van dat de slag een doel in zichzelf kan zijn, en dat de inzet de totale vernietiging van het vijandelijke leger is.

87

In afwachting van de wedstrijd blijft Bayard Simon ter afleiding meenemen om zich te vertreden en op hun rondwandelingen zijn ze bij het ruiterstandbeeld van Colleoni beland, en terwijl Bayard het standbeeld bewondert, gefascineerd door de kracht van het brons, door de souplesse van Verrocchio's beitel en door wat hij zich voorstelt van het leven van de condottiere, een strenge, machtige en autoritaire krijgsman, gaat Simon de basiliek San Zanipolo binnen, waar hij Sollers ziet, die voor een fresco op de muur staat te bidden.

Achterdochtig verbaast Simon zich over dit toeval. Maar Venetië is uiteindelijk een kleine stad en dezelfde persoon tweemaal op een toeristische plek tegenkomen als je zelf toerist bent, is niet echt buitengewoon.

Toch is Simon er niet speciaal voor geporteerd met hem te praten en hij verdwijnt onopvallend in het kerkschip, bekijkt de tombes van de dogen (onder meer die van Sebastiano Venier, de held van Lepanto) en bewondert de schilderijen van Bellini en de schilderingen van Veronese in de Cappella del Rosario.

Wanneer hij zeker weet dat Sollers is vertrokken, loopt hij naar het fresco.

Er staat een soort urn, geflankeerd door twee gevleugelde leeuwtjes, en daarboven is een afbeelding te zien van een oudere, kale man met een lange baard en magere, blootliggende spieren, die wordt gemarteld en aan stukken gescheurd.

Onder de urn een plaat met een Latijnse inscriptie, die Simon met moeite ontcijfert: Marcantonio Bragadin, de gouverneur van Cyprus, hebben de Turken een verschrikkelijke marteldood laten sterven omdat hij tussen september 1570 en juli 1571 de belegering van het fort van Famagusta heldhaftig had weerstaan. (En ook omdat hij tijdens de capitulatie te weinig respect voor de overwinnaar had betoond, maar dat vermeldt de marmeren plaat niet. Het schijnt dat hij arrogant had geweigerd om zoals gebruikelijk een gegijzelde vrij te laten in ruil voor de bevrijding van christelijke bevelvoerders en dat hij geen belangstelling toonde voor het lot van de Turkse gevangenen, die hij volgens de beschuldiging van de pasja door zijn mannen had laten afslachten.)

Kortom, ze snijden zijn oren en zijn neus af, laten hem acht dagen verkommeren en zweren krijgen en als hij dan weigert zich te bekeren (hij heeft nog de kracht zijn beulen beledigingen in het gezicht te slingeren), laden ze een mand met aarde en stenen op zijn rug en laten hem van batterij naar batterij lopen, waar hij bespot en mishandeld wordt door de Turkse soldaten.

Maar dat is nog niet het einde van zijn kwellingen: hij wordt opgehesen aan de ra van een galei, zodat alle christelijke slaven hun nederlaag en de woede van de Turken in ogenschouw kunnen nemen. En een uur lang schreeuwen de Turken: 'Kijk of je je eskader ziet, kijk naar de grote Christus, kijk of je de versterkingen ziet komen!'

En ten slotte wordt hij naakt aan een zuil gebonden en levend gevild.

Dood wordt hij met stro gevuld, op een koe door de stad rondgesjouwd en vervolgens naar Constantinopel verscheept.

In de urn zit zijn huid, arm relikwie. Hoe is die hier beland? Het Latijn op de muur vermeldt het niet.

Waarom nam Sollers hier even stilte voor die huid in acht? Simon heeft geen idee.

88

'Ik heb geen orders om Venetiaanse stinkpoten te ontvangen.'

De Toscaanse kapitein die dit tegen opperbevelhebber ter zee Sebastiano Venier zegt, solliciteert hiermee vanzelfsprekend naar moeilijkheden; hij is zich ervan bewust dat hij te ver is gegaan, hij kent de spreekwoordelijke strengheid van de oude Venetiaan en weigert dus in de boeien geslagen te worden; de hele zaak eindigt in muiterij, de kapitein raakt zwaargewond en wordt bij wijze van voorbeeld opgehangen.

Maar Venier stond onder Spaans gezag, wat inhoudt dat hij het recht niet had tot een straf te besluiten en al helemaal niet om de man op eigen initiatief te laten executeren. Als don Juan ervan hoort, overweegt hij in alle ernst ook Venier te laten ophangen om hem te leren de hiërarchische weg te volgen, maar *proveditore* Barbarigo, tweede bevelhebber van de Venetiaanse vloot, kan hem ervan overtuigen niet in te grijpen omdat anders de hele operatie in gevaar zou komen.

De vloot zet zijn tocht voort naar de Golf van Lepanto.

89

Tatko,

We zijn in Venetië aangekomen en Philippe gaat aan de wedstrijd deelnemen.

Het is heel druk in de stad, omdat ze proberen het carnaval nieuw leven in te blazen. Je ziet overal gemaskerde mensen en er zijn veel voorstellingen op straat. In tegenstelling tot wat ons was verteld, stinkt Venetië niet. Wel zijn er legers Japanse toeristen, maar dat is in Parijs net zo.

Philippe maakt zich zo te zien niet al te ongerust. Je kent hem, hij spreidt altijd dat onverstoorbare optimisme tentoon, dat soms grenst aan onverantwoordelijkheid, maar al met al is het zijn kracht.

Ik weet dat je niet begrijpt waarom je dochter hem haar plaats heeft afgestaan, maar je moet toegeven dat een man in een dergelijke situatie, dat wil zeggen voor een jury die uitsluitend uit mannen bestaat, altijd meer kans zal hebben dan een vrouw, als ze allebei even bekwaam zijn.

Toen ik nog klein was, heb je me geleerd dat een vrouw niet alleen de gelijke was van de man, maar zelfs boven hem uitstak, en ik geloofde je. Ik geloof je nog steeds, maar ontkennen kunnen we de sociologische realiteit niet, die wordt omschreven (en ik ben bang dat dat nog wel even zo blijft) als de mannelijke overheersing.

Er wordt gezegd dat er in de hele geschiedenis van de Logos Club niet meer dan vier vrouwen ooit de rang van sofist hebben bereikt: Catharina de' Medici, Émilie du Châtelet, Marilyn Monroe en Indira Gandhi (van haar kunnen we nog hopen dat ze het opnieuw zal worden). Dat is vrij weinig. En natuurlijk is er nooit een vrouw Grote Protagoras geweest.

Maar als Philippe de titel in de wacht sleept, verandert er voor iedereen iets: voor hem, omdat hij dan een van de invloedrijkste mannen van de hele wereld wordt. Voor jou, omdat je zult profiteren van zijn occulte macht, niet bang meer hoeft te zijn voor Andropov of de Russen en dus in staat zult zijn om het aanzien van je land te veranderen. (Ik zou hebben willen zeggen 'ons land', maar je wilde dat ik Française werd en op dat gebied heb ik tenminste meer dan aan je verwachtingen voldaan, papaatje.) En voor je enige dochter, omdat ze een andere vorm van macht zal krijgen en onverdeeld zal regeren over het Franse intellectuele leven.

Oordeel niet te streng over Philippe: lichtzinnigheid is ook een soort moed en je weet wat hij willens en wetens op het spel zet. Je hebt me altijd geleerd het te respecteren als iemand zijn plan ten uitvoer wil brengen, ook al wordt dit als spel ervaren. Zonder een zekere neiging tot melancholie is er geen zielenleven, en ik weet dat Philippe dat niet heeft, waardoor hij misschien een arme acteur is, die zijn uur met pralen en razen volmaakt, zoals Shakespeare zegt, maar dat is waarschijnlijk wat me zo aan hem bevalt.

Veel liefs, papaatje,
Je liefhebbende dochter
Julenka

PS Heb je de plaat van Jean Ferrat gekregen?

90

'*Ma sì*, het is een beetje vaag, *vero*.'

Simon en Bayard zijn Umberto Eco op het San Marcoplein tegengekomen. Het lijkt er waarachtig veel op dat iedereen in Venetië heeft afgesproken. Door zijn paranoia interpreteert Simon tegenwoordig alles wat op toeval lijkt als een teken dat zijn hele leven slechts een fictieve roman zou kunnen zijn, wat zijn analytische vermogens vertroebelt en hem belet bij zichzelf na te gaan wat de mogelijke en waarschijnlijke redenen zijn van Eco's aanwezigheid hier en nu.

Op de lagune varen diverse niet bij elkaar horende bootjes in een vrolijke warboel van tegen elkaar botsende boegen, kanonschoten en schreeuwende figuranten.

'Het is een reconstructie van de slag bij Lepanto.' Eco moet schreeuwen om boven het geluid van de kanonnen en de toejuichingen van de menigte uit te komen.

Voor de tweede editie sinds zijn wedergeboorte vorig jaar heeft het carnaval naast andere bonte schouwspelen willen uitpakken met een historische reconstructie: de Heilige Liga, aangevoerd door de Venetiaanse vloot met daarnaast de onoverwinnelijke Armada en de pauselijke legers, valt de Turken aan van Selim II, bijgenaamd de Dronkaard, zoon van Süleyman de Prachtlievende.

'*Ma*, ziet u dat grote schip? Het is een replica van de Bucintoro, de boot waarin de doge elk jaar op Hemelvaartsdag de *sposalizio del mare*, het huwelijk met de zee, vierde door een gouden ring in de Adriatische Zee te gooien. Het was een staatsieschip dat helemaal niet gebouwd was voor de oorlog. Het voer uit voor officiële plechtigheden, maar het heeft de lagune nooit verlaten en omdat we geacht worden ons op die 7de oktober 1571 in de Golf van Lepanto te bevinden, heeft het er dus niets te zoeken.'

Simon luistert niet echt. Hij loopt naar de kade, geboeid door het gekrioel van nagebootste galeien en opgetutte bootjes. Maar als hij tussen de twee zuilen door wil lopen, die als het ware de posten van een onzichtbare deur vormen, houdt Eco hem tegen: '*Aspetta!*'

De Venetianen lopen nooit tussen de *colonne di San Marco* door, ze zeggen dat het ongeluk brengt, omdat de republiek daar de terdoodveroordeelden executeerde en de lijken vervolgens aan hun voeten ophing.

Boven op de zuilen ziet Simon de gevleugelde leeuw van Venetië en Sint-Theodorus die een krokodil heeft geveld. 'Ik ben geen Venetiaan,' mompelt hij, stapt over de onzichtbare drempel en loopt naar de waterrand.

En hij ziet het. Niet het wat kitscherige 'klank-en-lichtspel' en de als oorlogsbodems vermomde bootjes met hun piekfijn uitgedoste figuranten. Hij ziet de legers op elkaar botsen: de zes in zee opgestelde galjassen, drijvende forten die alles om zich heen vernietigen; de tweehonderd galeien die op de linkerflank uitvaren onder het gele vaandel, onder bevel van de hoge Venetiaanse proveditore Agostino Barbarigo, die aan het begin van het gevecht een pijl in zijn oog krijgt en sterft; de rechtervleugel onder het groene vaandel die wordt aangevoerd door de bang uitgevallen Genuaan Gian Andrea Doria, in bedwang gehouden door de behendige manoeuvres van de ongrijpbare Uluç Ali (Ali de bekeerling, Ali de eenoog, Ali de renegaat, geboren in Calabrië en bei van Algiers); in het midden onder het blauwe vaandel het opperbevel bestaande uit don Juan van Oostenrijk voor Spanje, Colonna, bevelhebber van de pauselijke galeien, en Sebastiano Venier, vijfenzeventig jaar, een strenge oude man, toekomstige doge van Venetië, met wie Juan geen woord, geen blik meer wisselt sinds het incident met de Spaanse kapitein. In de achterhoede, voor het geval de zaken verkeerd zouden lopen, de markies van Santa Cruz onder het witte vaandel. Tegenover hen de Turkse vloot onder commando van Ali Moezzin, *kapudan paşa*, met zijn janitsaren en zijn zeeschuimers.

En aan boord van de galei La Marchesa vaandrig Miguel de Cervantes, die ziek en koortsig bevel heeft gekregen in het ruim te blijven liggen, maar die wil vechten en zijn kapitein smeekt mee te mogen doen, want wat zal men van hem zeggen als hij niet zou deelnemen aan de grootste zeeslag aller tijden?

Dus krijgt hij toestemming en als de galeien elkaar met de sneb rammen en op elkaar klappen, als de mannen elkaar van dichtbij met de haakbus doodschieten en overgaan tot enteren, vecht hij als een stier en in de woelende baren, in de storm van de strijd hakt hij Turken als tonijnen aan mootjes, maar hij krijgt haakbusschoten in zijn borst en zijn linkerhand, en toch blijft hij vechten, en al snel is er geen twijfel meer aan de overwinning van de christenen, want het hoofd van de kapudan paşa wordt op de mast van het admiraalsschip geplaatst, maar hij, Miguel de Cervantes, onversaagde vaandrig onder bevel van zijn kapitein Diego di Urbino, heeft in het gevecht het gebruik van zijn linkerhand verloren, en anders hebben de chirurgijns misschien slecht werk afgeleverd.

Zoveel is zeker, hij wordt voortaan 'de eenhandige van Lepanto' genoemd en door sommigen om zijn handicap bespot, maar hij zal, gegriefd, en gewond aan lichaam en ziel, de zaak rechtzetten in het voorwoord van het tweede deel van zijn *Quichot*: '...alsof ik mijn gebrek in een kroeg heb opgedaan, in plaats van bij de verhevenste gelegenheid die de voorbije of huidige tijden hebben gezien en de toekomstige niet verwachten te zien.'

Tussen de menigte toeristen en maskers voelt ook Simon zich opgewonden en als iemand hem op zijn schouder tikt, verwacht hij doge Alvise Mocenigo, de voltallige Raad van Tien en de drie staatinquisiteurs toe te zien snellen om de eclatante overwinning te vieren van de Venetiaanse leeuw en het christendom, maar het is Umberto Eco maar, die breed glimlachend tegen hem zegt: 'Hoeveel mensen zijn er niet op zoek gegaan naar eenhoorns om vervolgens op neushoorns te stuiten.'

91

Bayard staat in de rij voor La Fenice, de opera van Venetië, en als hij aan de beurt is en men nagaat of zijn naam inderdaad op de lijst staat, is hij net als iedere gewone sterveling die door een controle heen komt, opgelucht (iets wat hij door zijn beroep was ontwend), maar de controleur vraagt in welke hoedanigheid hij is uitgenodigd en Bayard legt uit dat hij begeleider is van Simon Herzog, een van de mededingers, maar de controleur vraagt nog eens: '*In qualità di che?*' En Bayard weet niet wat hij moet antwoorden en dus zegt hij: 'Eh, trainer?'

De controleur laat hem door en hij mag plaatsnemen in een vergulde loge vol karmozijnrode stoelen.

Op het podium neemt een jonge vrouw het op tegen een oude man met als onderwerp een citaat uit *Macbeth*: *Let every man be master of his time*. De rivalen spreken Engels en hoewel Bayard de koptelefoon die ter beschikking is gesteld van de toeschouwers voor de simultaanvertaling niet heeft opgezet, heeft hij de indruk dat de jonge vrouw aan de winnende hand is. ('*Time is on my side*,' zegt ze vriendelijk. En inderdaad, ze wordt tot winnares uitgeroepen.)

De zaal zit vol, uit heel Europa verdringt men zich om het grote kwalificatietoernooi bij te wonen: tribunen worden uitgedaagd door disputatoren van lagere rang, voor het merendeel peripatetici, maar ook dialectici en zelfs een paar oratoren, die bereid zijn drie vingers in één keer op het spel te zetten voor het recht aanwezig te zijn bij dé wedstrijd.

Iedereen weet dat de Grote Protagoras is uitgedaagd en dat alleen tribunen, vergezeld van iemand die ze zelf mogen kiezen, voor de match zullen worden uitgenodigd (naast de sofisten natuurlijk, die de jury vormen). Morgen vindt de botsing plaats op een geheime plek, die alleen bekend zal worden gemaakt aan hen die na afloop van het toernooi van vanavond toestemming hebben gekregen om die bij te wonen. Officieel is niet bekend wie de challenger is, al doen allerlei geruchten de ronde.

Bayard bladert in zijn Michelingids en ontdekt dat La Fenice een theater is dat sinds het werd gebouwd steeds maar weer afbrandt en wordt herbouwd, vandaar waarschijnlijk zijn naam: Feniks (Bayard vindt het woord in de vrouwelijke variant mooier).

Op het podium verliest een briljante Rus stom genoeg een vinger door een citaatfout: een zin van Mark Twain schrijft hij toe aan Malraux, zodat zijn tegenstander, een gewiekste Spanjaard, de situatie naar zijn hand kan zetten. Uit de zaal klinkt 'ooohh' op het moment van het 'tsjak'.

De deur gaat open achter Bayard, die opschrikt. 'Nou, commissaris, u doet net of u Stendhal in eigen persoon ziet!' Sollers, met sigarettenpijpje, komt hem in zijn loge opzoeken. 'Interessant evenement, hè? Er zit daar niemand minder dan het Venetiaanse neusje van de zalm en alles wat er in Europa voor enigszins beschaafd doorgaat. Er zijn zelfs een paar Amerikanen heb ik me laten vertellen. Ik vraag me af of Hemingway ooit lid is geweest van de Logos Club. Hij heeft een boek geschreven dat zich in Venetië afspeelt, wist u dat? Het verhaal van een oude kolonel die een meisje met zijn gewonde hand bevredigt in een gondel. Helemaal niet slecht. Wist u dat Verdi hier *La Traviata* heeft gecomponeerd? Maar ook *Ernani*, naar het stuk van Victor Hugo...' Sollers' blik dwaalt even over het toneel, waar een kleine, gedrongen Italiaan strijdt tegen een pijprokende Engelsman, en peinzend voegt hij eraan toe: '*Hernani* met een geamputeerde *H*.' Na een lichte buiging met zijn bovenlichaam vertrekt hij met klakkende hakken als een Oostenrijks-Hongaarse officier terug naar zijn plaats in een loge, die Bayard probeert te lokaliseren om te zien of Kristeva er ook is.

Op het toneel kondigt een presentator in smoking het volgende gevecht aan: '*Signore, signori...*' en Bayard zet de koptelefoon op.

'Disputatoren aller landen... vanuit Parijs ontvangen we... zijn palmares is welsprekend genoeg... nul vriendenmatches... vier vingerdisputen... vier overwinningen, door de jury unaniem toegekend... meer had hij niet nodig om naam te maken... graag een hartelijk applaus voor... de Decodeerder uit Vincennes.'

Simon komt het podium op, gestoken in een goed passend Cerruti-pak.

Nerveus applaudisseert Bayard met de rest van de zaal mee.

Simon begroet glimlachend het publiek, alle zintuigen waakzaam, terwijl het onderwerp wordt getrokken.

'*Classico e Barocco*.' Klassiek en barok, een kunsthistorisch onderwerp? Waarom ook niet, we zijn tenslotte in Venetië.

Meteen borrelen de ideeën op in Simons hoofd, maar het is te vroeg om ze te ordenen. Hij moet zich eerst op iets anders concentreren. Op het moment dat hij de hand van zijn tegenstander drukt, houdt hij die een paar seconden in de zijne, terwijl hij van de man tegenover hem het volgende afleest:

– een Italiaan uit het zuiden te oordelen naar zijn gebronsde teint;

– van kleine afmetingen, dus de drang tot overheersen;

– stevige handdruk: legt makkelijk contacten;

– dikke buik: eet veel gerechten met saus;

– kijkt naar de menigte en niet naar zijn tegenstander: de reflex van een politicus;

– voor een Italiaan niet erg goedgekleed, een ietwat afgedragen kostuum, waarvan de onderdelen niet goed bij elkaar passen, een nogal korte zoom aan de broek, maar zwarte lakschoenen: krent of volksmenner;

– een luxehorloge om zijn pols, recent model, dus geen erfstuk, overduidelijk te duur voor zijn standing: grote kans op passieve corruptie (bevestigt de veronderstelling van de *Mezzogiorno*);

– een trouwring plus een zegelring: een vrouw en een maîtresse, die hem de zegelring heeft gegeven, en die droeg hij waarschijnlijk al voor zijn huwelijk (anders had hij zijn vrouw moeten uitleggen waar die ring opeens vandaan kwam, terwijl hij nu een familie-erfenis kon verzinnen), een vroegere maîtresse dus, met wie hij niet wilde trouwen, maar verlaten kon hij haar toch ook niet.

Natuurlijk zijn al deze gevolgtrekkingen alleen maar veronderstellingen en Simon kan er niet zeker van zijn dat hij het elke keer bij het rechte eind heeft. Hij zegt tegen zichzelf: 'We zitten hier niet in Sherlock Holmes.' Maar als de aanwijzingen zich tot een vermoeden laten bundelen, besluit Simon erop te vertrouwen.

Zijn conclusie luidt dat hij tegenover een politicus staat, waarschijnlijk een christendemocraat, supporter van Napoli of Cagliari, een man van de synthese, streberig, bedreven, maar met een hekel aan knopen doorhakken.

Dus besluit hij al meteen bij het begin iets uit te proberen om hem uit zijn evenwicht te halen: hij ziet met klem af van het privilege te beginnen, dat toch met recht wordt verleend aan de laagst geklasseerde disputator, en biedt grootmoedig aan het initiatief bij zijn geachte opponent te laten, wat in concreto betekent dat hij hem laat kiezen welke van de twee termen van het onderwerp hij wil verdedigen. Uiteindelijk kun je bij tennis ook kiezen om te ontvangen.

Zijn tegenstander hoeft dit absoluut niet te accepteren. Maar Simon durft erop te wedden dat de Italiaan niet wil dat zijn weigering verkeerd wordt opgevat, dat er iets van minachting, slecht humeur, starheid of, erger nog, angst in zal worden bespeurd.

De Italiaan is het aan zichzelf verplicht te spelen, geen spelbreker te zijn. Hij kan niet meteen al weigeren de handschoen op te nemen, zelfs als de handschoen die hem wordt toegeworpen meer iets heeft van een vishaakje. Hij hapt.

Vanaf dat moment twijfelt Simon er totaal niet aan welke positie hij gaat verdedigen. In Venetië zal iedere politicus een lofzang houden op de barok.

Zodat Simon, wanneer de Italiaan begint met de oorsprong van het woord 'barocco' (dat in de vorm *barroco* 'een onregelmatige parel' betekent in het Portugees), meent hem minstens een slag voor te zijn.

In het begin is de Italiaan een beetje frikkerig, een beetje futloos, omdat Simon hem van zijn stuk heeft gebracht door het initiatief aan hem te laten, en misschien ook omdat kunstgeschiedenis zijn specialisme niet is. Maar de rang van tribuun heeft hij niet bij toeval bereikt. Langzaamaan krijgt hij zichzelf in de hand en komt hij op gang.

De barok is de esthetische stroming die de wereld ziet als een theater en het leven als een droom, een illusie, een spiegel van felle kleuren en gebroken lijnen. *Circé et le Paon*, metamorfosen, praalzucht. De barok geeft de voorkeur aan rondingen boven rechte hoeken. De barok omarmt de asymmetrie, de trompe-l'oeil, de buitensporigheid.

Simon heeft de koptelefoon opgezet, maar hij hoort de Italiaan Montaigne citeren in het oorspronkelijke Frans: 'Ik schilder niet het zijn, ik schilder de overgang.'

Ongrijpbaar verplaatst de barok zich van het ene land naar het andere, van de ene eeuw naar de andere, de zestiende eeuw in Italië, Concilie van Trente, contrareformatie, eerste helft van de zeventiende eeuw in Frankrijk, Scarron, Saint-Amant, tweede helft van de zeventiende eeuw terug in Italië, Beieren, achttiende eeuw Praag, Sint-Petersburg, Zuid-Amerika, rococo. De barok kent geen eenheid, geen essentie zoals onveranderlijke dingen, geen duur. De barok is beweging. Bernini, Borromini. Tiepolo, Monteverdi.

De Italiaan somt de ene gemeenplaats na de andere op.

En dan opeens vindt hij via wie weet welk mechanisme, welke weg, welke omweg van de menselijke geest zijn belangrijkste hoofdlijn, waarop hij zich kan laten meevoeren als op een retorische en paradoxale surfplank: '*Il Barocco è la peste*.'

De barok is de pest.

De kwintessens van die stroming zonder essentie tref je hier in Venetië aan. In de bolvormige koepels van de San Marco-basiliek, in de grillige lijnen van de gevels, in de groteske paleizen met hun uitsteeksels boven de lagune, en natuurlijk in het carnaval.

En waarom? De Italiaan heeft de plaatselijke geschiedenis goed doorgenomen. Van 1348 tot 1632 breekt telkens weer de pest uit en ze levert zonder ooit moe te worden de boodschap af: *Vanitas vanitatum*. In 1462, in 1485 treft de pest de Republiek vernietigend. In 1506, *omnia vanitas*, keert ze terug. In 1576 rukt ze Titiaan weg. Het leven is één groot carnaval. De dokters dragen maskers met een lange witte bek.

De geschiedenis van Venetië is niets anders dan een lange dialoog met de pest.

Maar het antwoord van de Serenissima was Veronese (*Christus verjaagt de pest uit Venetië*), Tintoretto (*Sint-Rochus geneest de pestlijders*) en, op de Punta della Dogana, de kerk zonder voorgevel van Baldassare Longhena: de Salute, waarover de Duitse kunstcriticus Wittkower later zei: 'Absolute top in weelderigheid, barokke grootsheid en rijkdom aan lichtspel.'

In het publiek zit Sollers te schrijven.

Achthoekig, zonder voorgevel en vol leegte.

De vreemde stenen wielen van de Salute zijn als rollen schuim, versteend bij de aanblik van Medusa. De eeuwigdurende beweging als antwoord op de vanitas van de wereld.

De barok is de pest, en dus Venetië.

Vrij sterke redenering, zegt Simon bij zichzelf.

In het vuur van zijn betoog gaat de Italiaan verder: wat is dan het klassieke? Waar heeft iemand ooit het 'klassieke' gezien? Is Versailles klassiek? Is Schönbrunn klassiek? Het klassieke komt altijd achteraan hinken. Iets wordt altijd achteraf klassiek verklaard. We praten erover, maar niemand heeft het ooit gezien.

De absolutistische politiek van Lodewijk XIV heeft men willen veranderen in een esthetische stroming gebaseerd op orde, eenheid, harmonie, als tegenwicht voor de instabiele periode van de Fronde die eraan voorafging.

Simon zegt bij zichzelf dat die kinkel uit de Mezzogiorno met zijn te korte zomen al met al behoorlijk wat weet van geschiedenis, kunst en kunstgeschiedenis.

Hij luistert naar de simultaanvertaling in zijn koptelefoon: 'Maar er zijn geen klassieke schrijvers... in de tegenwoordige tijd... De klassieke kwaliteitskeur... is niet anders dan de hoofdprijs... toegekend door schoolboeken.'

De Italiaan concludeert: het barokke, dat is hier. Het klassieke, dat bestaat niet.

Donderend applaus van het publiek.

Bayard steekt nerveus een sigaret op.

Simon staat op en leunt op zijn lessenaar.

Hij had de keuze tussen zijn speech voor te bereiden terwijl de ander sprak of aandachtig naar hem te luisteren om zijn woorden als springplank te gebruiken, en hij koos voor de tweede, strijdbaardere optie.

'Zeggen dat het classicisme niet bestaat, staat gelijk aan zeggen dat Venetië niet bestaat.'

Totale vernietigingsoorlog dus, zoals bij Lepanto.

Hij weet dat hij door het woord 'classicisme' te gebruiken zich schuldig maakt aan een anachronisme, maar het kan hem niet schelen omdat 'barok' en 'klassiek' hoe dan ook begrippen zijn die achteraf zijn gesmeed, per definitie anachronistisch, bedoeld om wankele en aanvechtbare realiteiten in stand te houden.

'En het is des te merkwaardiger dat deze woorden hier worden uitgesproken, in La Fenice, een neoklassieke parel.'

Simon gebruikt het woord 'parel' met opzet. Zijn plan de campagne heeft hij al.

'We vegen daarmee ook Giudecca en San Giorgio wat snel van de kaart.' Hij wendt zich tot zijn tegenstander. 'Heeft Palladio nooit bestaan? Zijn die neoklassieke kerken van hem soms barokke dromen? Mijn geachte tegenstander ziet overal barok; hij heeft daar het recht wel toe, maar...'

Zonder enig overleg zijn beide tegenstanders het eens geworden over de probleemstelling van het onderwerp: de inzet is Venetië. Is Venetië barok of klassiek? Venetië zelf zal een van de twee gelijk geven.

Simon wendt zich weer tot het publiek en oreert: 'Orde en schoonheid, luxe, kalmte en genot: is er een regel waarin Venetië gepaster wordt omschreven? Of is er een betere definitie van het classicisme?' En Barthes, naar Baudelaire: 'Klassieken. Cultuur (hoe meer cultuur er is, hoe groter en diverser het plezier). Intelligentie. Ironie. Verfijndheid. Euforie. Beheersing. Veiligheid: levenskunst.' Simon: 'Venetië!'

Het klassieke bestaat wel degelijk en is thuis in Venetië. Stap één.

Stap twee: aantonen dat de tegenstander het onderwerp niet heeft begrepen.

'Mijn geachte opponent heeft het misschien niet goed gehoord: het is niet barok óf klassiek, maar barok én klassiek. Waarom die twee tegenover elkaar stellen? Ze vormen het yin en yang waaruit Venetië en het heelal zijn samengesteld, het apollinische en het dionysische, het verhevene en het groteske, de rede en de hartstocht, Racine en Shakespeare.' (Simon staat niet te lang stil bij dit laatste voorbeeld, want Stendhal had een overduidelijke voorkeur voor Shakespeare – net als hijzelf trouwens.)

'Het gaat er niet om Palladio uit te spelen tegen de bolvormige koepels van de San Marco-basiliek. Kijk. De Redentore van Palladio?' Simon kijkt ver weg in de zaal, alsof hij zich de oever van Giudecca te binnen brengt. 'Aan de ene kant Byzantium en de flamboyante gotiek van het verleden (als ik dat zo mag zeggen); aan de andere kant het klassieke Griekenland dat via de renaissance en de contrareformatie voor altijd weer tot leven is gebracht.' Niets blijft ongebruikt voor de disputator. Sollers glimlacht en kijkt naar Kristeva, die zijn woorden herkent, en hij blaast tevreden rookkringetjes, terwijl hij op het vergulde hout van zijn loge tikt.

'Neem *De Cid* van Corneille. Een barokke, bijna picareske tragikomedie toen het werd geschreven, vervolgens (met de nodige moeite) opnieuw ingedeeld als klassieke tragedie, omdat familiegeschiedenissen uit de mode raakten. De voorschriften, de eenheden, het decor? Laat dat geen bezwaar zijn. Twee stukken in één, en toch hetzelfde stuk, vandaag barok, morgen klassiek.'

Simon zou nog heel wat andere interessante gevallen kunnen noemen. Lautréamont bijvoorbeeld, de zanger van de zwartste romantiek die een metamorfose ondergaat, Isidore Ducasse wordt en zich in zijn onwaarschijnlijke *Poésies* ontwikkelt tot de verdorven verdediger van een veranderend classicisme, maar hij wil niet afdwalen: 'Twee grote retorische tradities, de Attische en de Aziatische. Aan de ene kant de onverbiddelijke helderheid van het Westen, het "wat men goed begrijpt kan men duidelijk uitleggen" van Boileau, aan de andere kant de lyrische bezieling, de verfraaiingen, de overvloedige tropen van het sensuele en gecompliceerde Oosten.'

Simon weet heel goed dat begrippen als het Attische en het Aziatische geen concrete aardrijkskundige basis hebben, hooguit historische metaforen zijn, maar in dit stadium weet hij dat de juryleden weten dat hij het weet en hoeft hij het dus niet nader te preciseren.

'En waar vloeien die twee samen? In Venetië, kruispunt van het universum! Venetië, mengsel van de zee en de aarde, aarde boven op de zee, de rechten en de krommen, het paradijs en de hel, de leeuw en de krokodil, San Marco en Casanova, zon en nevel, beweging én eeuwigheid!'

Simon laat een laatste pauze vallen voordat hij zijn slotrede afsluit met een afdoende: 'Barok én klassiek? Het bewijs: Venetië.'

Donderend applaus.

De Italiaan wil hem lik op stuk geven, maar Simon heeft hem van de synthese beroofd en hij is dus gedwongen om tegen zijn aard in te spelen. Hij zegt, direct in het Frans, waar Simon bewondering voor heeft, maar wat hij interpreteert als een teken van spanning: '*Ma*, Venezia, dat is de zee! De povere dialectische poging van mijn tegenstander verandert er niets aan. Het vloeibare element is *barocco*. Het vaste, het onbeweeglijke, het starre is *classico*. Venetië *è il mare*!' Dan herinnert Simon zich wat hij hier in Venetië heeft geleerd, de Bucintoro, de ring die in de zee werd geworpen en de verhalen van Eco: 'Nee, Venetië is de echtgenoot van de zee, dat is niet hetzelfde.'

'De stad van de maskers! Van het spiegelende glas! Van de fonkelende mozaïeken! De stad verzinkt in de lagune! Venetië is water, zand en modder!'

'En steen. Heel veel marmer.'

'Maar marmer is barok! Het is doorgroefd met aderen, het heeft vanbinnen allerlei lagen en het breekt de hele tijd.'

'Welnee, marmer is klassiek. In Frankrijk wordt gezegd: "in marmer gebeiteld".'

'Het carnaval! Casanova! Cagliostro!'

'Ja, Casanova is in het collectief onbewuste de barokke koning bij uitstek. Maar wel de laatste. In een schitterend slottoneel wordt een voorbije wereld begraven.'

'*Ma*, dat is de Venetiaanse identiteit: een eeuwig sterven. De achttiende eeuw ís Venetië.'

Simon voelt dat hij terrein verliest en de paradox van een stevig en rechttoe rechtaan Venetië niet veel langer kan volhouden, maar hij gaat koppig door: 'Nee, het sterke, roemrijke, dominante Venetië is het Venetië van de zestiende eeuw, voordat het verdween, uiteenviel. Juist aan de barok, die u verdedigt, is de stad gestorven.'

De Italiaan laat zich dit geen twee keer zeggen: 'Maar dat uit elkaar vallen, dat is Venetië! Zijn identiteit is nu juist zijn onvermijdelijke wedren naar de dood.'

'Maar Venetië moet een toekomst hebben! De barok die u beschrijft, is het touw van de gehangene.'

'Alweer een barok beeld. Eerst probeert u zich ertegen te verzetten, vervolgens veroordeelt u het, maar alles leidt u terug naar het barokke. Alles bewijst dat juist de barok de stad haar grootsheid verleent.'

Simon voelt dat hij in termen van zuivere logische bewijsvoering hier het onderspit begint te delven, maar gelukkig is retorica niet alleen maar logica en dus speelt hij de kaart van het pathos: Venetië moet leven.

'Misschien is de barok het vergif dat haar vermoordt en haar alleen maar verfraait door haar te vermoorden. (En nu geen toegevingen meer, zegt Simon tegen zichzelf.) Maar neem *De koopman van Venetië*: waar komt het heil vandaan? Van vrouwen die op een eiland wonen: op de aarde!'

Triomfantelijk roept de Italiaan uit: 'Portia? Die zich vermomt als man? *Ma*, dat is *totalmente barocco*! Het is zelfs de triomf van de barok over de botte rationaliteit van Shylock, over het recht waarachter Shylock zich verschuilt om zijn pond vlees op te eisen. Dat die Joodse koopman het zo rigide naar de letter interpreteert, is een voorbeeld van een protoklassieke neurose, als ik dat zo zeggen mag.'

Simon voelt aan dat het publiek het lef van de formulering waardeert, maar tegelijk ziet hij heel goed dat zijn tegenstander over Shylock maar wat ratelt en dat is maar goed ook, want hij begint zelf behoorlijk in de war te raken door het verplichte onderwerp: zijn paranoia en zijn twijfels aan de stevige basis van zijn eigen bestaan komen zijn geest weer bestoken op een moment waarop hij al zijn concentratie nodig heeft. Haastig verzet hij de bakens naar Shakespeare ('het leven is een arme acteur, die zijn uur volmaakt met pralen en razen', waarom schiet hem nu juist die zin uit *Macbeth* te binnen? Wáár komt die vandaan? Simon worstelt om die vraag naar een later moment weg te schuiven): 'Portia is nou juist die mengeling van barokke waanzin en klassiek talent, die Shylock weet te verslaan, niet door haar toevlucht te nemen tot gevoelens, zoals de andere personages, maar met juridische, stellige, onweerlegbare argumenten, haar rationaliteit is voorbeeldig, gebaseerd op de bewijsvoering van Shylock zelf, die ze binnenstebuiten keert als een handschoen: "Een pond vlees, zeker, daar hebt u recht op, maar geen grammetje meer." Antonio wordt op dat moment gered door een juridische goocheltruc: een barokke handeling, zeker, maar wel klassieke barok.'

Simon voelt de goedkeuring van het publiek. De Italiaan weet dat hij het initiatief nu kwijt is en wijdt zich aan het uiteenrafelen van wat hij Simons 'bedrieglijke, pathetische kronkelingen' noemt, maar ook hij begaat een foutje. Om Simons bokkensprongen in de logica aan de kaak te stellen vraagt hij: '*Ma*, wie heeft eigenlijk besloten dat het recht een klassieke waarde is?' terwijl dat een vooronderstelling was in zijn eigen argumentatie daarnet. Maar Simon, die te vermoeid is, te veel wordt afgeleid of zich te veel op iets anders concentreert, laat de gelegenheid hem tegen te spreken voorbijgaan, en de Italiaan kan doorpraten: 'Stuiten we hier niet op de grenzen van mijn tegenstanders denkraam?'

En hij plaatst zijn stoot: 'Wat mijn geachte opponent doet, is heel eenvoudig: hij trekt geforceerde vergelijkingen.'

Simon wordt nu aangevallen op het terrein waarop hij normaal gesproken uitblinkt, de discussie over de discussie, en als hij de ander zijn gang laat gaan, loopt hij het risico een thuiswedstrijd te verliezen en dus wijkt hij geen duimbreed: 'Uw verdediging van Venetië zit vol gaten. Venetië moest opnieuw worden uitgevonden door een huwelijk, en Portia is dat huwelijk: een combinatie van list en pragmatisme. Als Venetië achter zijn maskers verloren dreigt te gaan, brengt Portia van haar eiland haar barokke waanzin én haar klassieke gezonde verstand naar de stad.'

Simon heeft steeds meer moeite om zich te concentreren, hij denkt aan de 'reputaties' van de zeventiende eeuw, aan Cervantes die in Lepanto vecht, aan zijn colleges over James Bond in Vincennes, aan de snijtafel in het Anatomisch Theater van Bologna, aan het kerkhof van Ithaca en aan duizend en een dingen tegelijk, en hij begrijpt dat hij alleen kan winnen als hijzelf de barokke duizeling die hem bevangt, overwint, een droste-effect dat hij onder andere omstandigheden kostelijk zou vinden.

Hij besluit het onderwerp Shakespeare zelf af te sluiten, waar hij naar hij meent zonder kleerscheuren doorheen is gelaveerd en hij vat al zijn geestelijke energie samen om van onderwerp te veranderen, om zijn tegenstander af te brengen van het meta-discussiepad dat hij is ingeslagen en waar Simon zich voor het eerst van zijn leven niet echt veilig voelt.

'Eén enkel woord nog: Serenissima.'

Door dit te zeggen verplicht hij zijn tegenstander tot een reactie en de Italiaan, gestoord in de retorische redenering die hij wilde gaan opbouwen, is opnieuw van het initiatief beroofd en antwoordt vinnig: '"*Repubblica*" *è barocco!*'

In deze fase van improvisatie gaat Simon voor de show en zegt alles wat in zijn hoofd opkomt: 'Dat hangt ervan af. Duizend jaar doges maar liefst. Duurzame instellingen. De macht vast in het zadel. Overal kerken: God is niet barok, zoals Einstein zei. Napoleon daarentegen (en Simon haalt hem met opzet aan, omdat hij de Venetiaanse republiek vernietigde) was een absoluut vorst, maar hij bewoog voortdurend. Heel barok, maar ook heel klassiek, in zijn soort.'

De Italiaan wil antwoorden, maar Simon valt hem in de rede: 'Ach, dat is waar ook, ik was het vergeten: het klassieke bestaat niet! Als dat het geval is, waar hebben we het dan het afgelopen half uur over gehad?' Het publiek houdt de adem in. De tegenstander incasseert de uppercut.

In vervoering door de inzet en de nerveuze spanning voeren de twee mannen het debat nu op een ronduit anarchistische manier en achter hen voelen de drie juryleden wel aan dat ze het beste van zichzelf hebben gegeven, dus beëindigen ze het dispuut.

Simon onderdrukt een zucht van verlichting en draait zich naar hen om. Hij realiseert zich dat de drie juryleden die de avond als scheidsrechter hebben geleid, noodzakelijkerwijs sofisten zijn (omdat de jury normaal gesproken moet bestaan uit leden van een hogere rang dan de disputatoren over wie ze moeten beslissen). Ze dragen alle drie Venetiaanse maskers, net als zijn aanvallers, en Simon begrijpt welk voordeel het biedt om de wedstrijden tijdens het carnaval te houden: je kunt op die manier onopvallend anoniem blijven.

In doodse stilte gaan de juryleden over tot stemmen.

Het eerste stemt voor Simon.

Het tweede voor zijn tegenstander.

Het oordeel over de wedstrijd ligt dus in handen van het derde jurylid.

Simon kijkt strak naar het plankje, een soort broodplankje, rood van het bloed van de vingers van wedstrijddeelnemers voor hem. Hij hoort gemompel in de zaal als reactie op de derde stem en durft niet op te kijken. Het is niet zijn gewoonte, maar hij slaagt er niet in het gemompel te interpreteren.

Niemand heeft het kleine kapmes dat op tafel ligt, gepakt.

Het derde jurylid heeft voor hem gestemd.

Zijn tegenstander stort in. Hij zal zijn vinger niet verliezen, want volgens de regels van de Logos Club zet alleen de uitdager zijn vingerkapitaal op het spel, maar hij was gehecht aan zijn rang en kan absoluut niet verdragen dat hij een niveau is gezakt.

Simon wordt dus onder applaus van het publiek bevorderd tot de rang van tribuun. Belangrijker is nog dat hem plechtig de uitnodiging voor twee personen voor de topwedstrijd van de volgende dag wordt overhandigd. Simon bekijkt uur en plaats, groet het publiek nog eens en gaat bij Bayard in de loge zitten, terwijl de zaal begint leeg te lopen (want zijn wedstrijd, de apotheose van de avond, was als laatste geprogrammeerd).

In de loge neemt Bayard kennis van de informatie op het uitnodigingskaartje en steekt een sigaret op, op zijn minst zijn twaalfde die avond. Een Engelsman steekt zijn hoofd om de deur om de overwinnaar geluk te wensen: '*Good game. The guy was tough.*'

Simon kijkt naar zijn handen, die een beetje trillen, en zegt: 'Ik vraag me af of sofisten zo veel sterker zijn.'

92

Achter Sollers hangt het *Paradijs*: een reusachtig doek van Tintoretto, die in zijn tijd ook een wedstrijd had gewonnen en de zaal van de Grote Raad in het Dogepaleis mocht decoreren.

Onder het schilderij een breed podium waarop geen drie maar tien juryleden hebben plaatsgenomen: de sofisten op volle sterkte.

Voor hen, voor driekwart naar het publiek gekeerd, de Grote Protagoras in eigen persoon en Sollers, die leunt op zijn lessenaar.

De tien juryleden en de twee disputatoren zijn uitgedost met Venetiaanse maskers, maar Simon en Bayard hebben Sollers zonder moeite herkend. Overigens hebben ze Kristeva in het publiek ontdekt.

Anders dan in La Fenice staat het publiek opeengepakt in de enorme zaal, die in de veertiende eeuw werd ontworpen om meer dan duizend patriciërs te ontvangen: drieënvijftig meter lengte, overkoepeld door een plafond waarvan je je afvraagt hoe het zonder één enkele zuil blijft hangen, en dat is bezaaid met doeken van oude meesters.

De zaal maakt zo'n indruk op het publiek dat er een soort angstig gemompel hangt. Iedereen fluistert uit respect voor de blik van Tintoretto of Veronese.

Een van de juryleden staat op, kondigt in het Italiaans plechtig de aftrap van de wedstrijd aan en trekt het onderwerp uit een van de twee vazen die voor hem staan.

'*On forcène doucement*.'

Het lijkt een onderwerp in het Frans te zijn, maar Bayard wendt zich tot Simon, die hem een teken geeft dat hij het ook niet goed heeft begrepen.

Er slaat een golf van verbijstering door de drieënvijftig meter van de zaal. Degenen die geen Frans spreken, gaan na of hun apparaat voor de simultaanvertaling wel op het goede kanaal staat afgestemd.

Als Sollers achter zijn masker al een moment heeft getwijfeld, laat hij er niets van blijken. In de zaal heeft in elk geval Kristeva zich niet verroerd.

Sollers heeft vijf minuten om het onderwerp te begrijpen, het in termen van een probleem te gieten, er een stelling aan te verbinden en die met logische en, indien mogelijk, spectaculaire argumenten te ondersteunen.

In de tussentijd vraagt Bayard zijn buren wat zij ervan vinden: wat is dat voor onbegrijpelijk onderwerp?

Een knappe, goedgeklede oude man met een bij zijn halsdoek passend zijden lefdoekje legt uit: '*Ma*, die Fransman daagt *il Grande Protagoras* uit. Hij hoeft niet iets te verwachten als "voor of tegen de doodstraf", *vero*?'

Daar kan Bayard het wel mee eens zijn, maar hij vraagt waarom het een onderwerp in het Frans is.

De oude man antwoordt: 'Hoffelijkheid van de Grande Protagoras. Er wordt gezegd dat hij alle talen spreekt.'

'Is het geen Fransman?'

'*Ma no, è italiano, eh!*'

Bayard kijkt naar de Grote Protagoras, die achter zijn masker rustig zijn pijp rookt en een paar aantekeningen neerkrabbelt. Zijn gestalte, zijn houding, de vorm van zijn kaak (het masker bedekt immers alleen zijn ogen) doen hem ergens aan denken.

Als de vijf minuten om zijn, strekt Sollers achter zijn lessenaar zijn rug, bekijkt het publiek minachtend, voert een kleine danspas uit, waarbij hij geheel om zijn as draait, alsof hij zich ervan wil vergewissen dat de Tien achter hem er wel degelijk zijn, buigt min of meer afgemeten naar zijn tegenstander en begint zijn rede, een rede waarvan hij al weet dat die in de annalen opgetekend zal worden als dé rede van Sollers tegenover de Grote Protagoras.

'Forcène… forcène… Fort… Scène… Fors… Seine… Faure (Félix)… Senna. President Félix Faure stierf aan een fellatio en een hartstilstand, en daardoor maakte hij geschiedenis, maar hij verdween wel van het toneel. Dit bij wijze van voorspel… Van amuse-gueule… Van inleiding (haha!)…'

Simon zegt bij zichzelf dat Sollers zich waagt aan een stoutmoedige benadering à la Lacan.

Bayard slaat Kristeva uit zijn ooghoek gade. Behalve intense aandacht verraadt haar gezichtsuitdrukking nog steeds niets.

'De force. En de scène. De force op het toneel. Rodrigue, nietwaar. Forêt sur Seine. (Val-de-Marne. Er wordt gezegd dat ze daar nog steeds kraaien op de deur timmeren.) De strot van Il Commendatore dichtknijpen or not? That's the question.'

Bayard kijkt Simon vragend aan en die legt zachtjes uit dat Sollers blijkbaar voor een vermetele tactiek heeft gekozen, namelijk door de logische verbanden te vervangen door analogische verbanden, of liever het naast elkaar stellen van ideeën, of zelfs reeksen beelden, in plaats van zuiver redeneren.

Bayard probeert het te begrijpen: 'En dat is barok?'

Simon is verwonderd: 'Eh ja, zo zou je het kunnen zien.'

Sollers gaat verder: 'Over scène: op scène. Obscene. Daar is alles. De rest stelt natuurlijk niets voor. Het daverende artikel "Sollers de obscene" door Marcelin Pleynet? Zonder aarzeling. Eh, nou ja. Tja! *Doucement*: zacht… zaad… Waar komt het zaad vandaan? Van boven natuurlijk! (Hij wijst naar het plafond en de schilderijen van Veronese.) De kunst is het zaad van God. (Hij wijst naar de muur achter hem.) En Tintoretto is zijn profeet… Klinkt als rettro, retro… Gezegend de tijd waarin de klok en het net opnieuw de plaats van de hamer en sikkel zullen innemen… Zijn het tenslotte niet de twee werktuigen van de visser?'

Denkt Bayard een kleine, ongeruste rimpel op Kristeva's Slavische gezicht te ontwaren?

'Als de vissen hun kop buiten het water konden steken, zouden ze merken dat hun wereld niet de enige wereld is…'

Simon vindt Sollers' strategie écht heel vermetel.

Bayard fluistert in zijn oor: 'Een beetje te veel filmhuis, niet?'

De oude man met de pochet fluistert hen toe: 'Hij heeft *coglioni*, die *francese*. Aan de andere kant is dit wel het moment om ze te gebruiken.'

Bayard vraagt hem uit te leggen wat hij bedoelt.

De oude man zegt: 'Het is duidelijk dat hij het onderwerp niet heeft begrepen. Net zomin als wij, *vero*? Dus blaast hij zich op als een kikker... zo zeg je dat toch in het Frans? Dat is moedig.'

Sollers zet een elleboog op de lessenaar, waarvoor hij naar voren moet buigen en zijn lichaam een beetje moet knakken, maar vreemd genoeg ziet hij er in die weinig natuurlijke pose vrij ontspannen uit.

'Ik kwam ik zag ik overgaf.'

Sollers' frasering wordt sneller, vloeiender, bijna muzikaal: 'God is waarlijk nabij zonder mysterie zacht met oliën ingesmeerd zacht hand van mysterrie, helse herrie...' Vervolgens zegt hij iets wat Simon en zelfs Bayard verbaast: 'Door te geloven aan het gekietel op het orgaan kunnen we het lijk als enige fundamentele waarde in stand houden.' En terwijl hij dit zegt, laat Sollers zijn tong wellustig over zijn lippen gaan. Bayard kan nu een duidelijke spanning bij Kristeva waarnemen.

Op een bepaald moment zegt Sollers (en Simon zegt bij zichzelf dat hij daarmee in zekere zin zijn geheim prijsgeeft): 'Van de hak op de ziel...'

Bayard laat zich door het ritme wiegen als door een stromende rivier met zo nu en dan een boomstammetje dat tegen een rank bootje botst.

'... Genoot niet heel de ziel van Christus in zijn passie van de gelukzaligheid het lijkt van niet is het om verschillende redenen niet onmogelijk tegelijk te lijden en te genieten omdat smart en vreugde tegengestelden zijn Aristoteles zegt het ook belet diep verdriet geen genot en toch is het zijn tegengestelde...'

Sollers produceert steeds meer speeksel, maar hij praat door als een machine van Alfred Jarry: 'Ik verander van vorm van naam van openbaring van bijnaam ik ben dezelfde ik metamorfoseer nu eens paleis dan weer faraohut duif of schaap transfiguratie transsubstantiatie hemelvaart...'

Dan komt hij, en het publiek voelt het, al kan het hem niet volgen, toe aan zijn slotrede: 'Ik zal zijn wat ik zal zijn dat wil zeggen houdt u zich bezig met wat ik ben zolang ik ben in ik ben en vergeet niet dat ik ben wat volgt als ik morgen ben zal ik zijn wat ik ben op het punt hoever ik zal zijn...'

Verbaasd vraagt Bayard Simon: 'Is dat nou die zevende functie van taal?'

Simon voelt zijn paranoia de kop weer opsteken en zegt bij zichzelf dat een personage als Sollers in het echt niet kan bestaan.

Op een toon die geen tegenspraak duldt, concludeert Sollers: 'Ik ben het tegenovergestelde van het Molotov-Ribbentrop.'

Shock in de zaal.

Zelfs de Grote Protagoras lijkt met open mond te staan. Hij zegt een beetje gegeneerd: 'Hm, hm.' Dan neemt hij het woord want nu is het zijn beurt.

Simon en Bayard herkennen de stem van Umberto Eco.

'Waar zal ik beginnen nu mijn geachte opponent, hum, geen middel heeft geschuwd, *sì*?'

Eco draait zich naar Sollers en buigt beleefd terwijl hij zijn masker bij de neus pakt en rechtzet.

'Zou ik misschien eerst een kleine etymologische opmerking mogen maken? Geachte aanwezigen, geachte leden van de jury, u zult zich er ongetwijfeld rekenschap van hebben gegeven dat het werkwoord "*forcener*" in het moderne Frans niet meer bestaat en het enige spoor dat het heeft nagelaten, het zelfstandig naamwoord "*forcené*", verwijst naar een waanzinnig persoon die gewelddadig gedrag vertoont.

Deze omschrijving van de "forcené" kan ons echter op een dwaalspoor brengen. Oorspronkelijk – ik ben zo vrij even iets over de spelling te zeggen – werd "forcener" geschreven met een "s", niet met een "c", want het kwam van het Latijnse *sensus*, verstand (*ani-*

mal quod sensu caret), zodat "forsener" letterlijk betekent je verstand kwijt zijn, dus gek zijn, de gevoelswaarde van geweld was er in het begin nog niet.

Niettemin is die gevoelswaarde er waarschijnlijk steeds meer in gelegd door de spellingsverandering, die etymologisch tot een verkeerde associatie leidde en ik zou denken dat deze spelling vanaf de zestiende eeuw als zodanig in het Middelfrans is aangetroffen.

Allora, de vraag die ik zou hebben besproken als mijn geachte opponent hem had opgeworpen, zou de volgende zijn: is "forcener doucement" een oxymoron? Bestaat er al of niet een verbinding van twee tegenstrijdige begrippen?

Niet als je naar de juiste etymologie van "forcener" kijkt.

Sì, als je de gevoelswaarde van het geweld vanuit de verkeerde etymologie aanvaardt.

Sì, ma... staan *doux* en *fort* noodzakelijk tegenover elkaar? Een kracht kan zachtjes worden uitgeoefend, als u bijvoorbeeld door de stroom van een rivier wordt meegevoerd of wanneer u een geliefde hand zachtjes drukt...'

Het zangerige accent weerklinkt in de grote zaal, maar iedereen heeft gemerkt hoe gewelddadig de aanval was, want ondanks zijn goedige uiterlijk heeft Eco kalm de gebreken van Sollers' rede aan de orde gesteld door in zijn eentje een discussie op te zetten waarvan zijn tegenstander de fundamenten niet heeft weten te leggen.

'*Ma*, dat alles vertelt ons niet waar het nu over gaat, *no*?

Ik zal bescheidener zijn dan mijn tegenstander, die zich aan zeer vermetele en volgens mij, neem me niet kwalijk, ietwat uit de lucht gegrepen interpretaties heeft gewaagd in verband met deze uitdrukking. Ik zal alleen maar proberen u uit te leggen, als ik zo vrij mag zijn, dat degene die "forcène doucement" de dichter is, *ecco*. Het is de *furor poeticus*. Ik ben er niet zeker van wie deze uitspraak heeft gedaan, *ma*, ik zou zeggen dat het een Franse dichter uit de zestiende eeuw is geweest, een leerling van Jean Dorat, een lid van de Pléiade, want hier is een duidelijk neoplatoonse invloed aan te wijzen.

Voor Plato is poëzie namelijk geen kunst of techniek maar een goddelijke inspiratie. De dichter is de woonplaats van een god, hij is in trance: dat is wat Socrates in zijn beroemde dialoog aan Ion uitlegt. De dichter is dus gek, maar het is een zachte gekte, een scheppende gekte, geen vernietigende gekte.

De auteur van het citaat ken ik niet, maar ik denk dat het misschien Ronsard is, of Du Bellay, beiden leerlingen van een school waar men nou *giustamente* "forcène doucement".

Allora, we kunnen discussiëren over de vraag van de goddelijke inspiratie, als u dat wilt. Ik weet het niet, omdat ik niet goed heb begrepen waarover mijn geachte opponent wilde discussiëren.'

Stilte in de zaal. Sollers begrijpt dat hij het woord krijgt en aarzelt even.

Simon heeft machinaal Eco's strategie geanalyseerd, die in één punt kan worden samengevat: het omgekeerde doen van wat Sollers deed. Dit betekent een uiterst bescheiden ethos aannemen en een zeer eenvoudig en minimalistisch niveau aanhouden tijdens de uiteenzetting. Afzien van elke uit de lucht gegrepen interpretatie en een zeer letterlijke uitleg geven. Eco nam zijn toevlucht tot zijn spreekwoordelijke belezenheid en heeft zich ertoe beperkt zonder argumenteren een uitleg te geven als om aan te geven dat er tegenover de krankzinnige woordenkraam van zijn tegenstander geen discussie mogelijk was. Stiptheid en nederigheid om de geestelijke wanorde van zijn megalomane gesprekspartner beter uit te laten komen.

Sollers neemt het woord weer, iets minder zelfverzekerd: 'Ik heb het over filosofie omdat de taak van de literatuur op dit moment is te laten zien dat het filosofische gedachtegoed in de positie van het literaire subject kan worden geïntegreerd, mits zijn ervaring reikt tot aan het einde van de transcendentale horizon.'

Maar Eco geeft geen antwoord.

Door paniek gegrepen roept Sollers uit: 'Aragon heeft een daverend artikel over me geschreven! Over hoe geniaal ik ben! En Elsa Triolet! Er zijn boeken aan me opgedragen!'

Gegeneerde stilte.

Een van de tien sofisten geeft een teken en twee bewakers, die bij de ingang van de zaal waren opgesteld, komen op Sollers af en grijpen hem vast, terwijl hij wezenloos en met rollende ogen roept: 'Kiele-kiele! Ho ho ho! Nee nee nee!'

Bayard vraagt waarom er niet is gestemd. De oude man met het lefdoekje antwoordt dat het in bepaalde gevallen duidelijk is dat er overeenstemming is.

De twee bewakers leggen de verliezer languit op de marmeren vloer voor het podium en een van de sofisten komt met een grote snoeischaar in zijn hand naar voren.

De bewakers ontdoen de onder het *Paradijs* van Tintoretto brullend tegenstribbelende Sollers van zijn broek. Andere sofisten staan op om hem in bedwang te helpen houden. In het gedrang valt zijn masker af.

Alleen de voorste rijen van het publiek kunnen zien wat er zich onder aan het podium afspeelt, maar iedereen weet het, tot achter in de zaal.

De sofist met de witte doktersbek legt Sollers' ballen tussen de bladen van de snoeischaar, grijpt de handvaten met beide handen stevig beet, voert de schaarbeweging uit. En knipt.

Kristeva huivert.

Sollers brengt een onbekend geluid uit, een soort klakken van zijn keel, gevolgd door een langdurig kattengejank dat tegen de doeken van de oude meesters ricocheert en door de hele zaal kaatst.

De sofist met de witte doktersbek raapt de twee ballen op en legt ze in de tweede vaas, waarvan Simon en Bayard nu begrijpen dat die met dit doel klaarstond.

Simon vraagt lijkbleek aan zijn buurman: 'Is het tarief normaal gesproken geen vinger?'

De man antwoordt dat het inderdaad een vinger is als je een disputator van één rang hoger uitdaagt, maar dat Sollers alles heeft willen overslaan, nooit aan enig dispuut heeft deelgenomen en direct de Grote Protagoras heeft uitgedaagd. 'En dat komt duurder.'

Terwijl men probeert eerste hulp te verlenen aan Sollers, die ligt te kronkelen en een verschrikkelijk gekreun uitstoot, haalt Kristeva de vaas met de ballen op en verlaat de zaal. Bayard en Simon volgen haar.

Met snelle pas steekt ze het San Marcoplein over met de vaas in haar armen. De avond is nog jong en het plein ziet zwart van de nieuwsgierigen, acrobaten op stelten, vuurvreters, toneelspelers in achttiende-eeuwse kostuums die duels op het zwaard naspelen. Simon en Bayard moeten zich een weg banen om haar niet kwijt te raken. Ze duikt smalle straatjes in, steekt bruggen over, kijkt niet eenmaal om. Een als Harlekijn verklede man grijpt haar bij haar middel om haar te kussen, maar ze slaakt een schrille kreet, als een diertje wringt ze zich los en ze ontkomt met haar vaas. Ze steekt de Rialtobrug over. Bayard en Simon zijn er niet zeker van of ze wel weet waar ze heen gaat. In de verte zijn er in de lucht knallen te horen van vuurwerk. Kristeva struikelt over een trede en laat de vaas bijna vallen. Er komt damp uit haar mond, want het is koud en ze heeft haar jas in het Dogepaleis laten liggen.

Maar ze komt toch ergens uit: bij de Santa Maria Gloriosa dei Frari-basiliek, waar volgens de woorden van haar man 'het glorieuze hart van de Serenissima' zetelt, met het grafmonument van Titiaan en zijn *Maria-Hemelvaart*. Op dat tijdstip is de basiliek gesloten, maar ze wil er hoe dan ook niet in.

Het toeval heeft haar hier gebracht.

Ze loopt het bruggetje op dat de Rio dei Frari overspant en blijft in het midden staan. De vaas zet ze op de stenen balustrade. Simon en Bayard staan vlakbij, maar ze durven de brug niet op te gaan, de paar treden op en zich bij haar te voegen.

Kristeva luistert naar het stadsgedruis, laat haar donkere ogen over de golfjes glijden die door het nachtwindje worden veroorzaakt. Het begint te motregenen en haar korte haar wordt nat.

Uit haar blouse haalt ze een in vieren gevouwen stuk papier.

Bayard voelt de drang zich op haar te werpen en haar het document uit handen te rukken, maar Simon houdt hem bij zijn arm tegen. Ze draait haar hoofd om naar hen, knijpt haar ogen tot spleetjes, alsof ze zich nu pas bewust wordt van hun aanwezigheid, hun bestaan ontdekt, en werpt een blik vol haat naar hen, een koude blik die Bayard verlamt terwijl ze het blaadje openvouwt.

Het is te donker om te zien wat erop staat, maar Simon denkt dicht op elkaar staande lettertjes te onderscheiden. Het blaadje is wel degelijk aan beide kanten beschreven.

En Kristeva begint het kalm en langzaam te verscheuren.

Naarmate ze vordert, vliegen er steeds kleinere stukjes papier boven het kanaal weg.

Op het laatst is er niets meer over dan de droefgeestige wind en het lichte geluid van de regen.

93

‘Maar wat denk jij, wist Kristeva ervan, of niet?’

Bayard probeert het te begrijpen.

Simon is verbouwereerd.

Dat Sollers zich niet had gerealiseerd dat de zevende functie niet werkte, lijkt voorstelbaar. Maar Kristeva?

‘Moeilijk te zeggen. Daarvoor had ik het document moeten lezen.’

Waarom zou ze haar man hebben bedrogen? Aan de andere kant, waarom had ze de functie zelf niet gebruikt om de strijd aan te gaan?

Bayard zegt tegen Simon: ‘Misschien dacht ze net zoals wij. Misschien heeft ze eerst willen zien of het werkte.’

Simon kijkt naar de menigte toeristen die zich als in slow motion door het leegstromende Venetië beweegt. Bayard en hij wachten met hun koffertjes op de vaporetto en omdat het carnaval ten einde loopt, staat er een lange rij, ladingen toeristen zijn op weg naar het station of het vliegveld. Er komt een vaporetto aan, maar het is niet de goede, ze moeten wachten.

Peinzend vraagt Simon aan Bayard: ‘Wat houdt de realiteit voor jou eigenlijk in?’

Omdat Bayard duidelijk niet begrijpt waar hij naartoe wil, zegt Simon: ‘Hoe weet je dat je niet in een roman zit? Hoe weet je dat je niet in een fictieve wereld leeft? Hoe weet je dat je wérkelijk bestaat?’

Bayard bekijkt Simon oprecht nieuwsgierig en zegt dan toegeeflijk: ‘Ben je getikt of zo? De realiteit is wat je beleeft, meer niet.’

Hun vaporetto komt eraan en terwijl hij aanlegt, klopt Bayard Simon op zijn schouder: ‘Je moet jezelf niet zo veel vragen stellen, hoor.’

In wanordelijk gedrang vindt de inscheping plaats, de bemanning van de vaporetto is grof tegen de stomme toeristen die onhandig met hun bagage en hun kinderen aan boord gaan.

Als het Simons beurt is om op de boot te springen, schuift de beambte die bijhoudt hoeveel mensen er aan boord zijn, meteen achter hem een metalen hekje tevoorschijn. Bayard, die nog op de kade staat, wil protesteren, maar de Italiaan antwoordt onverschillig: '*Tutto esaurito*.'

Bayard zegt tegen Simon dat hij bij de eerstkomende halte op hem moet wachten en dat hij de volgende wel neemt. Simon wuift voor de grap ten afscheid.

De vaporetto vaart weg. Bayard steekt een sigaret op. Achter hem hoort hij woedende stemmen. Hij draait zich om en ziet de twee Japanners elkaar de huid vol schelden. Verwonderd gaat hij erop af. Een van de twee zegt in het Frans: 'Uw vriend is net ontvoerd.'

Het kost Bayard een paar seconden om deze informatie op te nemen.

Een paar seconden, meer niet, dan zit hij in de smerismodus en stelt de enige vraag die een smeris stellen moet: 'Waarom?'

De andere Japanner zegt: 'Omdat hij eergisteren heeft gewonnen.'

De Italiaan die hij heeft verslagen, is een machtige Napolitaanse politicus die zijn nederlaag niet kon verwerken. Bayard is op de hoogte van de overval na het feest in Ca' Rezzonico. De Japanners zeggen dat de Napolitaan zijn handlangers had gestuurd om te voorkomen dat Simon aan de wedstrijd kon deelnemen, omdat hij bang voor hem was en dat hij, nu hij de match verloren heeft, wraak wil.

Bayard kijkt naar de wegvarende vaporetto. Snel neemt hij de situatie op, kijkt om zich heen, ziet het bronzen standbeeld van een soort generaal met een forse snor, ziet de voorgevel van het Danieli, ziet boten aan de kade liggen. In een gondel ziet hij een gondelier die op toeristen wacht.

Hij springt de gondel in, gevolgd door de Japanners. De gondelier is niet overmatig verbaasd en ontvangt hen in zangerig Italiaans, maar Bayard zegt: 'Volg die vaporetto!'

De gondelier trekt een niet-begrijpend gezicht, dus Bayard trekt een stapeltje lires tevoorschijn en de gondelier begint te wrikken.

De vaporetto heeft driehonderd meter voorsprong en in 1981 zijn er geen mobieltjes.

De gondelier verbaast zich: vreemd, die vaporetto gaat de verkeerde kant uit, hij vaart naar Murano.

De vaporetto is gekaapt.

Simon heeft daar aan boord helemaal geen erg in, want de passagiers zijn vrijwel allemaal toeristen die de route niet kennen en dus, afgezien van twee, drie Italianen die in het Italiaans tegen de stuurman protesteren, beseft niemand dat ze niet het goede traject varen. Een foeterende Italiaan baart geen opzien, de passagiers zeggen bij zichzelf dat het bij de folklore hoort en de vaporetto legt aan op het eiland Murano.

In de verte probeert Bayards gondel de achterstand in te lopen, Bayard en de Japanners sporen de gondelier aan harder te roeien en ze roepen Simons naam om hem te waarschuwen, maar ze zijn te ver weg en Simon heeft geen enkele reden aandacht aan geroep te besteden.

Wel voelt hij opeens de punt van een mes in zijn lendenen en achter zich hoort hij een stem zeggen: '*Prego*.' Hij begrijpt dat hij uit moet stappen. Hij doet wat hem bevolen wordt. De toeristen zien het mes niet, gehaast als ze zijn om hun vliegtuig te halen, en de vaporetto volgt nu weer zijn gewone route.

Simon staat op de kade in de zekerheid dat de mannen achter hem de drie gemaskerde overvallers van een paar dagen terug zijn.

Ze duwen hem een van de glasblazerswerkplaatsen in die direct op de kade uitkomen. Binnen kneedt een handwerksman een stuk dikvloeibaar glas dat net uit de oven komt en Simon ziet geboeid hoe het opgeblazen, uitgerekte en gemodelleerde dikvloeibare klompje met een paar tikjes van de priem de vorm aanneemt van een steigerend paardje.

Naast de oven staat een dikbuikige, kalende man in een kostuum waarvan de onderdelen niet goed bij elkaar passen; Simon herkent hem, het is zijn tegenstander uit La Fenice.

'*Benvenuto!*'

Omringd door de drie handlangers staat Simon tegenover de Napolitaan. De glasblazer gaat door met het modelleren van zijn paardjes alsof er niets aan de hand is.

'Bravo! Bravo! Ik wou je persoonlijk feliciteren voordat je vertrekt. Palladio, dat was goed gedaan. Makkelijk, maar goed gedaan. En Portia. Mij heeft het niet overtuigd, maar de jury *sì, vero*? Ach, Shakespeare… Ik had het over Visconti moeten hebben… Heb je *Senso* gezien? Het verhaal over een buitenlander in Venetië met wie het slecht afloopt.'

De Napolitaan loopt naar de glasblazer, die druk bezig is met de pootjes van een tweede paardje. Hij haalt een sigaar tevoorschijn die hij aansteekt door hem naar het gloeiende glas te brengen en draait zich dan met een valse grijns om naar Simon.

'*Ma*, ik wil je niet laten gaan zonder een kleine herinnering aan mij. Hoe zeggen jullie dat in het Frans? "Ieder het zijne", *sì*?'

Een van de handlangers houdt Simon onder controle door hem bij zijn nek vast te houden. Hij probeert zich los te maken, maar de tweede geeft hem een klap tegen zijn rug die hem de adem beneemt en de derde grijpt zijn rechterarm.

De drie mannen duwen tegen hem aan tot hij vooroverklapt en ze trekken zijn arm op de werkbank van de handwerksman. De glazen paardjes vallen in stukken op de grond. De glasblazer deinst achteruit, maar ziet er niet verrast uit. Simon kruist zijn blik en ziet in de ogen van de man dat hij precies weet wat er van hem wordt verwacht en niet in staat is te weigeren, en dus begint Simon in paniek te raken, hij verzet zich schreeuwend, maar dat geschreeuw is niets anders dan een reflex, want hij is er zeker van dat hij geen hulp hoeft te verwachten, omdat hij niet weet dat er versterkingen onderweg zijn, dat Bayard en de Japanners in een gondel zitten en de gondelier hebben beloofd dat ze de prijs verdrievoudigen als hij al zijn oversteektijden zou kloppen.

De glasblazer vraagt: '*Che dito?*'

Bayard en de Japanners gebruiken hun koffers als peddels om sneller vooruit te komen en de gondelier zelf slooft zich uit, want zonder te weten wat er precies op het spel staat, heeft hij begrepen dat de situatie kritiek is.

De Napolitaan vraagt Simon: 'Welke vinger? Heb je een voorkeur?'

Simon trapt achteruit als een paard, maar de drie mannen houden zijn arm op de werkbank stevig op zijn plaats. Op dat moment vraagt hij zich helemaal niet meer af of hij een romanpersonage is of niet, de drang te overleven stuurt zijn reacties aan en wanhopig probeert hij zich los te maken, maar het lukt hem niet.

De gondel legt eindelijk aan, Bayard gooit al zijn lires naar de gondelier en springt met de Japanners op de kade, maar er zijn een heleboel glasfabrieken en ze weten niet waar Simon mee naartoe is genomen, dus snellen ze op goed geluk de ene na de andere glasfabriek in en roepen tegen de werknemers en de verkopers en de toeristen of ze Simon hebben zien langskomen, maar niemand heeft hem gezien.

De Napolitaan trekt aan zijn sigaar en beveelt: '*Tutta la mano*.'

De glasblazer neemt een andere, veel grotere tang en grijpt met de gietijzeren bek Simons pols.

Bayard en de Japanners zijn een eerste fabriek binnengerend en moeten de jonge Fransman beschrijven aan Italianen die hen niet begrijpen omdat ze te snel praten, dus gaat Bayard de fabriek weer uit en haast zich naar de volgende, maar ook hier heeft niemand een Fransman langs zien komen en Bayard weet heus wel dat je zo, in alle haast, geen opsporing verricht, maar als smeris voelt hij intuïtief hoe urgent een situatie is, ook al heeft hij niet alle bijzonderheden en dus rent hij van fabriek naar fabriek en van winkel naar winkel.

Maar het is te laat: de glasblazer sluit de gietijzeren bek om Simons pols en verbrijzelt het vlees, de gewrichtsbanden en ook het bot, totdat het met een onheilspellend gekraak breekt en Simons hand in een enorme fontein van bloed loskomt van zijn arm.

De Napolitaan bekijkt zijn verminkte tegenstander, die op de grond stort, en hij lijkt even te aarzelen.

Was dit voldoende schadeloosstelling?

Hij trekt aan zijn sigaar, blaast een paar rondjes en zegt: '*Andiamo*.'

De kreet die Simon slaakte, waarschuwde Bayard en de Japanners, die nu eindelijk de juiste werkplaats hebben gevonden, waar ze hem bewusteloos aantreffen, terwijl zijn bloed tussen de gebroken paardjes uit hem wegloopt.

Bayard weet dat er geen seconde te verliezen is. Hij zoekt de ontbrekende hand, maar kan hem niet vinden, hij kijkt overal op de grond, maar er liggen alleen maar paardjes in scherven, die onder zijn zolen knappen. Hij begrijpt dat Simon aan bloedverlies zal sterven als er de komende minuten niets gebeurt.

Dan trekt een van de Japanners een soort spatel uit de nog brandende oven en legt die op de open wond. De cauterisatie veroorzaakt een afschuwelijk gesis. Door de pijn komt Simon weer bij en brult zonder iets te begrijpen. De geur van verbrand vlees verspreidt zich tot in de winkel ernaast en verwondert de klanten, die geen weet hebben van het drama dat zich in de glasblazerswerkplaats afspeelt.

Bayard zegt bij zichzelf dat de wond dichtschroeien betekent dat er nooit meer een hand kan worden aangezet en dat Simon onherroepelijk een eenhandige zal blijven, maar de Japanner die de pook heeft gepakt, wijst alsof hij zijn gedachten had gelezen op de oven, zodat hij geen spijt hoeft te hebben: daar bakken de verschrompelde vingers van de verkoolde hand als een beeldhouwwerk van Rodin.

DEEL VIJF

Parijs

94

'Niet te geloven! Die trut van een Thatcher heeft Bobby Sands de pijp uit laten gaan!'

Simon zit stampvoetend te kijken naar PPDA die op het nieuws van Antenne 2 de dood bekendmaakt van de Ierse activist, na een hongerstaking van zesenzestig dagen.

Bayard komt de keuken uit en werpt een blik op de reportage. Hij zegt: 'Aan de andere kant, je kunt iemand toch niet beletten zelfmoord te plegen.'

Simon snauwt tegen Bayard: 'Weet je wel wat je daar zegt, klotesmeris! Hij was zevenentwintig!'

Bayard probeert redelijk te blijven: 'Hij was lid van een terroristische organisatie. De IRA doodt mensen, toch?'

'Dat is precies wat Laval over het verzet zei! Ik had me in 1940 niet graag laten controleren door een smeris als jij!' Simon stikt bijna.

Bayard voelt wel dat hij beter niets terug kan zeggen, schenkt zijn gast nog een glaasje port in, zet een kommetje cocktailworstjes op het tafeltje en gaat terug naar zijn bezigheden in de keuken.

PPDA heeft het nu over de moord op een Spaanse generaal en kondigt een reportage aan over mensen die terugverlangen naar het Franco-regime, nog geen drie maanden na de poging tot staatsgreep in het parlement van Madrid.

Simon verdiept zich weer in het tijdschrift dat hij onderweg had gekocht en dat hij in de metro al was gaan lezen. Hij was nieuwsgierig geworden door de titel 'Opiniepeiling: de 42 belangrijkste intellectuelen'. Het tijdschrift heeft vijfhonderd 'culturele' (Simon kijkt lelijk) persoonlijkheden gevraagd om de volgens hen drie belangrijkste nog levende Franse intellectuelen te noemen. Nummer een:

Lévi-Strauss; nummer twee: Sartre; nummer drie: Foucault. Dan volgen Lacan, De Beauvoir, Yourcenar, Braudel...

Simon zoekt Derrida in de ranglijst, want hij is vergeten dat hij dood is. (Hij neemt aan dat hij op het ereschavot zou staan, maar dat weet je nooit.)

BHL is nummer tien.

Michaux, Beckett, Aragon, Cioran, Ionesco, Duras...

Sollers, nummer vierentwintig. Omdat hij de details van de stemmen voor zich heeft en Sollers ook een van de stemmers is, kan Simon nagaan dat Sollers op Kristeva heeft gestemd en Kristeva op hem. (Dezelfde uitwisseling van beleefdheden met BHL.)

Simon prikt in een cocktailworstje en roept naar Bayard: 'Hoe gaat het trouwens met Sollers?'

Bayard komt de keuken weer uit met een doek in zijn hand: 'Hij is uit het ziekenhuis. Kristeva heeft de hele herstelperiode aan zijn bed gezeten. Hij leidt weer een gewoon leven, heb ik me laten vertellen. Voor zover ik weet heeft hij zijn ballen laten begraven op een kerkhofeiland in Venetië. Hij zegt dat hij er tot aan zijn dood twee keer per jaar ter nagedachtenis naar terug zal keren – voor elke bal een keer.'

Bayard aarzelt even voordat hij er zachtjes en zonder Simon aan te kijken aan toevoegt: 'Hij lijkt er aardig goed van te herstellen.'

Althusser, nummer vijfentwintig: de moord op zijn vrouw lijkt zijn aanzien niet erg te hebben aangetast, zegt Simon bij zichzelf.

'Ruikt goed, zeg, wat ben je aan het maken?'

Bayard gaat terug naar zijn keuken. 'Hier, eet intussen wat olijven.'

Deleuze, nummer zesentwintig, gelijk geëindigd met Claire Bretécher.

Dumézil, Godard, Albert Cohen...

Bourdieu, pas op nummer zesendertig. Simon stikt bijna.

De redactie van *Libération* heeft op Derrida gestemd, ook al is hij dood.

Gaston Defferre en Edmonde Charles-Roux hebben allebei op De Beauvoir gestemd.

Anne Sinclair heeft op Aron, Foucault en Jean Daniel gestemd. Simon zegt bij zichzelf dat hij best met haar zou willen neuken.

Sommigen hebben op niemand gestemd met als argument dat er geen enkele intellectueel van formaat meer zou zijn.

Michel Tournier antwoordde: 'Behalve mezelf zie ik werkelijk niet wie ik zou kunnen noemen.' In andere tijden had Simon misschien gelachen. Gabriel Matzneff schreef: 'De eerste naam die ik noem is mijn eigen naam: Matzneff.' Simon vraagt zich af of dit soort kinderlijk narcisme – de neiging zichzelf te noemen – is opgenomen in de systematiek van de psychoanalyse.

PPDA (die op Aron, Gracq en D'Ormesson heeft gestemd) zegt: 'Washington, dat alle reden heeft om zich te verheugen over de opwaardering van de dollar: vijf frank veertig...'

Simon loopt de lijst stemmers door en kan zijn verontwaardiging niet meer inhouden: 'Jezus, die smeerlap van een Jacques Médecin... die nul van een Jean Dutourd... en die reclamejongens natuurlijk, het nieuwe tuig... Francis Huster...?? O ja, dat zwijn van een Elkabbach, op wie heeft hij gestemd...? Op die ouwe reactionair van een Pauwels...! en die kutfascist van een Chirac, dat is het toppunt...!! Al die stomme klootzakken!'

Bayard steekt zijn hoofd om de hoek van de deur: 'Zei je wat?'

Simon bromt binnensmonds een paar vaagheden; Bayard gaat terug naar zijn fornuis.

Het journaal van PPDA eindigt met het weer van Alain Gillot-Pétré, die eindelijk eens wat zon aankondigt in deze koelkastmaand mei (12 graden in Parijs, 9 in Besançon).

Na de reclame verschijnt er een blauw scherm met op de achtergrond bombastische muziek van cimbalen en koperen muziekinstrumenten, waarop een boodschap verschijnt die het grote debat aankondigt 'met het oog op de verkiezing van de president van de republiek'.

Vervolgens komen de twee journalisten die dit debat op 5 mei 1981 gaan leiden op het blauwe scherm in beeld.

Simon schreeuwt: 'Jacques, kom! Het gaat beginnen.'

Bayard komt bij hem in de kamer zitten met bier en verpakte kaasblokjes. Hij ontkurkt twee flesjes terwijl Jean Boissonnat, de door Giscard gekozen journalist, redacteur bij Europa 1, grijs pak, streepjesdas, kop die naar Zwitserland vlucht in het geval van een socialistische overwinning, uitlegt hoe de avond zal verlopen.

Aan zijn zijde Michèle Cotta, journaliste bij RTL, kort donker haar, fluorescerende lippenstift, een fuchsiaroze blouse en een zachtpaars gilet, die met een nerveus glimlachje doet alsof ze aantekeningen maakt.

Simon luistert nooit naar RTL en vraagt wie die Russische pop in fuchsiaroze is. Bayard grinnikt dom.

Giscard verklaart dat hij hoopt dat het een nuttig debat zal worden.

Simon probeert met zijn tanden het lipje van een kaasblokje met hamsmaak los te maken, maar het lukt niet en hij windt zich op terwijl Mitterrand tegen Giscard zegt: 'Waarschijnlijk bent u van mening dat de heer Chirac bij de klaagvrouwen hoort...'

Bayard pakt het kaasblokje uit Simons hand en haalt de aluminiumverpakking er voor hem af.

Giscard en Mitterrand smijten elkaar met hun hinderlijke bondgenoten om de oren: Chirac (18 procent van de stemmen in de eerste ronde), die in die tijd doorgaat voor een vertegenwoordiger van het harde, uiterst liberale rechts, op het fascistoïde af, en Marchais (15 procent), de communistische kandidaat in de Brezjnevtijd van het stalinisme in verval. Beide finalisten hebben respectievelijk hun stemmen nodig om in de tweede ronde te worden verkozen.

Giscard benadrukt het feit dat hijzelf de Nationale Vergadering in geval van herverkiezing niet hoeft te ontbinden, terwijl zijn tegenstander óf met de communisten moet regeren, óf een president zonder meerderheid moet zijn: 'U kunt geen geblinddoekt volk leiden. Het is een volk dat zichzelf kan besturen en moet weten waar het heen gaat.' Simon merkt op dat Giscard moeite heeft met het vervoegen van het werkwoord 'ontbinden' en zegt tegen Bayard dat die jongens van de École Polytechnique werkelijk analfabeten zijn. Bayard reageert werktuiglijk: 'Alle rooien naar Moskou.' Giscard zegt tegen Mitterrand: 'U kunt niet tegen de Fransen zeggen: "Ik wil een grote verandering doorvoeren, samen met ieder die zich aandient... desnoods met de huidige Nationale Vergadering", omdat u die in dat geval niet moet ontbinden.'

Omdat Giscard maar blijft hameren op de parlementaire instabiliteit, want hij kan zich niet voorstellen dat de socialisten een meerderheid in de Nationale Vergadering verkrijgen, antwoordt Mitterrand tamelijk plechtig: 'Ik hoop de presidentsverkiezingen te winnen, ik denk die te winnen en als ik heb gewonnen, zal ik alles doen wat binnen het kader van de wet valt, om ook de parlementsverkiezingen te winnen. En als u zich niet voor kunt stellen dat de geestesgesteldheid van Frankrijk vanaf komende maandag bestaat uit haar geweldige wil tot verandering, dan komt dat omdat u niets begrijpt van wat er in dit land voorvalt.' En terwijl Bayard op het bolsjewistische gespuis scheldt, noteert Simon machinaal dat er twee taaluitingen zijn, want Mitterrand wendt zich uiteraard niet tot Giscard, maar tot iedereen die van Giscard gruwt.

Ze praten nu al een half uur over de parlementaire meerderheid, waarbij Giscard onderhuids voortdurend dreigt met het schrikbeeld van communistische ministers, en dat is een beetje saai, zegt Simon bij zichzelf, als Mitterrand die tot dan toe in het beklaagdenbankje zat, eindelijk besluit de tegenaanval in te zetten: 'Wat betreft uw... laten we zeggen anticommunistische onverdraagzaamheid ben ik zo vrij te zeggen dat die wel wat nuances verdient. Want dit is toch wel wat al te gemakkelijk. (Pauze.) Er zijn massa's communistische arbeiders, begrijpt u. (Pauze.) Iemand zou als hij u zo hoort, bijna denken: waarvoor dienen ze? Ze dienen om te produceren, om te werken, om belasting te betalen, ze dienen om te sterven in oorlogen, ze dienen overal voor. Maar kunnen ze dan nooit dienen om een meerderheid in Frankrijk te vormen?'

Simon, die net van plan was nog een cocktailworstje te verorberen, laat het in de lucht zweven. En terwijl de journalisten een onbelangrijke kwestie aansnijden, begrijpt hij, net als Giscard, dat het gevecht wel eens van karakter kon veranderen, want nu zit Giscard op zijn beurt in het defensief en zingt een toontje lager, hij is zich maar al te goed bewust van wat er nu op het spel staat in een tijdperk waarin de vergelijking 'arbeider = communist' niet in twijfel wordt getrokken: 'Maar... ik val de communistische kiezers helemaal niet aan. In zeven jaar heb ik, meneer Mitterrand, nooit een kwaad woord gesproken over de Franse arbeidersklasse. Nooit! Ik heb waardering voor haar werk, voor haar activiteiten, en zelfs voor haar politieke uitingen.'

Simon barst in hoongelach uit: 'Je hebt gelijk trouwens, jij gaat elk jaar op het feest van *L'Humanité* merguez eten. Tussen twee safari's door bij Bokassa ga jij het glas heffen met de metaalarbeiders van de CGT, dat weet iedereen, haha.'

Bayard kijkt op zijn horloge en gaat de keuken in om het kookproces in de gaten te houden, terwijl de journalisten Giscard over zijn staat van dienst ondervragen. Volgens hem is die erg goed. Mitterrand zet zijn grote bril weer op om aan te tonen dat die integendeel, juist hoogst belabberd is. Giscard antwoordt met een citaat van Rivarol: 'Het is een verschrikkelijk voordeel om niets te hebben gedaan. Maar daar mag geen misbruik van worden gemaakt.' En hij benadrukt het pijnpunt: 'U leidt het ministerie van het woord, en wel sinds 1965. Sinds 1974 heb ik Frankrijk geleid.' Simon windt zich op: 'En hoe!' maar hij weet dat het een bijna niet te bestrijden argument is. Vanuit de keuken antwoordt Bayard: 'Het is inderdaad waar dat de Sovjeteconomie er een stuk beter voor staat!'

Dat moment kiest Mitterrand om zijn punt te maken: 'U hebt een beetje de neiging om uw refrein van zeven jaar terug, "de man van het verleden", te hervatten. Het is toch wel vervelend dat u intussen de man van het vermijden bent geworden.'

Bayard lacht: 'Dat had hij niet verwerkt, dat hij "de man van het verleden" werd genoemd. Zeven jaar heeft hij erop lopen kauwen. Haha.'

Simon geeft geen antwoord, omdat hij het ermee eens is: het is geen slechte formulering, maar ze lijkt een beetje te veel van tevoren bedacht. Maar het heeft als voordeel dat Mitterrand zich ontspant, ongeveer zoals een schaatser die net zijn driedubbele axel heeft uitgevoerd.

Er volgt een felle woordenstrijd over de economie in Frankrijk en in de wereld, je merkt dat beide mannen hun huiswerk hebben gedaan, en Bayard brengt eindelijk een dampend gerecht de kamer in: lamstajine. Simon is verbaasd: 'Maar wie heeft jou leren koken?' Giscard schetst een angstaanjagend beeld van het toekomstige socialistische Frankrijk. Bayard zegt tegen Simon: 'Mijn eerste vrouw heb ik in Algerije leren kennen. Je kunt wel de slimmerik uithangen met je semiotiek, maar je weet niet alles van mijn leven.' Mitterrand brengt in herinnering dat De Gaulle in '45 op grote schaal met nationaliseringen is begonnen. Bayard opent een fles rode wijn, een côte de Beaune van 1976. Simon proeft de tajine: 'Maar dit is hartstikke lekker!' Mitterrand blijft zijn grote bril maar op- en afzetten. Bayard verklaart: '1976 is een heel goed bourgognejaar.' Mitterrand zegt: 'Een land als Portugal heeft de banken genationaliseerd en het is geen socialistisch land.' Simon en Bayard genieten langzaam van de tajine en de côte de Beaune. Bayard heeft met opzet een gerecht gemaakt waarbij je mes en vork niet allebei hoeft te gebruiken, omdat het gekookte vlees in de saus zo zacht is geworden dat het uit elkaar valt als je er met een vork op duwt. Simon weet dat Bayard weet dat hij dat weet, maar de mannen doen alsof er niets aan de hand is. Geen van beiden voelt de behoefte over Murano te beginnen.

Intussen laat Mitterrand zijn tanden zien: 'Die bureaucratie hebt u laten ontstaan. U bent trouwens aan de regering. Als u zich tegenwoordig in uw zedenpreken beklaagt over alle wandaden in het bestuur, waar komen die dan vandaan? U bent aan de regering, dus u bent er verantwoordelijk voor! U trommelt zich op de borst, drie dagen voor de verkiezingen, natuurlijk, ik begrijp best dat u dat doet, maar wat zou mij aanleiding moeten geven te denken dat u de zeven jaar die zouden volgen iets anders zou doen dan u de afgelopen zeven jaar hebt gedaan?'

Simon merkt het handige gebruik van de irrealis op, maar door de sappige tajine en de bittere herinneringen is hij niet zo geconcentreerd.

Giscard is verrast door deze plotselinge agressiviteit en probeert die met de hem eigen geringschatting te pareren: 'Laten we alstublieft een gepaste toon bewaren.' Maar Mitterrand is nu klaar om erop los te gaan: 'Ik ben van plan me precies zo uit te drukken als ik wil.'

En hij voegt hem toe: 'Anderhalf miljoen werklozen.'

Giscard wil hem corrigeren: 'Werkzoekenden.'

Maar Mitterrand laat niets meer passeren: 'Ik weet heel goed hoe woorden die in de mond branden met behulp van een semantisch handigheidje kunnen worden vermeden.'

En hij gaat verder: 'U hebt en de inflatie en de werkloosheid gehad, maar bovendien, en dat is de ernstige tekortkoming, de ziekte die wel eens dodelijk zou kunnen zijn voor onze samenleving: zestig procent van de werklozen is vrouw... de meesten daarvan jong... dat is een dramatische aantasting van de waardigheid van de man en de vrouw...'

In het begin schenkt Simon er geen aandacht aan. Mitterrand spreekt steeds sneller, hij is steeds aanvallender, steeds preciezer, steeds welsprekender.

Giscard hangt in de touwen, maar hij zal zijn huid duur verkopen; het gelispel van de landjonker uit de provincie is verdwenen en hij onderbreekt zijn socialistische tegenstander: 'Met hoeveel gaat het minimumloon omhoog?' De kleine ondernemingen zullen het hoe dan ook niet overleven. Temeer daar het onverantwoordelijke socialistische programma de sociale drempels wenst te verlagen en de rechten van de werknemers wil uitbreiden naar ondernemingen met minder dan tien werknemers.

De burger uit Chamalières is niet van plan zich over te geven.

De twee mannen delen klap na klap uit.

Maar Giscard begaat een fout als hij Mitterrand vraagt hem de koers van de Duitse mark te noemen: 'Die van vandaag.'

Mitterrand antwoordt: 'Ik ben uw leerling niet en u bent de president van de republiek niet, hier.'

Peinzend leegt Simon zijn glas rode wijn: er zit iets van zelfverwezenlijking en daardoor iets van een performatief in die zin…

Bayard gaat de kaas halen.

Giscard zegt: 'Ik ben tegen de afschaffing van de sociale bijdrage… Ik ben voorstander van terugkeer naar het systeem van vaste belastingheffing die de soorten waardevermeerdering volgt…' Hij somt een hele serie maatregelen op met de precisie van de goede student van de École Polytechnique die hij is, maar het is te laat: hij heeft verloren.

Toch gaat het debat door, scherp en technisch, over kernenergie, de neutronenbom, de EEG, de Oost-Westbetrekkingen, het defensiebudget…

Mitterrand: 'Zou meneer Giscard d'Estaing willen beweren dat de socialisten slechte Fransen zijn die hun land niet zouden willen verdedigen?'

Giscard, buiten beeld: 'Helemaal niet.'

Mitterrand, zonder hem aan te kijken: 'Aangezien hij dat niet wil zeggen, was het dus een loze kreet.'

Er zit Simon iets dwars, hij grijpt een biertje van het tafeltje, klemt het flesje onder zijn arm en wil het openmaken, maar het glijdt weg en valt op de grond. Bayard verwacht dat hij in woede zal uitbarsten, want hij weet hoe onverdraaglijk zijn vriend het vindt dat het dagelijks leven hem eraan herinnert dat hij gehandicapt is, dus hij dweilt het bier dat over het parket is gestroomd op en zegt snel: 'Geeft niets!'

Maar Simon is om een andere reden van zijn stuk. Hij wijst op Mitterrand en zegt: 'Moet je kijken. Merk je niets aan hem?'

'Wat?'

'Heb je vanaf het begin naar hem geluisterd? Vond je hem niet goed?'

'Ja, ach, hij is beter dan zeven jaar geleden, dat is zeker.'

'Nee, er is iets anders. Hij is ábnormaal goed.'

'Hoe bedoel je?'

'Het is subtiel, maar sinds het einde van het eerste half uur is hij Giscard aan het manipuleren, en ik kan er maar niet achter komen hoe hij het doet. Het is een soort onzichtbare strategie: ik voel het wel aan, maar ik begrijp het niet.'

'Je bedoelt...'

'Kijk.'

Bayard ziet hoe Giscard zich afmat om aan te tonen dat de socialisten onverantwoordelijke figuren zijn aan wie vooral het militaire apparaat en de atomaire afschrikkingsmacht niet mag worden toevertrouwd: 'Wanneer het om defensie ging, hebt u integendeel... u hebt nooit voor de defensielijn gestemd, en u hebt gestemd tegen alle wetten voor meerjarige uitgaveprogramma's die op defensie betrekking hadden. Die wetten voor meerjarige uitgaveprogramma's werden buiten de gewone begrotingsdebatten gepresenteerd en dus kon men zich heel goed voorstellen dat hetzij uw partij, hetzij uw... uzelf, zich bewust van het bijzonder grote belang van de veiligheid van Frankrijk, een stem uitbrengt die geen voorstander is van de wetten voor meerjarige militaire uitgaveprogramma's. Ik wil er hier op wijzen dat u voor geen van de drie wetten voor meerjarige militaire uitgaveprogramma's hebt gestemd... met name op 24 januari 1963...'

Mitterrand neemt niet eens de moeite te antwoorden en Michèle Cotta gaat over op een ander onderwerp, terwijl Giscard geïrriteerd volhoudt: 'Maar dat is erg belangrijk!' Michèle Cotta verklaart beleefd: 'Heel belangrijk! Natuurlijk, meneer de president!' En ze snijdt de Afrikaanse politiek aan. Boissonat denkt duidelijk aan iets anders. Het kan niemand een bal schelen. Er luistert niemand meer naar hem. Het lijkt alsof Mitterrand hem met de grond gelijk heeft gemaakt.

Bayard begint het te begrijpen.

Giscard loopt steeds verder vast.

Simon formuleert zijn conclusie: 'Mitterrand heeft de zevende functie van taal te pakken gekregen.'

Bayard probeert de puzzelstukjes op hun plaats te krijgen, terwijl Mitterrand en Giscard debatteren over het Franse militaire ingrijpen in Zaïre.

'Simon, we hebben in Venetië gezien dat de functie niet werkte.'

Mitterrand dient Giscard de genadeslag toe over de kwestie-Kolwezi: 'Kortom, we hadden eerder kunnen repatriëren... als we daaraan hadden gedacht.'

Simon wijst op het Locatel-toestel: 'Maar deze wel.'

95

Het regent in Parijs, bij de Bastille begint het feest al, maar de socialistische leiders zijn nog op het partijbureau aan de Rue de Solférino, waar een nerveuze vreugde door de gelederen van de actieve leden huivert. De overwinning is in de politiek altijd tegelijk een voltooiing en een nieuw begin, en dat is de reden waarom de opwinding die eruit voortkomt een mix is van euforie en duizeligheid. Overigens vloeit de drank rijkelijk en de hapjes worden al opgetast. 'Wat een toestand!' schijnt Mitterrand gezegd te hebben.

Jack Lang schudt handen, kust wangen, valt iedereen die op zijn weg komt in de armen. Hij glimlacht naar Fabius, die als een kind heeft gehuild toen de resultaten bekend werden gemaakt. Op straat wordt er in de regen gezongen en geschreeuwd. Een droom is werkelijkheid geworden, het is een historisch moment. Persoonlijk weet Lang dat hij minister van Cultuur zal worden. Moati staat met zijn armen te zwaaien als een orkestleider. Badinter en Debray dansen een soort menuet. Jospin en Quilès drinken op de gezondheid van Jean Jaurès. Jongeren klimmen op de hekken van het partijgebouw. De flitsen van de fotografen knetteren als duizenden kleine bliksems in het grote onweer van de geschiedenis. Lang weet niet meer hoe hij het heeft. Hij wordt geroepen: 'Meneer Lang!'

Hij draait zich om en staat tegenover Bayard en Simon.

De verraste Lang ziet meteen dat die twee niet zijn gekomen om feest te vieren.

Bayard neemt het woord: 'Mogen we een paar minuten van uw tijd in beslag nemen?' Hij heeft zijn pasje tevoorschijn gehaald. Lang ziet de driekleurige band.

'Waar gaat het over?'

‘Over Roland Barthes.’

De naam van de overleden criticus treft Lang als een onzichtbare klap in het gezicht.

‘Hoor eens… Nee echt, dit is geloof ik niet het juiste moment. Later deze week, kan dat? U hoeft alleen maar even langs het secretariaat te gaan om een afspraak te maken. En wilt u me nu excuseren…’

Maar Bayard houdt hem bij zijn arm tegen: ‘Heel even maar.’

Pierre Joxe loopt langs en vraagt: ‘Een probleem, Jack?’

Lang kijkt naar de politiemensen die bij het hek regelen wie erin mag en wie niet. Hij aarzelt. Tot vanavond was de politie in dienst van de tegenstander, maar nu kan hij hun heel goed vragen of ze deze twee personen even naar buiten willen geleiden.

Op straat weerklinkt De Internationale op het ritme van een concert van claxons.

Simon trekt de rechtermouw van zijn jasje op en zegt: ‘Alstublieft. Het duurt niet lang.’

Lang staart naar de stomp. Joxe zegt tegen hem: ‘Jack?’

‘Alles in orde, Pierre. Ik ben zo terug.’

Op de begane grond vindt hij een leeg kantoor, dat uitziet op de binnenplaats bij de ingang. De lichtschakelaar doet het niet, maar de kamer wordt voldoende verlicht door de lampen buiten, dus de drie mannen staan in het halfduister. Geen van hen wil gaan zitten.

Simon neemt het woord: ‘Meneer Lang, hoe hebt u de zevende functie in handen gekregen?’

Lang slaakt een zucht. Simon en Bayard wachten. Mitterrand is president. Lang kan vertellen. En naar alle waarschijnlijkheid, zegt Simon bij zichzelf, wíl Lang ook vertellen.

Hij had een lunch met Barthes georganiseerd omdat hij wist dat Barthes het manuscript van Jakobson te pakken had gekregen.

‘Hoe?’ vraagt Simon.

‘Wat hoe?’ zegt Lang. ‘Hoe Barthes het manuscript te pakken had gekregen of hoe ik wist dat hij het in zijn bezit had?’

Simon is kalm, maar hij weet dat Bayard zijn ongeduld vaak met moeite in bedwang houdt. Omdat hij niet wil dat zijn vriend de politieman Jack Lang een oog dreigt uit te pellen met een theelepeltje, zegt hij rustig: 'Alle twee.'

Jack Lang weet niet hoe Barthes in het bezit van het manuscript is gekomen, maar feit is dat hij dankzij zijn uitzonderlijke netwerk van contacten in het culturele circuit op de hoogte was. Eerst had Debray er met Derrida over gepraat en vervolgens hém overtuigd van het belang van het document. Ze besloten dus de lunch met Barthes te organiseren om hem ervan te kunnen beroven. Tijdens de maaltijd heeft Lang het blaadje, dat in Barthes' jasje zat, onopvallend achterovergedrukt en het overhandigd aan Debray, die verborgen in de vestibule op hem wachtte. Debray is naar Derrida geracet, heeft hem het document overhandigd, waarop Derrida uitgaande van de originele tekst een van a tot z valse functie heeft bedacht, die Debray aan Lang heeft teruggegeven, die haar weer in Barthes' jasje heeft gestopt, nog voor de lunch was beëindigd. De timing van de operatie was heel strak, Derrida moest de valse functie in recordtijd schrijven uitgaande van de echte, op zo'n manier dat ze er geloofwaardig uitzag, maar niet functioneerde.

Simon zegt verbaasd: 'Maar met welk doel? Barthes kende de tekst. Hij zou er vanzelf achter komen.'

Lang zegt: 'We waren ervan uitgegaan dat als wij op de hoogte waren van het bestaan van het document, we niet de enigen waren en dat het onvermijdelijk hebzucht zou opwekken.'

Bayard onderbreekt hem: 'Had u voorzien dat Sollers en Kristeva de functie van hem zouden stelen?'

Simon antwoordt in plaats van Lang: 'Nee, ze dachten dat Giscard er de hand op zou proberen te leggen. En daar hadden ze eigenlijk geen ongelijk in, want dat is precies de opdracht die hij je heeft gegeven. Behalve dan dat Giscard op het moment dat Barthes door het busje werd overreden, in tegenstelling tot wat ze dachten nog niet op de hoogte was van het bestaan van de zevende functie. (Hij wendt zich weer tot Lang.) We moeten aannemen dat zijn netwerk van informanten in het culturele circuit niet zo efficiënt was als dat van u…'

Een ijdel glimlachje kan Lang niet inhouden: 'De hele operatie berustte in feite op de ik mag wel zeggen tamelijk gewaagde aanname dat Barthes het valse document zou worden ontfutseld voordat hij merkte dat het verwisseld was, zodat de dief zou denken dat hij de echte zevende functie had en wij ook nog eens boven elke verdenking verheven zouden blijven.'

En Bayard sluit af: 'En zo is het ook precies gegaan. Alleen was de stille vennoot bij de diefstal niet Giscard, maar Sollers en Kristeva.'

Lang verklaart: 'Voor ons veranderde dat uiteindelijk niet veel aan de zaak. Wij hadden Giscard willen misleiden, hem laten geloven dat hij de hand had gelegd op een geheim wapen. Maar wij hadden de echte zevende functie en dat was het belangrijkste.'

Bayard vraagt: 'Maar waarom werd Barthes vermoord?'

Lang had helemaal niet voorzien dat het daarop uit zou lopen. Zij waren helemaal niet van plan wie dan ook te vermoorden. Het maakte hun niet uit dat anderen de zevende functie in handen of onder de knie hadden, zolang het maar niet Giscard was.

Simon begrijpt het. Mitterrands doel was een doel op korte termijn: Giscard in het debat verslaan. Maar Sollers mikte op een bepaalde manier hoger of in elk geval verder. Hij wilde Eco de titel van Grote Protagoras in de Logos Club afhandig maken en daarvoor had hij de zevende functie nodig, die hem een beslissend retorisch voordeel zou hebben bezorgd. Maar om de titel te behouden als hij hem eenmaal had, moest hij er zeker van zijn dat niemand anders te weten zou komen wat de zevende functie inhield en hem dan zou uitdagen. Vandaar de Bulgaarse huurmoordenaars die Kristeva in dienst had om jacht te maken op de kopieën: het was absoluut noodzakelijk dat de zevende functie exclusief van Sollers was en van hem alleen. Barthes moest dus sterven, maar ook alle anderen die het document in bezit hadden gehad en die zich er misschien van konden bedienen of het konden verspreiden.

Simon vraagt of Mitterrand zijn fiat aan de Operatie Zevende Functie had gegeven.

Lang geeft niet direct antwoord, maar het antwoord ligt voor de hand, daarom probeert hij het niet te ontkennen: 'Tot het laatste moment was Mitterrand er niet van overtuigd dat het zou werken. Het kostte hem even tijd om de zevende functie onder de knie te krijgen. Maar aan de meet heeft hij Giscard een verpletterende nederlaag toegebracht.' De toekomstige minister van Cultuur glimlacht trots.

'En Derrida?'

'Derrida hoopte dat Giscard zou verliezen. Net als Jakobson had hij liever gehad dat niemand de zevende functie bezat, maar hij kon sowieso niet verhinderen dat Mitterrand zich er meester van maakte en het idee van de vervalsing stond hem wel aan. Hij had me gevraagd de president te laten beloven om de zevende functie alleen voor eigen gebruik te bewaren en met niemand te delen. (Lang glimlacht opnieuw.) Een belofte waar de president zich zonder enige moeite aan zal kunnen houden, daar ben ik zeker van.'

'En u,' vraagt Bayard, 'hebt u het gelezen?'

'Nee, Mitterrand had Debray en mij gevraagd om het document dicht te laten. Ik zou er in ieder geval niet de tijd voor hebben gehad, want zodra ik het van Barthes had gestolen, heb ik het aan Debray overhandigd.'

Jack Lang denkt terug aan de scène: hij moest op het kookproces van de vis letten, het gesprek gaande houden en onopvallend de functie stelen.

'Wat Debray betreft weet ik niet of hij het uitdrukkelijke bevel van de president heeft gehoorzaamd, maar ook hij moest snel handelen. Gezien zijn loyaliteit zou ik zeggen dat hij de instructie heeft opgevolgd.'

'Dus,' zegt Bayard twijfelend, 'is Mitterrand a priori de laatste nog levende persoon die de functie kent?'

'En Jakobson zelf, natuurlijk.'

Simon zegt niets.

Buiten wordt geroepen: 'De Bastille, op naar de Bastille!'

De deur gaat open en Moati steekt zijn hoofd naar binnen: 'Kom je? De concerten zijn al begonnen, op de Bastille schijnt het zwart van de mensen te zien!'

'Ik kom eraan.'

Lang zou zich bij zijn vrienden willen voegen, maar Simon heeft nog een vraag: 'Was de vervalsing die Derrida had verzonnen bedoeld om degene die haar zou gebruiken te ontregelen?'

Lang overweegt deze vraag: 'Ik weet het niet zeker... Ze moest vooral plausibel overkomen. Het was op zich al een hele toer voor Derrida om in zo korte tijd een nepfunctie te schrijven die geloofwaardig was.'

Bayard denkt terug aan de performance van Sollers in Venetië en zegt tegen Simon: 'Sollers was in elk geval van huis uit al een beetje ontregeld, niet?'

Met alle hoffelijkheid waartoe hij in staat is, vraagt Lang of hij mag gaan nu hij hun nieuwsgierigheid heeft bevredigd.

De drie mannen verlaten het donkere kantoor en gaan naar het feest. Voor het vroegere Gare d'Orsay blèrt een waggelende man, aangevuurd door de voorbijgangers, aan één stuk door: 'Giscard aan de paal! Laten we de carmagnole dansen!' Lang stelt Simon en Bayard voor met hem mee te gaan naar de Bastille. Onderweg komen ze Gaston Defferre tegen, de toekomstige minister van Binnenlandse Zaken. Lang stelt hen aan elkaar voor. Defferre zegt tegen Bayard: 'Ik heb mensen zoals u nodig. Laten we elkaar deze week spreken.'

Het stortregent, maar de Bastille staat bomvol uitzinnig publiek. De mensen roepen hoewel het al nacht is: 'Mitterrand, wat zon! Mitterrand, wat zon!'

Bayard vraagt Lang of Kristeva en Sollers volgens hem door justitie zullen worden lastiggevallen. Lang tuit zijn lippen: 'Eerlijk gezegd betwijfel ik dat. De zevende functie is nu staatsgeheim. De president heeft er geen enkel belang bij deze zaak op te rakelen. En bovendien heeft Sollers al ruimschoots betaald voor zijn teugelloze ambitie, hè? Wist u dat ik hem verschillende keren heb ontmoet? Een charmante man. Hij was zo onbeschoft te willen vleien.'

Lang toont zijn brede glimlach. Bayard drukt hem de hand en de aanstaande minister van Cultuur kan eindelijk naar zijn vriendjes om de overwinning te vieren.

Simon slaat de menselijke vloed gade die het plein overspoelt.

Hij zegt: 'Wat een verspilling.'

Bayard kijkt hem verbaasd aan: 'Hoezo, wat een verspilling? Je zult je pensioen krijgen op je zestigste, dat wou je toch? Je vijfendertig uur. Je vijfde week. Je nationalisaties. Je afschaffing van de doodstraf. Ben je niet tevreden?'

'Barthes, Hamed, zijn maat Saïd, de Bulgaar van de Pont-Neuf, de Bulgaar van de DS, Derrida, Searle… Ze zijn voor niets gestorven. Ze zijn gestorven voor Sollers, zodat die zijn ballen kon laten afsnijden in Venetië omdat hij niet het goede document had. We hebben vanaf het begin op een hersenschim gejaagd.'

'Toch niet helemaal. Bij Barthes thuis lag er wel degelijk een kopie van het origineel in Jakobson geschoven. Als we de Bulgaar niet hadden onderschept, zou hij die aan Kristeva hebben overhandigd, die de verwisseling zou hebben opgemerkt als ze de twee teksten die ze had, met elkaar vergeleek. En ook de cassette van Slimane was op basis van de originele tekst opgenomen. Die mocht niet in verkeerde handen vallen.' (Verdomme, zegt Bayard bij zichzelf, houd toch eens op met over handen te praten!)

'Maar Derrida wilde die vernietigen.'

'Maar als Searle er de hand op had gelegd (het is niet zo, maar wat een klootzak!), weten we niet wat er gebeurd zou zijn.'

'Maar in Murano, dat weten we wel.'

Een loodzware stilte te midden van de zingende menigte. Bayard weet niet wat hij moet antwoorden. Hij herinnert zich een film die hij heeft gezien toen hij jong was, *The Vikings*, waarin Tony Curtis een eenhandige speelt die met zijn ene hand Kirk Douglas doodt, maar hij weet niet zeker of Simon het zal waarderen als hij hem daaraan herinnert.

Hoe je er ook over denkt, het onderzoek is goed uitgevoerd. Ze hebben het spoor van de moordenaars van Barthes gevolgd. Hoe hadden ze kunnen vermoeden dat die het juiste document niet hadden? Simon heeft gelijk: ze hebben vanaf het begin een vals spoor gevolgd.

Bayard zegt: 'Zonder dit onderzoek zou je niet zijn geworden wat je nu bent.'

'Een eenhandige?' Simon lacht honend.

'Toen ik je ontmoette, was je een boekenwurmpje, je zag eruit als een hippieknaap, en kijk nu eens: je draagt een pak van goede snit, je komt meisjes tegen, je bent de rijzende ster van de Logos Club...'

'En ik ben mijn rechterhand kwijt.'

De concerten op het brede podium van de Bastille volgen elkaar op. De mensen dansen en omhelzen elkaar en tussen een groep jongeren herkent Simon Anastasia met haar blonde haar in de wind (hij ziet het voor het eerst los).

Hoe groot was de kans dat ze haar vanavond in deze menigte opnieuw zouden treffen? Op dat moment zegt Simon bij zichzelf dat hij of in handen is gevallen van een bijzonder slechte romanschrijver of dat Anastasia een superspionne is.

De groep Téléphone op het podium zingt 'Ça (c'est vraiment toi)'.

Hij kruist haar blik en terwijl ze met een langharige jongen danst, geeft ze hem een vriendelijk seintje.

Bayard heeft het ook gezien; hij zegt tegen Simon dat het zijn tijd wordt.

'Blijf je niet?'

'Het is niet mijn overwinning; je weet heus wel dat ik op die andere kale heb gestemd. En hier ben ik intussen te oud voor.' (Hij wijst op de groepen jongeren die op het ritme van de muziek springen, dronken worden, joints roken en tongzoenen.)

'Ho eens, opa, dat zei je ook niet in Cornell, toen je bepakt en bezakt bezig was hem er bij ik weet niet wie in te stoppen met je vriendinnetje Judith in je kont.'

Bayard doet net alsof hij het niet hoort: 'Nog even afgezien van de kasten dossiers die ik door de versnipperaar moet halen voordat je vrienden ze in h... ze onder ogen krijgen.'

'En als Defferre je een functie aanbiedt?'

'Ik ben ambtenaar. Ik word betaald om de regering te dienen.'

'Aha. Je plichtsgevoel ten opzichte van de staat strekt je tot eer.'

'Hou je bek, ettertje.'

De mannen lachen. Simon vraagt Bayard of hij dan tenminste niet nieuwsgierig is naar Anastasia's versie van de gebeurtenissen. Bayard steekt zijn hand uit (de linker) en zegt terwijl hij naar de dansende jonge Russin kijkt: 'Dat hoor ik nog wel.'

En ook commissaris Bayard verdwijnt in de menigte.

Als Simon zich omdraait, staat Anastasia bezweet in de regen voor hem. Een moment van gêne. Simon ziet dat ze naar de plek van zijn ontbrekende hand staart. Om haar af te leiden vraagt hij: 'En, wat denken ze in Moskou van Mitterrands overwinning?' Ze glimlacht: 'Ach weet je, Brezjnev...' Ze geeft hem een pijpje bier waar ze al aan begonnen is. 'De nieuwe sterke man is Andropov.'

'En wat denkt de sterke man van zijn Bulgaarse collega?'

'Kristeva's vader? We wisten dat hij voor zijn dochter werkte. Maar we konden echt niet bedenken waarom ze de functie wilden hebben. Door jou ontdekte ik het bestaan van de Logos Club.'

'Wat gaat er nu met papa Kristeva gebeuren?'

'De tijden veranderen, het is geen '68 meer. Ik heb geen bevelen gekregen. Niet voor de vader en niet voor de dochter. En de agent die jou probeerde te doden, is voor het laatst in Istanbul gezien, maar we zijn zijn spoor kwijt.'

Het begint harder te regenen. Op het podium zingt Jacques Higelin 'Champagne'.

Gekwetst vraagt Simon: 'Waarom ben je niet naar Venetië gekomen?'

Anastasia steekt haar haar op en uit een slap pakje haalt ze een sigaret, die ze niet aangestoken krijgt. Simon trekt haar mee naar een droog plekje onder een boom bij de Port de l'Arsenal. 'Ik volgde een ander spoor.' Ze had ontdekt dat Sollers een kopie aan Althusser had toevertrouwd. Ze wist niet dat het een vervalsing was en dus had ze Althussers appartement doorzocht, terwijl hij geïnterneerd was – en dat vergde een hoop werk, want er waren tonnen en tonnen papieren en boeken, het document kon overal verborgen zijn en ze had heel methodisch moeten zoeken. Maar niets gevonden.

Simon zegt: 'Jammer.'

Achter hen staan Michel Rocard en Pierre Juquin hand in hand op het podium De Internationale te zingen, wat door de hele menigte wordt overgenomen. Anastasia zingt de woorden zachtjes in het Russisch mee. Simon vraagt zich af of links in het werkelijke leven werkelijk aan de macht kan zijn. Of beter gezegd, of het leven in het werkelijke leven wel kan veranderen. Maar voordat hij zich opnieuw in de levensgevaarlijke haarspeldbochten van zijn existentiële overpeinzingen mee kan laten slepen, hoort hij Anastasia fluisteren: 'Ik vertrek morgen weer naar Moskou, vanavond heb ik geen dienst.' En als bij toverslag haalt ze een fles champagne uit haar tas, waarvan Simon niet weet hoe en waar ze die heeft opgeduikeld. Ze drinken om beurten grote slokken direct uit de fles, Simon kust Anastasia hoewel hij zich afvraagt of ze zijn halsslagader niet met een haarspeld door zal snijden en of hij niet door vergiftigde lipstick zal worden geveld, maar ze laat hem begaan en lipstick heeft ze niet op. Vanwege de regen en het feest op de achtergrond is het net een filmscène, maar hij besluit daar niet aan te denken.

De menigte schreeuwt: 'Mitterrand! Mitterrand!' (Maar de nieuwe president is er niet.)

Simon benadert een man die onderhands drank uit zijn koelbox aanbiedt en vanavond bij wijze van uitzondering ook champagne, koopt nog een fles, die hij met één hand opent, terwijl Anastasia met van alcohol schitterende ogen naar hem glimlacht en haar haar opnieuw losmaakt.

Ze klinken, de twee flessen stoten tegen elkaar en Anastasia schreeuwt luidkeels tegen het onweer in: 'Op het socialisme!'

Toejuichingen van de jongeren om hen heen.

En Simon antwoordt, terwijl een bliksemschicht de Parijse lucht doorklieft: 'Het reëel bestaande!'

96

Roland-Garros, de finale, 1981. Borg is weer eens bezig een tegenstander onder de voet te lopen; hij leidt met 6-1 tegen de jeugdige Tsjechoslowaakse speler Ivan Lendl. Net als in een Hitchcock-film volgt iedereen met zijn hoofd de bal, behalve Simon, die aan iets anders denkt.

Bayard haalt er misschien zijn schouders over op, maar Simon wil het weten, hij wil het bewijs dat hij geen personage in een roman is, maar een mens in de reële wereld. (Wanneer is iets reëel? 'Als je je stoot,' zei Lacan. En Simon kijkt naar zijn stomp.)

Om de tweede set wordt langer gevochten. Wolkjes stof warrelen op als de spelers slippen.

Simon zit alleen in zijn loge tot er een jongeman met een Maghrebijns uiterlijk binnenkomt. Hij gaat op de stoel naast hem zitten. Het is Slimane.

Ze groeten elkaar. Lendl dwingt de tweede set af.

Het is de eerste keer in het hele toernooi dat Borg een set verliest.

'Leuk, deze loge.'

'Gehuurd door een reclamebureau, het bureau dat Mitterrands campagne heeft gedaan. Ze willen me een aanstelling geven.'

'En hebt u er belangstelling voor?'

'We kunnen wel je en jou zeggen, denk ik.'

'Het spijt me van je hand.'

'Als Borg wint, is het zijn zesde Roland-Garros. Het lijkt onvoorstelbaar, hè?'

'Hij lijkt goed op dreef te zijn.'

Inderdaad komt Borg vrij snel op voorsprong in de derde set.

'Dank voor je komst.'

'Ik was toch even in Parijs. Heeft je vriend de smeris je gewaarschuwd?'

'Dus jij woont nu in de USA?'

'Ja, ik heb een greencard gekregen.'

'Binnen zes maanden??'

'Er valt altijd wel iets te regelen.'

'Met de Amerikaanse overheid?'

'Zelfs met de Amerikaanse overheid.'

'Wat heb je na Cornell gedaan?'

'Ik ben gevlucht met het geld.'

'Ja, dat weet ik wel.'

'Ik ben naar New York gegaan. Ik heb me eerst ingeschreven bij Columbia University om colleges te volgen.'

'Kon dat zomaar tijdens het studiejaar?'

'Ja, ach, weet je, je hoeft maar één secretaresse over te halen.'

Voor de tweede keer in deze set breekt Borg door Lendls service.

'Ik heb gehoord van je overwinningen in de Logos Club. Gefeliciteerd.'

'Is er trouwens geen Amerikaanse afdeling?'

'Jawel, maar die staat nog in de kinderschoenen. Ik weet niet eens zeker of er één enkele tribuun in het hele land rondloopt. Er zit een peripateticus in Philadelphia geloof ik, een of twee in Boston, misschien, en een paar verspreide dialectici langs de westkust.'

Simon vraagt niet of hij zich gaat inschrijven.

Borg haalt de derde set binnen met 6-2.

'Wat zijn je plannen?'

'Ik heb zin om in de politiek te gaan.'

'In de USA? Denk je dat je de Amerikaanse nationaliteit kunt krijgen?'

'Waarom niet.'

'Maar wil je je kandidaat stellen bij de verkiezingen?'

'Eh, ik moet eerst mijn Engels verbeteren en me laten naturaliseren. En om kandidaat te kunnen worden is het niet genoeg om debatten te winnen, je moet, hoe zal ik het zeggen, je sporen verdienen.

Ik kan misschien de Democratische voorverkiezingen van 2020 overwegen, waarom niet, maar eerder niet, haha.'

Juist omdat Slimane het grappenderwijs zegt, vraagt Simon zich af of hij het niet meent...

'Nee, maar luister, ik heb op Columbia een student ontmoet en ik heb het gevoel dat hij het ver kan schoppen als ik hem help...'

'Hoe ver?'

'Ik denk dat ik wel een senator van hem kan maken.'

'Maar wat wil je daar dan mee?'

'Zomaar. Het is een zwarte die uit Hawaii komt.'

'Ik snap het. Een uitdaging van het formaat van je nieuwe macht.'

'"Macht" is niet echt het juiste woord.'

'Dat weet ik.'

Lendl vuurt een forehand af waarvoor Borg drie meter tekortkomt.

Simon zegt: 'Dat overkomt Borg niet vaak. Hij is goed, die Tsjech.'

Het echte gespreksonderwerp waarover hij Slimane had willen spreken, snijdt hij nog even niet aan, maar Slimane weet heel goed waar hij aan denkt.

'Ik heb er steeds maar weer naar geluisterd op mijn walkman, maar het was niet voldoende om het uit mijn hoofd te leren, weet je.'

'Is het een methode? Een geheime slag?'

'Het is meer een sleutel of een aanpak dan een methode. Jakobson heeft er inderdaad de term "performatieve functie" aan gegeven, maar "performatief" is beeldspraak.'

Slimane ziet Borg zijn dubbelhandige backhand slaan.

'Laten we het een techniek noemen.'

'In de Griekse betekenis van het woord?'

Slimane glimlacht.

'Een *technè*, ja, als je wilt. *Praxis, poièsis*... Ik heb het allemaal geleerd, weet je.'

'En voel je je onoverwinnelijk?'

'Ja, maar dat wil niet zeggen dat ik het ben. Ik denk dat ik wel te verslaan ben.'

'Zonder de functie?'

Slimane glimlacht: 'We zullen wel zien. Maar ik heb nog allerlei dingen te leren. En ik moet trainen. Een douaneambtenaar of een secretaresse overhalen is één ding, maar de verkiezingen winnen is moeilijker. Ik kan nog heel wat vooruitgang boeken.'

Simon vraagt zich af hoe goed Mitterrands beheersing is en of hij de verkiezingen nog kan verliezen, of dat de socialistische president is voorbestemd om tot aan zijn dood te worden herkozen.

Intussen vecht Lendl tegen de Zweedse machine en dwingt de vierde set af. Het publiek huivert: het is voor het eerst in lange tijd dat Borg in een wedstrijd op Roland-Garros een vijfde set moet spelen. Eerlijk gezegd heeft hij geen enkele set verloren sinds zijn finale tegen Victor Pecci in 1979. Terwijl zijn laatste nederlaag hier teruggaat tot 1976, tegen Panatta.

Borg slaat een dubbele fout, waardoor Lendl een breakpoint krijgt.

'Ik weet niet wat het meest onwaarschijnlijk is,' zegt Simon, 'een zesde overwinning van Borg... of zijn nederlaag.'

Borg antwoordt met een ace. Lendl schreeuwt iets in het Tsjechisch.

Simon realiseert zich dat hij wenst dat Borg wint en er zit beslist iets van fetisjisme, van conservatisme, van angst voor verandering in die wens, maar daarmee zou ook de waarschijnlijkheid winnen: Borg, de nummer een, ongeslagen door Connors en McEnroe, heeft al zijn tegenstanders verpletterend verslagen en de finale gehaald, terwijl Lendl, de nummer vijf van de wereld, in de halve finale bijna heeft verloren van José Luis Clerc, en al in de tweede ronde bijna van Andres Gomez. De orde der dingen...

'Heb je trouwens nog iets van Foucault gehoord?'

'Ja, we schrijven elkaar regelmatig. Hier in Parijs kan ik bij hem logeren. Hij werkt nog steeds aan zijn geschiedenis van de seksualiteit.'

'En eh, de zevende functie interesseert hem niet? Ik bedoel als onderwerp van studie?'

'Hij doet al een tijdje niets meer met linguïstiek, weet je. Misschien pakt hij de draad nog eens op. Maar hij heeft in ieder geval te veel tact om erover te beginnen.'

'Hm, sorry.'

'O, maar dat zei ik niet voor jou, hoor.'

Borg breekt Lendls service.

Simon en Slimane stoppen met praten en volgen de wedstrijd.

Slimane denkt aan Hamed.

'En die trut van een Kristeva?'

'Gaat prima met haar. Je weet wat er met Sollers is gebeurd?'

Een honende grijns straalt van Slimanes gezicht.

Beide mannen hebben het onbestemde voorgevoel dat ze op een mooie dag wel eens tegenover elkaar kunnen staan om elkaar de plaats van de Grote Protagoras in de Logos Club te betwisten, maar ze zullen dat vandaag niet toegeven. Simon heeft zorgvuldig vermeden Umberto Eco te noemen.

Lendl breekt Borgs service.

Het wordt steeds onzekerder hoe dit afloopt.

'En jouw plannen?'

Simon lacht en laat spottend zijn stomp zien.

'Tja, Roland-Garros winnen wordt een beetje gecompliceerd.'

'Maar je kunt er uitstekend de Trans-Siberië Expres mee nemen.'

Simon lacht om de verwijzing naar Blaise Cendrars, ook een eenarmige schrijver, en hij vraagt zich af wanneer Slimane die literaire kennis heeft opgedaan.

Lendl wil niet verliezen, maar Borg is ijzersterk.

En toch.

Het ondenkbare gebeurt.

Lendl breekt Borgs service.

Hij serveert voor de match.

De jonge Tsjechoslowaak trilt onder het gewicht van wat er op het spel staat.

Maar hij wint.

De onoverwinnelijke Borg is verslagen. Lendl heft zijn armen ten hemel.

Slimane klapt mee met het publiek.

Als Simon ziet dat Lendl de cup boven zijn hoofd tilt, weet hij niet goed meer wat hij ervan moet denken.

EPILOOG

Napels

97

Simon staat voor de ingang van de Galleria Umberto I en ziet binnen de trotse, geslaagde combinatie van glas en marmer, maar hij blijft buiten staan. De galerie is een herkenningspunt en geen doel. Hij heeft een kaart opengevouwen, begrijpt niet waarom de Via Roma niet te vinden is en heeft de indruk dat zijn plattegrond niet klopt.

Hij zou toch in de Via Roma moeten zijn. In plaats daarvan staat hij in de Via Toleda.

Achter hem kijkt een oude schoenpoetser op het trottoir aan de overkant nieuwsgierig naar hem.

Simon weet heus wel dat hij zit te wachten om te zien hoe hij het gaat aanleggen om de kaart met één hand op te vouwen.

De oude man heeft een houten kist waarop hij een soort lessenaar heeft getimmerd als steunpunt voor de schoenen. Simon ziet de inham bestemd voor de hak.

De twee mannen wisselen een blik.

Aan beide zijden van deze straat in Napels heerst verbijstering.

Simon weet niet precies waar hij is. Hij begint zijn kaart langzaam maar handig op te vouwen, zonder de oude schoenpoetser uit het oog te verliezen.

Maar opeens staart de schoenpoetser naar een punt loodrecht boven Simon, die aanvoelt dat er iets abnormaals plaatsvindt, omdat de duffe uitdrukking van de oude man plaatsmaakt voor ontsteltenis.

Hij kijkt omhoog en heeft net de tijd om te zien dat het fronton boven de ingang van de galerie, een bas-reliëf van twee cherubijnen die wapenschilden omlijsten of iets in die trant, loskomt van de gevel.

De schoenpoetser zou iets willen schreeuwen, een waarschuwing ('*Statte accuorto!*') om het drama te voorkomen, of om er tenminste op een of andere manier deel aan te hebben, maar er komt geen geluid uit zijn tandeloze mond.

Simon is echter veel veranderd. Hij is geen boekenwurm meer die verpletterd zal worden door een halve ton witte steen, maar een eenarmige die een vrij hoge rang heeft in de Logos Club en minstens driemaal aan de dood is ontsnapt. In plaats van weg te rennen, zoals ons instinct ons zou ingeven, drukt hij zich in een niet-intuïtieve reflex tegen de muur van het gebouw aan, zodat het enorme blok aan zijn voeten stukvalt zonder hem te verwonden.

De schoenpoetser is stomverbaasd. Simon kijkt naar de brokstukken, kijkt naar de schoenpoetser, kijkt naar de verstarde voorbijgangers om zich heen.

Hij priemt zijn vinger naar de arme schoenpoetser, maar hij richt zich natuurlijk niet tot hem als hij agressief uitvalt: 'Als je me aan het eind wilt doden, zul je een beetje beter je best moeten doen!' En als de romanschrijver een boodschap voor hem heeft, zal hij zich een beetje duidelijker uit moeten drukken, denkt hij woedend.

98

'Dat komt door de aardbeving van afgelopen jaar... daardoor zijn alle huizen aangetast, ze kunnen elk moment instorten.'

Simon luistert naar Bianca, die hem uitlegt waarom hij bijna een centenaar marmer op zijn snufferd heeft gekregen.

'*San Gennaro* – Sint-Januarius – hield de lava tegen tijdens een uitbarsting van de Vesuvius. Daarna werd hij de patroon van Napels. En elk jaar neemt de bisschop een beetje van zijn bloed dat in een glazen ampul is gedroogd en draait die ampul rond tot het bloed vloeibaar wordt. Als het bloed oplost, wil dat zeggen dat Napels ongelukken bespaard zullen worden. En wat denk je dat er vorig jaar is gebeurd?'

'Het bloed is niet opgelost.'

'Vervolgens heeft de camorra miljoenen die van de EEG kwamen, verduisterd, want zij hebben de contracten voor de herbouw in handen. Vanzelfsprekend hebben ze niets gedaan of zulk slecht werk afgeleverd dat het nog even gevaarlijk is als daarvoor. Er zijn de hele tijd ongelukken. De Napolitanen zijn het gewend.'

Simon en Bianca nippen aan Italiaanse koffie op het terras van Gambrinus, een erg toeristisch literair café, dat zijn eigen gebakjes maakt en dat Simon zelf voor hun afspraak heeft uitgezocht. Overigens smelt hij van een rum baba.

Bianca legt hem uit dat de uitdrukking 'eerst Napels zien en dan sterven' (*vedi Napoli e poi muori*; in het Latijn *videre Neapolim et Mori*) in feite een woordspeling is: Mori is een klein stadje in de buurt van Napels.

Ze vertelt hem ook de geschiedenis van de pizza: op een dag ontdekte koningin Margarita, getrouwd met de Italiaanse koning Umberto I, het volksgerecht en maakte het in heel Italië beroemd. Ter herinnering werd er een pizza naar haar genoemd, en wel de pizza in de kleuren van de vlag: groen (basilicum), wit (mozzarella) en rood (tomaat).

Voorlopig heeft ze nog geen enkele vraag over zijn hand gesteld.

Een witte Fiat parkeert dubbel.

Bianca gaat steeds drukker praten. Ze begint over politiek. Ze vertelt Simon nog eens dat ze de bourgeoisie haat, die alle rijkdommen naar zich toe trekt en het volk uithongert. 'Moet je nagaan, Simon, dat er van die burgertrutten zijn die honderdduizenden lires uitgeven om een handtas te kopen. Een handtas, Simon!'

Twee jongemannen stappen uit de witte Fiat en gaan op het terras zitten. Er voegt zich een derde bij hen, een motorrijder die zijn Triumph op de stoep parkeert. Bianca ziet hen niet, want ze zit met haar rug naar hen toe. Het is de foulardbende uit Bologna.

Als Simon al verbaasd is hen hier te zien, laat hij er niets van blijken.

Bianca snikt van woede bij de gedachte aan het machtsmisbruik van de Italiaanse bourgeoisie. Stromen scheldwoorden stort ze uit over Reagan. Ze wantrouwt Mitterrand, want de socialisten zijn altijd verraders, aan deze en aan gene zijde van de Alpen. Bettino Craxi is een smeerlap. Ze zouden het allemaal verdienen te sterven en als ze kon, zou ze het zelf op zich nemen hen terecht te stellen. Voor haar is de wereld een en al doortraptheid, zegt Simon bij zichzelf, en hij kan haar niet echt ongelijk geven.

De drie jongeren hebben een biertje besteld en een sigaret opgestoken, als er een ander personage opduikt, dat Simon al eerder is tegengekomen: zijn tegenstander uit Venetië, de man die hem heeft verminkt, geflankeerd door twee lijfwachten.

Simon buigt zich snel over zijn rum baba. De man schudt handen als een notabele, een gemeenteraadslid en/of een belangrijke camorrist (het verschil is in deze regio vaak niet erg duidelijk). Hij verdwijnt in het café.

Bianca spuwt op Forlani en zijn vijfpartijenregering. Simon krijgt de indruk dat ze hysterisch wordt. Hij wil haar tot bedaren brengen en terwijl hij kalmerend tegen haar praat – 'kom, zo erg is het nou ook weer niet, denk eens aan Nicaragua...' – gaat zijn hand onder tafel naar haar knie, maar door de stof van haar broek raakt hij iets hards aan, dat geen vlees is.

Bianca schrikt op en trekt haar been bruusk onder haar stoel. Ze houdt meteen op met snikken. Ze kijkt Simon aan, tartend en smekend tegelijk. Er liggen razernij, woede en liefde in haar tranen.

Simon zegt niets. Zo werd het dus toch een happy end. De eenhandige met de eenbenige. En het nodige aan schuldgevoelens om mee te worstelen, zoals in alle goede verhalen: als Bianca bij het station van Bologna haar been heeft verloren, komt dat door hem. Als ze hem niet had ontmoet, had ze allebei haar benen nog en kon ze een rok dragen.

Maar dan zouden ze ook geen aandoenlijk stelletje gehandicapten vormen. Ze werden geamputeerd en kregen nog veel linkse rakkertjes?

Alleen is dit niet de slotscène die híj had voorzien.

Ja, hij had willen profiteren van zijn korte verblijf in Napels om Bianca terug te zien, de jonge vrouw die hij in Bologna op een snijtafel had geneukt, maar nu heeft hij andere plannen.

Hij knikt onmerkbaar naar een van de foulardjongens.

Ze staan op, trekken hun foulard over hun mond en gaan het café in.

Simon en Bianca wisselen een lange blik waarin een hele rij mededelingen, verhalen en emoties langskomen; het verleden, het heden en nu ook al de verleden tijd van de irrealis (de ergste van allemaal: had ik maar...).

Er zijn twee schoten te horen. Geschreeuw en verwarring.

De foulardbende komt weer naar buiten, de onderste helft van hun gezicht verborgen, Simons tegenstander voor zich uit duwend. Een van de drie houdt zijn P38 tegen de lendenen van de camorristische notabele. Een tweede bestrijkt met zijn P38 het terras om de aangeslagen klanten onder schot te houden.

Als ze langs Simon lopen, legt de derde iets op tafel, wat Simon met zijn servet bedekt.

Ze laden de notabele in de Fiat en stuiven weg.

In het café heerst paniek. Simon hoort de kreten binnen en begrijpt dat de lijfwachten gewond zijn. Ieder een kogel in het been, zoals het hoort.

Simon zegt tegen de onthutste Bianca: 'Ga met me mee.'

Hij sleept haar mee naar de motor van de derde man en geeft haar het servet, waarin een contactsleuteltje zit. Hij zegt tegen Bianca: 'Jij rijdt.'

Bianca protesteert: ze heeft al eens een scooter gehad, maar op zo'n dikke motor kan ze niet rijden.

Simon trekt tandenknarsend zijn rechtermouw op: 'Ik kan het ook niet.'

Dus Bianca klimt op de Triumph, Simon trapt op de kick om te starten, gaat achter haar zitten en terwijl hij haar om haar middel grijpt, draait zij aan de versnellingshendel en de motor schiet vooruit. Bianca vraagt welke kant ze op moet en Simon antwoordt: 'Pozzuoli.'

99

Een scène in het maanlicht, een mengvorm van een spaghettiwestern en *De kronieken van Mars*.

Midden in een enorme, met wittige leem overgoten krater staan de drie leden van de foulardbende rond de dikbuikige notabele, die ze aan de rand van een borrelende modderpoel hebben laten knielen.

Om hen heen ontsnapt zwavel in kolommen aan de ingewanden van de aarde. Er hangt een sterke rotte-eierenlucht.

Simon had eerst aan de grot van de Sibille in Cuma gedacht, waar niemand hen zou zoeken, maar die kwam toch niet in aanmerking omdat hij te kitscherig is, vol zware symboliek en symbolen beginnen hem te vervelen. Maar aan symbolen ontsnap je niet zo snel, want als ze van de motor op de gebarsten aarde stappen, zegt Bianca tegen hem dat de Solfatara, deze gedeeltelijk uitgedoofde vulkaan, door de Romeinen werd beschouwd als de toegang tot de onderwereld. Oké.

'*Salve!* Wat doen we met hem, *compagno*?'

Bianca, die de drie mannen in Gambrinus niet had herkend, spert haar ogen wijd open: 'Heb je de Rode Brigades van Bologna ingehuurd?'

'Ik dacht dat ze niet per se van de Rode Brigades waren, dat bleef je toch maar beweren tegen je vriend Enzo?'

'Niemand heeft ons ingehuurd.'

'*Non siamo dei mercenari.*'

'Nee, dat klopt, ze doen het gratis. Ik heb hen overgehaald.'

'Om deze vent te ontvoeren?'

'*Si tratta di un uomo politico corrotto di Napoli.*'

'Hij is de man die bij het gemeentehuis de bouwvergunningen afgeeft. Vanwege de vergunningen die hij aan de camorra heeft verkocht, zijn er honderden mensen gedood sinds de *terremoto*, verpletterd door de verrotte flats die de camorra heeft laten bouwen.'

Simon loopt naar de corrupte politicus en wrijft zijn stomp over diens gezicht. 'En bovendien is het een slechte verliezer.' De man schudt zijn hoofd als een dier. '*Strunz! Sì mmuort!*'

De drie brigadisten stellen voor hem uit te ruilen tegen een revolutionaire losprijs. Het bendelid dat Frans spreekt, wendt zich tot Simon: '*Ma*, ik weet niet of er iemand voor een zwijn als hij wil betalen, haha!' De drie mannen lachen, en Bianca ook, maar ze heeft het liefst dat hij sterft, ook al zegt ze dat niet.

Onzekerheid net als bij Aldo Moro: Simon ziet er wel wat in. Hij wil zich graag wreken, maar het idee het aan het toeval over te laten, trekt hem aan. Met zijn linkerhand grijpt hij de kin van de notabele en houdt hem in de tang. 'Je begrijpt het alternatief? Of je wordt gevonden in de kofferbak van een Renault 4, of je kunt naar huis en doorgaan met je rotstreken. Maar haal het niet in je hoofd om ooit nog een voet in de Logos Club te zetten.' Hij herinnert zich weer hun duel in Venetië, de enige keer dat hij echt het idee had in gevaar te zijn. 'En hoe komt het trouwens dat een kinkel als jij zo ontwikkeld is? Heb je tussen twee dubieuze acties door tijd om naar het toneel te gaan?' Maar hij heeft meteen spijt van de sociologische vooroordelen in deze weinig Bourdieu-correcte opmerking.

Hij laat de kaak van de notabele los en de man begint rad Italiaans te praten. Simon vraagt Bianca: 'Wat heeft hij te melden?'

'Hij biedt je vrienden een hoop geld aan om je te doden.'

Simon begint te lachen. Hij kent het overtuigingstalent van de knielende man, omdat hij het heeft moeten trotseren, maar hij weet ook dat er geen dialoog mogelijk is tussen een maffiose ambtenaar, waarschijnlijk een christendemocraat, en de twintigers van de Rode Brigades. Hij zou een hele dag en een hele nacht tegen hen aan kunnen praten en hen nog van niets hebben overtuigd.

Dat moet zijn tegenstander ook bij zichzelf hebben gezegd, want met een lenigheid en snelheid die je niet achter zijn corpulentie had gezocht, springt hij naar de brigadist die het dichtst bij hem staat om de P38 uit zijn hand te rukken. Maar de leden van de foulardbrigade zijn jong en in uitstekende gezondheid; de dikbuikige notabele krijgt een kolfslag en valt neer op de grond. De drie brigadisten houden hem tierend onder schot.

En zo zal het verhaal eindigen. Ze zullen hem hier en nu afmaken als afstraffing voor die stomme poging, zegt Simon bij zichzelf.

Een schot knalt.

Maar het is een van de brigadisten die in elkaar zakt.

Er valt weer stilte over de vulkaan.

Ze ademen de sulfaatdampen in, die de lucht rondom verzadigen.

Niemand probeert dekking te zoeken, want Simon heeft het briljante idee gehad dit schitterende ontmoetingspunt te kiezen, zonder beschutting, midden in een vulkaankrater van zevenhonderd meter omtrek. Het komt erop neer dat er geen boom of struik is waar je je kunt verbergen. Simon kijkt zoekend rond naar een mogelijke schuilplaats en ontdekt een put en een klein bouwsel van rokende stenen (antieke thermen, die de poorten van het vagevuur en de hel voorstellen), maar ze liggen buiten bereik.

Twee mannen in pak komen op hen af, de ene met een wapen in de hand, de ander heeft een geweer. Simon denkt een Duitse Mauser te herkennen. De twee nog levende brigadisten hebben hun handen geheven want ze weten dat hun P38's op die afstand geen partij zijn. Bianca staart naar de schotwond in het hoofd van het lijk.

De camorra heeft iemand gestuurd om de corrupte notabele terug te halen. Het *sistema* laat zich niet zo makkelijk van zijn beschermelingen afhelpen. En Simon denkt te weten dat het ook tamelijk pietluttig is als het erom gaat een aantasting van zijn belangen te wreken, wat betekent dat hij waarschijnlijk ter plekke zal worden geëxecuteerd met wat er over is van de foulardbende. En Bianca moet hetzelfde lot ondergaan, omdat het 'systeem' ook met getuigen nooit erg inschikkelijk is geweest.

Dit wordt trouwens bevestigd als de notabele hijgend als een molenpaard overeind komt en hem als eerste in zijn gezicht slaat, dan de twee brigadisten en ten slotte Bianca. Het lot van hen alle vier is dus bezegeld. De notabele knarst tegen zijn twee handlangers: '*Acceritele.*'

Simon denkt weer aan de Japanners in Venetië. Zal hem deze keer geen deus ex machina te hulp komen? In die laatste ogenblikken begint Simon weer te praten met de onkenbare instantie zoals hij die zich graag voorstelde: mocht hij ooit klemzitten in een roman, welke verhaalopzet zou het dan noodzakelijk maken dat hij aan het eind sterft? Simon inventariseert een aantal verhaaltechnische redenen, maar hij vindt ze allemaal aanvechtbaar. Hij weet wat Bayard hem zou zeggen: 'Denk aan Tony Curtis in *The Vikings*.' Tja. Hij bedenkt wat Jacques gedaan zou hebben: een van de twee gewapende mannen buiten gevecht stellen en de andere neerschieten met het wapen van de eerste, natuurlijk, maar Bayard is er niet en Simon is Bayard niet.

De camorristische handlanger richt het geweer op zijn borst.

Simon begrijpt dat hij niets te verwachten heeft van wat voor onkenbare instantie dan ook. Hij voelt dat de romanschrijver, als hij al bestaat, zijn vriend niet is.

Zijn beul is nauwelijks ouder dan de brigadisten. Maar als hij de trekker gaat overhalen, zegt Simon hem: 'Ik weet dat je een man van eer bent.' De camorrist haalt zijn vinger van de trekker en vraagt Bianca te vertalen. '*Isse a ritto cà sìn'omm d'onore.*'

Nee, er zal geen wonder gebeuren. Maar, roman of geen roman, er zal niet geschreven worden dat er met hem wordt gesold. Simon gelooft niet in het zielenheil, gelooft niet dat hij op aarde een missie heeft, hij gelooft integendeel dat niet alles van tevoren vastligt en dat, ook al is hij in handen gevallen van een perverse, wispelturige romanschrijver, het spel nog niet uit is.

Nog niet.

Met een hypothetische romanschrijver moet je hetzelfde doen als met God: altijd doen alsof God niet bestaat, want als God bestaat, is hij op zijn hoogst een slechte romanschrijver, die geen respect of gehoorzaamheid verdient. Het is nooit te laat om de loop van het verhaal te wijzigen. Mocht dat het geval zijn, dan heeft de denkbeeldige romanschrijver nog geen besluit genomen. Mocht dat het geval zijn, dan ligt het einde in handen van zijn personage, en dat personage ben ik.

Ik ben Simon Herzog. Ik ben de held van mijn eigen verhaal.

De camorrist keert zich weer om naar Simon, die tegen hem zegt: 'Je vader heeft tegen de fascisten gevochten. Hij was een partizaan. Hij heeft zijn leven gewaagd voor de rechtvaardigheid en de vrijheid.' De twee mannen wenden zich tot Bianca, die in het Napolitaans vertaalt: '*Pateto eta nu partiggiano cà a fatt'a guerra 'a Mussolini e Hitler. A commattuto p''a giustizia e 'a libbertà.*'

De corrupte notabele wordt ongeduldig, maar de camorrist gebaart dat hij zijn mond moet houden. De notabele geeft de andere man opdracht Simon te executeren, maar de man met het geweer zegt kalmweg: '*Aspett'*.' En kennelijk is de man met het geweer de baas. Hij wil weten waar Simon zijn vader van kent.

In werkelijkheid is het een geslaagde speculatie: Simon heeft het model van het geweer herkend, een Mauser, het wapen van de Duitse eliteschutters. (Simon is altijd dol geweest op verhalen over de Tweede Wereldoorlog.) Hij had geconcludeerd dat de jongeman het van zijn vader had geërfd en van daaruit waren twee hypotheses mogelijk: of de vader had het Duitse geweer in handen gekregen terwijl hij in het Italiaanse leger aan de zijde van de Wehrmacht streed, of hij had integendeel tegen de Wehrmacht gestreden als partizaan en het wapen van het lijk van een Duitse soldaat gepikt. De eerste hypothese bood hem geen enkel voordeel en dus had hij op de tweede gegokt. Maar hij kijkt wel uit om de details van zijn redenering uit de doeken te doen en hij zegt met zijn gezicht naar Bianca gewend: 'Ik weet ook dat je familieleden hebt verloren tijdens de aardbeving.' Bianca vertaalt: '*Isse sape ca è perzo à coccheruno int''o terramoto…*'

De dikbuikige notabele staat te stampvoeten: '*Basta! Spara mò!*'

Maar de camorrist, *o zi*, 'de oom', zoals het systeem zijn jongeren aanduidt die het vuile werk mogen opknappen, luistert aandachtig terwijl Simon hem uitlegt welke rol de man die hij moet beschermen heeft gespeeld in de tragedie van de *terremoto* die zijn familie heeft getroffen.

De notabele protesteert: '*Nun è over'!*'

Maar de jonge 'oom' weet dat het wel waar is.

Simon vraagt onschuldig: 'Die man heeft familieleden van je gedood. Wat betekent wraak eigenlijk bij jullie?'

Bianca: '*Chisto a acciso e parenti tuoje. Nun te miette scuorno e ll'aiuta?*'

Hoe heeft Simon kunnen raden dat de jonge 'oom' familieleden had verloren tijdens de *terremoto*? En hoe heeft hij geweten dat de 'oom' het op een of andere manier, zonder bewijzen bij de hand, aannemelijk zou vinden dat de notabele daarvoor verantwoordelijk gesteld kon worden? Vanwege zijn plotseling optredende paranoia wenst Simon dat niet te onthullen. Hij wil niet dat de romanschrijver, als die er is, begrijpt hoe hij het heeft gedaan. Er zal niet geschreven worden dat wie dan ook hem kan lezen als een boek.

Hij is hoe dan ook te druk met het afronden van zijn slotwoord: 'Mensen van wie jij hield, zijn onder het puin gestorven.'

Bianca hoeft het niet meer te vertalen. Simon hoeft niets meer te zeggen.

De jongeman met het geweer draait zich om naar de notabele, die even bleek is als het leem in de vulkaan.

Hij geeft hem een kolfslag in zijn gezicht en duwt hem naar achteren.

De corrupte notabele, dikbuikig en geschoold, kukelt achterover en valt in de borrelende modderpoel. '*La fangaia*,' mompelt Bianca gebiologeerd.

En terwijl het lichaam even boven komt drijven en verschrikkelijke geluiden uitstoot, voordat het voorgoed door de vulkaan wordt verzwolgen, kan het Simons stem horen, die dodelijk vlak zegt: 'Zie je, je had mijn tong moeten afsnijden.'

En de zwavel blijft in kolommen uit de ingewanden van de aarde ontsnappen, naar de hemel opstijgen en de atmosfeer vergiftigen.

BRONVERMELDING

Gebruikte citaten zijn afkomstig uit:

Dante Alighieri, *De goddelijke komedie*, Amsterdam: Athenaeum – Polak & Van Gennep, 2001, vertaling Ike Cialona en Peter Verstegen.

Lord Byron, *De omzwervingen van jonker Harold*, Amsterdam: Athenaeum – Polak & Van Gennep, 2009, vertaling Ike Cialona.

Miguel de Cervantes Saavedra, *De vernuftige edelman Don Quichot van La Mancha*, Amsterdam: Athenaeum – Polak & Van Gennep, 2009, vertaling Barber van de Pol.

Umberto Eco, *Lector in fabula, 'de rol van de lezer in narratieve teksten'*, Amsterdam: Bert Bakker, 1989, vertaling Yond Boeke en Patty Krone.

Keats en Shelley. Gedichten 1820, Amsterdam: Athenaeum – Polak & Van Gennep, 2014, vertaling Jan Kuijper.

Nicolò Machiavelli, *De heerser*, Amsterdam: Athenaeum – Polak & Van Gennep, 1987, vertaling Frans van Dooren.

LEES MEER VAN

Laurent Binet

Nazikopstuk Heydrich, alias 'de beul van Praag' en 'het blonde beest', was uitvinder en uitvoerder van de Shoah, en een van de wreedste nazi's die het Derde Rijk kende. Hij was de chef van Eichmann en de rechterhand van Himmler. Bij de SS noemden ze hem 'HhhH': Himmlers hersens heten Heydrich. In mei 1942 wordt hij in Praag in zijn open Mercedes getroffen door een granaat. De represailles zijn meedogenloos.
Alle personages die in dit boek voorkomen hebben bestaan of bestaan nog steeds. Alle feiten die worden verteld zijn waargebeurd. Maar achter de beschrijving van de aanslag vindt een andere strijd plaats: die tussen fictie en werkelijkheid. Laurent Binet voert deze strijd met verve.

Verkrijgbaar als
e-book
& papieren boek